A SONG OF ICE AND FIRE

冰与火之歌

卷四 群鸦的盛宴 [上]

10

[美]乔治·R.R.马丁 著

屈畅 胡绍晏 译

重庆出版集团 重庆出版社

Copyright ©1999 by George R.R. Martin
The Song of Ice and Fire (Book 4)
A Feast for Crows
By George R.R. Martin
Simplified Chinese Translation Copyright © 2018 by Chongqing Publishing House Co., Ltd.
This edition arranged with The Lotts Agency Ltd.through Andrew Nurnberg Associates International Limited.
All rights reserved.

本书中文简体字版通过美国 Lotts Agency 公司及安德鲁·纳伯格联合国际有限公司独家授权出版
版权所有，侵权必究
版贸核渝字（2016）第 153 号

图书在版编目(CIP)数据

冰与火之歌.10：卷四，群鸦的盛宴.上 /（美）乔治·R.R.马丁著；屈畅，胡绍晏译.—重庆：重庆出版社，2018.1
ISBN 978-7-229-12863-0

Ⅰ.①冰… Ⅱ.①乔… ②屈… ③胡… Ⅲ.①长篇小说－美国－现代
Ⅳ.① I712.45

中国版本图书馆 CIP 数据核字(2017)第 280252 号

冰与火之歌 10
【卷四】群鸦的盛宴（上）
BING YU HUO ZHI GE 10
［JUAN SI］QUNYA DE SHENGYAN（SHANG）

［美］乔治·R.R.马丁 著　屈　畅　胡绍晏 译

责任编辑：邹　禾　唐弋滔
装帧设计：谢颖设计工作室
封面图案设计：罗　烜
插图：曹　珂
责任校对：李小君

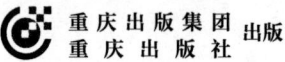

重庆出版集团 出版
重庆出版社

重庆市南岸区南滨路 162 号 1 幢　邮政编码：400061　http://www.cqph.com
重庆出版社艺术设计有限公司 制版
重庆市鹏程印务有限公司 印刷
重庆出版集团图书发行有限责任公司 发行
E-mail:fxchu@cqph.com　邮购电话：023-61520646
全国新华书店经销

开本：890mm×1230mm　1/32　印张：9.875　字数：221 千
2012 年 9 月第 1 版第 1 次印刷　2018 年 1 月第 2 版　2018 年 1 月第 1 次印刷
ISBN:978-7-229-12863-0
定价：40.00 元

如有印装问题，请向本集团图书发行有限公司调换：023-61520678

版权所有　侵权必究

序章

"龙,"莫兰德边说,边从地上抓起一只干瘪的苹果,在双手之间丢来丢去。

"扔啊,"外号"斯芬克斯"的拉蕾萨催促。他从箭囊里抽出一支箭,搭上弓弦。

"我想看龙。"鲁尼在他们当中年纪最小,又矮又胖,尚有两岁才成年。"哪怕一眼都好。"

我想萝希搂着我睡觉,佩特心想。他坐在板凳上不安地挪动。到明天早上,女孩就是他的人了。*我要带她远离旧镇,穿越狭海,去自由贸易城邦*。那里没有学士,没有人会抓他。

艾玛的笑声从头顶的窄窗中传出,夹杂着恩客低沉的嗓门——她乃"羽笔酒樽"最年长的女招待,年过四十,却是体态丰盈,风韵犹存。萝希是她女儿,芳龄十五,刚刚有了月事。艾玛早已宣布,萝希的初夜需花费一枚金龙。佩特费尽心机,才存下九枚银鹿,外加一罐铜星币和零散的铜板,但要叫他存满一枚金币,恐怕比孵出一条真龙更难。

"你生得太迟,看不到龙了,小子,"助理学士阿曼告诉鲁尼。阿曼脖子上挂着一根皮绳,串有白镴、锡、铅和铜的链条,跟大多数助理学士一样,他似乎也认为学徒们肩膀上长的是芜菁,不是脑袋。"最后一头龙在伊耿三世的朝代就死了。"

"那是维斯特洛的最后一头龙,"莫兰德强调。

"快扔苹果。"拉蕾萨再度催促。这小子生得标致,人称"斯芬克斯",深得女招待们的喜爱,连萝希也会偶尔在端酒时趁机碰他胳膊一把，佩特只好咬咬牙，假装没看见。

"维斯特洛的最后一头龙就是全世界的最后一头龙，"阿曼固执地说，"大家都知道。"

"苹果，"拉蕾萨说，"除非你想吃了它。"

"来了。"莫兰德拖着畸形的脚轻跳一步，转了一圈，胳膊甩出，将苹果抛向蜜酒河上的雾气之中。若非那只脚，他或许能像父亲一样当骑士。他有粗壮的胳膊和宽阔的肩膀，不缺力量，只见苹果飞得又远又急……

……却不如后面呼啸而来的那支箭，一码长的金色木箭杆上镶着鲜红羽饰。佩特没看到箭射中苹果，但听到了声音。一声轻微的闷响在河面上回荡，紧接着是落水声。

莫兰德打个呼哨。"正中靶子。宝贝儿。"

萝希是我的宝贝儿。佩特爱她淡褐色的眼睛，蓓蕾初绽的乳房，还有她每次见到他时微笑的模样。他爱她脸颊上的酒窝。她时而会光着脚，以感受岛上的草地，这点他也很喜欢。他爱她清新的气味，爱她的秀发鬈曲在耳后的样子，甚至爱她的脚指头。某天晚上，她把脚伸给他摩挲玩弄，于是他替每个脚趾头都编了一个好玩的故事，逗她咯咯笑个不停。

也许留在狭海这一边更好。他可以用存下的钱买头驴子，和萝希轮流骑着周游维斯特洛。虽然安布罗斯认为他还不配获得银链条，但佩特已懂得如何接骨，如何用水蛭放血退烧了。老百姓们会看重他的。若是再学会剪发和刮胡子，他甚至可以当理发师。*那就够了*，他告诉自己，*只要拥有萝希*。萝希是他所有的渴望。

从前并非如此。从前他梦想成为城堡中的学士，为某位慷慨的领主效力，领主会尊重他的谏言，赐他一匹良种白马，以答谢他的服务。他会高高骑在马上，庄严又高贵，一路微笑着俯视经过的平民……

直到有天晚上,在"羽笔酒樽"的大厅里,喝下两大杯烈性苹果酒之后,佩特夸口说自己不会永远是学徒。"当然了,""懒人"里奥大声说,"你会是个作猪倌的前学徒,哈哈。"

他喝干杯中残渣。火炬照耀着"羽笔酒樽"所在的露台,犹如雾海中的光岛。下游远处,参天塔上的烽火飘浮在夜晚氤氲的水汽中,仿佛一轮朦胧魔幻的橙月,却难以提振他的情绪。

炼金术士应该到了呀?!难道这是个残酷的玩笑?还是那人出了事?这并非头一回好运在佩特身上变霉运了。他曾经沾沾自喜,因为被选中帮年迈的沃格雷夫博士管理乌鸦,但他做梦也没想到,自己还得给博士做饭、打扫,每天早晨帮他穿衣服。人人都说,关于乌鸦的知识,沃格雷夫忘记的比其他学士知道的还多,佩特据此以为自己至少有望获得一个黑铁链条,结果发现沃格雷夫根本没办法传授任何东西。老人仍顶着博士头衔完全出于礼节。不错,他曾经很伟大,现在却连用长袍遮掩脏污的内衣都做不到,半年前,几个助理学士发现他在图书馆哭泣,因为找不到回房的路。如今葛曼学士代替了他坐在黑铁面具下,这个葛曼曾指控佩特偷窃。

河边的苹果树上,一只夜莺开始歌唱,对于终日听惯了乌鸦的刺耳尖叫和无尽聒噪的佩特而言,算得上是天籁之音。白鸦们知道他的名字,无论何时,只要看见他,就会彼此嘀咕叫嚷,"佩特,佩特,佩特,"直到他想尖叫。这些大白鸟是沃格雷夫博士的骄傲,沃格雷夫死后想让它们把自己吃掉,佩特怀疑它们也打算吃了他。

或许是烈性苹果酒作祟——其实他来这里并非为了喝酒,是正好遇上拉蕾萨请客,以庆贺获得铜链条,由于罪恶感,他不觉喝多了些——在他耳中,夜莺仿佛在兴奋地高歌:黑铁换黄金,黑铁换黄金,黑铁换黄金。真奇怪,这正是当晚萝希安排他跟陌生人会面时对方说的话。"你是谁?"佩特追问。那人答道,"我是炼金术士,你可以用黑铁来换我的黄金。"他手中出现了一枚金龙,在指节间翻来翻去,淡黄的金币在烛光中闪耀,其中一面是三头龙,另一面是某个死掉的国王。黑铁换黄金,他回想,没有更好的机会了。你要她吗?你爱她吗?"我不是小偷,"他告诉自称炼金术士的人,"我是学城的学徒。"炼金术士点点头,"你再考虑考虑吧,三天后,我会带着金龙币重回此地。"

整整三天过去了,佩特回到"羽笔酒樽",仍然拿不定主意,他没等到炼金术士,反而遇上了莫兰德、阿曼、"斯芬克斯"和鲁尼一行。若不加入庆祝,定会引起怀疑的。

"羽笔酒樽"从不打烊,六百年来,它始终矗立在蜜酒河中的小岛上,不曾关门歇业。尽管这座高大木房子的上层建筑向南歪斜,犹如醉酒的学徒,但佩特毫不怀疑它还将继续矗立六百年,售卖葡萄酒、麦酒及烈性苹果酒给过河人、海员、铁匠和歌手,僧侣与王公,学城的学徒与助理学士都是这儿的常客。

"旧镇不是全世界,"莫兰德大声嚷嚷。他是骑士之子,此刻已酩酊大醉。得知父亲死在黑水河之后,他便夜夜买醉。唉,即使身处远离战火的旧镇,有重重高墙保护,五王之战还是影响了所有人……不过贝尼狄克博士坚称根本没有所谓的"五王之战",因为蓝礼·拜拉席恩早在巴隆·葛雷乔伊自封为王之前就遇害了。

"我父亲常说,领主的城堡之外,那才是世界。"莫兰德续道,"在魁尔斯、亚夏或夷地,龙一定是最不起眼的东西。最近水手们的故事说……"

"……水手们的故事也只是故事,"阿曼打断他,"水手,亲爱的莫兰德,我敢打赌,你随时去码头边,都可以找到那种人,要么自称跟美人鱼睡过觉,要么吹嘘在鱼肚子里待过一年。"

"你怎么知道他们没有?"莫兰德踏着沉重的步伐在草地上找苹果,"除非你亲自钻到鱼肚子里去过。个别水手的故事,没错,

你可以付之一笑,但四艘船上操四种不同语言的桨手讲述同一个故事……"

"不是同一个故事,"阿曼坚持。"亚夏的龙,魁尔斯的龙,弥林的龙,多斯拉克的龙,解放奴隶的龙……故事的版本不一样。"

"只有细节不同。"莫兰德喝醉之后变得更加执拗,清醒时他已经够顽固了。"故事里面都有龙,还有一个年轻美丽的女王。"

佩特只关心金龙。他琢磨着炼金术士。这是第三天。他说过会回来的。

"你脚边有一只苹果,"拉蕾萨朝莫兰德喊,"我箭囊里还有两支箭。"

"你的箭囊见鬼去吧。"莫兰德抄起掉落的果子。"生虫了,"他抱怨,但还是扔了出去。苹果开始下坠时,被箭支逮个正着,干净利落地劈成两半。其中一半掉在塔顶,然后滚到下面较低的屋檐,弹落至阿曼身边一尺远处。"把蠕虫切成两半,它会变成两条虫子。"助理学士教导他们。

"苹果也能这样就好了,天底下便没人会饿肚子,"拉蕾萨带着惯常的微笑说。"斯芬克斯"总是面带微笑,仿佛知道什么隐秘的玩笑,这让他看起来有点不怀好意,尤其是他还长着尖下巴、尖鼻子、尖额头和一头乌黑浓密的短鬈发。

拉蕾萨将成为学士。他在学城才待一年,却已铸就了颈链的三个链条。阿曼的链条虽多,但每一个都要花费一年工夫,然而最终,他也会成为学士。鲁尼和莫兰德仍是光脖子的学徒,可鲁尼还小,而莫兰德喜好饮酒胜于阅读。

至于佩特……

他在学城已有五年,从西境过来时不过十三岁,岁月匆匆,脖子却仍跟初来乍到时一样光溜溜的。他两度相信自己作好了准备。

第一次是在维林博士面前展示天文知识，结果教他明白了维林这"酸醋"的外号果真名不虚传；佩特整整花了两年时间才鼓起勇气再作尝试。这回他信托于慈祥的老安布罗斯博士，老人素来言行温和，但事实证明，安布罗斯的叹息和维林的嘲讽一样令人痛苦。

"最后一只苹果，"拉蕾萨承诺，"然后我就告诉你们，我对这些龙的看法。"

"你会晓得什么我不晓得的？"莫兰德咕哝。他发现树枝上有只苹果，便跳起来将它摘下，再扔出去。拉蕾萨将弓弦拉至耳边，优雅地跟踪目标的飞行轨迹。苹果刚要下坠，箭离弦而出。

"你的最后一箭老是失手。"鲁尼说。

话音未落，苹果便完好无损地掉进河中。

"看到没？"鲁尼说。

"你拿大满贯的那天，就是无法再进步的时候。"说罢拉蕾萨卸下弓弦，将长弓轻巧地塞入皮套之中。这把弓由金心木雕成，那是产自盛夏群岛的稀有木材。佩特碰过这把弓，但拉不动。"斯芬克斯"看起来弱不禁风，实际上那双细长的胳膊很有力量，他思忖。此时拉蕾萨一边将腿跨过板凳，一边伸手去取酒杯。"龙有三个头，"他拖着柔和的多恩拖长腔调宣布。

"这是个谜题吗？"鲁尼想知道，"传说中斯芬克斯总是出谜题。"

"这不是谜题。"拉蕾萨呷了口葡萄酒。其他人喝的都是"羽笔酒樽"闻名天下的烈性苹果酒，他却喜欢来自他母亲家乡的奇特的甜葡萄酒，即使在旧镇，这种红酒也价格不菲。

"懒人"里奥给拉蕾萨取了"斯芬克斯"的绰号。传说中的斯芬克斯是个四不像：人面，狮身，鹰翼。拉蕾萨正是如此：他父亲是多恩人，母亲却为黑皮肤的盛夏群岛人，他自己的皮肤如柚木般黝黑，跟学城大门两侧的绿色大理石斯芬克斯像相同，拉蕾萨的眼

睛是玛瑙色。

"从来没有一条龙会长三个脑袋,除了盾牌和旗帜上的纹章,"助理学士阿曼坚称,"那充其量只是图案而已。况且,坦格利安家的人都死光了。"

"没有死光,"拉蕾萨道,"乞丐王的妹妹还活着。"

"她不是脑袋在墙上撞碎了吗?"鲁尼说。

"不对,"拉蕾萨说,"你说的是雷加王子之子伊耿,他被兰尼斯特狮子手下的勇士杀害。我讲的是雷加的妹妹,龙石岛陷落前出生在那里,名曰丹妮莉丝。"

"'风暴降生'!我想起来了。"莫兰德高举酒杯,剩余的苹果酒飞溅出来。"为她干杯!"他一饮而尽,"砰"的一声将空杯子砸在桌上,打了个嗝,用手背抹抹嘴。"萝希在哪儿?让我们为合法的女王再喝一轮,怎么样?"

助理学士阿曼面色惊恐:"小声点,蠢货,这种事开不得玩笑。隔墙有耳啊,到处都有八爪蜘蛛的眼线。"

"噢,尿裤子了,阿曼?行了,我只是建议咱们多喝杯酒,又不是要起兵造反。"

有人咯咯窃笑,接着,一个轻柔狡猾的声音从佩特身后传来。"我就知道你是个叛徒,青蛙。""懒人"里奥由摇晃的古旧木板桥走过来。他一身绿金条纹的绸缎上衣,黑丝披肩在肩头由一朵玉雕玫瑰别住,衣襟前染满酒渍,由颜色判断,是深红色的酒。一缕浅金头发悬垂下来,遮住了一只眼睛。

莫兰德看到他就怒发冲冠。"操你奶奶的。滚一边去。这里不欢迎你。"拉蕾萨伸出一只手按住他胳膊,让他冷静,阿曼则皱起眉头,"里奥大人,据我所知,您不是被学城禁足,还要待上……"

"……三天。""懒人"里奥耸耸肩,"佩雷斯坦说世界已有四万年历史，莫拉斯却说有五十万年。总而言之，三天算什么？"露台中有十几张空桌，里奥偏偏坐到他们这桌。"请我喝杯青亭岛的金色葡萄酒，青蛙，或许我不会把你的祝酒词禀告老爸。我在'多变轮盘'那里牌运不佳，又把最后一枚银鹿花在了晚餐上。李子酱乳猪，塞了栗子跟白松菇，啧，人总得吃饭哪。对啦，你们这帮小子都吃些什么？"

"羊肉，"莫兰德咕哝。听起来他不太满意。"我们分食一块煮羊肉。"

"那肯定管饱。"里奥转向拉蕾萨。"怎么着，豪门之子应该慷慨点儿，斯芬克斯。我知道你获得了铜链条，请我喝一杯以表庆贺怎么样？"

拉蕾萨回以微笑。"我只请朋友喝酒。而且我并非豪门之子，我说过，我母亲是生意人。"

里奥淡褐色的眼睛里闪烁着酒意和恶毒。"你母亲是只盛夏群岛的猴子，哼，反正只要两腿间有个洞，多恩人就会上。噢，别生气啊，你的皮肤或许跟榛果壳一样，但至少会洗澡，不像我们的雀斑猪倌。"他朝佩特挥挥手。

我拿酒杯砸他的嘴，至少可以敲掉一半牙齿，佩特心想。猪倌"雀斑"佩特是诸多民间故事的主角，一个心地善良但傻乎乎的乡巴佬，他总能战胜欺压他的恶人，包括肥胖的领主、傲慢的骑士和虚伪的修士。他虽愚笨，却往往由拙生巧，每个故事的结尾，"雀斑"佩特要么坐上领主的高背椅，要么跟某位骑士的女儿同床共枕。但故事毕竟只是故事，在真实世界里，猪倌不可能有好日子过。有时佩特会想，母亲一定是恨他，才给他取了这样一个名字。

拉蕾萨收住微笑："你得道歉。"

"是吗？"里奥说，"我喉咙这么干，怎样道歉呢……"

"你说的每个字都让你的家族蒙羞，"拉蕾萨告诉他，"也让

学城蒙羞。"

"真的？那你就快快请我喝杯酒，或许能替我掩盖羞耻。"

莫兰德道："我要把你的舌头拔出来。"

"呵呵，那我怎么告诉你龙的事情呢？"里奥又耸耸肩。"杂种说得对，'疯王'的女儿还活着，而且她自己孵出来三条龙。"

"三条？"鲁尼惊讶地应道。

里奥拍拍他的手。"大于二，小于四。我要是你，可不会尝试金链条的测试。"

"你别欺负他。"莫兰德警告。

"多仗义的青蛙啊。好吧，我告诉你，如今只要是航行经过魁尔斯一百里格之内的船，船上的人都在谈论龙。有人甚至会告诉你，他们见过真龙。'魔法师'倾向于相信这些说法。"

阿曼不以为然地努努嘴。"马尔温不可靠。佩雷斯坦博士从不理会他。"

"莱安博士也这么认为。"鲁尼说。

里奥打个哈欠。"海中有水，太阳很热，栏中宠物讨厌看门狗。"

他给每个人都取了外号，佩特心想，但他无法否认，马尔温确实更像看门犬，不像学士。他仿佛随时随地都在嗅闻，做好咬人的准备。"魔法师"跟其他学士不同。人们说他同妓女及雇佣巫师为伍，用对方的母语与长毛的伊班人和黑如沥青的盛夏群岛人交谈，还在旧镇码头边外国水手的小神庙里祭奉古怪的神祇。有人在下城中见过他，他会在贫民窟和黑妓院里与戏子、歌手、佣兵，甚至乞丐厮混，还有人悄悄传言，他赤手空拳杀过人。

马尔温在遥远的东方待了八年，以绘制地图，搜寻失落的书籍，拜访男巫和缚影士，返回旧镇之后，"酸醋"维林给他取了个绰号"魔法师马尔温"，令其极为恼火的是，这一绰号不胫而走，很快传遍了旧镇。"装神弄鬼的事留给僧侣和修士去,你要把脑筋用在学习世界的真理上,"莱安博士曾劝告佩特,但莱安浑身上下从戒指、手杖到面具都是黄金,而且他的学士颈链里没有瓦雷利亚钢链条。

阿曼顺着鼻子俯视"懒人"里奥——他的鼻子又长又窄又尖,尤其适合这一表情。"马尔温师傅相信许多稀奇古怪的东西,"他声称,"他跟莫兰德一样,没有龙的证据,只有水手的故事。"

"你错了,"里奥说,"有一支玻璃蜡烛在'魔法师'的房间里燃起来了。"

灯火通明的露台突然一片寂静。阿曼叹口气,摇摇头。莫兰德开怀大笑。"斯芬克斯"用黑色的大眼睛注视着里奥。鲁尼显得茫然若失。

佩特知道玻璃蜡烛,不过从没见过它们燃烧。玻璃蜡烛是学城公开的秘密,相传是末日浩劫降临的一千年前,从瓦雷利亚带来旧镇的,共有四支,一绿三黑,全都长而扭曲。

"什么是玻璃蜡烛?"鲁尼问。

助理学士阿曼清清嗓子。"每位助理学士立誓成为学士的前一晚,都必须在地窖中守夜,并且不能携带任何光亮,没有火炬,没有油灯,没有香烛……只有一支黑曜石蜡烛。他必须在黑暗之中度过一夜,除非能点亮那支蜡烛。有些笨蛋真的会去尝试,修行所谓'高级神秘术'的家伙们更是迫不及待。结果只是割破手指——蜡烛的边缘跟剃刀一样锋利——血淋淋的,在失败的郁闷中等待黎明。聪明人会直接睡觉,或整晚祈祷,但每年总有几个人不甘心。"

"对。"佩特听过同样的故事,"不过不发光的蜡烛究竟有什么用呢?"

"这是个教训,"阿曼说,"是我们戴上学士颈链前的最后一

课。玻璃蜡烛代表真理和学识，珍贵、美丽而又脆弱。蜡烛的形状提醒我们，无论在何处服务，学士都必须放射光明，驱散愚昧；蜡烛锋利的边缘告诫我们，知识也有危险的一面，博学之士亦会因智慧而自负，身为学士，定要始终保持谦卑；最后，玻璃蜡烛还让我们谨记，在立誓之前，在戴上颈链之前，在供职之前，于黑暗中度过的漫漫长夜，谨记自己无论如何也无法点燃那支蜡烛……一个人纵然满腹学识，却也并非无所不能。"

"懒人"里奥放声大笑，"你是说你办不到吧。我可是亲眼看见那支蜡烛燃烧的。"

"你确实见过燃烧的蜡烛，我不怀疑，"阿曼庄严地说，"大概是黑蜡烛吧。"

"我看到什么自己很清楚。那支蜡烛发出的光线古怪又明亮，比蜂蜡或牛油蜡烛明亮得多。它投射出奇特的影子，而且从不闪烁，即使有风从敞开的门里吹进来。"

阿曼抱起双臂："得了吧，黑曜石是不能燃烧的。"

"龙晶，"佩特说，"老百姓称之为龙晶。"不知何故，这一点似乎很重要。

"正是，"被称为"斯芬克斯"的拉蕾萨沉吟道，"假如真龙再度现世……"

"龙，还有更黑暗的事物，"里奥说，"灰衣绵羊们闭上眼睛，看门犬却发现了真相。古老的力量已然苏醒，阴影蠢蠢欲动。奇迹与恐怖的年代即将来临，这也是诸神与英雄的纪元。"他伸个懒腰，露出慵懒的微笑。"依我看，这值得咱们再喝一轮。"

"我们喝得够多了，"阿曼说，"而且不管怎么说，天快亮了。今天早晨安布罗斯博士要讲解尿液的特性，想铸造银链条，就不能错过他的讲座。"

"我不会阻止你们去品尝尿的味道，"里奥说，"至于我嘛，我比较喜欢青亭岛的金色葡萄酒。"

"要在喝尿和听你聒噪之间选,我宁愿喝尿。"莫兰德一推桌子站起来。"走吧,鲁尼。"

"斯芬克斯"伸手取过皮套。"我也该睡了。希望能梦到龙和玻璃蜡烛。"

"全都要走?"里奥耸耸肩,"好吧,至少这里还有萝希。或许我会弄醒我们的小甜心,让她成为女人。"

拉蕾萨看到佩特脸上的神情。"他连买酒的铜板都没一个,不会有金龙币买那女孩。"

"对,"莫兰德说,"况且只有真正的男人才能让她成为女人。跟我走吧,佩特。太阳一出,老沃格雷夫就会醒来。他上厕所的时候一定得要你帮忙。"

前提是他今天记得我是谁。沃格雷夫博士可以毫无困难地分辨每只乌鸦,但认人就没那么高明了。有时他以为佩特是某个叫克礼森的人。"我还不想走,"他告诉朋友们,"再待一会儿。"天没亮,还有点时间。炼金术士仍有可能出现,假如他来的话,佩特不想错过。

"随你吧,"阿曼说。拉蕾萨又打量了佩特一会儿,方把弓挎上一侧细窄的肩膀,随其他人过桥。莫兰德醉得不行,只能用手搭着鲁尼的肩,才不至于跌倒。对于展翅飞翔的乌鸦而言,从这里到学城并不算远,可惜他们不是乌鸦,而旧镇是座名副其实的迷宫,布满纵横交错、狭窄蜿蜒的小巷和街道,看似很近的距离,却得绕上几大圈。"小心,"佩特听见阿曼的声音,河上的迷雾很快吞噬了四人的背影,"晚上湿气重,鹅卵石会滑。"

他们走后,"懒人"里奥酸溜溜的视线越过桌子停留在佩特身上。"多可悲啊。'斯芬克斯'带着银币溜之大吉,丢下我跟猪倌'雀斑'佩特做伴。"他伸伸懒腰,打个哈欠。"啊,咱们可爱的

小萝希呢?"

"在睡觉。"佩特简洁地说。

"我敢说肯定是一丝不挂。"里奥咧嘴笑道,"你认为她真值一枚金龙?总有一天,我会亲自找出答案。"

佩特没有回答。

里奥也不需要他答腔:"等我破了那丫头的身,她的价位会跌到连猪倌都付得起的地步。到时候,你可要好好感谢我唷。"

我要宰了你,佩特心想,但他没醉到枉送性命的地步。众所周知,里奥受过训,擅使刺客短剑和匕首。退一步讲,即使佩特能杀他,也意味着自己脑袋不保。佩特有名无姓,里奥却两者皆备,他的姓氏是"提利尔"——其父乃旧镇守备队司令莫林·提利尔爵士,其表兄更是贵为高庭公爵兼南境守护的梅斯·提利尔,而旧镇的主人,"旧镇老翁"参天塔的雷顿伯爵的诸多头衔中便包括"学城守护者",他也是宣誓效力提利尔家族的封臣。算了,忍一时之气吧,佩特告诉自己,反正他说这些不过是想伤害我。

东方的雾气渐渐散去。天亮了,佩特意识到,天亮了,炼金术士却没有来。他不知该哭还是该笑。把东西放回去,不教人知道,我还算是小偷吗?这又是一个他无法回答的问题,跟安布罗斯和维林问过的那些问题一样。

他从板凳上站起来,烈性苹果酒一下子全涌上了头。他不得不一手撑着桌子,以稳住身体。"离萝希远点,"他以此道别,"离她远点,否则我杀了你。"

里奥·提利尔拨开眼前的头发。"我不跟猪倌决斗。走开。"

佩特转身穿过露台,脚步踏在历经风雨的旧木桥上。等他过了桥,东方的天空已微微泛红。世界很辽阔,他告诉自己,买下那头驴,我依旧可以在七大王国的大路小道上漫游,为平民百姓放血治病,替他们除去虱子。我也可以签约受雇到船上划桨,经由玉门航行至魁尔斯,亲眼见识那些耸人听闻的龙。我不要回去照顾老沃格雷夫和那些乌鸦。

然而他的脚步还是转回学城。

第一道阳光穿透东方的云层,水手圣堂的晨钟即刻鸣响,响彻港湾,稍后,领主圣堂也加入进来,接着七神殿的钟声从蜜酒河对岸的花园传出,最后是繁星圣堂——在伊耿抵达君临前的一千年里,它都是总主教的驻节地。各处钟声彼此交融,共同组成宏伟浩荡的乐章。唉,其实还不如昨晚那只小夜莺的歌声甜美。

钟鸣之下还有吟唱。每当早晨第一道曙光出现时,红袍僧们便会聚集在码头边朴素的神殿外迎接朝阳。**长夜黑暗,处处险恶**,佩特听过上百次唱颂,他们请求拉赫洛于黑暗之中拯救世人。七神对他而言足矣,不过,听说史坦尼斯·拜拉席恩如今也在夜火前膜拜,甚至将旗帜上的宝冠雄鹿换成了拉赫洛的烈焰红心。假如他赢得铁王座,恐怕我们都得学唱红袍僧的歌了,佩特心想,然而这种可能性不大。泰温·兰尼斯特在黑水河上打败了史坦尼斯和拉赫洛,很快就能彻底消灭他们,将拜拉席恩篡夺者的脑袋用枪挑着,挂到君临的城门上。

夜雾逐渐蒸发,旧镇的景致在他周围显现出来,仿佛逐渐成像的幽灵。佩特没见过君临,但他知道那是座毫无章法的土木城市,到处是泥土街道、茅草房顶和木制小屋。旧镇则由石头建成,大街小道都铺着鹅卵石,连最简陋的小巷也不例外,而这座城市最美丽的时刻就是黎明。蜜酒河以西,宫殿般的公会大厅排列于岸。上游,学城的圆顶和塔楼耸立在河的两侧,由杂于房舍间的石桥连接。下游,繁星圣堂的黑色大理石墙壁和拱窗下,簇拥着那些最富裕虔诚的人的住宅,仿佛孩童聚集在年迈贵妇的脚边。

远处,蜜酒河越变越宽,最终注入低语湾,参天塔就耸立于河口处,其顶端的烽火衬托着拂晓的天空,耀眼夺目。该塔坐落在

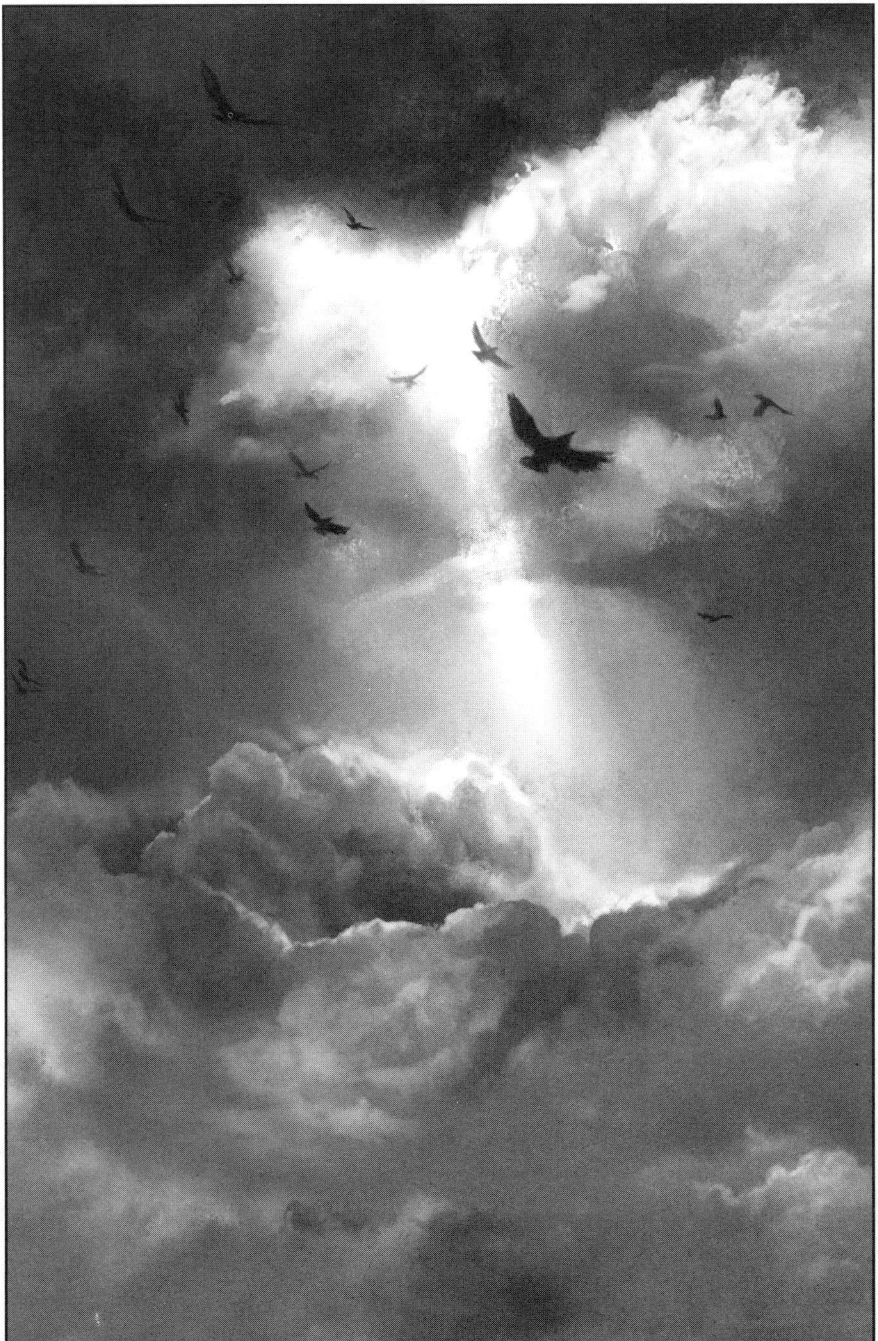

征战岛的断崖峭壁上,洒下的影子犹如利剑切割了城区,凡是在旧镇土生土长的人都可以凭借影子长短分辨一天的时刻。有人甚至声称,站在高塔顶端,可以一直看到长城——或许这就是雷顿大人十多年不曾下塔的原因,或许他喜欢在云端里统治自己的城市。

一辆屠夫的拖车沿堤道隆隆经过佩特身边,五只小猪在车上哀号。才躲开拖车,又有个女人从头上的窗户泼下一马桶污秽,他堪堪避过。等我当上城堡里的学士,就会有马的,他边想边在石头上绊了一跤。别自欺欺人了,得不到颈链,又怎能高坐于领主桌边,怎会有白马可骑?他只能听着乌鸦的聒噪度日,每天搓洗沃格雷夫博士内衣上的粪渍罢了。

他正单膝跪地,试图擦去袍子上的污泥,一个声音说:"早上好,佩特。"

炼金术士就在他前面。

佩特赶紧站起来。"第三天……你说你会去'羽笔酒樽'。"

"我看你跟朋友们在一起,就没去打扰你们这次聚会。"炼金术士穿一件毫不起眼的褐色兜帽旅行斗篷,太阳刚好爬上他身后的屋顶,很难看清兜帽底下的脸。"你决定改变自己的命运了吗?"

他非逼我说出来不可?"我做了小偷。"

"是的。"

整件事最困难的部分,就是四肢贴地,把保险箱拖出沃格雷夫博士的床底。箱子很结实,镶有铁箍,但锁坏了。葛蒙学士怀疑是佩特干的好事,事实并非如此,沃格雷夫丢失钥匙之后自己砸开了锁。

在里面,佩特找到一袋银鹿,一束丝带绑着的黄头发,一幅容貌酷似沃格雷夫的女人肖像(甚至连小胡子都相似),一只骑士用的龙虾状钢甲护手。沃格雷夫宣称这只护手属于某位王子,却想不起究竟是谁了。佩特晃动护手,钥匙便掉出来,落在地上。

捡起它，我就成了小偷，他记得自己当时的想法。钥匙由黑铁制成，古老而沉重，它能开启学城里每一扇门，只有博士才拥有。别的博士都将钥匙随身携带，或藏在安全的地方——是啊，反正沃格雷夫把他的钥匙藏起来了，没人找得到。佩特抓起钥匙，向门口走去，半路又折回来取走了银币。反正都是小偷了，不管偷多偷少。"佩特，"一只白鸦叫唤着他的名字，"佩特，佩特，佩特。"

"你把金龙带来了吗？"他问炼金术士。

"一手交钱，一手交货。"

"把金龙拿出来，我先看看再说。"佩特不想上当。

"河边不太方便。跟我来。"

他没时间细想，没时间掂量轻重。炼金术士越走越远，佩特只能跟上去，否则就会永远失去萝希和那枚金龙币。他一边走，一边将手伸进袖子，摸到那把钥匙，此刻它安安全全地躺在他亲手缝制的内袋里。学士的长袍该当缝满口袋，他打孩提时代就知道。

他加快脚步才能赶上炼金术士宽阔的步伐。他们走进一条小巷，转了一个弯，穿过臭名昭著的盗贼黑市，沿着拾荒者胡同前进。最后，那人转进另一条小巷，比先前的更窄。"够了吧，"佩特说，"附近没人。就在这儿做交易。"

"随你便。"

"我要我的金龙。"

"给你。"金龙币出现了。炼金术士用指关节翻滚它，就像萝希安排他俩会面时那样。金龙翻动，黄金在晨曦中闪烁，仿佛为炼金术士的手指镀上一层金光。

佩特一把抓过金币。它在手掌中感觉暖暖的，他模仿别人，放到嘴边咬了咬——他见过别人这样做，不过说实话，他并不晓得金子是什么味道，只是不想让自己看起来像个傻瓜。

"钥匙呢?"炼金术士礼貌地问。

不知怎的,佩特突然犹豫起来。"你想偷书吗?"地窖底下锁着一些古老的瓦雷利亚卷轴,据说是世上仅存的副本。

"不关你的事。"

"没错。"成交了,佩特告诉自己,成交了,快走吧,快回"羽笔酒樽",吻醒萝希,告诉她,她属于你了。然而他没动。"让我看看你的脸。"

"随你便。"炼金术士拉下兜帽。

他是个普通人,有一张普普通通的面孔,年轻的面孔,但平凡无奇,丰满的脸颊,隐约的胡碴,右颊上有一道淡淡的疤痕。他长着鹰钩鼻,外加一头整齐繁茂的黑鬈发。佩特不认识这面孔。"我不认识你。"

"我也不认识你。"

"你是谁?"

"无名之辈。谁也不是。真的。"

"哦。"佩特再也无话可讲。他掏出钥匙,放到陌生人手中,只觉得头昏眼花,轻飘飘的。萝希,他提醒自己。"那就成交。"

他沿小巷走到一半,脚下的鹅卵石开始移动起来。夜里潮湿,鹅卵石又湿又滑,他想起阿曼的话,但现在已是上午了啊。他觉得心脏怦怦直跳。"怎么回事?"双腿仿佛化成了水,"我不明白。"

"也永远不会明白,"某人悲哀地说。

鹅卵石地蓦然迎面扑来。佩特想呼救,却喊不出声。

他最后想到的是萝希。

先知

他们带来国王去世的消息时,"湿发"伊伦正在大威克岛上淹人。

那是个阴冷的早晨,大海和天空一般灰黑。前三人无畏地向淹神献出了生命,但第四个的信仰不太坚定,他的肺急盼着空气,身体便随之挣扎。伊伦站在齐腰深的水里,紧紧箍住裸体男孩的肩头,任凭男孩竭力呼吸,头却被他一次又一次推回水中。"勇敢起来,"他说,"我们来自大海,终将回归于大海。张开嘴巴,畅饮神灵的祝福。让海水充盈你的肺,逝者不死,必将再起。不要抗拒了。"

然而不知这孩子是埋在波涛下听不见声音,还是已经彻底抛弃了信仰,他狂乱地又踢又打,伊伦只好叫来帮手。四个淹人涉水过来扣住这可怜虫,把他牢牢摁进水里。"为我们而受淹的无上之神啊。"牧师用大海般深沉的声音祷告道,"让您的仆人埃蒙德如您一般自海中重生。给予他海盐的祝福,给予他坚石的祝福,给予他钢铁的祝福。"

一切都结束了。男孩嘴里再没有气泡冒出,他的四肢也不再摆动。埃蒙德头朝下漂浮在浅海中,苍白、冰冷而沉静。

湿发这才发现那三个骑马的人来到了鹅卵石滩上,和他手下的淹人在一起。伊伦认得斯帕,这脸庞消瘦的老头子有一双水汪汪的眼睛,而他那颤巍巍的声音是大威克岛这一带的法律。他儿子斯塔法伦在他身边,还有一个身披暗红色毛皮斗篷的少年,少年肩上华丽的别针是古柏勒家的黑金号角。他是葛欧得的儿子之一,牧师

一瞥之下便认定。古柏勒的妻子很晚才给他三个高大儿子，之前已生出了一打女儿。人们都说这三个儿子的长相无法区分，"湿发"伊伦也不想去分辨。不管葛雷顿、葛蒙德还是葛蓝，牧师都没空搭理。

他粗鲁地咆哮喝令，淹人们便抓起男孩尸体的四肢，将其抬出水面。牧师紧跟在后，赤身裸体，只有一条海豹皮包裹私处，待爬上岸来，已然浑身湿漉，不禁有些起鸡皮疙瘩。他大步踏过湿冷的沙滩和被海水磨光的鹅卵石。淹人们递来一件粗重长袍，袍子被染成灰蓝绿三色，正是大海的颜色、淹神的颜色。伊伦系好袍子，甩开长发，乌黑的长发不住滴水——自从大海将他送回来之后他就没再剪过。发丝披散在肩，犹如一件粗糙的绳索斗篷，直垂到腰际。伊伦的头发和未经修理的纠结胡须上都编织着海草。

淹人们围着死人，开始祷告。诺京用手，鲁斯用跨骑在上面的身体，拼命挤压男孩的胸膛，接着伊伦上前，淹人们退开。牧师用手指掰开男孩冰凉的嘴唇，赐予埃蒙德生命之吻，一吻又一吻，直到海水从他口中涌出。男孩开始咳嗽、呕吐，他的眼睛茫然无措，充满恐惧。

又一个重生之人，这是淹神宠爱的明证。 每位牧师都有过失败，即使是"三淹人"塔勒，神圣得足以为国王加冕的人也不例外。可他——伊伦·葛雷乔伊从不失手。他是湿发，他游历过神灵的流水宫殿，并将那里的光辉传颂给世人，"起来，"他对吐着积水的男孩大喊，一边挥打对方裸露的背脊，"你被淹过，又回到了我们中间。逝者不死。"

"必将再起，"男孩剧烈地咳嗽，喷出更多海水。"再起。"他挤出的每个字眼中都蕴涵着苦痛，可这是世界的法则：人必须为生存而斗争。"再起，"埃蒙德跟跄着站起来，"其势，更烈。"

"从今往后，你属于神灵，"伊伦告诉他。其他淹人聚过来，

21

每人给了他一拳一吻作为加入的赠礼。有人替他穿上那灰蓝绿三色的杂色粗袍，还有人递给他一根浮木棍棒。"从今往后，你属于大海，大海将保护你劈波斩浪，无畏仇寇，"伊伦道，"我们祈祷你凶猛地挥舞手中的棍棒，勇敢地面对神灵的凡敌。"

直到这时，牧师才望向那三个骑手，他们正一动不动地关注着他。"是来受淹的吗，大人们？"

斯帕咳嗽几声。"我孩提时代就受过了，"他说，"我儿子在命名日时也受过。"

伊伦嗤之以鼻。没错，斯塔法伦·斯帕刚出生就被献给了淹神，可他明白个中机窍，婴儿不过是飞速地在装海水的木盆里浸一浸，也许连头都没打湿。难怪铁民会被别人打败征服，当初他们可是统治着浪涛声至的所有土地啊。"那并非真正的受淹，"他告诉头领，"逝者才能再起。好吧，不想证明信仰，你来干什么呢？"

"葛欧得大人的儿子有话对你说。"斯帕指指红袍少年。

这男孩看来不超过十六岁。"啊，你是谁？"伊伦盘问。

"葛蒙德。葛蒙德·古柏勒，愿能取悦大人。"

"我们应当取悦淹神。你受过淹吗，葛蒙德·古柏勒？"

"我在命名日受过，湿发大人。我父亲特意差我来找您，他急着见您。"

"我行不更名坐不改姓，葛欧得头领只管前来便是。"伊伦从鲁斯手中接过一个皮袋，袋子里装满新鲜海水。牧师拔出塞子，灌下一大口。

"我是来带你去城堡的。"年轻的葛蒙德骑在马背上坚持。

他害怕下马，唯恐弄湿靴子。"我要在这里履行圣职。"伊伦·葛雷乔伊是个先知，他无法忍受穷乡僻野的小领主像使唤奴仆一般支使他。

"葛欧得那儿来了只鸟。"斯帕说。

"学士的鸟，从派克过来。"葛蒙德确认。

黑色的翅膀，带来黑色的消息。"乌鸦飞越海盐与坚石而来。如果消息有和我相关，现在就说。"

"只能跟你一个人讲，湿发，"斯帕道，"不能当着外人说。"

"这些'外人'都是我的淹人兄弟，神的仆人，与我无异。我在他们面前没有秘密，正如我在我们的神灵面前、在神圣的大海面前没有秘密一样。"

骑手们交换着眼色。"说吧，"斯帕催促，于是红袍少年鼓起勇气。"国王死了，"他语调平板，只有四个字，然而刹那间仿佛连大海都战栗起来。

维斯特洛有四位国王，但伊伦不用问也知道他指的是谁——统治铁群岛的巴隆·葛雷乔伊。国王死了。这怎么可能？上个月轮时伊伦还见过长兄，当时他满载着掠夺磐石海岸的战利品返回到铁群岛。在他离开的日子里，巴隆的灰发已然半白，俯身时肩膀的咯吱声也比以前响多了，但国王决没有一丝一毫的病态。

伊伦·葛雷乔伊的生命搭建在两根巨柱之上，而今短短四个字就踢倒了一根。我只剩下淹神，愿他能让我像大海一般坚韧和顽强。"我兄长是怎么过世的？"

"陛下在派克岛过桥时摔了下去，撞在岩石上。"

葛雷乔伊家的堡垒建造于断裂角砷，堡垒和塔楼都修在从海中伸出的巨岩上，桥梁把派克城各部分连接起来，有岩石雕刻的封闭拱桥，也有长而摇晃的木绳索桥……"这么说来，时值狂风大作？"伊伦质问。

"嗯，"少年答道，"没错。"

"风暴之神卷走了他，"牧师宣布。千万年来，大海和天空进行着永不停歇的战争。大海孕育了铁种，并用鱼类支撑他们度过严冬，而风暴带来的只有痛苦与悲哀。"我的长兄巴隆国王陛下让我们重新强大，从而引来了风暴之神的愤怒。如今，他正在淹神的流水宫殿中欢宴，美人鱼会满足他所有的需求，而我们将留在这干燥凄寒之地，去继续他伟大的事业。"他塞好塞子，"我会跟你父亲大人谈谈，从这里到战锤角有多远？"

"六里格。你可以坐我后面。"

"一人骑比两个人快得多。把马给我，淹神会祝福你。"

"骑我的马，湿发。"斯塔法伦·斯帕主动提出。

"不。他的马更好。给我，孩子。"

少年犹豫半晌，终于还是下马把缰绳递给先知。伊伦将黝黑的赤脚踩进马镫，翻上马背。他不喜欢马——这是青绿之地的生物，会让人变得软弱——不过情况紧急，他必须赶路。**黑色的翅膀，带来黑色的消息**。时不我待，大风暴正在酝酿，他可以从浪涛声中听出来，而风暴所至除了邪恶别无他物。"去梅林大人的塔堡下的卵石镇等我，"他告诉手下的淹人们，同时掉转马头。

道路崎岖，越过山丘、树林和隘口，紧随一条常在马蹄下消失无踪的狭窄小道，延伸，延伸。大威克岛是铁群岛中最大的岛屿，它太庞大，以至于岛上很多领主的堡垒竟然见不到神圣的大海。

葛欧得·古柏勒正是其中之一。他的居城位于坚石山，那是全岛离淹神的国度最遥远的地方。葛欧得的臣民在矿山中劳作。在地表之下黑暗的石洞里，很多人由生到死从没目睹过辽阔的盐水。**难怪他们生活潦倒，性情乖张**。

伊伦边骑边想，思绪飘到兄弟们身上。

科伦·葛雷乔伊，铁群岛大王，一生留下了九个儿子。哈龙、昆顿和唐纳尔为科伦大王的原配妻所生，她是斯通垂家的女人；巴隆、攸伦、维克塔利昂、乌尔刚和伊伦是二房太太所生，她来自于盐崖岛上的桑德利家族；科伦的三房是他从青绿之地上掠来的姑

娘,她给了他一个虚弱的痴呆儿罗宾,这是理应被遗忘的兄弟。牧师对昆顿和唐纳尔都没印象,他们在襁褓中就死掉了;对哈龙的记忆也很模糊,只记得他灰灰的脸,成天静坐在无窗的房间里喃喃自语,随着灰磷病一天天扩展到舌头与嘴唇,他的声音也越来越微弱。不,总有一天我们弟兄将会团聚,在淹神的流水宫殿里大啖鲜鱼,我们四个加上乌尔。

科伦·葛雷乔伊一生留下九个儿子,但只有四个成为男子汉。这是这个寒冷世界的法则,男人从大海捕鱼在土地耕作然后死掉,女人躺在鲜血与苦痛的床铺上挤出短命的孩子。伊伦是四只海怪中最小也最不起眼的一只,巴隆则是最大和最威猛的一只,这个凶猛无畏的人,他生存的一切目的就是为了恢复铁种们古老的荣耀。十岁时,他爬上菲林特悬崖,进入盲眼领主的闹鬼塔;十三岁时,他操纵长船和表演手指舞的技巧已能企及岛上一流好手;十五岁时,他随"裂颚"达格摩去石阶列岛,参加夏季的掠夺行动。在那里,他首开杀戒,并带回了头两个盐妾;十七岁时,巴隆拥有了自己的长船。他具备长兄应该具备的一切风范,虽然他对伊伦只有责骂。我是个软弱的人,浑身罪孽,我活该受轻蔑。但宁被勇敢的巴隆责骂也比作"鸦眼"攸伦的走狗强。虽说岁月和悲伤折磨着巴隆,却也使他比任何人都更加坚定。他生为领主之子,死时王冠加冕,他被嫉妒的神灵所谋杀,伊伦心想,现在风暴来了,这是一场群岛从没见识过的大风暴。

骑到深夜,牧师方才在新月下窥见战锤角尖利的铁城垛。葛欧得的城堡庞大结实,筑城巨石采自城后绝壁,城墙下,无数洞穴和上古坑矿犹如一张张无牙的黑嘴巴。战锤角的铁门入夜时分便已关闭上锁。伊伦拣起石头击门,直到铿锵声吵醒守卫。

前来迎接的小子长得很像葛蒙德,那个被他夺了马匹的少年。
"你是谁?"伊伦问。

"葛蓝。我父亲在等您。"

大厅阴冷透风,处处暗影。葛欧得的一个女儿递给他一角杯啤酒,另一个负责翻搅炉火,火堆带来的烟雾比暖气还多。葛欧得·古柏勒自己正和一位身穿精致灰袍的细瘦男子低语,那男子颈上戴着由各种金属制成的锁链,表明他是来自学城的学士。

"葛蒙德呢?"葛欧得劈面问道。

"他走路。把女人赶走,大人,还有学士。"他不喜欢学士。他们的乌鸦是风暴之神的宠物,自乌尔的事件后,他也不再信任他们的治疗。真正的男人决不应选择被奴役的命运,决不会在咽喉上锻造一条奴隶的项圈。

"洁西拉,洁温,离开这里,"古柏勒简短地说,"你也一样,葛蓝。莫伦莫学士留下。"

"他必须离开。"伊伦坚持。

"这是我的厅堂,湿发,你不要喧宾夺主。学士留下。"

他离大海太远了,伊伦告诉自己。"那我走,"他对古柏勒说,说罢便回头大步离去,黝黑赤脚上的茧疤摩擦着干燥的草席,发出沙沙声响。整整半天的骑行看来是白费工夫。伊伦走到门边,学士突然清清嗓子,"攸伦·葛雷乔伊坐上了海石之位。"

湿发猛然转身。厅内寒气陡增。鸦眼在半个世界之外。两年前巴隆放逐了他,并发下毒誓,如果他回来就要他的命。"说。"他沙哑地道。

"国王去世的第二天他便回到君王港,以巴隆二弟的身份索要巴隆的城堡和王冠。"葛欧得·古柏勒说,"现在他放出乌鸦,召唤所有的船长与每座岛屿的头领,前往派克城给他下跪,尊他为王。"

"不。"湿发伊伦顾不上斟酌字句,"敬神的人才能登上海石之位。鸦眼只在乎自己的荣耀。"

"不久后，你也会应召前去派克，面见国王。"古柏勒说，"巴隆最近跟你谈过继承人的事吗？"

是的。他们在海中塔上谈过，就在那座窗外狂风呼号、脚下巨浪滔天的塔楼上。当伊伦把他仅存的儿子的情况原原本本地报告之后，巴隆绝望地摇摇头。"如同我惧怕的那样，狼仔让他变得脆弱不堪，"国王说，"我曾祈求神灵，让他们杀了他，好教他不挡阿莎的道。"在这点上，巴隆是无知的，他在女儿身上见到了自己当年的凶悍与狂野，便以为她能继承自己的事业。但是他错了，伊伦试图说服他。"女人不能统治铁种，即便阿莎那样的女人也不行。"他反复劝告，可巴隆对不想听的事总是装聋作哑。

牧师还不及答复葛欧得·古柏勒，学士又开了口。"海石之位属于席恩，如果王子真的死了，便应当传给阿莎。这是律法。"

"青绿之地的律法，"伊伦轻蔑地说，"与我们有何相干？我们是天生的铁种，大海的儿子，淹神的选民。女人永不能统治我们，不敬神的人更不行。"

"那维克塔利昂呢？"葛欧得·古柏勒问，"他掌管着铁舰队。维克塔利昂会提出要求吗，湿发？"

"攸伦是兄长……"学士插进来。

伊伦的一瞥让他住了口。铁群岛上，无论小渔村还是大城堡，湿发的一瞥足以让少女晕厥，教婴儿闭嘴，足以镇住这个戴铁索的奴隶。"攸伦是兄长，"牧师说，"但维克塔利昂更虔诚。"

"他们之间会开战？"学士问。

"铁民不许染上铁民的血。"

"你想得很虔诚，湿发，"古柏勒道，"你哥哥跟你可不一样。他淹了沙汶·波特利，就因为对方声称海石之位照权利应当属于席恩。"

"如果他被淹了，那便没有流血。"伊伦说。

学士和领主交换了个眼神。"我必须尽快给派克答复，"葛欧得·古柏勒道，"湿发，我想听听你的建议。怎么说，臣服还是反抗？"

伊伦捻着胡子，陷入沉思。*我见识过风暴，它的名字是鸦眼攸伦。*"暂时保持沉默，什么都别答复，"他告诉领主，"我必须为此祷告。"

"随你怎么祷告，"学士说，"都不能改变律法。席恩是法定继承人，阿莎紧随其后。"

"安静！"伊伦怒吼道，"铁种受够了你们这帮带项圈的学士唧唧喳喳地恭维青绿之地和青绿之地上的法律。是我们听取大海的呼唤的时候了，是我们听取神灵的指引的时候了。"他的话音回荡在烟雾缭绕的大厅中，其中的力量让葛欧得·古柏勒和他的学士都不敢做声。*淹神和我同在，*伊伦心想，*他指引着我。*

古柏勒邀他在城中过晚，牧师拒绝了。他鲜少在城堡屋檐下就寝，更不会于远离大海的地方休息。"我去过世上最舒适的地方，那是波涛之下淹神的流水宫殿。我们生来是为了受苦，受苦让我们坚强。我只要一匹能载我去卵石镇的好马。"

古柏勒乐于献马，随便还把儿子葛雷顿派来为牧师引路，以便他尽快穿越山峦到达海边。出发时，离黎明至少还有一个钟头，不过他们的坐骑都是性情坚强、步履稳健的好马，所以尽管四周一片漆黑，也没遇到什么麻烦。伊伦阖上双眼，默默祈祷，不一会儿便在马鞍上打起盹儿来。

那声音悄然而至，那生锈铁门链的尖叫。"乌尔，"随着低语，他猛然醒来，满怀恐惧。这里没有铁链，没有门，没有乌尔。飞斧切掉了乌尔的半个手掌，当时他才十四岁，趁父兄们外出打仗，在家练习手指舞。科伦公爵的三房来自于红粉城的派柏家族，有硕大柔软的乳房和麋鹿般的棕色眼眸。她不用古道来治疗乌尔，

舍弃了烈火和海水，召来青绿之地的学士。学士发誓说可以把切掉的手指缝上去，他那样做了，还用了膏药、药剂和芳草，可手掌仍在溃烂，乌尔高烧不止。等学士把乌尔的手锯掉时，一切都太迟了。

科伦大王没能从航行中生还，慈悲的淹神让他在海上过世。回来的是巴隆大王，以及他的兄弟攸伦与维克塔利昂。巴隆听说了在乌尔身上发生的事后，立马以一把切肉刀斩下了学士的三根指头，然后命父亲的三房太太把它们缝回去。芳草和药剂把在乌尔身上刚发生的事又在学士身上重演了一遍，学士于迷乱中死去，之后那位三房太太在生产科伦大王的女儿时也因难产过世，母女双亡。暗自庆幸的是伊伦。作为乌尔最好的朋友和兄弟，他们一起练习手指舞。是他的斧头切掉了乌尔的手。

回想乌尔死后的岁月，他仍旧感到羞愧。十六岁时他开始自称为男子汉，可事实上他常常醉得走不动。他唱歌、跳舞（当然不会是手指舞，永远不会！）、讲笑话、说相声、嘲弄别人；他玩笛子、变戏法、比赛骑马；他的酒量足以拼倒温奇和波特利全家，或者战胜哈尔洛家一半的人。淹神给了每人一份天赋，即使是他——没人比他伊伦·葛雷乔伊撒尿撒得远撒得长，每次宴会上他都证明了这点。有回他用自己新造的长船跟人赌一群山羊，他说凭自己的鸡巴就可以浇灭大厅的炉火。结果伊伦吃了一整年的羊，并将船命名为"黄雨暴号"。不过当巴隆知道弟弟打算在船首放上什么样的撞锤时，他威胁要把伊伦吊死在桅杆上。

巴隆首度举起叛旗时，黄雨暴号在仙女岛一战中沉没了。史坦尼斯·拜拉席恩将维克塔利昂引入陷阱，摧毁了铁舰队，而她被一艘名为怒火号的巨型划桨战船撞成两半。但神灵没有抛弃他，反而把他送回岸边，让渔民活捉了他。他被铁链锁着送到兰尼斯港，战争剩下的日子都待在凯岩城的地牢里，证明了海怪撒的尿比狮子、野猪和小鸡都更远更长。

那个人已经死了。伊伦被大海淹过又自大海重生，如今他是神灵的先知，凡人吓唬不了他，正如邪恶不能击倒他……即使是回忆——灵魂的骨骼也不行。**开门的声音……生锈铁链的尖叫……攸伦回来了。没关系。**他是牧师湿发，神的宠儿，什么都不怕。

"会打仗吗？"太阳开始点亮群山，葛雷顿·古柏勒问他，"一场兄弟之战？"

"只要这是淹神的意旨。不敬神的人将永不能坐上海石之位。"鸦眼会毫不犹豫地开战。女人不可能击败他，即便阿莎也不行，她们的战场在产床。而席恩，即便他还活着，也没什么希望，他不过是个喜怒无常的孩子。在临冬城他证明了自己的价值，但也仅止于此，鸦眼决不等同于史塔克家的残废男孩。攸伦的船涂满红漆，乃是为了掩盖无尽的血。**维克塔利昂，维克塔利昂一定要成为国王，否则风暴就会把我们全部消灭。**

太阳升起时，葛雷顿离开牧师，去向居住在深掘厅、鸦刺堡和尸骸湖等堡垒的亲戚报告巴隆去世的消息。伊伦一人继续前行，沿着石头小路上坡下谷，随着大海的临近，路面也愈加宽广清晰。每当遇见村落，他就停下布道，他也在小领主的院落里停留。"我们来自大海，终将回归于大海。"他的声音如大海般深沉，有巨浪的力量。"愤怒的风暴之神将巴隆卷出城堡，摔死了他，如今他正在波涛之下淹神的流水宫殿里欢宴。"他举起双手。"巴隆去世了！国王去世了！但新王将回到我们中间！逝者不死，必将再起，其势更烈！新王将再起！"

听他布道的人纷纷扔下锄头和犁耙，随他前进，等涛声传来时，马后已有十几位徒步的男子。他们被神灵所感动，渴望立时受淹。

卵石镇是数千渔民的家园，镇中有座方形塔堡，塔堡四角都有角楼，渔民们破败的房屋则胡乱地挤在周围。伊伦手下那四十个淹人正在镇内等他，灰色沙滩上是他们搭建的海豹皮帐篷和浮木陋屋，这些材料却是从大海里打捞上来的。他们的手因盐水而粗糙，因结网而磨伤，因操桨下锄挥斧而生茧，但浮木棍棒在他们手中犹如精钢武器般无可阻挡，那是伟大的神灵在海底的兵工场为他们打造的神兵。

　　淹人们在潮线边给牧师搭了一间小屋。他淹掉新的追随者后，欣慰地爬进去。神啊，他祈祷，用隆隆的浪涛，对我说话，指引我吧，告诉我该怎么做。头领和船长们正等候您的意旨。谁将取代巴隆称王？请用海兽的语言对我歌唱，我会仔细聆听。告诉我。啊，波涛下的神王，谁有力量对抗派克岛的风暴？

　　尽管战锤角之行让他十分疲倦，湿发伊伦在浮木小屋中仍无法入眠。他呆呆地望着黑色海草铺成的屋顶。翻卷的乌云遮盖了月亮和群星，海面上深沉的黑幕似乎也罩在他的灵魂上。巴隆宠爱阿莎，那孩子有他的影子，可女人决不能统治铁种。一定得是维克塔利昂。科伦·葛雷乔伊一生留下了九个儿子，维克塔利昂在其中最为强壮，好比公牛，勇敢无畏又忠于职守。麻烦就在于他的忠于职守。弟弟理应服从兄长，而维克塔利昂不是那种会破坏惯例的人。但他恨透了攸伦，自从那女人死了以后……

　　门外，在淹人的鼾声和海风的恸哭之下，他能听见波涛的拍打，神灵的战锤在召唤他上战场。于是伊伦爬出小破屋，踏进冰冷的夜里。他赤身裸体地出来，苍白消瘦而高大，他又赤身裸体地走进漆黑的辽阔盐水中。海水有如玄冰刺骨，他却决不会在真神的爱抚下退缩。一阵海浪撞上胸膛，他摇摇晃晃，下一个浪头没过脑袋，令他尝到海盐的味道。神灵围绕着他，他耳边回荡着荣耀的歌谣。科伦·葛雷乔伊一生留下了九个儿子，我是其中最差劲的一个，像小姑娘般无能和软弱……不再是了。那个男人已经受淹，真神让我坚强。冰冷的盐水环住他，拥抱他，穿透他软弱的血肉，刺痛他的骨骼。骨骼，他心想，灵魂的骨骼。巴隆的骨骼，乌尔的骨骼。真相在于骨骼，血肉会腐烂，骨骼将永存。在娜伽的山丘上，灰海王大厅的骨骼……

湿发伊伦挣扎着回到岸上，身影依然消瘦苍白，他颤抖不休，却比踱进大海时睿智多了。因为他在骨骼中找到了答案，未来的路清楚明白地摆在眼前。寒夜如此凄冷，当他大步迈回小屋时，全身都在冒气，然而他心中燃烧着熊熊火焰。这一次，他须臾间便进入了梦乡，连铁门链的尖叫也没能吵醒他。

醒来时，天已大亮，刮着风。伊伦在浮木篝火边享用了蛤肉海草汤。刚喝完，梅林就带着六七个守卫从塔堡上下来，他是专程来找伊伦的。"国王去世了。"湿发告诉他。

"是啊。我那儿有鸟来过。现在又来了一只，"梅林秃了头，身材圆胖，他居然按照青绿之地的规矩给自己加上"伯爵"的头衔，穿起天鹅绒和毛皮的盛装。"一只召我去派克，另一只要我去十塔。你们这帮海怪的手臂真是太多了，想把人撕开还是怎的？算了，你怎么说，牧师？我和我的长船该上哪儿去？"

伊伦皱起眉头。"你说十塔？哪只海怪召你去那边？"十塔城是哈尔洛大人的家堡。

"阿莎公主。她已带着她的船回来，'读书人'放出乌鸦，召唤她所有的朋友前去哈尔洛家聚会，他声称巴隆的意思是让她坐上海石之位。"

"淹神才能决定谁坐上海石之位，"牧师道，"跪下，接受我的祝福。"梅林"伯爵"扑通下跪，伊伦打开水袋，将海水倒在他光秃的头顶上。"为我们而受淹的无上之神啊！让您的仆人梅德瑞德自海中重生。给予他海盐的祝福，给予他坚石的祝福，给予他钢铁的祝福。"海水哗哗地流下梅林肥厚的双颊，浸湿了胡须和狐皮

斗篷。"逝者不死,"伊伦完成仪式,"必将再起,其势更烈。"梅林起立后,伊伦告诉他,"别动,听我说,你有幸传播神的意旨。"

此刻"湿发"伊伦就站在岸边,三尺之外即是浪涛日夜无情拍击的花岗巨岩。他站得很稳,好让神灵看着他,倾听他的话。"我们来自大海,终将回归于大海,"他开始呼唤,正如之前千百次做过的那样。"愤怒的风暴之神将巴隆卷出城堡,摔死了他,如今他正在波涛之下欢宴。"他高举双臂。"铁国王去世了!但新王将回到我们中间!逝者不死,必将再起,其势更烈!"

"新王将再起!"淹人们齐声高喊。

"他一定会。他必定会。可他是谁?"湿发顿了半晌,唯有波涛在回应。"谁将成为我们的王?"

淹人们互击浮木棍棒。"湿发!"他们高呼,"湿发国王!伊伦国王!我们要湿发!"

伊伦摇摇头。"如果一位父亲有两个儿子,他给了一个儿子斧头给了另一个渔网,他想让谁成为战士?"

"斧头给战士,"鲁斯吼回去,"渔网给渔民。"

"是啊,"伊伦说,"神灵把我带进浪涛下的深海,淹掉了我身上的无用之物。当我归来时,他赐予我雪亮的眼睛、敏锐的耳朵,还有专门为他传播意旨的嘴巴。我是他的先知,我将真神的律令告喻给那些遗忘了他的人。我不能坐上海石之位……鸦眼攸伦也不能。因为我听到了神灵的话语,他说:**不敬神的人将永不能坐上海石之位!**"

梅林环抱手臂,"如此说来,是阿莎?是维克塔利昂?告诉我们,牧师!"

"淹神会告诉你们,但不是在这里。"伊伦指着梅林肥胖的大白脸。"别看我,也别去想世人的律法,去听大海的声音。升帆划桨吧，大人，去老威克岛，你，以及所有的头领与船长。目的地不是派克城，别去向不敬神的人屈膝，也别去哈尔洛家与妇人结交。你们要直向老威克岛，到灰海王大厅矗立的地方。以神圣的淹神之名我召唤你，**召唤你们所有人！**离开厅堂与房屋，离开城堡与塔楼，到娜伽山丘召开选王会！"

梅林张口结舌。"选王会！选王会已有……"

"……无数个世纪不曾召开了！"伊伦吱牙切齿地高叫，"但在黎明之际元铁民们选出自己的王，推举最有威能的人。该回到古道上了，如此方能重新伟大。请记得，是选王会为我们的至高王'铁足'乌拉斯戴上了浮木王冠。'扁鼻'西拉斯，哈拉吉·霍尔，'老海怪'，他们统统是被选王会选出的。从选王会中，我们将找到真正的王，来完成巴隆未竟的事业，夺回我们的自由。我再重复一遍，**别去派克**，别去哈尔洛的十塔，去老威克，找到娜伽的山丘和灰海王大厅的骨骸。在那个神圣的地方，当月亮被淹，又重新盈满之后，我们来决定真正的王，**敬神的王！**"他把骨瘦如柴的双手高高举起。"听啊！听那浪涛的声音！听那神灵的呼唤！他正在对我们说话，他说：**我们将从选王会中得到真正的王！**"

咆哮声四起，淹人们互击棍棒。"选王会！"诺京吼道，"选王会，选王会。选王会中得到真正的王！"他们的喧闹犹如雷霆，派克岛上的攸伦一定能听到，乌云宫殿里的风暴邪神也一定能听到。湿发伊伦明白自己出色地完成了使命。

侍卫队长

"血橙熟透了，"亲王用疲倦的嗓音评论道。侍卫队长将他的轮椅推到了阳台上。

之后许久，他都不曾说话。

关于血橙，他的评论没错。橙子不断地掉落在淡红色大理石地板上，迸裂开来。何塔每吸一口气，浓郁的甜味就充满鼻腔。亲王无疑也闻到了，他就坐在橙子树底下，卡洛特学士准备的轮椅装有乌木与钢铁制成的轮子，还配有鹅毛绒垫。

几小时里，唯一的声音是从喷泉池那儿传来的孩子们的嬉闹，偶尔会有轻轻一声"啪嗒"，那是又一颗橙子掉落了下来。

随后，队长隐隐听到宫殿彼端靴踏大理石的声音，犹如鼓点。

奥芭娅来了。他熟悉她走路的方式：大步，急促，暴躁。宫门外的马厩里，她的马一定浑身是汗，而且被马刺扎得血迹斑斑。她总是骑牡马，有人听她炫耀说，她可以驯服多恩领内任何一匹马……和任何一个男人。侍卫队长也听见了其他脚步声，那是卡洛特学士拖着小碎步匆匆忙忙地在后面追赶。

奥芭娅·沙德总是走得太快。**她总是在追赶永远追不上的东西**，侍卫队长曾听到亲王如此对女儿说。

当她出现在三重拱门之下时，阿利欧·何塔将长斧一横，挡住她的去路。斧头镶在六尺长的山岑木柄上，她没法绕过去。"小姐，不可向前，"他的嗓门低沉浑厚，带着诺佛斯口音，"不可打扰亲王。"

在他开口之前，她的表情就如同坚石，现在愈加阴沉了。"你挡了我的路,何塔。"奥芭娅是最大的"沙蛇",将近三十岁,身材高大,两眼挨得很近,鼠褐色头发跟旧镇那个生下她的妓女相同。她披着斑驳的暗金色沙蚕丝斗篷,骑马装是老旧的棕色皮衣,已经磨得柔软顺贴——那是全身上下她最软的部分。她的一侧臀部盘着一根鞭子,背后挂了一面铜铁圆盾。她将长矛留在了外面,对此,阿利欧·何塔谢天谢地。他很清楚这个敏捷强壮的女子不是自己的对手……但对方可不这么想,而他不愿让她的鲜血洒在这片淡红色大理石板上。

卡洛特学士将重心在两脚之间移来移去。"奥芭娅小姐,我告诉你了……"

"他知道我父亲死了吗?"奥芭娅质问侍卫队长,对学士毫不理会,那态度就像对待苍蝇——假如真有哪只苍蝇蠢到在她的脑袋边嗡嗡作响的话,定然是会倒大霉的。

"他知道,"侍卫队长说,"他收到了乌鸦传来的信件。"

黑色的翅膀,死亡的讯息,细小的字句密封在凝固的红蜡之内。卡洛特一定感觉到了信中的内容,因此他交给何塔来呈递。亲王向他道谢,但久久没有拆封。整个下午,他都坐在那里,膝头放着那张羊皮纸,凝视着孩子们嬉戏,一直看到太阳落山,夜晚的空气渐渐转凉。后来,他又凝视着水面上的星光,直至月亮升起,最后才让何塔拿来火烛,好让他在黑夜的橙树下读信。

奥芭娅摸向鞭子。"数以千计的人正徒步穿越沙漠,沿骨路北上,要和艾拉莉亚一起带我父亲回家。圣堂里挤满了人,红袍僧们点起神庙的夜火,青楼女子跟每一个找上门来的男人上床,拒收一切钱财。在阳戟城,在断臂角,在绿血河沿岸,在群山之中,在大沙漠深处,所有的地方,**多恩领全境!**女人撕扯着头发,男人愤怒地呼号。每个人都在问同一个问题——道朗在干什么?我们的亲王被谋杀了,他要如何替弟弟复仇?"她凑近侍卫队长。"然而你却

说，不可打扰他！"

"不可打扰亲王。"阿利欧·何塔重复。

侍卫队长了解自己守护的亲王。很久以前，一个涉世未深的年轻人从诺佛斯来到这里，他肩宽膀粗，长着一簇浓密黑发。如今虽然头发花白，身带屡屡战伤……但他的力量依旧，而且总是保持着长柄斧的锋利，正如从前那些大胡子僧侣教导的那样。她不可以过去，他告诉自己，"亲王在看孩子们玩。他看孩子们玩的时候不可打扰。"

"何塔，"奥芭娅·沙德嚷道，"快给我让开，否则我就夺下长柄斧——"

"队长，"从后方传来了命令。"让她进来，我跟她谈谈。"亲王声音沙哑。

阿利欧·何塔收起长柄斧，站到一边。奥芭娅瞪了他几眼，才大步跨过去，学士匆匆忙忙地继续跟进。卡洛特不过五尺高，脑袋秃得像个鸡蛋。他的脸平滑肥胖，以至于很难看出年龄，但他侍奉马泰尔家族的时间比侍卫队长更长，甚至服侍过亲王的母亲。尽管他已年迈发福，但仍然相当敏锐机智。不过他性格温和，无法与任何一条"沙蛇"对抗，侍卫队长心想。

橙子树下的阴影中，亲王坐在轮椅里，患有痛风的腿支在身前，眼睛下面悬着深深的眼袋……他失眠是因为悲伤还是因为痛风，何塔无从得知。下面的喷泉池里，孩子们仍在嬉戏。他们当中最小的不过五岁，大的九岁、十岁。半数是女孩，半数是男孩。何塔听见他们互相泼水，以尖锐的嗓音呼来喝去。"不久之前，你也是池子里的孩子，奥芭娅。"亲王说，而奥芭娅单膝跪倒在他的轮椅跟前。

她哼了一声，"差不多有二十年了吧，而且我在这里的时间不长。我是妓女的崽，你忘了吗？"他没有回答，于是她站起身，双手叉腰。"我父亲被谋杀了。"

"他死于比武审判中的决斗，"多恩亲王道，"从法律上讲，这不算谋杀。"

"他是你弟弟。"

"是的。"

"他死了，你打算怎么办？"

亲王费力地拨转轮椅，面朝向她。道朗·马泰尔尽管只有五十二岁，但看起来要老得多。他软绵绵的身躯在亚麻布袍底下走了形，双腿不忍卒睹。炎症使得关节又红又肿，形状古怪：左膝像苹果，右膝像甜瓜，而脚指头成了熟透的深红葡萄，仿佛一碰就会破裂。一条被单的重量已足以令他颤抖，然而他毫无怨言地承受着种种痛苦。沉默是君王之友，侍卫队长曾听他如此告诫女儿，言词则好比利箭，亚莲恩，一旦射出，便覆水难收。"我已写信给泰温公爵——"

"写信？假如你有我父亲一半的骨气——"

"我不是你父亲。"

"这我知道。"奥芭娅的话音中充满轻蔑。

"你想让我宣战。"

"我知道这不可能。你无须离开你的轮椅，让我来为父亲复仇吧。你在亲口隘口有一支军队，伊伦伍德伯爵在骨路有另一支。把他们交给我和娜梅分别指挥。她沿国王大道前进，我去对付边疆地的诸侯，并向旧镇迂回。"

"旧镇？你打算如何守住它？"

"洗劫就够了。海塔尔家的财富——"

"你要的是金钱？"

"我要的是鲜血。"

"泰温公爵会送来魔山的首级。"

"那谁会送来泰温公爵的首级?魔山只是他的走狗。"

亲王朝水池比个手势。"奥芭娅,看看那些孩子,假如你乐意的话。"

"我并不乐意。我更乐意把长矛刺进泰温公爵的肚子,再让他唱《卡斯特梅的雨季》,我要拉出他的肠子,找找里面有没有黄金。"

"*看看那些孩子,*"亲王重复,"我命令你。"

若干较年长的孩子脸朝下躺在光滑的淡红色大理石上,沐浴阳光。其余的则在远处海滩上走来走去。其中三个在建造沙城堡,高耸的尖顶犹如旧宫的长矛塔。另有二十来个孩子聚集在大水池边观看打水仗。水池里,小孩子骑在大孩子肩头,于齐腰深的水中互相推搡,试图将对方撞倒。每当一组人倒下,水花飞溅,总是伴随着响亮的笑。他们看到一个棕栗色头发的女孩将一个淡黄色头发的男孩从他哥哥肩头推倒,头朝下落入水中。

"你父亲玩过同样的游戏,而在他之前,我也玩过。"亲王说,"我们之间相差了十岁,等他长大到可以进池子游戏时,我已经离开,但每回来探访母亲时,我会看着他玩耍。他从小就很勇猛,并且像水蛇一样敏捷。他经常扳倒比自己个头大得多的男孩——他出发去君临那天,跟我提起这件事,他发誓说这回也能办到,一定能,不是他这么说的话,我决不会放他走。"

"*放他走?*"奥芭娅哈哈大笑,"你以为可以阻止他?多恩的红毒蛇想去哪里就去哪里。"

"的确如此。我只是希望能安慰——"

"*我不要你的安慰。*"她的声音充满奚落。"父亲来认领我那天,母亲舍不得我走。'她是个女孩。'她说,'而且我不认为她属于你,我有过上千个男人。'他二话不说,便将长矛扔在我脚下,然后反手给了我母亲一耳光,打得她哭起来。'男孩女孩,都有各自的斗争，'他说，'诸神让我们选择武器。'他指指长矛，又指指母亲的眼泪，而我捡起了长矛。'我告诉过你，她是我的，'父亲说完就把我带走了。一年后，母亲酗酒而死。他们说她死的时候一直在哭。"奥芭娅靠近轮椅中的亲王。"我要长矛，别无所求。"

"这要求不简单，奥芭娅，让我考虑考虑。"

"你已经考虑得太久。"

"或许你说得对。等我做出决定，会即刻派人到阳戟城找你。"

"你的决定只能是战争。"奥芭娅转身，大步离开，跟来时一样怒气冲冲。她回到马厩，换了匹新马，再次沿大路疾驰而去。

卡洛特学士留下来。"亲王大人？"肥胖矮小的学士问，"您的腿疼不疼？"

亲王有气无力地笑笑。"太阳热不热？"

"我去拿一剂止痛药？"

"不。我得保持头脑清醒。"

学士犹犹豫豫地说："亲王大人，让……让奥芭娅小姐返回阳戟城是否明智？她一定会煽动百姓。他们都很爱您弟弟。"

"我们也很爱他。"他用手指按住太阳穴。"是的。你说得对。我也必须赶回阳戟城。"

卡洛特学士有些不安。"这样明智吗？"

"不是明智之举，但非常必要。赶紧派信使去里卡索那儿，让他收拾太阳塔中的套房。通知我女儿亚莲恩，说我明天就到。"

*我的小公主。*侍卫队长很想念她。

"您会被人看见的。"学士警告。

侍卫队长明白其中含义。两年前，当他们离开阳戟城，来到安静平和、与世隔绝的流水花园时，道朗亲王的痛风病还不及现在一

半严重。那些日子,他仍然可以走动,尽管很慢,还得倚靠拐杖,每走一步都伴随着痛苦。亲王不希望敌人知道自己变得有多么羸弱,而旧宫及影子城里布满了眼线。布满眼线,也布满他无法攀上的阶梯,侍卫队长心想,他得长出翅膀才能登上太阳塔。

"我必须让人看见。局势若不加以调控,势必发展到不可收拾的地步。必须提醒多恩人,他们还有个亲王。"他无力地笑笑,"尽管他已经衰老,还患有痛风。"

"假如您回到阳戟城,就得接受弥赛菈公主的觐见,"卡洛特说,"白骑士跟她在一起……您知道,他会给太后写信。"

"我想他会的。"

白骑士。侍卫队长皱起眉头。亚历斯爵士护卫他的公主来到多恩,就跟阿利欧·何塔当年护送亲王的夫人一样。真奇怪,连他们的名字也有点像:阿利欧与亚历斯。然而相似之处仅止于此,侍卫队长彻底离开了诺佛斯及那里的大胡子僧侣们,亚历斯·奥克赫特爵士却仍为铁王座效力。亲王曾有几次派何塔去阳戟城办事,每当他看到那个身披雪白披风的人,都会感到莫名的悲哀。他感觉到,总有一天,他们两个将做殊死拼斗;到时候,奥克赫特会一命呜呼,被侍卫队长的长柄斧击碎头颅。想到这里,他的手不禁沿着斧子的岑木柄上下摸索,思量这一天到底是远是近。

"下午快过完了,"亲王说,"我们明早出发。天一亮就把我的轿子准备好。"

"遵命。"卡洛特鞠躬行礼。侍卫队长站到一边让他通过,听着他的脚步声渐渐消失。

"队长?"亲王的声音十分微弱。

何塔握着长斧走向前去,岑木在他手掌中的感觉就像女人的肌肤般光滑。他走到轮椅跟前,斧柄往地上一跺,但亲王眼中只有那些孩子。"你有没有兄弟姐妹,队长?"他问,"年轻时,在诺佛斯的时候？有没有呢？"

"都有，"何塔说，"两个哥哥，三个姐姐。我最小。"最小，最不受欢迎。这意味着又一张嗷嗷待哺的嘴，又一个吃得太多的男孩，而衣服很快便穿不下。难怪他们把他卖给大胡子僧侣。

"我最大，"亲王说，"现在却只剩下我一个。当年莫尔斯和奥利法相继死于襁褓之后，我放弃了想要兄弟的念头。伊莉亚出生时我九岁，正在盐海岸当侍从。乌鸦带来消息，说我母亲临盆早了一月。我已经够大，知道那意味着孩子活不下去。甚至当戈根勒斯大人告诉我我有了个妹妹时，我还对他断言，她很快就会死。然而她活了下来，圣母慈悲，虽然身体落下了病根，但她毕竟活了下来。一年后，奥柏伦呱呱坠地。他们在这池子里玩耍时，我已长大成人；今天我仍然坐在此处，他们却都不在了。"

对此，阿利欧·何塔不知该说什么才好。他只是个侍卫队长，即使这么多年之后，对于这片土地及土地上的七面神祇来说，他仍然是个陌生人。效忠。服从。守护。十六岁时他立下誓言，就在他跟战斧成婚的那一天。单纯的誓言，单纯的人，大胡子僧侣们如此评价。没有人训练他去安慰悲伤的亲王。

正当他琢磨着该怎么说时，又一只橙子"啪"的一声砸落下来，落地的地方离亲王不到一尺。道朗听到声音怔了怔，仿佛被砸疼了似的。"够了，"他长叹一声，"够了。让我一个人待着，阿利欧，让我再多看孩子们玩几个钟头。"

太阳落下，空气变得凉爽，孩子们到室内用晚餐去了，亲王依然留在橙树下，面朝平静的水池和远方的大海。仆人带给他一碗紫橄榄，还有淡面包、奶酪和山藜豆酱。他吃了一点，又喝了一杯甜腻浓烈的红葡萄酒，他喜爱这种酒。喝完之后，他又满上一杯。有时，在黎明前的黑暗时分，他会在轮椅中沉沉睡去，只有到了那时，侍卫队长才将他推下月光照耀的廊坊，经过一排雕纹梁柱，

穿越优雅的拱门，来到一间靠海的屋子，里面有一张铺着清爽的亚麻布被单的大床。侍卫队长推动轮椅时，道朗发出呻吟，但诸神保佑，他没有醒。

侍卫队长的卧室跟亲王的相邻。他坐在窄床上，从角落里找出磨石和油布，开始动手干活。**保持长斧的锋利**，给他烫上烙印那天，大胡子僧侣们告诉过他。他始终如一。

何塔一边磨斧子，一边想到了诺佛斯，想到了山上的上城与河边的下城。他仍然记得三口洪钟的鸣声，努姆低沉的轰鸣震得他每根骨头都颤抖，那拉的声音高傲雄壮，尼尔则如同清脆的笑语。冬糕的味道再次充盈口中，里面有姜、松果和一点樱桃，通常就着那萨喝下去——"那萨"就是盛在铁被中的发酵山羊奶兑蜂蜜。他仿佛看到母亲身穿松鼠皮领的裙服，这件衣服她每年只穿一次，就在全家去看狗熊沿罪人阶梯跳舞的日子。大胡子僧侣将烙铁按在他胸口中央，他闻到毛发烧焦的气味，疼痛如此剧烈，他以为自己已经心跳停止。然而阿利欧·何塔没有退缩，斧标烙印处的毛发也没有长回来。

等两边斧刃都锋利到可以用来刮胡子，侍卫队长才将他岑木和钢铁的爱妻放倒在床。他一边打哈欠，一边脱下脏外衣，随意扔到地板上，然后在稻草为底的床上伸展身子。想到烙印，感觉有点痒，因此他在阖眼前不得不挠了挠。**我该把那些掉落的橙子收集起来**，他心想，睡觉时能梦见了它们酸酸甜甜的味道，还有指头黏糊糊的红色汁液。

黎明来得太快。马厩外面，三座马轿中最小的那座已备好了：雪松轿身，红丝悬帘。侍卫队长从驻扎在流水花园的三十名长矛兵中挑选了二十人随行护送，其余的留下来守卫离宫和孩子，这些孩子很多是诸侯和富商的子女。

尽管亲王说天一亮就出发，但阿利欧·何塔知道他会耽搁。

学士帮道朗·马泰尔洗澡，用浸有舒缓药液的麻布包扎他肿胀的关节。侍卫队长穿上一件符合自己身份的铜鳞甲，披起飘荡的黄褐色沙蚕丝披风，以免太阳直射铜甲。今天似乎会很热，侍卫队长早就放弃了沉重的马毛坎肩和镶钉皮衣，那是在诺佛斯时穿的，在多恩，它们会煮熟里面的人。但他保留了有锋利尖刺的铁半盔，只用橙色丝绸把尖刺包起来，丝绸缠绕着尖顶——不然太阳直射到金属上，回宫之前，他就会头痛。

等他准备完毕，亲王仍然没有出发。亲王决定在离开前用早餐：一只血橙，一盘加火腿末和火胡椒粉煎的海鸥蛋火腿。他还要跟几个他特别宠爱的孩子道别：达特家的男孩，布莱克蒙夫人的孩子，还有一个圆脸孤女，她父亲曾在绿血河沿岸贩卖布匹和香料。道朗跟他们说话时腿上一直盖着华丽的密尔毛毯，以免这些年轻人见到他绑绷带的肿胀关节。

上路时已过正午，亲王坐轿，卡洛特学士骑驴，其余人步行。五个长矛兵走在前面，五个走在后面，轿子两侧又各有五个。阿利欧·何塔把长柄斧搭在肩头，行在亲王座轿的左手边，那是他最熟悉的位置。从流水花园到阳戟城是滨海道路，因此在穿越贫瘠的红棕色沙石地，经过扭曲矮小的树木时，尚有凉爽的清风抚慰。

半路上，第二条"沙蛇"拦住了他们。

她突然出现在沙丘上，骑一匹金黄色的沙地战马，马鬃犹如精致的白丝绸。骑马时的娜梅小姐也显得十分优雅，她身穿闪闪发光的淡紫色袍服，乳白与黄铜色相间的丝制大斗篷随着每一缕风飘荡，她看起来仿佛即将腾空飞起。娜梅莉亚·沙德现年二十五，如柳枝般苗条，笔直的黑发编成一条长辫子，用红金绳子扎起来，她黑眼睛上方的美人尖和她父亲一模一样。高高的颧骨、丰满的嘴唇和乳白色肌肤都使她具备了她姐姐所缺乏的美貌……而且奥芭娅的母亲是旧镇的妓女，娜梅则拥有古瓦兰提斯城中最高贵的血统。十

几个骑马的长矛兵跟在她身后,圆盾在阳光下闪烁。他们随她骑下沙丘。

亲王已将帘幕卷起,以便享受海上吹来的轻风。娜梅小姐来到他身边,让那匹漂亮的金色母马放慢速度,与轿子的步伐保持一致。"幸会,伯父,"她朗声道,仿佛她是凑巧遇见亲王的,"我们可以同行前往阳戟城吗?"侍卫队长走在轿子另一侧,娜梅小姐的对面,但他可以听清她说的每一个字。

"我很乐意,"道朗亲王回答,然而在侍卫队长耳中,他似乎并不乐意。"痛风和哀悼是糟糕的旅伴。"侍卫队长知道,每一块鹅卵石都会如针刺般扎痛他肿胀的关节。

"痛风我帮不上忙,"她说,"但我父亲不需要哀悼。复仇更合他口味。格雷果·克里冈真的承认了杀害伊莉亚和她的孩子们?"

"他大吼大叫,整个朝廷都听见了他的罪状,"亲王确认,"泰温大人答应把他的人头给我们。"

"好个兰尼斯特有债必还,"娜梅小姐说,"就我看来,泰温大人在用我们自己的钱还欠我们的债。亲爱的戴蒙爵士送给我一只鸟儿,他断言,决斗时,我父亲不止一次刺中了那头怪物。倘若如此,格雷果爵士等于已经死了,泰温·兰尼斯特什么也没给。"

亲王哼了一声。那是因为关节的疼痛还是因为侄女的话,侍卫队长说不上来。"或许如此。"

"或许?我说那是肯定的。"

"奥芭娅要我宣战。"

娜梅笑道,"是的,她想将旧镇付之一炬。她仇恨那座城市的程度,就跟我小妹喜欢它的程度一样。"

"那你呢?"

娜梅回头看看随从,他们都远远地走在后面。"消息传来时我正跟佛勒的双胞胎上床。"侍卫队长听见她说,"你知道佛勒家的箴言吧?任我翱翔!我只求你给我这句话。*任我翱翔*,伯父。我不要大军,只要一个亲爱的姐妹。"

"奥芭娅?"

"特蕾妮。奥芭娅太吵闹,而特蕾妮是如此可爱温柔,没有人会怀疑她。奥芭娅要将旧镇变成父亲的火葬堆,我没那么贪心,四条性命对我来说足够了——用泰温大人的黄金双胞胎偿还伊莉亚的孩子们,老狮子偿还伊莉亚本人,最后是小国王,他偿还我父亲。"

"那小男孩没对我们做什么。"

"那小男孩是个经由背叛、乱伦和通奸诞生的杂种——倘若史坦尼斯大人所言不差。"轻松调侃的语调消失了,侍卫队长发现自己眯起眼睛注视着她。她姐姐奥芭娅腰缠鞭子,手执长矛,人人都看得见,但娜梅小姐同样危险,她总是将匕首隐藏得很好。"国王之血才能补偿谋杀我父亲的罪恶。"

"奥柏伦死于决斗,而且是为了一件与他毫不相干的事。我不能称之为谋杀。"

"随你怎么称呼。我们把多恩最优秀的壮士派去君临,他们却送回来一袋尸骨。"

"他的行为超越了我的嘱咐。'仔细权衡小国王和他的御前会议,留意他们的强项与弱点,'我在阳台上告诉他,当时我们吃着橙子,'如果可以的话,替我们找些朋友。伊莉亚的事尽量调查,但不要过度惹恼泰温公爵,'这是我的话。奥柏伦大笑着说,'我几时"过度"惹恼过别人?你还不如去警告兰尼斯特,别惹恼了我。'他一心要替伊莉亚寻回正义,他不愿等待——"

"他等了整整十七年,"娜梅小姐打断话头,"假如被杀的是你,我父亲未等尸骨变寒就会揭竿而起,大举北伐;假如死的是

你，此刻密如森林的长矛将席卷边疆地。"

"我不怀疑这点。"

"你也不应怀疑，亲王殿下——请记得，为了复仇，我和我的姐妹们决不会再等十七年！"她脚踢母马，朝阳戟城疾驰而去，她的队伍风风火火地紧随其后。

亲王向后倚在枕垫上，闭起双眼，何塔知道他没睡。他很痛苦。有那么一会儿，他考虑把卡洛特学士叫到轿子跟前，但道朗亲王需要的话，自己会叫的。

午后的阴影长而晦暗，太阳跟亲王肿胀的关节一样又红又大，阳戟城的塔楼隐约出现在东方。首先是纤细的长矛塔，一百五十尺高，顶端有一根镀金铁刺，为塔楼再添了三十尺高度；接着是雄伟的太阳塔，它有黄金和镶铅玻璃做的拱顶；最后是暗褐色的沙船堡，它仿佛是一艘被冲到岸上变作石头的大帆船。

仅仅三里格的滨海道路将阳戟城与流水花园分开，然而它们是两个截然同的世界。在离宫，孩子们赤裸身子于阳光下嬉戏，铺有地砖的庭院中有音乐弹奏，空气中满是柠檬与血橙的浓郁气息；在城内，则弥漫着灰尘、汗水和烟雾的味道，夜晚也有喋喋不休的喧嚣。流水花园由淡红色大理石筑成，阳戟城则建自棕褐色泥土和稻草做的砖头。马泰尔家族的古老要塞矗立在一个沙石小半岛的最东端，三面环海，而在西面、在阳戟城巨大城墙的阴影里，土砖店铺和无窗陋屋附着在城下，犹如藤壶附着于船壳。马厩、客栈、酒馆和青楼等又在更西边冒出来，其中许多有自己的围墙，更远处又有更多的供人居住的小破屋。如此这般，年复一年向外扩张，正如大胡子僧侣们说的那样，跟泰洛斯、密尔或伟大的诺佛斯相比，这座影子城不过算是小镇，然而它是多恩人所拥有的最接近城市的东西。

娜梅小姐先到几小时，无疑她通知了卫兵。因为当他们到达时，三重门已经打开了。这些门依次排列，允许访客直接穿过三重曲墙，到达旧宫，而不用走上好几里，在狭窄的街巷、暗藏的庭院和诸多嘈杂集市中绕行。

当长矛塔进入视线后，道朗亲王立即合上轿子的悬帘，但群众仍然不依不饶地向他叫嚣。"沙蛇"们已经煽动起激昂的情绪，侍卫队长不安地想。他们穿过肮脏的外城，进入第二道门。这道门内的风，夹带着沥青、盐巴水和烂海藻的味道，每走一步人群都变得更加稠密。"给道朗亲王让路！"阿利欧·何塔一边大喝，一边用长柄斧的斧柄槌打砖地，"给多恩亲王让路！"

"亲王死了！"一个妇人在他身后厉声尖叫。

"拿起长矛！"一个男子在阳台上怒吼。

"道朗！"某个贵族喊道，"拿起长矛！"

何塔放弃了寻找发言者的努力，人实在太多了，而其中三分之一的都在呐喊。"拿起长矛！为红毒蛇复仇！"到达第三道门时，卫兵们必须推挤人群，才能给亲王的轿子清出道路。人们开始扔东西，一个衣衫褴褛的男孩冲过长矛兵的封锁，手里拿了一只烂掉一半的柿子，但看到阿利欧·何塔挡住去路，长斧摆好架势，便松了手，任由柿子掉落在地，匆匆忙忙地逃跑了。远处，其他人扔出柠檬、酸柑和橙子，高呼："开战！开战！拿起长矛！"一名卫兵的眼睛被柠檬击中，还有一只橙子砸在侍卫队长本人的脚上。

轿子里没传出任何回应。道朗·马泰尔始终躲在丝帘之内，直到城堡的厚墙将他们完全淹没，铁闸门在身后"吱吱嘎嘎"地落下，喊叫声逐渐减弱。亚莲恩公主带着一半的朝臣在外庭迎接，其中包括年迈盲眼的管家里卡索，代理城主曼佛里·马泰尔爵士，年轻的米斯学士身穿灰袍，柔滑的胡须里喷了香水，此外还有四十名多恩骑士，他们飘逸的服饰色彩各异。小弥赛菈·拜拉席恩跟她的修女及御林铁卫亚历斯爵士站在一起，亚历斯爵士依然穿着那身酷

热难当的纯白釉彩盔甲。

亚莲恩公主大步走到轿子跟前,她脚踏沙蛇皮凉鞋,鞋带直绑到大腿,黑玉般的秀发蜷成一个个小卷,披落腰背,额上还有一圈太阳形状的铜片头饰。她还是那个小家伙,侍卫队长心想。"沙蛇"们很高,亚莲恩却像她母亲,只有五尺二寸,然而在镶嵌珠宝的腰带下,在松松垮垮随风飘荡的紫黄色多层丝缎袍里,她有风流圆润的女人胴体。"父亲,"帘子拉开后,她宣告,"阳戟城因您的返回而倍感喜悦。"

"是啊,我听到出了他们的喜悦。"亲王淡淡地笑笑,用一只红肿的手捧住女儿的面颊。"你看起来气色不错。队长,请扶我下来。"

何塔将长斧斜插进背后的挂带,双臂抱起亲王。他动作轻柔,以免刺激亲王肿胀的关节,即便如此,道朗·马泰尔仍不得不强咽下一声痛苦的喘息。

"我已命厨子准备晚宴,"亚莲恩说,"包括所有您喜欢的食物。"

"恐怕我无福消受。"亲王缓缓地环视庭院,"我没看见特蕾妮。"

"她请求与您私下交谈。我让她到王座厅去等。"

亲王叹口气。"很好。队长,可否再劳烦你?这里的事情越早完结,我就能越早休息。"

何塔抱他走上太阳塔长长的石台阶,来到拱顶下巨大的圆形厅堂,下午最后一缕日光斜斜地穿过彩色厚玻璃拱顶,在苍白的大理石上投射出几十个色彩各异的菱形。第三条"沙蛇"正等着他们。

她盘腿坐在隆起高台下方的枕垫上,但他们进入时,她立刻起立。她穿一件紧身淡蓝色绸缎长袍,袖口繁复的密尔蕾丝令她看上去像少女一样纯洁。她一手拿刺绣,一手拿着一对金针,似乎正在赶制女红。她的头发也是金色，眼睛如同深蓝的池塘……然而不知为何，它们让侍卫队长联想起了她父亲，尽管奥柏伦的眼睛漆黑如夜。奥柏伦亲王的女儿都有他的眼睛，毒蛇的眼睛，何塔突然意识到，颜色反而不重要。

"伯父，"特蕾妮·沙德说，"我一直在等您。"

"队长，扶我坐到高位上。"

高台上有两个几乎一模一样的宝座，只不过其中一把的椅背上用黄金镶嵌着马泰尔家族的金枪纹章，另一把上则是洛伊拿人的日曜纹章——当娜梅莉亚的舰船初次来到多恩时，桅杆上飘扬的正是这一图案。侍卫队长将亲王放到长金枪座位上，自己退开。

"很疼吗？"特蕾妮小姐的嗓音十分轻柔，而她看上去就像夏日的草莓般可人。她母亲是个修女，令特蕾妮带有一份几乎不属于尘世的纯真。"我可以做些什么来减轻您的痛苦？"

"说你想说的话，然后让我休息。我很累，特蕾妮。"

"这是我为您绣的，伯父。"特蕾妮展开她刚才在绣的女红，上面是她父亲奥柏伦亲王，骑在一匹沙地战马上，全身红甲，微微浅笑。"我完成之后，会把它送给您，好让您记住他。"

"我没忘记你父亲。"

"我很高兴听到这一点。许多人都有怀疑。"

"泰温大人答应把魔山的脑袋给我们。"

"他真好心……但用刽子手的剑去了结英勇的格雷果爵士实在是便宜他了。我们祈祷他的死已经这么久了，相信他自己现在也如此祈祷。我知道父亲用的什么毒，什么方法，没有比那更缓慢、更痛苦的死亡了。很快，即使在这阳戟城内，我们也能听见魔山的惨叫。"

道朗亲王叹口气，"奥芭娅呼吁战争。娜梅满足于谋杀。你呢？"

"战争，"特蕾妮说，"但并非姐姐希望的那种。多恩人在家乡作战才能发挥实力，还是让我们磨尖长矛等待他进攻吧。当兰尼斯特和提利尔向我们扑来时，我们要让他们在各个山口流血不止，把他们埋没在滚滚黄沙下，正如从前上百次那样。"

"他们会来进攻吗？"

"噢，他们当然会，他们付不起国家再度分裂的代价——正是为了统一，巨龙家族才跟我们联姻。父亲对我说，我们要感谢小恶魔，感谢他把弥赛菈公主送来。她真漂亮，您不觉得吗？我真希望自己有她的鬈发。她天生就是母仪天下的料，如同她母亲。"酒窝在特蕾妮脸颊上绽开。"倘若能有机会来亲手安排婚礼，并负责监制王冠，我会非常荣幸。崔斯丹和弥赛菈都是纯洁的好孩子，我想用白金……加绿宝石，以配衬弥赛菈的眼睛。噢，钻石与珍珠也很合适，只要孩子们能够顺利结婚并且加冕，接下来我们只需高呼拥戴弥赛拉一世为安达尔人、洛伊拿人和'先民'的女王，七国统治者的合法继承人，然后等待狮子到来。"

"合法继承人？"亲王哼哼着说。

"她比她弟弟大，"特蕾妮解释，仿佛当亲王是个傻子。"根据律法，铁王座应该传给她。"

"根据多恩的律法。"

"当贤王戴伦迎娶弥莉亚公主、将我们并入他的大一统王国时，他答应多恩可以保留自己的律法。弥赛菈恰巧就在多恩。"

"她确实人在多恩。"他语调勉强，"让我考虑考虑。"

特蕾妮娇嗔道："您考虑得太多了，伯父。"

"是吗？"

"父亲这么说的。"

"奥柏伦考虑得太少。"

"有些人考虑得太多，是因为他们害怕行动。"

"害怕与谨慎有区别。"

"噢，那我祈祷您永远不会害怕，伯父。希望您一切安好。"她举起一只手……

侍卫队长连忙将长柄斧往大理石地板上狠狠一跺。"小姐，不要忘了自己的身份。请远离高台，谢谢。"

"我没有恶意，队长。我爱我的伯父，就跟他爱我父亲一样，我知道的。"特蕾妮在亲王面前单膝跪下。"我已经讲完来此要说的话了，伯父。若有冒犯，请您原谅，因为我的心已经裂成了碎片。您还爱我吗？"

"一如既往。"

"那为我祈福吧，然后我就走。"

道朗犹豫片刻后，将手放在侄女头上。"勇敢起来，孩子。"

"噢，我怎么会不勇敢？*我是他的女儿。*"

她刚告辞，卡洛特学士便立刻奔上高台。"亲王殿下，她有没有……来，让我看看您的手。"他首先检查手掌，然后轻轻翻过来，嗅了嗅亲王的手指。"没有，好的，这就好。没有刮痕，所以……"

亲王抽回手。"师傅，麻烦你给我弄点罂粟花奶好吗？一小杯足够了。"

"罂粟花奶。好的，当然。"

"现在，让我考虑考虑。"道朗·马泰尔轻轻催促，于是卡洛特匆匆走下楼梯。

外面太阳已经落下，拱顶内的光线成为昏暗的蓝光，地板上的菱形渐渐消退。亲王坐在马泰尔家族金枪纹章的高位中，脸色因疼痛而变得苍白。长久的沉默之后，他转向阿利欧·何塔。"队长，"他说，"我的卫兵有多忠诚？"

"绝对忠诚。"侍卫队长不知还能说什么。

"他们所有人？还是其中一部分？"

"他们是最优秀的。*优秀的多恩人*。他们会遵从我的命令行事。"他将长柄斧往地上一跺。"任何叛徒，无论是谁，我都会把他的人头带来。"

"我不要人头。我要服从。"

"大家服从您。"*效忠。服从。守护。单纯的誓言，单纯的人*。"需要出动多少人？"

"这由你决定。不过全体出动或许比二三十个人有效。我希望尽量处理得迅速平静，不流血。"

"迅速，平静，不流血，好的。您的命令是什么？"

"搜捕我弟弟的女儿们，统统扣押，关到长矛塔顶上的房间。"

"扣押'沙蛇'们？"侍卫队长嗓子干涩，"所有……所有八个，亲王殿下？那些小家伙也一样？"

亲王考虑半响，"艾拉莉亚的女儿们还小，不至于构成威胁，但别有用心的人或许会利用她们来对付我，最好也控制起来。是的，那些小家伙也一样……但先抓特蕾妮、娜梅莉亚和奥芭娅。"

"遵命。"他心中忐忑不安。*我的小公主是不会喜欢这道命令的*。"萨蕾拉怎么办？她已经长大成人，快二十岁了。"

"除非她回到多恩，否则放过她吧，萨蕾拉比她姐姐们更有头脑。随她去……玩她的游戏吧。把其余人抓住，控制起来，我才能安睡。"

"好的，"侍卫队长犹犹豫豫地说，"若这消息传播到市井之中，百姓们会咆哮抗议。"

"整个多恩领都会咆哮，"道朗·马泰尔疲倦地说，"但愿泰温大人在君临城能够听到，这样他就会知道，他在阳戟城有一个多么忠诚的朋友。"

瑟曦

她梦见自己坐上了铁王座，俯瞰众人。

下方的廷臣们不过是颜色光鲜的老鼠，骄横的诸侯和高傲的贵妇在她面前跪拜，年轻勇敢的骑士将宝剑放在她脚边，请求她的荣宠。女王陛下一一微笑作答。这时，那侏儒不知从什么地方钻了出来，指着她，放声大笑，诸侯与贵妇们也跟着咯咯笑，还用手背遮掩笑脸。女王突然发现自己什么衣服也没穿。

她惶恐地试图用双手遮掩，去维持那份女人的羞耻，结果铁王座上的倒钩和纠结割破了她柔嫩光滑的皮肤，鲜血流下大腿，钢牙咬紧屁股。她想站起来，脚却踩在扭曲金属的隙缝里，挣脱不开，越是挣扎，铁王座就越是无情地要将她吞没。这张驼背怪物撕开她双乳和腹部的血肉，切掉四肢，直到整个变得血淋淋、滑溜溜、闪闪发光。

她的弟弟一直在下方欢呼雀跃，嘲笑着她。

当有人轻触她肩膀，令她即刻惊醒时，侏儒的笑声仍在耳畔回荡。莫非这只手也是噩梦的一部分？瑟曦开口尖叫，把手的主人——侍女塞蕾娜——吓得面色苍白，六神无主。

这里还有其他人，太后意识到。床前阴影幢幢，高大男子们身披的斗篷下，锁甲反射光芒。*他们怎敢拿着兵器闯进我的卧室？侍卫何在？*卧室内光线昏暗，只有一位闯入者提着一盏油灯。*我不能在他们面前显露恐惧*，于是瑟曦收拢蓬乱的头发，"你们想干嘛？"一个男人应声踱到灯光下，她发现此人的斗篷乃是白色。"詹姆？"梦见的是一个弟弟，来的却是另一个弟弟。

"陛下,"低语声不属于詹姆,"队长大人命我前来知会您。"他的头发跟詹姆一样卷曲,然而弟弟有溶金的颜色,与她无异,这男人的发丝则又腻又黑。她注视着对方,倾听关于厕所、十字弓和父亲的话题,迷惑不解。我的梦还没醒,瑟曦认定,我还在噩梦中挣扎,等我醒来,提利昂就会从床下爬出,开始嘲笑我了。

然而这都是蠢念头,她的侏儒弟弟此刻被关在黑牢里,今天即将明正典刑。她低头仔细打量双手,确保每个指头都在,再摸摸身体,皮肤起了鸡皮疙瘩,却没有划破割伤。腿上没有疤痕,脚底没有创口。梦,只是梦,梦。我昨晚喝得太多,葡萄酒放大了幻影。黎明到来时,我才该是那个笑到最后的人。我的孩子们将永保平安,托曼的王位会流传万代,而我那该死、卑劣、矮小的Valongar将人头落地,在地狱里腐烂。

乔斯琳·史威佛走到床边,将杯子凑过来。瑟曦吮了一口,加柠檬汁的水,太酸,于是便吐掉了。夜风敲打着窄窗,发出"吱嘎吱嘎"的响声,令她感到奇特的宁静。身边的乔斯琳如树叶一样颤抖,塞蕾娜也很害怕,奥斯蒙·凯特布莱克爵士笼罩在面前,后方是提灯的柏洛斯·布劳恩爵士,门边有大批戴狮盔的兰尼斯特卫兵,盔顶的黄金狮子隐隐反光。他们都在恐惧。是真的吗?太后不相信,这是真的吗?

她猛然起身,任塞蕾娜用睡袍盖住她的裸体,再亲手系好袍子,只觉指头僵硬又笨拙。"我父亲大人日日夜夜都有亲兵守卫,"瑟曦宣布,嗓音有些浑浊,于是再含了口柠檬水,在口中搅拌,以提振精神。一只飞蛾发现了柏洛斯爵士的灯,她看见翅膀晃动的影子,昆虫嗡嗡地拍打玻璃,寻找光明。

"卫兵们忠于职守,陛下,"奥斯蒙·凯特布莱克答道,"但壁炉里有道密门,此前并未发现。队长大人已动身去探索其后的秘密通道。"

"詹姆?"恐惧攫住了她,犹如突如其来的风暴,"詹姆应该守护着国王……"

"那孩子很安全,詹姆爵士走之前特地差遣十几名武士专门看守。国王陛下此刻正安静地睡眠呢。"

愿他睡得比我香,梦得比我甜。"谁负责守护国王?"

"洛拉斯爵士有幸担此重任,希望您满意,陛下。"

她怎么可能满意?提利尔家族不过是龙王提拔的鸡犬,从前只有当管家的份,而今其野心却逐步膨胀,心怀僭越。洛拉斯爵士或许成为每个少女怀春的梦想,可那身白袍下,他仍是个血统纯正的提利尔。就她看来,今晚所有的苦果,只怕都采自高庭精心培育的毒花。

这些话却不能说出口来。"我即刻着装。奥斯蒙爵士,稍后请你伴我前去首相塔,柏洛斯爵士,唤醒狱卒,确认我弟弟仍在牢里。"她不敢说他的名字。不,他没有勇气反抗父亲,她反复安慰自己,心底犹有怀疑。

"遵命,陛下,"柏洛斯边说边将提灯交给奥斯蒙爵士。看着他离开,瑟曦心里松了口气。这懦夫!父亲本不该将白袍还给他。

离开梅葛楼时,天色已转为深深的钴蓝,但星星仍在闪耀。一颗明星的陨落,瑟曦心想,西方最明亮夺目的星星已然沉沦,未来的道路将更为黑暗。她在跨越干涸护城河的吊桥中央停步,注视着下方的尖刺。是真的,他们不敢拿这个向我撒谎。"谁发现的?"

"他的卫兵,"奥斯蒙爵士说,"鲁姆。他忽然尿急,结果却在厕所里找到了大人。"

不,不可能,那不是狮子过世的地方。太后平静得出奇,她想起小时候头一次掉了牙齿,并不痛,但嘴里那个洞却引诱人不住地去舔。如今在我的世界里,父亲消失的地方就是那大大的洞,我该怎样填满呢?

如果泰温·兰尼斯特真的死了,全家都不再安全……尤其是她称王的儿子。狮子倒下,百兽纷起,豺狼虎豹将乘虚而入。他们要推翻她,他们一直都想推翻她,所以她必须当机立断,立刻行动,一如劳勃去世那回。这也可能是史坦尼斯·拜拉席恩的阴谋,他与城内贼人串通,然后趁乱再打都城。*让他来吧!* 瑟曦心想,*我将粉碎他,和父亲一样,并且这次要他的命!* 说到底,史坦尼斯或梅斯·提利尔有什么好怕的?没人能使她恐惧。她是凯岩城的女儿,狮子的女儿。而且再也没有包办婚姻了。凯岩城是我的,兰尼斯特家族的力量也是我的,没人能使她恐惧。即便将来托曼不再需要摄政王太后,身为大诸侯,我仍能左右朝纲。

初升的照阳为塔楼顶端点缀了鲜艳的绯红,但下面的城墙仍在黑夜之中,外城如此静谧,她不禁怀疑其中的居民是否都已死去。*他们都该死。泰温·兰尼斯特不应独自去世,即便下地狱,他也配拉上一大帮庸人作陪葬。*

四名红袍狮盔的卫兵守在首相塔门前。"未经我准许,谁也不得擅自出入,"瑟曦吩咐。下令对她而言是件容易事。*但我还欠缺父亲声音里钢铁般的意志。*

塔内火炬的浓烟熏痛了眼睛,但她不要流泪,正如父亲也不会。*我是他唯一的、真正的儿子。*一片安宁中,只听见脚跟与石板的摩擦,那只飞蛾仍在无助而狂野地绕灯拍打,企图进去。*去死吧,*太后不耐烦地想,*扑进火焰,化为灰烬吧。*

楼梯顶端又有两名红袍卫士,当她经过时,红脸的利斯特低声致哀。此刻,太后已是气喘吁吁,晕头转向,心脏在胸腔内扑扑狂跳。*都怪该死的楼梯,*她向自己解释,*这座天杀的塔里面有太多该死的楼梯。*她很想将塔楼整个掀翻。

大厅里挤满了窃窃私语的傻瓜,好像泰温大人仍在休息,没人敢出声打搅。她踅进门内,卫兵和仆人纷纷退开,嘴里念念有词。

瑟曦看着一张张粉红的牙床和嚅动的舌头,却没听进任何言语,只当是飞蛾扑翅。他们在这里做什么?他们知道了多少?按道理讲,应该最先通知她才对。她乃是摄政王太后,他们忘记了吗?

马林·特兰爵士身穿白甲白袍站在首相的卧室门前,面罩打开,厚厚的眼袋令他看起来似乎还没睡醒。"把这帮人赶走,"瑟曦吩咐,"我父亲还在厕所里?"

"他们把他抬回了床上,夫人。"马林爵士边说边将门推开。

月光穿过窄窗流泻而入,在草席上留下金色的条纹。凯冯叔叔跪于床前,好像在祈祷,却悲痛得出不了声。卫兵们群聚于壁炉前,灰烬中,奥斯蒙爵士提及的密门赫然敞开,那门并不比面包师的烤箱大,得爬着进去。提利昂正是个半人,这念头令她愤怒,不,侏儒仍被锁在黑牢里。这不可能是他干的。是史坦尼斯,她告诉自己,是史坦尼斯的阴谋,他在城中还有追随者。又或许是提利尔……

关于红堡中的暗道,素来流言纷飞,传说残酷的梅葛将所有工匠尽数杀戮,以保护城堡的秘密。有多少卧室通过暗道相连?瑟曦仿佛目睹侏儒手执利刃,从托曼卧室的织锦背后潜出来。托曼有重重守卫,她安慰自己,然而泰温公爵不也防备森严?

她一时间竟辨认不出死者。没错,头发是父亲的头发,但其余部分全不对劲。他真的好小啊,好老啊,睡袍卷到胸口,腰部以下完全裸露。那支致命的弩箭正中肚脐与男根之间,直没入体,只剩羽毛在外,公爵的阴毛上全是结痂的凝血,肚脐眼成了一个暗红色大圆圈。

恶臭逼得她扇鼻子。"把箭拔出来,"她下令,"傻了吗?大人乃是国王之手!"是我的父亲,是我的父亲大人,我应该尖叫哭泣撕扯头发吗?据说凯特琳·史塔克目睹佛雷家在她面前谋杀了她心爱的罗柏之后,便在悲痛中用双手将自己毁容。你要我也这样

做吗，父亲？她想问他。还是要我坚强起来？你为你的父亲哭泣过吗？她祖父在她一岁那年便去世了，但其中的经过她很清楚。据说泰陀斯公爵身材极度肥胖，某天爬楼梯去找情妇，结果心脏病突发一命呜呼。当时，她父亲正在君临担任御前首相——实际上，她和詹姆的童年时代，泰温公爵几乎都在君临当差——如果父亲也有过悲伤，至少他没在任何人面前流一滴眼泪。

太后感觉到指甲深深地陷入手掌中。"你们怎么敢让他这样躺着？我父亲乃是三位国王的首相，是七大王国有史以来最伟大的领袖之一。让全城的钟都响起来，和劳勃逝世时一样；让人替他沐浴更衣，以符合其威仪，并披上貂皮、金丝和绯红绸缎。派席尔何在？派席尔何在？"她旋身面对守卫们。"普肯斯，立刻召唤派席尔大学士，让他来照料泰温大人。"

"他来过了，陛下，"普肯斯回答，"他来了又离开，去召唤静默姐妹。"

他们最后才通知我。意识到这点，瑟曦恼怒得说不出话来。还有派席尔，宁肯把公爵扔在这里去找人代劳，也不愿弄脏他那双柔弱起皱的手。他是个没用的废物！"召唤巴拉拔学士，"她下令，"召唤法兰肯学士，谁都可以，统统找来！"普肯斯与短耳得令匆匆离开。"我弟弟何在？"

"在密道里面。里面有道天梯，石头中凿有铁环。詹姆爵士想看看它究竟有多深。"

他才有一只手啊！她想训斥他们，你们这帮蠢货才该下去。他不能下去。谋杀父亲的人正等在下面，等着他……她的孪生弟弟总是过于急躁，看来断手之痛也没能教会他谨慎的道理。她正要命守卫们下去寻找詹姆，普肯斯和短耳却带着一名灰发男子返回。"陛下，"短耳禀报，"此人声称自己是学士。"

来者深深鞠躬："我能为陛下做什么？"

此人有些面善，但瑟曦想不起来是谁。老骨头一把，好歹比派席尔年轻。他身上有股力量。来者很高，背微驼，突出的蓝眼睛周围有许多皱纹。他脖子上什么都没戴。"你没有颈链。"

"它被没收了。陛下，我名叫科本，是我医治了您弟弟的手伤。"

"哼，医治他的断肢吧，"她想起来了，这个男人随詹姆一起从赫伦堡回来。

"没错，我无法挽回詹姆爵士的手掌，但留下了他的胳膊，或许还救了他的命。学城可以剥夺我的颈链，却不能剥夺我的知识。"

"好吧，你可以试试，"她决定，"不过如果让我失望，你所失去的就不止颈链了，我保证。去把我父亲遗体上的弩箭清掉，并为他梳洗整理，以迎接静默姐妹。"

"遵命，太后陛下，"科本走到床边，突然停步，回头问，"我该拿这个女孩怎么办呢，陛下？"

"女孩？"瑟曦根本忽略了还有第二具尸体。她大步迈回床前，掀开染血的床单——"她"就在那里，赤身裸体，死寂冰凉、肤色粉红……除了那张脸，那张脸就跟命丧婚宴时的小乔一样乌黑。金手项链半埋入女孩喉头，紧紧缠绕，把皮肤都划破了。见此光景，太后像只发怒的猫一样嘶叫开来，"她在这里做什么？"

"我们在床上发现了她，陛下，"短耳答道，"她是小恶魔的妓女。"好像这就是她出现于此的原因。

我父亲大人与妓女毫无瓜葛，瑟曦心想，自我母亲死后，他没碰过女人。她冷冷地扫了守卫们一眼。"这不是……泰温大人的父亲死后，他回到凯岩城发丧，发现……发现了一个像这样的女人……戴着他母亲的珠宝，穿着他母亲的裙服。他立刻剥夺了她所有的东西，所有的羞耻。整整半个月，她被驱赶在兰尼斯港的街巷

中游行,向每一个路人忏悔自己乃是小偷和淫妇。泰温·兰尼斯特大人就是这样对付妓女的。他不会……这女孩在此另有原因,不会是……"

"或许大人是在审问她,刺探她主人的信息,"科本提出,"我听说国王陛下被谋杀当晚,珊莎·史塔克便失踪了。"

"是的。"瑟曦立刻抓住这个结论。"当然,他是在审问她,这毋庸置疑。"然而太后的眼神仿佛与提利昂淫秽的目光交会,烂鼻子下,侏儒的嘴巴扭成畸形的、猴子似的嘲笑。*还有什么比赤身裸体更美妙的方式呢?还有什么比让她张开大腿更直接的呢?*侏儒的低语在她耳边回荡,*换成是我,也会这么审问她的。*

太后转身离开。*我不要再看到她。*顷刻间,她再也无法与这死去的女人待在同一个房间。于是她推开科本,回到大厅。

奥斯蒙爵士把他的弟弟奥斯尼和奥斯佛利都带来了,"首相卧室里有具女尸,"瑟曦吩咐三位凯特布莱克,"不准任何人知道这件事。"

"是,夫人,"奥斯尼爵士脸上仍有轻微的抓伤,得自于提利昂的另一位妓女,"我们该拿她怎么办?"

"拿去喂狗,还是抱回床上当纪念,与我无关。*反正她不存在。*记住,谁敢多嘴一个字,我就要他的舌头,明白吗?"

奥斯尼和奥斯佛利交换眼神,"明白,陛下。"

于是她指引两人进门,看他们将女孩的尸身用她父亲染血的床单包裹起来。*雪伊,她叫雪伊。*她们俩最后一次谈话发生在比武审判的前夜,就在那天早上,微笑的多恩毒蛇当众提出挑战。雪伊想要回提利昂给她的珠宝——瑟曦以前承诺过——还想要回城里的宅子,再要太后把某位骑士许配给她。太后说得很明白,妓女什么也得不到,除非她说出珊莎·史塔克的下落。"你是她的侍女,难道对她的去向一无所知吗?"雪伊哭着跑走了。

奥斯佛利将尸体扛到肩上。"项链别弄丢了，"瑟曦吩咐，"千万注意，别擦着上面的金子。"奥斯佛利点点头，朝门口走去。"回来，不能走正门，"她指向密道，"这条路，往地下走。"

奥斯佛利爵士正单膝跪下，准备钻进去，里面的光亮却骤然增长，同时传来声音。詹姆像个老妇人似的弯腰驼背冒出来，踢了踢靴子，抖开泰温大人毕生最后一次炉火的灰烬。"别挡道。"他对凯特布莱克们说。

瑟曦赶紧奔过去。"你找到他们了吗？找到杀手了吗？他们有多少人？"毫无疑问，这是一起团伙阴谋，单单一个人不可能杀掉她父亲。

孪生弟弟形容憔悴，"楼梯底部有个房间，六条通道在那里交会，每条皆被铁门封锁，门上还有铁链缠绕，得有钥匙才能打开。"他望向卧室，"犯人也许仍在墙壁之中徘徊。首相塔内部是个深邃而幽暗的迷宫。"

她仿佛看见提利昂变成一只硕大的老鼠，从墙壁之中爬出来。不，这真愚蠢，侏儒被关在黑牢里。"召工匠进来，把整座塔掀个底朝天。我要找到他们！管他们是谁，我要他们偿命。"

詹姆拥抱了她，用那只完好的手抚摸她的后背。他的呼吸里都是烟尘的味道，然而朝阳映照在他的头发上，发出金色的辉光。此刻，她只想捧起他的脸，好好亲吻。待会儿，她告诉自己，待会儿他自然会来找我，以寻求慰藉。"我们是父亲的继承人，詹姆，"她低语道，"我们得担起他留下来的担子。你代替父亲做国王之手吧，不用我说，你也明白其中的必要性。托曼需要你……"

他推开她，把断肢举到她面前。"哈，一个没有手的人怎能做国王之手呢？姐姐，别开玩笑了，我是不适合统治的。"

他们的叔叔听见了詹姆的回绝，科本，还有正把尸体拖进壁

炉中的凯特布莱克们也听见了，就连守卫们都听见了：普肯斯、霍克、马腿、短耳……到今天晚上，全城都会知道。瑟曦只觉红晕爬上脸颊。"统治？我才不要你统治。我儿子成年之前，王国由我统治。"

"我不知该为谁遗憾，"弟弟轻飘飘道，"为托曼呢，还是为七大王国。"

她给了他一巴掌。詹姆如灵猫般举手格挡……可惜这只猫是只三脚猫。他脸上留下了红红的掌印。

叔叔听见声音站起来，"这是你们父亲去世的地方，要吵的话，到外面去吵。"

詹姆歉然低头："请原谅我们，叔叔，我姐姐过于悲伤，难以自禁。"

听他这样说，瑟曦几乎又给他一巴掌。我疯了才想让他当首相。算了吧，干脆把这职位废掉，有哪位首相给她带来过喜乐呢？琼恩·艾林让劳勃·拜拉席恩上了她的床，临死前还四处打探她和詹姆的秘密；艾德·史塔克接过了艾林的枪，他的行动迫使瑟曦痛下杀手，摆脱劳勃，以腾出力量，对付其两个难缠的弟弟；提利昂把弥赛菈卖到多恩，把她的一个儿子挟为人质，又谋杀了她的另一个儿子；而泰温大人在君临的日子……

下一任首相必须是乖乖听话的首相，她向自己保证。凯冯爵士或能胜任，叔叔他不知疲倦、做事精明，又服从调遣，她可以依靠他，就像父亲那样。**手掌怎能和大脑争吵呢？** 手掌应该服从命令。此外，她要统治王国，确实需要更多人帮助。派席尔只是个颤巍巍的马屁精，詹姆失去了用剑的右手后便失去了勇气，而梅斯·提利尔及其爪牙雷德温与罗宛都不能信任——她肯定，造成今天的混乱局面他们都有份。提利尔大人很清楚只要泰温·兰尼斯特活着，他就无法主导七大王国。

我得小心对付他。都城内全是他的人马,他甚至将自己的儿子安插进了御林铁卫,还准备教女儿上托曼的床。想起父亲让托曼与玛格丽·提利尔订婚一事,她至今仍感到怒火中烧。那女孩年纪是我儿子的两倍,而且作了两次寡妇。梅斯·提利尔坚称自己的女儿还是处子之身,瑟曦可不相信。乔佛里固然在完婚之前就被谋杀,可蓝礼……他是个喜欢"甜酒"的男人,但你若送上一罐啤酒,他也会欣然一饮而尽。她决定命瓦里斯大人去查个清楚。

……瓦里斯!她突然停止踱步。她已经忘了瓦里斯。太监应该在这里才对。他从来都是以最快速度出现在事发现场。红堡之内,大小事件,统统逃不过瓦里斯的眼线。詹姆在,凯冯叔叔也在,派席尔来了又去,瓦里斯却……一股寒气蹿上背脊。他是同谋犯。他害怕父亲要他的脑袋,所以先发制人。泰温对情报大臣从来没有一丝好感,而假如说谁通晓城内密道,非八爪蜘蛛莫属。他一定和史坦尼斯大人达成了协议。他们曾在劳勃的御前会议里共事,互相了解……

瑟曦大步迎向卧室门口的马林·特兰爵士。"特兰,把瓦里斯大人找来。我不管你用什么办法,只要不伤着他身体就行。"

"遵命,陛下。"

这名御林铁卫刚离开,另一名御林铁卫匆匆返回。柏洛斯·布劳恩爵士一路奔上楼梯,此刻面庞红彤彤的,上气不接下气。"跑了,"看见太后,他喘着气禀报,同时单膝跪下,"小恶魔……他的牢门被打开,陛下……他不见了……"

噩梦成真。"我明明下了死命令,"她说,"我要求不分昼夜、二十四小时严加看管……"

布劳恩的胸膛起起伏伏,"有位狱卒也同时失踪。他名叫罗根。其他两位狱卒则睡着了。"

她拼命压抑,才没尖叫出声。"你没把他们吵醒吧,柏洛斯爵士。不,不用打搅,让他们睡!"

"让他们睡?"铁卫抬起多肉的下巴,脸上写满迷惑。"是,陛下。让他们再睡——"

"永远,我要他们永远沉睡,爵士。守卫竟敢在值勤期间打瞌睡!"他就在墙壁之中,像杀害母亲、杀害小乔那样杀害了父亲,他很快就会来杀我,太后很清楚,这正是那老巫婆在昏暗的帐篷中所作的预言。我嘲笑她,可她确实拥有力量。一滴鲜血,让我看到了自己的未来,自己的毁灭。瑟曦的双腿软得像水,柏洛斯爵士伸手来扶,却被她避开。在她眼中,他也很可能是提利昂的人。"滚,"她吼道,"滚!"她跌跌撞撞地向椅子走去。

"陛下,"布劳恩建议,"我给您端杯水来好吗?"

水?我要的是血,不是水。我要提利昂的血,Valonqar的血。火炬在面前摇曳不定,瑟曦闭上眼睛,看到侏儒正在嘲笑她。不,她心想,不,我本来已经摆脱了你。然而他的指头锁住她的脖子,越来越紧……

布蕾妮

"我在寻找一位十三岁少女，"她在村子的水井边对一名灰发主妇说，"非常美丽的贵族处女，蓝眼睛，枣红色头发。她可能跟一位身材肥胖、四十多岁的骑士一起赶路，也可能跟一个小丑在一起。你有没有见过她？"

"我不见得见过他们，爵士先生，"主妇一边说，一边用指节叩了叩额头，"但我会留意，我会的。"

铁匠也没见过，乡村圣堂的修士、养猪的猪倌、菜园里拔洋葱的女孩都没有见过，罗斯比村中到处是木条泥土搭成的小屋，塔斯之女在这里没有找到一丝线索。然而她坚持不肯放弃。这是到暮谷城的捷径，布蕾妮告诉自己，假如珊莎去那边寻求庇护或者坐船，一定会打这儿经过。在城堡门口，她询问两个长矛兵，他们的纹章是貂皮上三条"人"字红杠，属于罗斯比家族。"这年头，她要是在路上走动，早就不是什么处女了，"年长的那个说，年轻的则想知道，那女孩两腿间的毛发是否也是枣红色。

我在这儿得不到帮助。布蕾妮跨上马背时，瞥到村子尽头有个瘦瘦的男孩骑在一匹花斑马上。我还没问他话，她心想，但不等过去，那男孩就消失在圣堂背后了。她没费力去追，多半他知道的也不比其他人多。罗斯比村几乎只算是大路旁的一片开阔地，珊莎没理由在此停留。于是布蕾妮重新上路，经过苹果园和大麦地向东北方前进，很快便将村子和城堡甩在了身后。到暮谷城才见分晓，她告诉自己，假设对方确实是往这个方向走的话。

"我会找到那女孩，护得她周全，"在君临，布蕾妮曾答应詹姆爵士,"为了她母亲大人。也为了您。"高尚的言辞,但说起来容易,做起来难。她在城中逗留得太久,打听到的消息却少之又少。我早该动身……但天海茫茫,往哪里去找?珊莎·史塔克在乔佛里国王死去当晚便消失得无影无踪,即使后来有谁见过她,或者略微知晓她的去向,也没有说出口。至少没跟我说。

布蕾妮相信那女孩已离开了都城。假如她仍在君临,无疑会被金袍子们揪出来。她一定得逃……但逃去哪里就很难说了。假设我是个月经初潮的少女,孤独恐惧,又处于极度危险之中,会怎么办呢?她扪心自问。我会去哪里?对她来说,答案很简单——回塔斯找父亲。然而珊莎目睹自己的生父被斩首,母亲大人也在李河城遭遇谋害,史塔克家的根据地临冬城已被洗劫焚毁,居民屠杀殆尽。她无家可归,没有了父亲,没有了母亲,没有了兄弟姐妹。她也许就在下一个镇子,也许在前往亚夏的船上,一切皆有可能。

退一步说,即使珊莎·史塔克想回家,该怎么走呢?国王大道不安全,这是小孩子都知道的常识;铁民占据了横亘颈泽的卡林湾,李河城为佛雷家族的地盘,他们是杀害珊莎的哥哥和母亲的元凶。假如她有钱,可以走海路,但君临的港口仍是一片废墟,黑水河内杂乱无章地塞满了支离破碎的木堤和焚毁沉没的战舰。布蕾妮沿码头询问,没人记得乔佛里国王死的那天晚上有船离开。少数几条商船泊在海湾里,用小舟卸货,有个人告诉她,更多船只沿着海岸继续前进,去往暮谷城,那里的港口从来没有这么繁忙过。

和詹姆说的不同,布蕾妮的母马外表其实不赖,并且它的确能保持相当快的步伐。旅人比她预想的多。乞丐帮的人们缓步而行,脖子上用绳索吊着碗。一个年轻修士飞驰而过,他的坐骑可以跟贵族领主的相媲美。稍后,她遇到一群静默姐妹,布蕾妮开口询问,但她们全都摇头不知。一队牛车隆隆南行,满载着谷物和一袋袋羊毛,后来她又经过一个赶猪群的猪倌,还有一个坐马车的老妇人,由一队骑马的卫兵护卫。她也向他们提问,是否看到一个十三岁的贵族少女,蓝眼睛,枣红色头发。没人看见。她又问了前方的路况。"从这到暮谷城还算安全,"有人告诉她,"但过了暮谷城,林子里就是土匪和残人的天下。"

郊外的士卒松和哨兵树仍有绿意,阔叶树则已披上褐色与金色的斗篷,甚或脱去了长袍,裸露的褐色枝干像爪子一样伸向天空。每当有风吹过,压满车辙的路面上便激荡起无数盘旋的枯叶。枯叶沙沙地从马蹄底下掠过,这匹大母马是詹姆·兰尼斯特赠与她的。在维斯特洛大地上寻找一个失踪的女孩,犹如在秋风中寻找一片落叶。她不由得怀疑,詹姆给她的任务是不是一个残酷的玩笑。也许珊莎已因与乔佛里国王之死有染而被悄悄处死,埋在某个无名墓地,然后再派塔斯的大块头蠢女人去找她,还有什么更好的方法来掩盖谋杀呢?

不会的,詹姆不会这么做。他是个真诚的男人。他给了我这把宝剑,并将其命名为"守誓剑"。无论如何,这不是决定性因素。关键是她向凯特琳夫人发过誓,要把她的女儿们带回来,没什么比对死者的誓言更庄严的了。据詹姆说,那个妹妹老早就死了,兰尼斯特家送去北方跟卢斯·波顿的私生子结婚的艾莉亚是冒牌货。这样就只剩下珊莎。布蕾妮必须找到她。

黄昏时分,她看到一条小溪边上燃着篝火。两个人坐在火堆边烤鲑鱼,他们的武器防具堆在一棵树下。其中一个是老人,另一个没那么老,但也不算年轻。相对年轻的那个站起来跟她打招呼。他穿一件镶钉鹿皮上衣,系带紧绷在大肚子上,乱蓬蓬未加修整的胡子覆盖了脸颊和下巴,颜色犹如陈旧的黄金。"我们的鲑鱼足够三个人吃,爵士。"他大喊。

这不是布蕾妮头一次被错认为男人。她摘下全盔,让头发坠落下来。她的头发是黄色,像肮脏的稻草,而且同样脆弱干枯。长而

稀疏的发丝在她肩头飘荡。"感谢你,爵士。"

那雇佣骑士眯起眼睛仔仔细细地打量她,布蕾妮意识到对方一定是近视眼。"一位女士,对吗?全副武装的女士?诸神慈悲,伊利,**看看她的个头**。"

"我也以为她是个骑士。"年长的骑士一边说,一边翻转鲑鱼。

若布蕾妮是男人,也称得上大个子;作为女子,她就是个巨人。"怪胎"是她一生中听得最多的词。她肩膀宽,臀部更宽,腿长臂粗,胸肌比乳房发达,手掌脚掌也大得不像话。除此之外,她还很丑,长了一张布满雀斑的马脸,牙齿在嘴里显得太大。这些,她都无需别人提醒。"爵士先生们,"她说,"你们在路上有没有看见一个十三岁少女?她有蓝眼睛和枣红色头发,她或许跟一位身材肥胖、四十多岁的红脸男子在一起。"

近视眼的雇佣骑士挠挠头。"我不记得有这样的少女。此外,什么样的颜色算是枣红?"

"红棕色吧,"老人道,"不,我们没看到她。"

"我们没看到她,女士,"较年轻的人确认。"来吧,下马来,鱼快好了。你饿不饿?"

她确实肚饿,但不敢放松警惕。雇佣骑士名声不佳。人们常说:"雇佣骑士和强盗骑士乃是同一把剑的两面。"**这两个人看起来不太危险**。"对不起,该怎么称呼,爵士先生们?"

"我是有幸被歌手们传唱的克雷顿·朗勃爵士,"大肚子道,"也许你晓得我在黑水河上的事迹。我的伙伴是'穷鬼'伊利佛爵士。"

即使真有关于克雷顿·朗勃的歌谣,布蕾妮也没听过。对她来说,他们的名字跟他们的纹章一样陌生。克雷顿爵士的绿盾顶部有一道棕色横幅,上面还有战斧劈出的深深裂痕;伊利佛爵士的盾牌上则画着黄金与白貂，然而看他的样子，估计不曾拥有过真正的金子或者貂皮。他少说有六十岁，脸又瘦又窄，头戴兜帽，连着一件打补丁的粗布斗篷，身穿的锁甲上斑斑点点的锈迹就像雀斑。布蕾妮比他俩都高一头，坐骑与装备也比他们精良。要我怕这样的人，除非长剑换成缝衣针。

"非常感谢你们，尊敬的爵士，"她说，"我很乐意分享鲑鱼。"布蕾妮甩腿下马。她先将鞍配从母马背上卸下，然后喂它喝水，再拴好绳索放它吃草。她把武器、盾牌和鞍囊堆在一棵榆树下。此刻，鲑鱼已烤得松松脆脆。克雷顿爵士递给她一条鱼，她盘腿坐在地上大啖。

"我们去暮谷城，女士，"朗勃一边说，一边用手指撕开自己的鲑鱼，"你跟我们同行比较好。路上很危险。"

关于路上有多危险，布蕾妮可以告诉他更多详情，而且他听了决不会喜欢。"谢谢你们的好意，爵士先生，但我不需要你们的保护。"

"我坚持意见。真正的骑士会保护柔弱的女性。"

她摸摸剑带。"这个可以保护我，爵士。"

"剑的作用取决于挥它的人。"

"我的剑术相当不错。"

"你想怎么说就怎么说吧——跟女士争执是很无礼的。我们会把你安全地送到暮谷城，三人同行比独自一人更安全。"

我们从奔流城出发时也是三人，然而詹姆失去一只手，克里奥·佛雷丢了性命。"你们的坐骑跟不上我。"克雷顿爵士的棕色骟马衰老羸弱，眼神迷离；伊利佛爵士的马则看上去骨瘦如柴，一副没吃饱的模样。

"在黑水河，我的战马表现得相当出色，"克雷顿爵士坚持。"我在那儿大开杀戒，还赚了十几个人的赎金。赫伯特·波林爵士

你熟不熟，小姐？你再也见不到他了，因为我把他当场击毙。记住，当刀剑相交之时，克雷顿·朗勃爵士决不会躲在后方。"

他的同伴咯咯干笑。"克雷，算了吧。她这种人不需要我们做伴。"

"我这种人？"布蕾妮不大确定他是什么意思。

伊利佛爵士弯起一根瘦骨嶙峋的手指头，指了指她的盾牌。尽管盾牌的涂料碎裂剥落，图案还是很清楚：金银对角斜分的底面上一只大黑蝙蝠。"你拿着说谎者的盾牌，它不属于你。我祖父的祖父帮忙击杀了最后一个罗斯坦家的人，此后没人再敢亮出那只蝙蝠，因为他们家族所干的事跟那蝙蝠一般漆黑。"

这面盾牌是詹姆爵士从赫伦堡的军械库挖出来的。布蕾妮在马厩里发现它跟那匹母马在一起，外加许多装备；马鞍，辔头，锁甲，带护面的全盔，两袋金银币，还有一张比金银更珍贵的羊皮纸。"我丢失了自己的盾。"她解释。

"真正的骑士就是女士的护盾。"克雷顿爵士顽固地说。

伊利佛爵士浑不理会。"赤脚的人找靴子，受冻的人寻斗篷，但谁会甘愿让自己蒙羞？'皮条客'卢卡斯伯爵的徽纹是这只蝙蝠，他儿子'黑帽'曼佛利的也是。我不由得扪心自问，为什么你要佩戴它？除非你的罪行更加丑恶……只怕就是新近的事。"他拔出匕首，那是一柄难看的廉价铁家伙。"一个高大强壮的怪女人，又掩藏自己的真实身份。克雷，瞧好了，此乃割开蓝礼殿下喉咙的'塔斯之女'。"

"那是谎言！"蓝礼·拜拉席恩对她来说不只是国王。当这位悠闲从容的公爵为履行成年仪式，第一次来到塔斯时，她就爱上了他。她父亲举办欢迎宴会，并命令她参加，要不然她会像受伤的动物一样躲在房里。当时她跟珊莎差不多年纪，害怕窃笑更甚于刀剑。*他们会知道玫瑰的事*，她告诉塞尔温大人，*他们会嘲笑我*。但

"暮之星"不肯让步。

蓝礼·拜拉席恩对她彬彬有礼,当她是个正常的美丽少女,他甚至与她共舞,在他臂弯中,她感觉优雅高贵,双脚踏出流畅的舞步。由于公爵的榜样,其他人也纷纷邀请前来她。自那天起,她便只想待在蓝礼大人身边,为他效力,保护他的安全。但到头来,她仍然辜负了他。蓝礼死在我怀中,但他不是我杀的,她心想,这些雇佣骑士永远不会明白。"我愿为蓝礼国王献出生命,愉快赴死,"她说,"我没有伤害他。我凭自己的宝剑起誓。"

"骑士才凭宝剑起誓。"克雷顿爵士说。

"以七神的名义起誓。""穷鬼"伊利佛爵士催促。

"那好,我以七神的名义起誓,并未伤害蓝礼国王。以圣母之名,倘若我口吐谎言,便永远无法获得她的仁慈;以天父之名,请求他给予我公正的裁判;以少女与老妪之名,以铁匠与战士之名,也以陌客之名——倘若我所言有假,愿即刻被他掠走。"

"就一个女孩来说,她发起誓来倒有模有样的。"克雷顿爵士承认。

"对。""穷鬼"伊利佛爵士耸耸肩。"嗯,假如她撒谎,诸神自会处理。"他将匕首收回去。"第一哨归你。"

雇佣骑士们睡觉时,布蕾妮不安地绕着小营地转圈,听着火堆的噼啪声。我应该尽快赶路。这两个人她不熟悉,然而在他们毫无防备的情况下,她无法撇下他们不管。因为在漆黑的夜晚,路上也有骑马的人,树林里也有各种动静,或许是猫头鹰,或许是游荡的狐狸,或许都不是。因此,布蕾妮来回踱步,保持长剑能随时出鞘。

总的来说,守夜还算容易,等伊利佛爵士醒过来替换她之后,才是最困难的。布蕾妮将毯子铺在地上,蜷起身子,闭上眼睛。尽管已疲倦到骨子里,她仍告诉自己,我不能睡。有男人的地方,她

从来不能安心睡觉。即使在蓝礼公爵的营地，也总有被强暴的危险。这是她在高庭城下学到的教训，和詹姆一起落入"勇士团"手中时又学了一次。

泥地的寒气透过毯子渗入布蕾妮的骨头。没过多久，上至下巴，下至脚趾，每块肌肉都绷得紧紧的。她心想，不知珊莎·史塔克身在何处，是否也感觉到冷。凯特琳夫人说过，珊莎是个小淑女，随时随地都有礼貌，喜爱柠檬蛋糕、丝绸长裙和歌颂骑士精神的歌谣，然而这女孩目睹父亲的头颅被砍下，之后又被迫嫁给凶手之一。假如传说有一半属实，这个侏儒就是兰尼斯特家族中最最残酷的人。**如果她真的向乔佛里国王下毒，一定受到小恶魔的胁迫。毕竟她在宫中孤身一人，无依无靠。**在君临城，她追查到一个名叫贝蕾娜的女子，珊莎的侍女之一。那女人告诉她，珊莎跟侏儒之间毫无感情可言。或许她逃跑既是因为乔佛里的谋杀案，也是为了逃离他。

黎明将布蕾妮唤醒，她做过梦，但梦境都不记得了。她的腿被冰冷的地面冻得像木头一样僵硬，但人没受骚扰，物品也没被动过。雇佣骑士们已经起床，伊利佛爵士在宰杀一只松鼠当早餐，克雷顿爵士则面朝大树撒一泡长尿。**雇佣骑士，**她心想，**尽管一个年迈而自负，一个肥胖又近视，但他们是好人。**发现世上仍有好人，让她感到欣慰。

他们早餐吃烤松鼠、橡果面饼和腌菜，与此同时，克雷顿爵士喋喋不休地向她介绍自己在黑水河的英勇事迹，他杀死了十来个布蕾妮从没听过的可怕骑士。"哦，那是场罕见的大战，女士，"他说，"一场罕见而血腥的厮杀。"他承认伊利佛爵士也在此役中英勇奋战。伊利佛本人什么也没说。

继续上路时，两个骑士分别走在她两侧，就像卫士保护贵妇人……只是这位贵妇人的个头比两个卫士更高，武器与盔甲也比他们的好。"你们守夜时有人经过吗？"布蕾妮问。

"比方说十三岁、枣红色头发的少女？""穷鬼"伊利佛道，"不，小姐。没有。"

"我守夜时有一些，"克雷顿插话。"有个农家小子骑一匹花斑马经过，一小时后，又有六七个步行的男子，拿着棍棒和镰刀。他们看到了我们的火堆，停下来盯着我们的马打量许久，我稍稍亮了亮铁家伙，叫他们继续赶路。看样子是群野汉子，亡命徒，但没有野到小看我克雷顿·朗勃爵士的地步。"

是啊，布蕾妮心想，没到那种地步。她侧过头，以遮掩微笑。幸亏克雷顿爵士太专注于叙述他与红鸡骑士之间史诗般的战斗，因而没留意到她的笑容。路上有人结伴同行感觉很好，即使是这样两个家伙。

正午时分，布蕾妮听见光秃秃的棕色树丛中飘来唱诵。"什么声音？"克雷顿爵士问。

"人，有人在高声祈祷。"布蕾妮熟悉这些颂词。他们祈求战士保护，恳请老妪照亮前路。

"穷鬼"伊利佛爵士亮出他那把伤痕累累的剑，勒马等待。"他们靠近了。"

虔诚的唱诵声逐渐充斥树林，如同闷雷。突然间，声音的源头出现在道路前方。一群肮脏邋遢的乞丐帮兄弟当先领头，他们留大胡子，穿粗布长袍，有的赤脚，有的趿便鞋。后面走着大约六十个衣衫褴褛的男人、女人和小孩，还有一头花斑大母猪，几只绵羊。有几个男人拿着斧子，更多的拿粗糙的木头棍棒。他们中间有一辆用灰色碎木头做的双轮拖车，上面高高地堆满骷髅头和零零星星的断骨。看到雇佣骑士，乞丐帮兄弟们停下来，唱诵声渐渐平息。"尊敬的骑士，"其中一个乞丐说，"愿圣母爱怜你们。"

"圣母也爱你，兄弟，"伊利佛爵士道。"你们是谁？"

"我们是穷人集会。"一个拿斧子的魁梧男人应道。虽然秋天的树林清寒萧瑟,他却没穿上衣,胸口刻着一颗七芒星。当初安达尔战士渡过狭海,征服先民的七大王国时,他们胸口就刻着这样的七芒星。

"我们正朝都城进发,"一个拉拖车的高个子女人说,"把这些圣骨带去贝勒大圣堂,并向国王寻求援助和保护。"

"加入我们吧,朋友们,"一个瘦小的男子催促,他身穿破旧的修士袍,脖子上挂着一颗水晶,"维斯特洛需要每一位战士。"

"我们要去暮谷城,"克雷顿爵士宣告,"但或许可以先护送你们安全抵达君临。"

"假如你们有钱付费,"伊利佛爵士补充,看来他不仅穷而且很现实。

"麻雀无需金钱。"修士说。

克雷顿爵士迷惑不解。"麻雀?"

"麻雀是最普通、最卑微的鸟,而我们是最普通、最卑微的人。"那修士有一张精瘦而棱角分明的脸,留着灰褐色短胡子,稀疏的头发梳到脑后,扎成一个结,一双黑糊糊的光脚如树根般坚硬粗糙。"这些骨头属于那些虔敬神灵的圣人,他们因信仰而遇害,但至死不改为七神服务的决心。有些是饿死,有些被折磨致命。圣堂遭到掠夺,堂里的处女和母亲被亵渎神灵、崇拜恶魔的家伙强暴,连静默姐妹也受到骚扰。天上的圣母发出悲痛的呼吁,是时候了,所有涂抹圣油的骑士都应该弃绝世俗的领主,前来守卫我们神圣的教会。假如你们热爱七神,就随我们一起去都城吧。"

"我很爱七神,"伊利佛说,"但我得吃饭。"

"圣母的孩子都要吃饭,天下正有很多人吃不上饭。"

"我们去暮谷城。"伊利佛爵士断然道。

一个乞丐帮兄弟啐了口唾沫,一个女人发出哀叹。"你们是虚伪的骑士。"胸口刻七芒星的魁梧男子说,另外几人挥舞棍棒。

光脚修士以言语安抚众人,"无需裁判,裁判之职属于天父。让他们安稳地过去吧,他们也是穷人,只不过在尘世之中迷路了而已。"

布蕾妮稍稍催马向前。"我妹妹迷路了。她年方十三,枣红色头发,看上去很俊俏。"

"圣母的孩子看上去都俊俏。愿少女守护这可怜的女孩……也守护你。"修士抓起拖车前的一根索具,搭到肩上,继续用力拖拉。乞丐帮兄弟们也重新开始唱诵。布蕾妮和雇佣骑士们坐在马背上,目睹队伍缓缓经过,沿着压满车辙的道路向罗斯比前进。最后,唱诵声逐渐减弱。

克雷顿爵士从马鞍上抬起一边屁股挠了挠,"什么样的人会杀害神圣的修士?"

布蕾妮知道是什么样的人。记得在女泉城附近,勇士团捆住一个修士的脚踝,倒吊在树杈上,用来当靶子,练习射箭。她不知道他的骨头是否也跟其他骸骨一起堆在那辆拖车里。

"强暴静默姐妹的一定是白痴智障,"克雷顿爵士说,"哪怕只是动手……都说她们是陌客的老婆,下面又冷又湿,就像冰块。"他瞥了瞥布蕾妮。"呃……请原谅。"

布蕾妮催马朝暮谷城方向飞驰而去。过了一会儿,伊利佛爵士跟上来,克雷顿爵士押后。

三小时之后,他们遇到另一群艰难地向着暮谷城前进的人:一个商人和他的仆人们,另外还有一个雇佣骑士同行。商人骑灰斑母马,仆人们轮流拉货车。四个在前面拖,两个跟在轮子旁边,但当他们听见马蹄声,立即在货车周围摆好阵形,手执岑木杖,做好了应战的准备。商人取出一把十字弓,骑士则拔出长剑。"请原谅我的多疑,"商人嚷道,"但时下局势不稳,我又只有尊敬的夏德里

奇爵士保护。你们是谁？"

"啊，"克雷顿爵士委屈地说，"我是前不久在黑水河战役中成名的克雷顿·朗勃爵士，这位是我的伙伴，'穷鬼'伊利佛爵士。"

"我们没有恶意。"布蕾妮道。

商人怀疑地打量着她。"女士，你应该安安全全地待在家里。为何打扮得如此古怪？"

"我在找我妹妹。"她不敢提珊莎的名字，因为珊莎被控弑君。"她是个美丽的贵族处女，蓝眼睛，枣红色头发。也许你会看到她跟一位身材肥胖、四十多岁的骑士在一起，或者跟一个醉醺醺的小丑。"

"路上多的是醉醺醺的小丑和被开苞的处女。至于身材肥胖的骑士，大家都在挨饿，正派人很难填饱肚子……不过看样子，你们的克雷顿爵士倒没被饿着。"

"那是因为我骨架大，"克雷顿爵士强调。"要不我们同行一程？哦，我不怀疑夏德里奇爵士的勇敢，但他看起来个子小了点儿，而且三把剑总好过一把。"

四把，布蕾妮心里想，没有开口。

商人望向他的护卫，"你怎么说，爵士？"

"噢，我说不用怕这三个家伙。"夏德里奇爵士瘦瘦的，长着狐狸脸、尖鼻子和乱蓬蓬的橙色头发，骑在一匹四肢瘦长的栗色战马上。尽管他身高不过五尺二寸，却有一副自信满满的架势。"一老头，一胖子，大个的是女人。让他们来吧。"

"好。"商人放下十字弓。

继续上路后，商人雇佣的骑士放慢速度，骑到她身边，上上下下地打量，仿佛当她是一大片优质腌猪肉。"我说，你是个健壮魁梧的妞儿。"

詹姆爵士的嘲讽曾经深深地刺伤她，这小个子男人的话对她则一点作用也没有，"没错，和某人相比，我是个巨人。"

骑士哈哈大笑："我重要的部位大着呢，妞儿。"

"那商人叫你夏德里奇。"

"幽影谷的夏德里奇爵士，外号'疯鼠'。"他将盾牌转过来给她看，棕色与蓝色的斜纹之上有一只大白老鼠，红色的眼睛神情凶猛。"棕色代表我游荡的土地，蓝色代表我渡过的河流，而那老鼠就是我。"

"你是个疯子？"

"噢，相当疯狂。常见的老鼠会逃离流血和战斗，疯鼠却要追寻它们。"

"他似乎很少找到真正的流血和战斗。"

"我找到的够多了。诚然，我不是比武大会的骑士。我将自己的英勇留给战场，女人。"

"女人"比"妞儿"强一点，她心想。"你和可敬的克雷顿爵士有许多共同点。"

夏德里奇爵士再度哈哈大笑，"噢，是吗？我很怀疑。不过话说回来，我跟你——我们彼此或许有共同的目标。一个迷路的小妹，对不对？蓝眼睛，枣红色头发？"他又笑起来。"你并非林子里唯一的猎人。我也在找珊莎·史塔克。"

布蕾妮不露声色，以掩饰不安。"谁是珊莎·史塔克，你为什么要找她？"

"为了爱啊，还能为什么？"

她皱起眉头，"爱？"

"是的，对金子的爱。跟你们可敬的克雷顿爵士不同，我确实在黑水河上打过，只不过站在了失败的一边。为付赎金，我破了产。你知道瓦里斯吧？为了这个'你从没听说过的女孩'，太监悬

赏一大袋金子。我不贪心,假如某位大妞儿帮我找到那调皮的孩子,我愿意跟她分享八爪蜘蛛的赏格。"

"我以为你受雇于那商人。"

"只到暮谷城而已。亥巴德不仅吝啬,而且胆小。他胆小得要命。你怎么说,妞儿?"

"我不认识珊莎·史塔克,"她坚持,"我在找我妹妹,一个贵族女孩……"

"……蓝眼睛,枣红色头发,瞧,多么凑巧。请问,那个跟你妹妹同行的骑士是谁?你说他是小丑?"幸好夏德里奇爵士没等她回答,因为她根本答不上。"乔佛里国王死的当晚,确实有个小丑从君临城消失,他生得矮矮胖胖,鼻子上布满琐碎的血管,乃是红骑士唐托斯,从前来自暮谷城。但愿你妹妹和她醉酒的小丑不要被错当成史塔克家的女孩和唐托斯爵士,否则就太不幸了。"他一踢战马,向前奔去。

连詹姆·兰尼斯特也很少令布蕾妮感觉自己如此愚蠢。你并非林子里唯一的猎人。那个叫贝蕾娜的女人曾告诉她,乔佛里是如何羞辱唐托斯爵士,珊莎小姐又是如何恳求乔佛里饶恕他的性命。那么,就是他帮助她逃跑的,布蕾妮听到故事后断定,找到唐托斯爵士,就能找到珊莎。她应该知道,别人也会想到这点。有些人的人品可能还不如夏德里奇爵士。她只希望唐托斯爵士将珊莎藏好一点。倘若如此,我又如何能找到她?

她耸耸肩膀,皱着眉头,催马前进。

等一行人来到一家客栈,夜色已经渐浓。那客栈是一栋高大的木建筑,矗立在河流交汇处,横跨一座古老的石桥。克雷顿爵士告诉他们,客栈的名字就叫"老石桥",而店主人是他朋友。"这家的厨子不错,房间里的虱子也不比大多数客栈来得多,"他担保,"今晚谁睡暖床?"

"我们不行,除非你朋友白给,""穷鬼"伊利佛爵士道,"我们没钱住店。"

"我可以付我们三人的账。"布蕾妮不缺钱,这是詹姆特意关照的。她鞍囊里有个鼓鼓的钱袋,装着银鹿币和铜星币,另一个较小的钱袋则塞满金龙币,还有一张羊皮纸,谕令国王的臣民协助其携带者,塔斯家的布蕾妮,她正为陛下办事。上面的签名是托曼稚嫩的手笔:托曼·拜拉席恩一世,安达尔人、洛伊拿人和"先民"的国王,七国统治者。

亥巴德也准备停留,他命手下人将车留在马厩旁。温暖的黄色灯光从客栈的菱形窗格里透出来,布蕾妮听到一匹雄马在嘶鸣,因为嗅到了她胯下母马的气味。解马鞍时,一个男孩从马厩门里走出来说:"让我来吧,爵士先生。"

"我不是什么爵士,"她告诉他,"但你可以带走这匹马。务必让它吃饱喝足。"

男孩涨红了脸:"请原谅,小姐,我以为……"

"没关系,这是人们常犯的错。"布蕾妮将缰绳交给他,随其他人进入客栈,她肩上背着鞍囊,胳膊底下夹着铺盖卷。

大厅的木板地上覆满木屑,空气中弥漫着啤酒、烟雾和烤肉的气味。火炉里的烤肉正嗞嗞冒油,噼啪作响,暂时无人看管。六个本地人坐在一张桌边聊天,但当陌生人进来时,他们立刻住口。布蕾妮可以感觉到他们的视线。尽管穿有锁甲、斗篷和外衣,她仍然觉得光着身子。一名男子说:"快看哪。"她知道这不是指夏德里奇爵士。

店家双手各抓着三个大酒杯出现了,每走一步都溅出一些麦酒来。

"有房间吗,先生?"商人问他。

"也许有吧,"店家道,"有钱便有。"

克雷顿·朗勃爵士看上去愤愤不平："纳格尔,你就这样跟老朋友打招呼?是我,朗勃啊。"

"确实是你。你欠我七枚银鹿。银子拿来,我给你床。"店主人将杯子逐个放下,又在桌上洒出一些酒液。

"我出钱,给自己一间房,再要一间给我的两位同伴。"布蕾妮指指克雷顿爵士和伊利佛爵士。

"我也要一间房,"商人说,"给我自己和可敬的夏德里奇爵士。我的仆人们睡你马厩,假如你乐意的话。"

店主人朝他们那边看了看,"我不乐意,不过也许会允许。用晚餐吗?火炉口是上好的山羊肉。"

"我自己判断好还是不好,"亥巴德宣称,"我的手下只要面包和肉汁就满足了。"

于是他们开始用餐。布蕾妮先随店主人上楼,往他手里塞了几枚硬币,得以将自己的物品放进最好的空屋子,然后她下来尝了尝山羊肉。她也给克雷顿爵士和伊利佛爵士点了山羊肉,因为他们曾分给她鲑鱼。雇佣骑士和商人以麦酒就着肉吃,布蕾妮喝的是一杯山羊奶。她仔细聆听饭桌上的谈论,抱着一线希望,或许能听到一点线索,有助于寻找珊莎。

"你们从君临来,"一个本地人对亥巴德说,"弑君者真的残废了?"

"没错,"亥巴德说,"他失去了用剑的右手。"

"对,"克雷顿爵士说,"我听说是被冰原狼咬掉的——所谓冰原狼,就是北方的一种怪兽。北方从来没什么好东西,甚至北方佬的神也很怪异。"

"不是狼干的,"布蕾妮听见自己说,"詹姆爵士的手是被科霍尔佣兵砍掉的。"

"用左手打不是件容易事。"疯鼠评论。

"哈哈，"朗勃·克雷顿爵士道，"碰巧我两只手用剑一样熟练。"

"噢，我一点也不怀疑。"夏德里奇爵士举杯致意。

布蕾妮记得自己跟詹姆·兰尼斯特在树林里的战斗。她竭尽全力，才堪堪阻挡他的攻击。况且他当时因为长期囚禁而变得虚弱，手腕上还有锁链。假如没有锁链的牵制，他的力量又不曾被削弱，那么七大王国之内，没有一个骑士能与他匹敌。詹姆有过许多恶行，但他是个绝顶高手！把他弄成残废实在是异常残酷的行为。杀死狮子是一回事，砍掉他的爪子，折磨其心智，又是另一回事。

突然间，大厅里的嘈杂变得难以忍受，她含含糊糊地道过晚安，上楼睡觉去了。房间的天花板很低，布蕾妮手持细烛走进去时，不得不弯腰，否则会撞到脑袋。屋内唯一的摆设是一张足够睡六人的大床，还有窗台上的一段牛油蜡烛头。她用细蜡烛把它点燃，闩上门，又将剑带挂到床柱子上。她的木剑鞘朴素简易，包裹在开裂的棕色皮革之中，而她的剑更加平凡。这是她在君临买的，以代替被勇士团夺走的那把。那是蓝礼的佩剑。想到自己把它弄丢了，她仍然感觉很难过。

但她的铺盖卷里还藏着另一把长剑。她坐到床上，将它取出来。烛焰之下，镀金闪耀着黄光，红宝石仿佛闷烧的火。布蕾妮将守誓剑拔出华丽的剑鞘，不由得屏住呼吸。血红与漆黑的波纹深深地嵌入了钢铁之中。这是瓦雷利亚钢剑，由魔法形塑而成。这是一把英雄的佩剑。小时候，奶妈向她灌输了许多英雄故事，让她知道"晨光"加勒敦爵士、傻子佛罗理安、龙骑士伊蒙王子以及其他勇士们的伟大事迹。他们每人都有一把名剑，守誓剑也该如此，但她自己并非英雄。"你将用奈德·史塔克自己的剑来保护他的女儿，"詹姆曾经允诺。

她跪在床和墙壁之间，举剑向老妪默默祈祷，祈求老妪的金灯

能指引她一条明路。指引我，她祷告，照亮我前方的道路，指引我寻找珊莎。她已经辜负了蓝礼，辜负了凯特琳夫人。她不能再辜负詹姆。他把自己的剑托付给我，也把自己的荣誉托付给了我。

然后，她在床上尽量伸展开身子。床很宽，但不够长，布蕾妮只能侧过来睡。她可以听到下面杯盏交碰的声音，话语声沿着楼梯飘上来。朗勃提到的虱子现身了。抓挠有助于她保持清醒。

她听见亥巴德走上楼梯，稍后，骑士们也上来了。"……我一直不知道他的名字，"克雷顿爵士经过时在说，"但他盾牌上有一只血红的鸡，而他的剑上滴着血……"他的话音渐渐消失，楼上的一扇门打开又阖上。

蜡烛已尽，黑暗笼罩着老石桥，周围变得如此宁谧，她甚至可以听见河流低沉的汩汩声。布蕾妮这才起来收拾东西。她轻轻推开门，听了听动静，然后光脚走下楼梯。她在外面套上靴子，快步来到马厩里，给她的母马系上鞍配，她一边跨上马背，一边默默地向克雷顿爵士和伊利佛爵士致歉。骑马经过亥巴德的一个仆人时，他醒了过来，但没有阻止她。母马的铁蹄在古老的石桥上发出清脆的响声，接着，树林将她包围，黑如沥青，充满了鬼魂和记忆。我来了，珊莎小姐，她一边想一边飞驰入黑暗之中。无须害怕。不把你找到，我决不罢休。

山姆威尔

山姆读着关于异鬼的书，抬眼看到了那只老鼠。

他的眼睛又红又肿。**我不该揉得这么频繁**，他总是一边揉一边告诉自己。灰尘弄得眼睛痒痒的，直想流泪，这地下到处都是灰尘。每次翻动书页，一小簇尘埃就会飘散到空中，而每当他移开一堆书，想看看下面藏着什么时，总会弄出一团灰色的云。

山姆不知道自己有多久没睡了，起初，他发现一捆破破烂烂的散页，便解开细绳，点燃蜡烛阅读，结果一发不可收拾，到如今那支很粗壮的牛油蜡烛只剩下不到一寸。他累极了，却无法停止。**再看一本我就停下**，他告诉自己，**再看一页，一页而已。再看一页我就上去休息，吃点东西**。但一页过后总有另一页，另一页过后又有新的一页，而书堆底下还有另一本书在等着。**我只瞧一眼，看看这本书讲什么**，他心想，然而等回过神来，已经读了一半。自打跟派普和葛兰一起喝过培根豌豆汤之后，他就没吃东西。噢，不，吃了面包与奶酪，但只有一点点，他边想边略略瞥了瞥空盘子，发现那只老鼠正在享用面包屑。

老鼠有他粉红色的手指头一半那么长，黑眼睛，软灰毛。山姆知道自己应该杀死它。老鼠偏爱面包奶酪，但它们也啃嚼纸张。他曾在架子和书堆里发现大量老鼠屎，许多皮革封面呈现出咬啮的痕迹。

但它不过是一个饥饿的小东西，他怎能吝啬一点点面包屑呢？**然而，它会吃书本……**

坐椅子坐得太久，山姆的背僵硬如木板，腿则像睡着了一般。

他知道自己动作不够快,逮不住老鼠,但也许可以砸死它。他肘边躺着一本皮革封面的巨型抄本——《黑人马年鉴》,这本书中乔昆修士详尽叙述了奥勃特·卡斯威爵士担任守夜人军团总司令的九年生活,每一页都对应着他任期的一天,基本上都如此开头,"奥勃特大人清晨起床如厕"——除了最后一页,那一页写道,"奥勃特大人被发现于夜间亡故。"

不能让老鼠毁了乔昆修士的辛苦成果。山姆的左手极其缓慢地伸向那本书。书又厚又重,他试图单手举起来,结果却从他肥胖的指间滑落,"砰"的一声砸下。老鼠转瞬间便逃窜得不见踪影。山姆松了口气。砸死这可怜的小东西会让他做噩梦的。"但你不该吃书,"他大声说。也许下次下来时,他该多带些奶酪。

他很惊讶蜡烛已快烧完了,不晓得喝培根豌豆汤是今天还是昨天的事?昨天。一定是昨天。意识到这点,他打了个哈欠。琼恩不会明白他的心情,但伊蒙师傅会帮他解释。学士失明之前,跟山姆威尔·塔利一样酷爱读书。他能明白,当你深陷入书本中时,仿佛每一页都是通往其他世界的通道。

山姆艰难地站起来,露出痛苦的表情,小腿麻麻的,犹如针刺一般。他坐的椅子十分坚硬,当他弯腰去取书时,会压得腿部不舒服。我得记着带垫子。假如能睡在底下就更好了。他在四只装满零散书页(全部来自已经失传的著作)的箱子后面发现了一个半隐藏的地窖,这是个理想地点,但他不能撇下伊蒙师傅太久。学士最近身体不好,需要照料,此外还有乌鸦呢。伊蒙身边固然有克莱达斯,但山姆更年轻,鸟儿也更喜欢他。

于是山姆左腋下夹着一堆书籍和卷轴,右手拿着蜡烛,穿过被弟兄们称为"虫道"的隧道,返回黑城堡。一束淡淡的光线照亮了通向地表的陡峭石阶,因而他知道上面已是白昼。他将蜡烛留在墙上的凹洞里,然后攀登。走到第五步,他喘起粗气;到了第十步,他停下来把书换到右腋下。

天空是铅灰颜色。看样子要下雪，山姆抬头斜睨，心里想。这让他感到不安。他记得先民拳峰上那个夜晚，记得伴随漫天大雪而来的尸鬼军团。不要随时随地都像个胆小鬼，他责怪自己，现在你周围有那么多誓言效命的兄弟，更不用说史坦尼斯·拜拉席恩和他的骑士们了。黑城堡的堡垒和塔楼在他面前耸立，但与硕大无朋的冰墙相比，显得渺小不堪。一支小队伍攀附于冰墙四分之一高处，正在修建一段新的之字形楼梯，并与旧梯子相连。锯子与铁锤的声响在冰面上回荡。琼恩让工匠们日夜赶工，山姆在晚餐时听见有人抱怨，说莫尔蒙大人决不会如此压榨劳力。然而要是没有梯子，除了绞盘铁笼，别无他法可以上长城，遇有情况会措手不及。虽然山姆威尔·塔利痛恨楼梯，但他更痛恨铁笼子，乘坐时，他总是闭起眼睛，相信链子马上就要断掉。每当铁笼擦刮冰面，他的心跳就会陡然停止。

两百年前此处有龙，看着笼子缓缓下降，山姆寻思，他们"嗖"的一下就能飞上城。亚莉珊王后骑着她的龙造访黑城堡，而她的王夫杰赫里斯稍后也骑着自己的龙赶来。银翼有没有留下龙蛋呢？史坦尼斯在龙石岛有没有发现别的蛋呢？不过，即使有蛋，又该如何孵化？受神祝福的贝勒对着他的蛋祈祷，坦格利安家族的其他人则寻求巫术的帮助，然而最终，他们只得到嘲笑和灾祸。

"山姆威尔，"一个阴沉的声音说，"我是来找你的。总司令大人吩咐我带你去见他。"

一朵雪花飘落在山姆鼻子上，"琼恩想见我？"

"这个嘛，我可说不准，"忧郁的艾迪·托勒特道，"我不想见的总是来找我，我想见的却老找不到，愿望和事实基本无瓜葛。但你还是快去吧，雪诺大人跟卡斯特的老婆谈完话就跟你谈。"

"吉莉。"

"是她。假如我奶妈能长得像她,那我现在还叼奶头呢。知道吗,我奶妈长胡子的。"

"说明她是头山羊,"派普叫道,他跟葛兰从角落里冒出来,手拿长弓,背着箭囊。"你上哪儿去了,杀手?昨天晚餐时缺了你,一整只烤公牛没人吃。"

"别叫我杀手。"山姆不理会公牛的玩笑。派普就是那样。"我在看书。有只老鼠……"

"别跟葛兰提老鼠。他怕老鼠。"

"我才不怕。"葛兰愤慨地说。

"但你不敢吃老鼠。"

"我能吃的老鼠比你多。"

忧郁的艾迪·托勒特叹了口气。"我小时候,只有在节庆日才吃得到老鼠。我排行老幺,所以总是吃尾巴。尾巴上没肉。"

"你的长弓呢,山姆?"葛兰问。艾里沙爵士给他取了"笨牛"的外号,而他现在长得日益名副其实,真的像头牛。他来到长城时虽然高大,但行动迟缓笨拙,脸红脖子粗,腰也粗得像桶。如今虽然派普诱骗他出丑时,他的脖子仍然会红,但长期习武使得肚腩不见了,胳膊变得强硬,胸膛变得宽阔。他极为强壮,而且跟野牛一样毛发蓬松。"乌尔马在靶场等你。"

"乌尔马,"山姆窘迫地重复道。琼恩·雪诺当上总司令后做的第一件事,就是让所有弟兄每天操练箭术,即使事务官和厨师也不例外。他认为,从前的守夜人军团过于强调剑术,而不注重弓箭,在每十人就有一个是骑士的时代当然有道理,但在每一百人当中才有一个骑士的目前却显得不合时宜了。山姆支持这道命令,但他讨厌练习长弓几乎就跟讨厌爬楼梯一样。他戴上手套便射不中任何目标,脱掉手套指头就会起泡。弓箭是危险的东西。纱丁曾在弓弦上绷裂了半个拇指甲盖。"我忘了。"

"忘了？你好伤野人公主的心啊，杀手，"派普道。最近瓦迩开始从国王塔上她自己的窗前张望他们。"她在等你呢。"

"她才没有！别这么说！"山姆只跟瓦迩说过两回话，那还是随伊蒙学士去探望她，以确保孩子健康的时候。野人公主貌美如花，他在她面前总是结结巴巴，涨红了脸。

"为什么不呢？"派普反问，"她想要怀你的孩子。也许我们该叫你'风流浪子'山姆才对。"

山姆涨红了脸。他知道史坦尼斯国王对瓦迩有安排——她是结合北方人与自由民，让他们和睦相处的关键棋子。"我今天没时间练习长弓，我得去见琼恩。"

"琼恩？琼恩？我们认识琼恩吗，葛兰？"

"他是指总司令大人。"

"喔喔喔——伟大的雪诺大人。当然了。不过，你干嘛跟他约会？他又不会扭耳朵。"派普扭了扭自己的耳朵，以示能耐。他长着一对冻得通红的招风耳。"现在他真成了雪诺大人，相对于我们，实在太尊贵了。"

"琼恩有他的责任，"山姆替朋友辩护，"长城是他的了，他必须统筹全局。"

"一个人对他的朋友也有责任。要不是我们帮忙，当上总司令的也许是杰诺斯·史林特呢，然后史林特大人会派雪诺赤身裸体骑着骡子去巡逻。'赶往卡斯特的堡垒，'他会如此下令，'把熊老的斗篷和靴子给我拿回来。'我们帮他避免了难堪，现在他的责任太多，居然连到壁炉边喝杯热酒的工夫都没有？"

葛兰表示赞同。"他的责任没妨碍他下较场。基本上，他天天都在那儿打斗。"

这是事实，山姆不得不承认。有一次，当琼恩来和伊蒙师傅谈话时，山姆问他为何花那么多时间练剑。"熊老作总司令时根本不

怎么参加日常训练，"山姆指出。作为回答，琼恩将长爪交到山姆手中，要他感觉这把剑的轻盈与平衡，并让他旋转剑刃，观察烟灰色金属中闪现的波纹。"这是瓦雷利亚钢剑，"他说，"以魔法锻冶而成，锋利无比，几乎坚不可摧。剑士应该和他的剑合为一体，山姆，然而长爪是瓦雷利亚钢，我不是。断掌要杀我就跟你拍死一只虫子那么容易。"

山姆把剑递回去。"我老拍不到虫子，它们会飞，我经常打中胳膊，疼极了。"

琼恩笑了。"好吧。科林杀我就像你喝粥那么快。"山姆喜欢喝粥，尤其是掺了蜂蜜的甜粥。

"我没时间闲聊，"山姆离开朋友们，向军械库走去，一路把书本紧紧抓在胸前，这让他联想起了誓言：**守护王国的坚盾**。唉，假如七国的老百姓们意识到守护王国的是葛兰、派普和忧郁的艾迪·托勒特这号人，真不知会如何评论。

司令塔内部已被大火焚毁，而史坦尼斯·拜拉席恩占据国王塔作为居所，因此琼恩·雪诺住在军械库后面，昔日属于唐纳·诺伊的简陋房间。山姆到达时吉莉刚要离开，她裹着一件旧斗篷，那是他俩逃离卡斯特的堡垒时山姆给她的。她几乎直接奔了过去，但山姆抓住她的手臂，两本书因之掉下来。"吉莉。"

"山姆。"她声音沙哑。吉莉长着黑头发，身材苗条，棕色的大眼睛犹如母鹿。她完全被山姆的旧斗篷淹没，然而她的脸虽然半隐于兜帽中，但还是能看出在发抖，神色苍白而惊恐。

"出什么事了？"山姆问她，"孩子们怎么样？"

吉莉挣脱开来，"他们很好，山姆。很好。"

"在他俩之间你还能睡觉，真是个奇迹，"山姆愉快地说。"昨晚我听见哭声的是哪一个？他似乎怎么都哭不完。"

"是妲娜的儿子。他想喝奶时就会哭。我的……我的孩子从不乱哭。有时候他会咯咯地叫唤,但……"她眼中盈满泪水,"我得走了,去给他们喂奶。要是不快去,奶水会漏到自己身上。"她跑过庭院,留下困惑不解的山姆。

他必须蹲下才能捡起掉落的书籍。*我不该带这么多书*,他一边告诉自己,一边扫去书上的泥尘,那是柯洛阔·弗塔的《玉海概述》,厚厚一大卷来自东方的故事与传奇,伊蒙师傅命令他必须找到这本书,幸好,它看起来完好无损;托马克斯学士的《龙王们:坦格利安家族从流浪到神化的历程,兼论巨龙之生死》就没那么幸运了。它掉落时被翻了开来,有几页纸沾上烂泥,其中一页有一幅相当漂亮的彩图,画的是"黑死神"贝勒里恩。山姆一边咒骂自己是个笨手笨脚的呆瓜,一边擦拭书页,将泥巴刮掉。在吉莉面前,他总是很狼狈,而且下面还会硬……好吧,*每次都会硬*。誓言效命的守夜人弟兄不该有这样的感觉,可是当吉莉谈及自己的乳房……

"雪诺大人正等着呢。"两个穿黑斗篷、戴铁半盔的守卫站在军械库门口,斜倚着长矛。说话的是"毛人"哈尔,穆利则帮助山姆站起来。他反射性地谢过之后,快速走了进去,经过有砧板与风箱的锻炉时,不由得拼命抓紧书。一件锁甲半成品放在工作台上。白灵在砧板底下伸展着身子,啃一根牛骨,要喝里面的骨髓。山姆走过时,大白狼抬头看了看他,但没有发出声响。

琼恩的会客间就在那些放满长矛与盾牌的架子后面。山姆进去时,他正在读一卷羊皮纸,莫尔蒙大人的乌鸦站在他肩头向下张望,仿佛也在读羊皮纸,但当它见到山姆,便展开翅膀,一边向他飞来,一边喊叫,"玉米,玉米!"

山姆将书换到一边手上,用另一只手去门背后的袋子里抓出一把玉米粒。乌鸦落在他手腕上,从掌心里啄起一粒,它啄得如此之重,山姆不由得叫了一声,抽回手来。乌鸦飞回空中,黄色红色的玉米粒撒得到处都是。

"关门,山姆。"琼恩脸上仍有淡淡的疤痕,一只鹰曾试图挖他的眼睛。"那坏蛋有没有弄破你的皮?"

山姆轻轻放下书,脱掉手套。"有啊。"他感到一阵晕眩,"*我在流血呢。*"

"我们都会为守夜人军团流血。戴上厚点的手套。"琼恩用脚把一张椅子推到他面前。"坐下,看看这个。"他将羊皮纸递给山姆。

"这是什么?"山姆问。乌鸦开始在草席里搜寻玉米粒。

"一面纸糊的盾牌。"

山姆边看边吮手掌上的血。他一眼就认出伊蒙师傅的笔迹,老人的字体纤细而精准,但由于看不到化开的墨渍,有时会留下难看的污斑。"给托曼国王的信?"

"在临冬城,托曼曾跟我弟弟布兰用木剑打斗。他穿着那么多衬垫,看上去就像一只填鹅。后来,布兰将他击倒在地。"琼恩走到窗边。"现在布兰死了,白白胖胖的托曼坐上了铁王座,他的黄金鬈发上顶着王冠。"

布兰没死,山姆几乎说出口,*他随"冷手"去了长城外*。话语卡在他喉咙。*我发誓守秘*。"你没在信上签名。"

"熊老上百次地向君临求助,他们送来的却是杰诺斯·史林特。一旦兰尼斯特听说我们收留了史坦尼斯,只怕再谦卑的信件也无法获取同情。"

"我们收留他是为了防守长城,又不是帮他进行战争。"山姆把信快速地重读一遍,"这里面说得很清楚。"

"泰温公爵会在意其中差别吗?"琼恩把信拿回来,"他为什么要帮我们?他从来没有付出过。"

"嗯,"山姆说,"也许他不愿听人们议论说当史坦尼斯千里迢迢赶来保卫王国时,托曼国王却在玩玩具。那会让兰尼斯特家族蒙羞的。"

"蒙羞？说心里话，我想带给兰尼斯特家族毁灭与死亡。"琼恩拿起信。"守夜人军团决不参与七大王国的战争，"他念道，"我们立誓守护整个国度，而今国家已危于累卵。史坦尼斯·拜拉席恩协助我们对抗长城外的敌人，但我们并未支持他……"

"嗯，"山姆扭动着身子，"我们并未支持他。是吧？"

"我提供食宿给史坦尼斯的人，把长夜堡划给他们支配，再允许部分自由民在新赠地定居。仅此而已。"

"泰温公爵会说你给的太多了。"

"而史坦尼斯认为还远远不够。对国王而言，你付出越多，他就索要得更多。我们正如履薄冰，脚底是万丈深渊。与一个国王相谋已经够难，同时满足两个根本不可能。"

"是的，但……若兰尼斯特家大获全胜之后，泰温公爵认定我们背叛真正的国王，那也许就意味着守夜人军团的末日。他背后有提利尔家族的支持，整个高庭的力量，而且他在黑水河上确实击败了史坦尼斯大人。"山姆或许见不得血，但他了解贵族战争的法则——全拜他父亲从小的耳濡目染所赐。

"黑水河之战只是一场战役。罗柏赢得过所有战役，最终却掉了脑袋。假如史坦尼斯能唤起北境……"

琼恩企图说服自己，山姆意识到，但并不成功。这也难怪，近来，渡鸦川流不息地飞出黑城堡，犹如一场黑翼风暴，前去号召北境的领主们起兵拥护史坦尼斯·拜拉席恩。这些鸟儿大部分是山姆亲手送出的，但迄今为止只有去卡霍城的那只回来了，其余是一片异样的沉默。

即使史坦尼斯能把北方人争取过来，山姆也不知道他如何匹敌凯岩城、高庭和李河城的联军；然而若没有北境的支持，他完蛋得更快。假如泰温公爵因之把我们定性为叛徒，守夜人也会跟

着完蛋。"兰尼斯特在北境有自己的代理人。波顿公爵和他的私生子。"

"而史坦尼斯有卡史塔克家,他若能进一步赢得白港……"

"若能,"山姆强调,"若不能呢……大人,纸糊的盾牌总比没盾牌强。"

琼恩抖了抖信。"我想也是。"他叹口气,提起一支鹅毛笔,在信件底部潦草地署名 。"准备封蜡。"山姆在蜡烛上加热一段黑蜡,滴了些到羊皮纸上,看着琼恩把总司令的印鉴牢牢地摁在那摊融蜡之上。"待会把这个带给伊蒙师傅,"他命令,"让他派鸟儿送去君临。"

"好的。"山姆犹豫不决,"大人,能否容我询问……我刚才看见吉莉离开,她差点哭出来。"

"瓦迩又派她来为曼斯求情。"

"哦。"瓦迩是塞外之王的王后的妹妹,被史坦尼斯和他的手下称为"野人公主"。她姐姐妲娜死于阵中,却并非被刀剑所伤,而是在生下曼斯·雷德的儿子时耗尽了生命。假如山姆听到的流言不假,雷德很快就要随她一起进坟墓了。"你怎么回答她?"

"我答应会向史坦尼斯求情,但我怀疑这不过是白费口舌。国王的首要职责是保护国家,曼斯却企图攻打七大王国,陛下不可能忘记这点。我父亲曾称赞史坦尼斯·拜拉席恩为人公正无私,但从来没人提过他的宽容。"琼恩顿了一下,皱起眉头。"我宁愿亲手砍下曼斯的脑袋。他曾是守夜人的弟兄,按理,他的生命属于我们。"

"派普说梅莉珊卓打算烧死他,以便施行某种巫术。"

"派普应该学会管住舌头。我从不同的来源都得到了这个信息。**所谓国王之血,唤醒睡龙**。但梅莉珊卓上哪儿去找沉睡的龙呢,没人知道。我认为这简直是胡扯。曼斯跟我们大家一样,哪有什么王室血统？他从没戴上王冠，也没坐上王座。他不过是个土霸王，血里面没有力量。"

乌鸦从地板上抬起头来。"血。"它尖叫。

琼恩不予理会。"我要把吉莉送走。"

"噢。"山姆机械地点点头。"嗯，那样……那样很好，大人。"那样对她最好，去温暖安全的地方，远离长城与战争。

"她和她的孩子一起走。如此，我们还需要给那孩子的乳奶兄弟再找个奶妈。"

"山羊奶也许可以支撑一阵子。在找着人奶之前，山羊奶比牛奶好。"这段建议是山姆从某本书里看到的。他在座位中挪了挪。"大人，我替你查编年史时，又找到一位少年总司令。大约在征服战争爆发的四百年前，欧斯里克·史塔克当选，他当时年方十岁，最终在职时间却长达六十年。现在一共发现了四位比你年轻的总司令，大人，请宽心，在当选者当中，你根本不算最年轻的，迄今排在第五呢。"

"比我年轻的四位全是北境之王的儿子、兄弟或者私生子。算了，告诉我些有用的东西，告诉我关于我们敌人的信息。"

"异鬼。"山姆舔舔嘴唇，"编年史中提过它们，但不若我想象的频繁——我是指我已经找到并查阅过的记录，很明显，还有更多的我没读到。有些比较古老的书已散成纸片，当我试图翻看时，它们却粉碎了。*而那些真正的古书*……或许是完全碎掉，或许是埋藏在我没能检查到的隐秘之地，或许……或许它们根本就不存在。我们最古老的历史记载是安达尔人来到维斯特洛之后写成的，先民只留下岩石上的符文，因此我们自认为了解的关于黎明之纪元、英雄之纪元以及'长夜'的所谓史实，统统都是数千年后修士们的补记。在学城，有的博士根本不相信这些。比如，上古传说中提到很多统治时间长达数百年的国王，在骑士出现之前一千年就驰骋疆场

的骑士。你是知道那些故事的，'筑城者'布兰登，'星眼'赛米恩，夜王……我们说你是第九百九十八任守夜人军团总司令，但我即便从能找到的最早的名册开始统计，也只数出六百七十四位总司令，那意味着……"

"最早的名册……"琼恩打断他，"关于异鬼有什么信息？"

"书中提到龙晶。在英雄之纪元，森林之子每年赠送给守夜人一百把黑曜石匕首。大多数故事声称，异鬼会在寒冷时到来，或者说寒冷是因为它们而来。据说它们在雪风暴中出现，天晴时则融化殆尽。它们躲避日光，只在夜间行动……或者说当他们出现时天就变黑了。有些故事叙述它们骑着动物的死尸，包括熊、冰原狼、长毛象、马……反正都是已死亡的生灵。杀死小保罗的异鬼骑着一匹死马，因此这段记述显然是真实的。有的故事中还提到他们骑的巨型冰蜘蛛，我不知道那是什么东西。还有，被异鬼杀死的人必须火化，否则尸体将会复活，成为他们的奴隶。"

"这些我们都已经知道了。真正的问题在于，该如何抵抗它们？"

"假设可以相信那些故事的话，很明显，普通刀剑砍不进异鬼的盔甲，"山姆道，"而且他们所使用的剑十分寒冷，足以令钢铁碎裂。只有火焰能影响他们，除此之外，黑曜石是他们的天敌。"他记起自己在鬼影森林中对付的那个异鬼，被琼恩制作的匕首刺入体内后，那异鬼顿时融化了。"我找到一段关于'长夜'的记叙，讲的是最后的英雄如何用龙钢之剑斩杀异鬼。它们应该也无法抵御龙钢。"

"龙钢？"琼恩皱紧眉头，"**瓦雷利亚钢？**"

"我首先想到的也是这个。"

"所以只要我说服七大王国的领主们捐献出家藏的瓦雷利亚钢剑，大家就能得救？这不难啊。"他苦笑道，"你有没有搞清楚异鬼究竟是什么东西,他们从哪儿来,目的何在?"

"还没有,大人,也许是我看的书不对。有数百本我连碰都没来得及碰。再多给我点时间,能搞清楚的话我一定会搞清楚。"

"没时间了。"琼恩语调悲哀,"你得去收拾行李,山姆,你跟吉莉一块儿走。"

"走?"山姆一时没弄明白,"我走?去东海望,大人?还是……我……"

"去旧镇。"

"**去旧镇?**"他的声音成了尖叫。角陵离旧镇很近。回家。这个念头让他一阵晕眩。父亲。

"伊蒙也去。"

"伊蒙?伊蒙师傅?可……可他已经一百零二岁了,大人,他不能……**莫非你让我跟他同行?**那谁来照顾乌鸦?如果它们生病或者受伤,谁……"

"克莱达斯。他跟随伊蒙许多年了。"

"克莱达斯只是个事务官,眼睛又越来越差了。**你需要学士的辅佐。**而且伊蒙学士如此虚弱,让他出海……"山姆想起青亭岛和"青亭女王号",几乎咬到舌头。"他年纪大了……也许……也许……"

"他会有危险,我很明白,山姆,但留下来风险更大。史坦尼斯知道伊蒙是谁,假如红袍女坚持要获得国王之血来施展法术……"

"哦。"山姆脸色苍白。

"戴利恩将在东海望与你们会合,我希望他的歌声能在南方为我们吸引一些人手。'黑鸟号'载你们去布拉佛斯,你们先到那边,再自行安排前往旧镇的行程。若你仍打算认吉莉的孩子作私生子,就把她和婴儿送去角陵;如果做不到,伊蒙会为她在学城中谋

个仆人的差事。"

"我的私、私、私生子。"这事是他自己提出的,对,但是……水,大海,我会淹死的。船只经常沉没,秋天又是风暴的季节。然而吉莉将与他在一起,婴儿能够安全长大。"是,我……我母亲和我妹妹会帮吉莉照顾孩子。"我可以写封信,不用亲自去角陵。"但没有我,戴利恩也能护送她去旧镇。我……我每天下午都遵照你的指示跟乌尔马练习箭术……呃,除了在地窖的时候,但你叫我查找异鬼的资料。真的,长弓让我肩膀酸痛、手指起泡。"他把一个破裂的水泡给琼恩看。"我还在练,有的时候能射中目标了,但我仍是全世界最差劲的射手。不过我喜欢乌尔马的故事,该有人把它们记下来,收录在书里。"

"你来写啊。学城里有纸有墨,也有长弓——希望你不要就此荒废箭术。不过山姆,守夜人军团纵有千百射手,却只有少数几人能读会写。我要你成为辅佐我的新任学士。"

这话令他猛地一缩。不,天父保佑,我以后再也不多嘴了,以七神之名起誓。放过我,请放过我吧。"大人,我……我的职责在这里,那些书……"

"……等你回来时还在。"

山姆摸摸喉咙,他几乎能感觉到颈链的存在,勒得窒息。"大人,学城里……他们会让我切尸体。"脖子被套住的感觉如何?你想要锁链,就尝尝滋味。曾有三天三夜,山姆的手脚被铐在墙上,醒了就哭,哭完就睡。喉咙的链子勒得最紧,把皮都磨破了,而且只要他在睡梦中翻身,便无法呼吸。"我戴不了颈链。"

"你可以,而且一定得戴。伊蒙学士年老目盲,日渐虚弱。以后的日子,谁来接替他呢?影子塔的穆林学士更像个战士而不像学者,东海望的哈慕恩学士醉酒的时间多过清醒的时间。"

"如果你多问学城要几个学士……"

"我有这打算,多多益善。然而伊蒙·坦格利安的传人是没那么容易找到的。"琼恩看上去很迷惑。"我还以为你一定会高兴。学城的书多得看不完,你可以在那儿过得很愉快,山姆,我相信你能学成本领。"

"不行。我可以读书,但……学——学士同时也是医者,而血——血——血让我晕眩。"他伸出一只颤抖的手给琼恩看。"我是'胆小鬼'山姆,不是什么'杀手'。"

"胆小鬼?你还怕什么?害怕老人们的斥责?山姆,你亲眼见过尸鬼涌上先民拳峰,如潮水一般的活死人,它们伸出黑色的双手,脸上长着明亮的蓝眼睛。你甚至亲手杀了一个异鬼。"

"是龙——龙——龙——龙晶杀的,不是我。"

"够了。你巧言密谋让我当上总司令,现下就得服从我的命令。你必须去学城铸炼颈链,假如需要解剖尸体,那便乖乖照办。至少,旧镇的尸体不会起来抗议。"

他不明白。"大人,"山姆说,"我父——父——父——父亲,蓝道大人,他,他,他,他,他……他说学士的角色是服务效劳。"他知道自己语无伦次。"而塔利家族的儿子决不戴颈链,角陵的血脉不向小贵族们卑躬屈膝。"你想要锁链,就尝尝滋味。"琼恩,我不能违抗父亲。"

琼恩,他叫的是琼恩,然而琼恩已经不在了,面对他的是雪诺大人,灰色的眼睛如冰霜般冷酷。"你没有父亲,"雪诺大人说,"只有兄弟。只有我们。你的生命属于守夜人,所以别再多言,回去收拾衣物,外加所有你想带去旧镇的东西,你们将在明天日出前一小时启程。还有一道命令,从今以后,不准你称自己为胆小鬼。在过去一年中,你经历的比大多数人一生经历的还要多。你一定能面对学城,而且你面对它时,必须作为堂堂正正誓言效命的守夜人弟兄。我不能命令你变得勇敢,但可以命令你隐藏恐惧。你立过

誓,山姆,记得吗?"

*我是黑暗中的利剑。*但他的剑术惨不忍睹,而黑暗令他恐惧。

"我……我尽力。"

"这不是尽力不尽力的问题。你必须服从。"

"服从。"莫尔蒙的乌鸦拍打着黑色的大翅膀。

"遵命。伊蒙……伊蒙师傅知道这事吗?"

"他跟我意见一致。"琼恩为他打开门。"没有告别仪式。知情人越少越好。第一道日光出现之前一小时,墓地边集合。"

山姆不记得自己是如何离开军械库的,接下来他已经在烂泥和积雪中跟跟跄跄地行走了。*我可以躲起来,*他告诉自己,*我可以躲进书堆中的地窖里,在下面跟老鼠一起生活,夜里悄悄上来偷食物。*疯狂的念头,他知道这徒劳无益。若是他失踪,地窖是弟兄们首先会搜的地方,另一方面,他们最不可能搜的地方则是长城之外。然而那更疯狂。*野人会逮住我,把我慢慢折磨至死。他们有可能活活烧死我,就像红袍女打算烧死曼斯·雷德一样。*

他在鸦巢下面找到伊蒙学士,交上琼恩的信,然后滔滔不绝地道出自己的恐惧。"他不明白。"山姆感觉想呕吐。"如果我戴上颈链,我父——父——父——父亲大人……他,他,他……"

"我父亲也曾反对我选择服务的生涯,"老人道,"是他的父亲送我去学城的。戴伦王育有四子,其中三人又生下男丁。陛下见证过黑火叛乱。*龙繁衍太多就跟太少一样危险,*他们把我送走那天,我亲耳听到陛下告诫我父亲。"伊蒙抬起斑斑点点的手,捻着悬垂于细脖子上、由多种金属串连而成的颈链。"链子很沉,山姆,但我祖父的决定是明智之举。雪诺大人的决定也一样。"

"雪诺,"一只乌鸦低声说。"雪诺,"另一只附和道。然后所有乌鸦都跟着叫起来,"雪诺,雪诺,雪诺,雪诺,雪诺。"是山姆教会了它们这个词,所以在这里他注定得不到支持。他认为伊蒙学士跟他一样进退两难。他会死在海上，他绝望地想，他年纪太大，很难度过这段旅途。吉莉的婴儿也可能会夭折，他个子不若达拉的儿子那么大，也没那么强壮。琼恩是想除掉我们吗？

第二天早上，山姆发现自己在为马上鞍，他曾骑着这匹母马从角陵一路来到这里。随后，他牵它沿着向东方的道路，朝墓地走去。鞍囊里鼓鼓囊囊地塞满了奶酪、香肠、熟鸡蛋，还有半支腌火腿——这火腿是三指哈布在他命名日时送他的礼物。"你小子懂得欣赏厨艺，杀手，"厨子说，"你这样的人多些就好了。"火腿是无价之宝，去东海望的路冰冷漫长，而长城的阴影下没有村镇，也没有客栈。

黎明前一小时，黑暗沉寂，黑城堡宁静得出奇。墓地里，两辆双轮拖车在等他，还有黑杰克·布尔威和十几个经验丰富的游骑兵，他们就像他们的矮种马坐骑一样结实强硬。白眼肯基用那只完好的眼睛看见了山姆，便大声诅咒起来。"别理他，杀手，"黑杰克说，"他赌输了，他说我们需要把尖叫着的你从床底下拽出来。"

伊蒙学士身子太弱，骑不了马，有一辆拖车便是为他准备的。车板上兽皮堆得老高，顶上固定着皮革顶篷，以遮挡雨雪。吉莉和她的孩子将跟他一起乘坐。第二辆拖车负责运载衣物，还有一箱伊蒙认为学城或会缺少的稀有古书。山姆照着师傅列出的名单，花了半个晚上，才找到其中四分之一。这是件好事，否则我们还需要一辆车。

学士裹在一件有他三倍那么大的熊皮里，由克莱达斯领着往拖车走来，疾风忽起，老人一个踉跄。山姆赶紧冲到他身边，用一条胳膊扶住。再来一阵风，有可能把他吹过长城去。"抓紧我，师傅，马上就到。"

盲人点点头，风又掀开了他们的兜帽。"旧镇总是很暖和。蜜

酒河中有座小岛，上面有家客栈，我还是个年轻学徒时常去那里。若能再坐在那儿呷苹果酒，一定很惬意。"

等他们把学士安顿到车上，吉莉怀抱着襁褓出现了。兜帽底下，她眼睛哭得红红的。琼恩与忧郁的艾迪也同时赶到。"雪诺大人，"学士招呼，"我在我房里为你留了一本《玉海概述》，由瓦兰提斯冒险家柯洛阔·弗塔所著，他曾到东方旅行，造访过玉海内外所有土地。其中有一段你也许会感兴趣，我让克莱达斯标了出来。"

"我一定会看。"琼恩回答。

一条白色的鼻涕从伊蒙师傅鼻子里流了出来，他用手套背面揩去。"知识就是武器，琼恩，战斗之前先要武装好自己。"

"我会谨记。"这时，天空中下起小雪，朵朵柔软的雪花缓缓飘落。琼恩转向黑杰克·布尔威。"尽量加快速度，但别冒愚蠢的风险。你带着老人和婴儿，要照顾好他们，保证他们穿暖吃饱。"

"您也要做到，大人。"吉莉说，"您对另一个孩子也要一视同仁。替他再找个奶妈，正如您答应我的。那男孩……妲娜的儿子……我是说，小王子……你要给他找个好女人，让他长得高大强壮。"

"我保证。"琼恩·雪诺庄严地说。

"别给他取名字，千万别，直到他满两岁。还在吃奶时就取名字不吉利。你们乌鸦也许不知道，但那是真的。"

"遵命，小姐。"

吉莉脸上掠过一阵怒气。"别这样叫我。我是个母亲，不是什么小姐。我是卡斯特的妻子，卡斯特的女儿，现在成了母亲！"

忧郁的艾迪接过孩子，让吉利爬进拖车，用发霉的兽皮盖住双腿。东方的天空已由黑变灰，"左手"卢急于出发。艾迪把婴儿递上，吉莉将他抱在胸口吃奶。**这也许是我最后一次看到黑城堡了，**

山姆一边想，一边爬上母马。尽管他一度很讨厌黑城堡，离别却让他难受得如同被生生撕裂。

"我们走，"布尔威下令。鞭子一甩，拖车隆隆起步，在飘落的雪花中沿着布满车辙的道路缓慢前进。山姆在克莱达斯、忧郁的艾迪和琼恩·雪诺身边多逗留了片刻。"好吧，"他说，"再见。"

"再见，山姆，"忧郁的艾迪道，"你的船不会沉，我认为不会，只有我在船上它们才会沉。"

琼恩注视着拖车。"我第一次见到吉莉时，"他说，"她紧张地背靠着卡斯特堡垒的墙壁。她是个瘦小的黑发女孩，挺着大肚子，畏畏缩缩地躲避白灵。他抓了她的兔子，我想她怕他会撕开她的肚皮，吞食里面的婴儿……但她真正害怕的并非那头狼，对吗？"

对，山姆心想，*危险来自于卡斯特，她的亲生父亲*。"她不明白自己怀有多大的勇气。"

"你也一样，山姆。祝愿你们的旅途迅捷而又平安，替我好好照顾她和伊蒙，还有孩子。"琼恩那奇妙的微笑中透着悲哀。"拉起兜帽吧，山姆，瞧，雪花在你发际融化呢。"

艾莉亚

远处，微弱的光线穿透海上的雾气，在地平线附近闪耀。

"是星星。"艾莉亚说。

"家乡的星星。"德尼奥道。

他父亲正大声发号施令。水手们沿三根高高的桅杆爬上爬下，忙着摆弄索具和厚重的紫色船帆。底下，桨手们坐在两长列桨位边奋力划水。甲板吱吱嘎嘎地倾向一侧，三桅大帆船"泰坦之女号"转为右舵，准备入港。

家乡的星星。艾莉亚站在船头，一手搭在镀金船首像上，雕像乃是捧水果碗的处女。片刻间，**她设想前方是家**。

真是笨念头。她的家早没了，她的父母死了，除开长城上的琼恩·雪诺，她的兄弟姐妹也尽数被害。她想去长城，**她告诉过船长**，但即便那枚铁币也动摇不了他。一直以来，艾莉亚似乎每次都无法如愿，想去某地，到达的却是另一个地方。尤伦承诺带她回临冬城，最终却把她落在赫伦堡，自己进了坟墓；她逃出赫伦堡，前往奔流城，半途教柠檬、安盖和七弦汤姆逮住，拖到空山；接着猎狗劫走了她，把她弄去李河城，后来艾莉亚将他留在三叉戟河边等死，自己前往盐场镇，希望搭船去东海望，结果……

布拉佛斯也许不错。西利欧来自布拉佛斯，还有贾昆……给她铁币的正是贾昆，可他并非她真正的朋友，不像西利欧——不过，朋友对她而言有什么用呢？*我不需要朋友，只要"缝衣针"*。她用拇指轻轻抚摸剑柄光滑的圆球，一遍遍地许愿……

老实说，艾莉亚不知道该许什么愿，也不知道远方星光下等待她的是什么。船长答应载她，却没时间跟她说话。有些船员躲着她，另一些人送她礼物——包括一柄银叉、若干无指手套和一顶镶皮革的柔软羊毛帽。有个人教她打水手结，另一个人小杯小杯地给她倒火酒喝。试图亲近她的水手会拍打胸脯，一遍遍地重复自己的名字，直到艾莉亚也会念为止，然而从没有人问起她的姓名。他们叫她阿盐，因为她是在三叉戟河河口处的盐场镇上的船。**这名字还凑合**，她心想。

天空中最后一颗晚星也告消失……只剩下正前方那一对，"原来是两颗星星啊。"

"那是两只眼睛，"德尼奥道，"泰坦巨人看着我们。"

布拉佛斯的泰坦巨人。从前在临冬城，老奶妈给她讲过泰坦的故事。他有山那么高，每当布拉佛斯陷入危难，就会醒来，眼里燃烧着熊熊火焰，挥动起吱嘎作响的石头肢体，冲入海中击碎敌人。"布拉佛斯人喂贵族小女孩给它吃，因为她们的肉粉嫩多汁，"老奶妈的故事总如此结尾，然后珊莎就会发出一声蠢笨的尖叫。不过鲁温学士说了，泰坦巨人只不过是座雕像，老奶妈的故事也只不过是故事。

临冬城已经陷落、焚毁、化为废墟，艾莉亚提醒自己。老奶妈和鲁温学士多半已死，珊莎也一样。老想他们有什么好。**凡人皆有一死**，贾昆·赫加尔给出那枚旧铁币时教她的话是这个意思，离开盐场镇后她又新学了一些布拉佛斯词汇，例如"请"、"谢谢"、"海"、"星"、"火酒"等等，但她说得最多的还是"凡人皆有一死"。泰坦之女号的船员大都略知一点通用语，因为他们曾在旧镇、君临和女泉城过夜，不过只有船长和他的儿子们可以跟她交谈。德尼奥最小，他是个快乐的胖男孩，今年十二岁，负责打理父亲的舱室，并帮长兄算账。

"希望你们的泰坦肚子不饿。"艾莉亚告诉他。

"饿？"德尼奥迷惑地说。

"没事。"即使泰坦真的会吃粉嫩的小女孩，艾莉亚也不怕。反正她骨瘦如柴，怎配给巨人当美餐？而且她快满十一岁了，几乎算是成年女子。再说，阿盐又不是贵族。"泰坦是布拉佛斯的神吗？"她问，"还是你们也崇拜七神？"

"所有神灵都在布拉佛斯受到尊重。"船长之子喜欢谈论父亲的船，也喜欢谈论自己的城市，"你们的七神在这儿有个圣堂，称为'外域圣堂'，但只有维斯特洛水手上那儿敬拜。"

*七神并非我的神祇，是母亲的，可他们任由佛雷家在孪河城将她杀害。*她不知能否在布拉佛斯找到神木林，林中有棵鱼梁木。德尼奥或许知道，但她不能问。阿盐来自盐场镇，盐场镇的女孩怎会知道北境旧神呢？反正旧神早死了，她告诉自己，跟母亲、父亲、罗柏、布兰和瑞肯一样，统统都死了。她记得很久以前父亲说的话：*当大雪降下，冷风吹起，独行狼死，群聚狼生。他说的是反话。如今独狼艾莉亚活着，狼群却被捕杀、剥皮。*

"月咏者们带领我们来到这个避难所，以躲开瓦雷利亚的巨龙，"德尼奥道，"因此他们的神庙最为壮观。我们也敬拜众水之父，但他每年迎娶新娘，宫殿都得重建。其余的神集中在市中心一个岛上。你、你的……千面之神就在那里。"

泰坦的眼睛似乎变得更加明亮，双眼间的距离也增大了。艾莉亚不认识什么千面之神，但假如他能回应她的祈祷，也许就是她要寻找的神。*格雷果爵士*，她心中默念，*邓森、"甜嘴"拉夫、伊林爵士、马林爵士、瑟曦太后。只剩六个。乔佛里死了，猎狗杀了波利佛，而她亲手刺死记事本，还有那疙瘩脸的笨侍从。假如他不抓我，我不会杀他的。*她将猎狗留在三叉戟河岸边，当时他因为伤口感染而发着高烧，奄奄一息。*我应该给他慈悲，用匕首刺入他心脏。*

"阿盐，看那！"德尼奥拉拉她的胳膊，让她转身。"看到了吗？那儿！"他指点着说。

迷雾在面前退散，船首分割了参差不齐的灰色幕帘。泰坦之女号劈开灰绿色水面，风帆犹如翻腾的紫色翅膀。艾莉亚听见头顶海鸟的尖叫。德尼奥手指之处，一排岩石山脊从海面骤然升起，陡峭的坡道上覆盖着士卒松和黑云杉，但正前方有个缺口，泰坦巨人矗立在此，眼中闪光，绿色长发迎风飞舞。

他的双腿踩在缺口两边，各自踏住一座山，宽阔的肩膀则笼罩在崎岖的山峰上方，那双腿由顽石砌成，跟站立之处的黑色花岗岩海礁质地相同。巨人腰间系一件绿色青铜战裙，胸甲也是青铜制，头戴冠饰青铜半盔，飘荡的头发为染绿的麻绳，眼睛是两个山洞，大火堆在其中燃烧。他的一只手搭在左面山脊，青铜手指捏着一块巨岩；另一只手伸向天空，抓着一把断剑的剑柄。

他不过比君临的贝勒王雕像大一点点嘛，她告诉自己，然而那时船只仍在远海。当三桅大帆船逐渐靠近海浪拍打的山脊，泰坦的身躯便愈加骇人。德尼奥的父亲用低沉的嗓音大声指挥，人们继续在索具上忙碌。*我们要从泰坦的双腿底下划过去*。艾莉娅可以看到巨大胸甲上无数的箭孔，也可以看到泰坦的双臂和肩膀沾满斑斑点点的污渍，那全是海鸟的巢穴。她曲项仰望。*受神祝福的贝勒还不及他的膝盖，他抬腿就能跨越临冬城的城墙。*

泰坦发出一声巨吼。

洪亮的声音跟他的个头相称，骇人的轰鸣甚至淹没了船长的嗓门和波涛拍击松林山脉的声响。成千只海鸟同时蹿入空中，艾莉亚向后畏缩，直到她看见德尼奥在笑。"他把我们到来的消息通知兵工厂，"男孩喊道，"你不必害怕。"

"我一点儿也不怕，"艾莉亚吼回去，"不过他声音有点大而已。"

风浪全力驱动着泰坦之女号,将她快速推向地峡。双层桨叶平稳划动,海水被搅拌成白色泡沫,而泰坦的影子遮天蔽日。有那么一瞬间,他们似乎就要在他脚下的岩石上撞得粉身碎骨。艾莉亚跟德尼奥一起挤在船头,海水飞溅脸庞,味道咸涩。她必须高高昂头,方能看见泰坦的脑袋。"布拉佛斯人喂贵族小女孩给它吃,因为她们的肉粉嫩多汁,"她仿佛又听见老奶妈的话语,但她不是小女孩,也不会被一座笨雕像吓到。

　　即便如此,驶过他双腿底下时,她仍一手摸向缝衣针。巨岩大腿的内侧点缀着更多箭孔,艾莉亚仰起脖子,发现那些箭孔比头顶的鸦巢还高出十码,泰坦的战裙底下有杀人孔,苍白的脸在铁栏杆后面注视着他们。

　　然后他们就过去了。

　　影子消失,两侧的松林山脊渐渐远去,风势减弱,船只驶入一个大礁湖中。前方又升起一座海礁,仿佛突出水中、长满尖刺的拳头,顶端的岩石垛口上密密麻麻布满投石机、弩炮与喷火弩。"这便是布拉佛斯的兵工厂,"德尼奥的口气好像是他造的一样,"那里一天就能建造一艘战舰。"艾莉亚看到数十艘划桨战船泊在码头边或者架在下水槽中,另有许多绘漆的船首像从岩石岸边无数个木头工棚中冒出来,仿佛关在兽舍中的猎狗,精悍、凶狠而饥饿,随时等待猎人号角的召唤。她试图记点数目,但它们实在太多,而且随着海岸线蜿蜒伸展,还有更多码头、工棚与船坞。

　　两艘划桨船迎上前来,仿佛水面滑翔的蜻蜓,白色船桨上下翻飞。艾莉亚听见某位船长朝他们喊叫,然后泰坦之女号的船长大声应答,她听不懂这些话。随着一声嘹亮号角,两艘划桨船分向两侧,距离如此接近,她甚至能听到紫色船壳内的鼓点,砰、砰、砰、砰、砰、砰、砰、砰,就像活生生的心脏在跳动。

　　接着,划桨船和兵工厂都被抛在身后,前方是一片广阔的青绿色水域,仿佛带波纹的彩色玻璃。矗立在水面中央的即是市区,宏伟的拱顶、高塔和桥梁向四面八方伸展,呈现灰色、金色和红色。**这便是海中布拉佛斯的百余列岛。**

鲁温学士给孩子们讲过布拉佛斯,但其中许多内容艾莉亚都已忘记,她只记得这是座平坦的城市,不若君临那样建在三座山丘之上,仅有的突起都是人们用砖块、花岗岩、青铜和大理石搭建而起——它似乎缺点什么,她花了好长时间才意识到:**这座城市没有城墙。**但当她告诉德尼奥时,对方哈哈大笑。"我们的城墙是木头做的,漆成紫色。"他告诉她,"**我们的舰队就是我们的城墙。不需要别的东西。**"

身后的甲板发出一阵吱嘎响声。艾莉亚转身,发现德尼奥的父亲走过来,身穿代表船长身份的紫羊毛布长外套。商旅船长特尼西奥·特里斯不留小胡子,灰色络腮胡剃得短小整洁,围着他那张被风吹得泛红的方脸。渡海途中,她经常见他跟船员们开玩笑,但只要他板起脸孔,人们便像躲避暴风雨一样逃开。他现在正板着脸。"航程快结束了,"他告诉艾莉亚,"我去方格码头,海王的海关官员将在那里登船检查货舱。他们会查上半天,他们总是要查半天,但你无须恭候他们。收拾好东西,我放一条小船下去,由约寇送你上岸。"

*上岸。*艾莉亚咬紧嘴唇。她穿越狭海来到此处,但假如现在船长问起,她宁愿留在泰坦之女号上。阿盐太瘦小,划不动船桨,这点她已经了解,但她可以编绳、收帆啊,还可以在广阔的盐水中掌舵航行。德尼奥有回带她上鸦巢,虽然下面的甲板似乎只有一点点大,但她根本不怕。*我还会算账和清理舱室。*

然而大帆船上不需要第二个小男孩,另外,她只消看看船长的脸色就知道他多么急于摆脱自己。因此艾莉亚只点点头。"上岸。"她说,虽然上岸意味着在陌生人中生活。

"Valar dohaeris，"他用两根手指触摸眉毛，"请你记住特尼西奥·特里斯，以及他为你提供的帮助。"

"我会的。"艾莉亚小声说。风拉扯着斗篷，幽魂般固执。该离开了。

船长说"收拾好东西"，其实她没什么东西，只有几件衣服、一小袋钱币、船员们送的礼物，外加别在左腰的匕首和右腰的缝衣针。

她还没收拾完，小船已经备好，由约寇划桨。他也是船长的儿子，但比德尼奥年长，也没那么友善。*我还没跟德尼奥道别呢*，她边想边爬下去到他身边。她不知将来能否再见到德尼奥。*我应该跟他道别的*。

随着约寇的划动，泰坦之女号逐渐缩小，而城市越变越大。右面是港口，纷乱杂陈地挤满了码头和船坞，其中不仅有来自伊班港的大肚子捕鲸船、来自盛夏群岛的天鹅船，还有许许多多本地划桨船，仅凭一个小女孩根本数不过来。左面远处有另一港口，与小船之间隔了一块突出的低洼陆岬，陆上的建筑物统统位于水线以下，仅有屋顶冒出来。艾莉亚从未见过这么多大建筑聚集一处。如果说君临拥有红堡、贝勒大圣堂和龙穴，布拉佛斯则至少拥有二十座神庙、高塔和宫殿，每一幢比君临都有过之而无不及。*我又要变成一只老鼠*，她阴郁地想，*就像在赫伦堡时那样*。

从泰坦巨人矗立的地方看过来，整座城市似乎是个大岛，但随着约寇将她划近，她发现布拉佛斯确实由许多小岛聚合而成，石拱桥跨越纵横交错的水道，将它们连接在一起。越过港口，灰色石屋排列成街道，房子建得极为紧密，彼此倚靠。在艾莉亚看来，它们的模样十分古怪；各有四五层楼，却细瘦得很，覆盖瓦片的陡峭屋顶就像尖顶帽——但她没见到茅草屋顶，熟悉的维斯特洛式木屋也寥寥可数。*木材好少啊*，她意识到，*布拉佛斯是个石头城，绿色汪*

洋中的灰色城市。

约寇划向港口以北，深入一条大水道，这条宽阔的绿色水道笔直地延伸至城市中心。他们从一座精雕细刻的石拱桥下经过，桥上雕饰着上百种不同的鱼、螃蟹和乌贼；第二座桥雕有枝繁叶茂的蔓藤；后面又有第三座，上千只彩绘眼睛向下凝视着他们。运河两侧有一些较小的水渠汇入，更小的支流则汇入它们。**有些房子居然建在水道上方**，使得水道成为某种隧道。水蛇形状的细窄小船在隧道中进进出出，它们有彩绘船头和高翘尾巴，而且是不划的，由人站在船尾拿篙子撑，撑船人身穿灰色、褐色及苔藓般深绿的斗篷。此外，她看见平底大驳船，上面高高地堆满箱子和木桶，船两边各有二十个篙夫；还有奇特的浮屋，挂着彩色玻璃吊灯，饰有天鹅绒帘幕和黄铜船首像。远处的沟渠和房屋上方，隐约可见一条硕大的灰岩管道，由三层结实的桥弓支撑，伸向南方的迷雾之中。"那是什么？"艾莉亚指着问约寇。"那是甜水河，"他告诉她，"它跨越泥沼和浅滩，从大陆输入淡水，最终这些优质的甜水会注入喷泉池中。"

她回头望去，海港和礁湖已在视野中消失。前方，高大魁梧的石像排列两边，它们神情肃穆，身披青铜长袍，袍子上沾着斑斑点点的海鸟粪便。有的石像拿书，有的拿匕首，有的拿锤子。其中一位高举一颗黄金制成的星星，另一位放倒石酒壶，好让水流源源不断地灌入渠道之中。"他们是神吗？"艾莉亚问。

"他们是过去的海王，"约寇道，"列神岛还在前头。看见没？再过六座桥，右边的岸上，便是月咏者神庙。"

那是艾莉亚在大礁湖上远眺到的建筑之一，宏伟的雪白大理石宫殿有银色大圆顶，乳白色玻璃窗展现出月亮的不同状态。每道门边都有一对大理石少女像，跟那些海王一般高，支撑着新月形门梁。

再过去是另一座神庙，其红岩大厦如同坚固的要塞，巨型方塔的顶端上有只直径达二十尺的铁火盆，其中燃烧着熊熊烈焰，神庙的青铜门两侧也有较小的火堆。"红袍僧们喜欢火，"约寇告诉她，"他们崇拜光之王，红神拉赫洛。"

*我知道。*艾莉亚记得密尔的索罗斯，他穿着破旧盔甲和褪成粉色的袍子，光看外貌已经说不上是红袍僧了，然而他的吻能让贝里伯爵复活。她注视着红神的宅邸缓缓经过，心中琢磨布拉佛斯的僧侣是否也具有他的能力。

接下来是一座巨型砖房，其上爬满苔藓。若非约寇讲解，艾莉亚还以为是个仓库。"这是'庇圣所'，我们在此供奉被世界各地遗忘的诸多小神灵。你也许会听见人们叫它'大杂院'。"一条小渠从"大杂院"覆盖苔藓的高墙间穿过，他在这里将船转向右边，经过一条隧道，然后再次进入光亮之中。两侧耸立着更多神龛。

"我从来不知道有那么多神。"艾莉亚说。

约寇哼了一声。他们转过一个弯，又从一座桥下经过。一个小小的岩石山丘出现在左边，山丘顶上有座无窗的深灰色石头神庙，岩石阶梯从门口直通向下面带顶篷的码头。

约寇倒划了几下桨，小船便轻轻撞到石桩上。他抓住一个铁环，以暂时稳住船只。"我把你留在这儿。"

码头光线阴暗，阶梯极为陡峭，神庙的黑瓦屋顶尖尖的，跟水道沿岸的房屋相同。艾莉亚咬紧嘴唇。*西利欧来自布拉佛斯，他或许造访过这座神庙，或许登上过这些阶梯。*她抓住一个铁环，上了码头。

"你知道我的名字吧？"约寇在船里说。

"约寇·特里斯。"

"Valar dohaeris."他一推桨，回到水深的地方。艾莉亚望着他原路划回，直到消失在桥下的阴影之中。划桨声渐弱，她几乎能听见自己的心跳,仿佛突然间到了别处……也许是回到赫伦堡,跟詹德利在一起,也许是跟猎狗一起在三叉戟河边的树林里游荡。阿盐是个笨小孩,她告诉自己,我是一头奔狼,奔狼不会害怕。于是她拍了拍缝衣针的剑柄,以求好运,然后冲入阴影之中,两级一步地跨上台阶,这样就没人能指责她在恐惧了。

到得顶上,面前是一对十二尺高的雕花木门。左边一扇由鱼梁木制成,白如骸骨,右边一扇是微微泛光的黑檀木。两扇门中间合雕着一个月亮,不过鱼梁木上嵌的是黑檀木,黑檀木上则嵌鱼梁木,那模样不知为何让她想起了临冬城神木林中的心树。门在看着我,她一边想,一边用戴手套的手去推,两扇门都推不动。锁得死死的。"放我进去,笨蛋,"她喊道,"我穿越狭海才来到这里。"她捏起拳头敲打。"贾昆叫我来的。我有铁硬币。"她从袋子里抽出铁币,举在面前。"看见吗?valar morghulis。"

门没有回答,自动打开了。

它们毫无声息地向内开启,无人介入。艾莉亚向前跨出一步,又一步。门在她身后关闭,一时间,她目不能视。缝衣针握在手中,但不知是何时拔出来的。

几支蜡烛沿墙燃烧,发出微弱的光线,艾莉亚甚至看不到自己的脚。有人喃喃低语,但声音太轻,她无法辨清词句。还有人哭泣。她听见轻微的脚步声,皮革与石头摩擦,一扇门打开又关上。水,有水。

艾莉亚的眼睛渐渐调整适应。神庙内部似乎比外面看起来大很多。维斯特洛的圣堂都是七边形,七个祭坛分别供奉七神,而这里的神远不止七个。无数雕像沿墙站立,高大又凶险,红色的蜡烛在它们脚边摇曳,仿佛遥远昏暗的群星。距离最近的是个十二尺高的大理石女人,逼真的泪水自她双眼流出,注入她抱在怀中的碗里;再过去是个坐在王座上的狮头男人,由黑檀木雕刻而成;有匹由青

铜和钢铁铸成的高头大马，两条粗壮的后腿直立起来；再往前，她分辨出一张巨大的石脸，一个苍白的婴儿握着一柄长剑，一只毛发蓬松、个头有野牛那么大的黑山羊，一个倚着根棍子的兜帽男人，还有许许多多黑暗中若隐若现的影子。神像之间有些隐蔽的龛穴，其中的阴影更加浓重，时不时还有一支燃烧的蜡烛。

静如影，艾莉亚手握短剑，在一排排石头长凳间移动。地板也是石头，但并非贝勒大圣堂中打磨光滑的大理石，这里的石头很粗糙。她经过几个窃窃私语的妇女。空气温热滞闷，令她不禁打起哈欠。她嗅到蜡烛的气味，非常古怪，仿佛是某种奇异香料，随着她逐渐深入，它闻起来就像是雪、松针和热腾腾的肉汤相融合。这味道真好，艾莉亚心想，感觉略微勇敢了一点，勇敢得足以将缝衣针收入鞘中。

在神庙中央，她找到了先前听到的水声源头，那是一个直径十尺的水池，在昏暗的红烛照耀之下，黑如墨汁。池边坐了一位穿银斗篷的年轻人，正在轻声哭泣。他将一只手伸入水中，猩红的波纹在池内荡漾，接着，他收回手指逐个吮吸。他一定是渴了。池边摆着一些石杯，艾莉亚舀满一杯端给他。她送上水杯时，那年轻人凝视她许久。"valar morghulis。"他说。

"Valar dohaeris。"她答道。

他深深啜饮，然后将杯子丢入池中，发出轻轻一声"扑通"。接着，他摇摇晃晃站起身来，手捂肚子。一时间，艾莉亚以为他要摔倒，接着看见他腰带下面有一片黑糊糊的污渍，并且在她注视之下逐渐扩大。"你被刺了，"她脱口而出，但那人未加理会。他跌跌撞撞朝墙边走去，爬进一个空穴，躺到坚硬的石床上。艾莉亚环顾四周，发现还有其他空穴。有的空穴中有老人在睡觉。

不，记忆中一个模糊而又熟悉的声音在她耳边低语，他们死了，或者快死了。用你的眼睛看。

113

一只手搭到她胳膊上。

艾莉亚立即转身,但那不过是个小女孩,面色苍白,身穿大得不成比例的兜帽长袍,袍子右半黑,左半白。兜帽下的脸憔悴削瘦,脸颊凹陷,黑眼睛看上去跟茶碗一般大。"别抓着我,"艾莉亚警告这流浪儿,"上次我把那个抓我的男孩给杀了。"

女孩说了些什么。

艾莉亚听不懂,只好摇摇头,"你不会通用语吗?"

一个声音在她身后说。"我会。"

艾莉亚不喜欢别人老是这样让她吃惊。这回是个戴兜帽的男人,个子很高,身上裹着跟那女孩一样的黑白长袍,不过尺寸更大。从兜帽底下,她只能看见他眼睛反射出的微微泛红的烛光。"这是什么地方?"她问他。

"安息之地。"他语气温柔,"你在这儿很安全。此乃黑白之院,孩子,不过你还太小,还未到寻求千面之神恩惠的时候。"

"他跟南方人的神一样有七张脸吗?"

"七张脸?不,他的脸数不清,小家伙,就跟天上的群星一样繁多。在布拉佛斯,人们愿意崇拜哪个神就崇拜哪个神……但每条路的终点,都是千面之神。有朝一日,他也会等着你,不必担心,你无须急于寻求他的接纳。"

"我只是来找贾昆·赫加尔的。"

"我没听过这个名字。"

她的心沉下去。"他来自罗拉斯,头发半红半白。他答应教我秘密,还给了我这个。"铁硬币捏在拳头里,她松开手指,发现其已附在汗津津的掌心。

牧师仔细看了看,但没去摸。那大眼睛流浪儿也看着它。最后,戴兜帽的牧师说:"你叫什么,孩子?"

"阿盐。我来自三叉戟河边的盐场镇。"

她看不见他的脸，却不知为何能感觉到他的笑。"不，"他说，"你是谁？"

"乳鸽。"这是她的第二个答案。

"你的真名，孩子。"

"我母亲叫我娜娜，他们称我为黄鼠狼——"

"你到底是谁？"

她咽了口口水。"阿利。我叫阿利。"

"接近了。你的真名？"

恐惧比利剑更伤人，她告诉自己。"艾莉亚。"第一遍她轻声说出。第二遍则大声冲他喊，"我是史塔克家族的艾莉亚。"

"对，"他说，"但黑白之院容不下史塔克家族的艾莉亚。"

"求求你，"她说，"我无处可去。"

"你怕死吗？"

她咬紧嘴唇："不。"

"让我们试一试。"牧师摘下兜帽。帽子底下没有脸，只有一个泛黄的头骨，颊间粘着少许碎皮，一条白色蠕虫从空洞的眼眶里扭动着钻出来。"吻我，孩子，"他嘶哑地说，声调干枯沙哑，仿佛临死前的喉音。

他想吓唬我？ 艾莉亚吻向本该是他鼻子的地方，接着捉出他眼睛里的尸虫，并打算把它吃掉。尸虫像幻影一样融化。

泛黄的头骨也融化了，一位她毕生所见最为慈祥的老人正低头朝她微笑。"吃虫子的孩子，"他说，"你很饿吗？"

是的，她心想，*但并非为了食物*。

瑟曦

冷雨飘飞,将红堡的墙垒化为暗红,犹如凝血。太后紧紧握住国王的手,牵他走过泥泞的庭院,来到重重守卫的轿子前。"詹姆舅舅说我可以骑马出去,边走边给老百姓扔铜板。"男孩提出异议。

"你想着凉吗?"她可不敢冒险,托曼从来就没有乔佛里的体魄,"你外公想看到你有个国王的样子,咱们可不能像落汤鸡似的出现在大圣堂里。"*我又穿起这身倒霉的丧服。黑色与她相克,搭配她白皙的皮肤,看起来犹如尸体。*黎明前一个小时,瑟曦就已起床、沐浴、梳头、更衣,此刻决不愿雨水破坏了这番努力。

入轿后,托曼靠在枕垫上,朝窗外的雨帘窥去,"诸神在为外公哭泣呢,乔斯琳小姐说雨点就是他们的泪水。"

"乔斯琳·史威佛是个白痴,如果诸神可以哭泣,怎不为你哥哥流眼泪呢?算了,雨水就是雨水,把窗帘拉上,雨全飘进来了。你想浸湿你的貂皮披风吗?"

托曼听话照办,然而他的温顺让母亲不安。*王者无畏,乔佛里会与我争执,决不会乖乖就范。*"坐要有坐相!"她嘱咐托曼,"要有国王的样子。肩膀挺起来,王冠戴好啰——你这样随随便便,待会在诸侯们面前掉下去怎么办?"

"我不会让它掉下去的,母亲,"男孩坐直身子,伸手整理王冠。小乔的王冠对他而言太大了,这个胖胖的托曼……*他的脸似乎变瘦了。最近,儿子的饮食正常吗?我得记住盘问总管。眼下弥赛菈在多恩人手里,可不能让托曼出半点差错。总有一天,他会长*

大，适合戴上小乔留下的冠冕。目前还是做个小一号的为好，以免压疼他的脑袋。太后决定马上去找金匠。

轿子缓缓步下伊耿高丘，两名御林铁卫骑行在前，雨水浸湿了白甲白袍白马，轿后是五十名红金服饰的兰尼斯特卫兵。

托曼忍不住掀开一点窗帘望出去，外面是空旷的街道。"我以为会有很多老百姓呢，父亲去世时，挤得人山人海。"

"谁会冒雨出来看死人呢？"何况君临人根本不爱戴泰温。我父亲也不屑于他们的爱戴。"爱，爱这玩意儿，既不能吃，也不能用，寒夜里也无法拿来取暖。"弟弟詹姆在托曼这个年纪的时候，父亲曾如此对他吐露。

维桑尼亚丘陵上，以大理石砌成、富丽堂皇的贝勒大圣堂前，悼念的人群远没有亚当·马尔布兰爵士在广场四周布置的金袍卫士多。会有更多人来的，瑟曦让马林·特林爵士扶自己下轿，心里一边想。毕竟，晨祷只允许贵族和他们的随从参加，下午的祷告为百姓开放，晚间祷告则没有任何身份限制。晚上我得回来主持，好让平民们目睹我的哀痛。白痴要看戏嘛。这真让人烦恼，她有那么多的事情要做，有一场战争要打，一个国家需要统治。起码父亲会理解我的。

总主教在阶梯顶上等待他们，他是个老人，留着稀疏的灰胡须，背驼得如此厉害，好似承受不住浑身华丽绣袍的重量，眼睛直低到对齐太后的胸口……好在那顶用无瑕的水晶和金丝铸成的优雅冠冕，为他增加了一尺半高度。

这顶冠冕正是泰温公爵所赐，以代替动乱中暴民杀害前任总主教时所丢失的那顶。当日，他们把那老笨蛋从轿子里拖出来撕成了碎片，那也是弥赛菈离我而去、远赴多恩的日子。那家伙虽然又笨又贪吃，至少可以收买，眼前这位……这是提利昂任命的，瑟曦想着想着，心生不悦。

总主教斑斑点点的手掌从装饰着黄金花纹和小水晶球的长袖中伸出来，活像一只鸡爪。瑟曦跪在潮湿的大理石上，亲吻他的指头，并让托曼也照办。*他了解我多少？侏儒跟他说了些什么？*总主教微笑着护送她进入圣堂，笑容中充满暗示，充满威胁，或许那不过是褶皱的嘴唇在无谓地抽搐？太后吃不准。

他们走过灯火之厅，头顶为无数镶铅彩色玻璃球。她握着托曼的手，特兰和凯特布莱克在两边保护，雨水顺着他俩的白袍流到地板上。总主教走得很慢，倚着一根顶上有颗水晶球、装饰富丽的鱼梁木手杖，七名大主教出来伴随他，个个穿闪光的银丝服装。与之相对，托曼的貂皮披风下面乃是金丝上衣，太后则身穿边沿镶白貂皮的黑天鹅绒旧礼服——没时间赶制新的了，而她又不能穿着哀悼乔佛里或者劳勃的衣服出现。

*至少我无须为提利昂哀悼，反之，如果真有那么一天，我肯定会换上绯红丝绸和金线内衣，还在头际配搭红宝石。*太后已经宣布，无论是谁，无论出身多么低贱、有过什么过恶，只要将侏儒的人头献上，便可受封为领主。乌鸦将她的指示传遍七大王国，很快消息也将传到狭海对岸的九大自由贸易城邦。*就算小恶魔逃到天涯海角，他也逃不出我的手掌心。*

王家队伍通过几重内门，来到圣堂中心的大殿，顺着穹顶之下七条宽阔走道之一走下去，七条走道在中央交会。周围的贵族在国王和太后身边纷纷跪下，其中许多是父亲的旧部与封臣，有的骑士跟随泰温公爵征战了大小几十场战斗。看着他们，她觉得心里踏实多了。*我不是没有朋友的。*

在大殿由水晶、玻璃和黄金砌成的巍峨穹顶下，泰温·兰尼斯特公爵的身躯静躺在平台上的大理石棺中。詹姆在棺材前为父亲守灵，用完好的那只手握着一把极长的黄金巨剑，剑尖抵住地面，他身披的兜帽斗篷洁白犹如新雪，斗篷下的长锁甲则是由珍珠母串

成，装饰有黄金。泰温大人宁愿他身穿兰尼斯特的红金服装，她明白，**每每看到詹姆身披白袍的样子父亲就会发火**。弟弟的胡子又长出来了，短短的胡碴掩盖了下巴与脸颊，使他看起来有些沧桑、粗鲁。也许，在父亲安息于凯岩城的地下之前，他都不会刮吧。

瑟曦牵着国王踏上短短三级阶梯，跪在公爵的遗体旁边。托曼泪眼汪汪。"哭也别出声，"她倾身告诫，"你是国王，不是哭哭啼啼的小孩子。你的臣属们正看着你。"男孩听话地用手背拭去眼泪——他遗传了她的眼睛，翡翠般的绿，詹姆在他这个年纪时也有这样明亮硕大的眼睛。噢，弟弟当年多么俊俏……而且凶猛，和乔佛里一样凶猛，是真正的幼狮。想到这里，太后不禁伸手环住托曼，亲吻他黄金的发卷。**他需要我教导如何统治，需要我细心保护，以免遭敌人的伤害**。某些敌人此刻正藏在这里，假装是我们家的朋友。

静默姐妹把泰温大人打扮得似乎正要去参战。他穿着自己最好的板甲，厚重的钢板上了暗红色瓷釉，胸甲、护胫和手套均有繁复的黄金涡形装饰，护手圆盘则是黄金日芒。一对黄金母狮子趴在肩头，她们的配偶昂首立于巨盔顶上。公爵大人的胸前放了一把镀金剑鞘、红宝石装点的巨剑，公爵用镀金锁甲手套牢牢地将其握住。**他死后的遗容都是如此尊贵**，她心想，**唯有那张嘴巴……父亲的嘴角微微上扬，似乎在茫然地微笑。简直荒唐**。是派席尔的错，他应该告诉静默姐妹：泰温·兰尼斯特公爵从来不笑。**老糊涂蛋，跟胸甲上的乳头一样没用**。这淡淡的笑，外加紧闭的眼睛，使得泰温大人的模样不那么可怕了——然而父亲的眼神本是他的灵魂所系：那纯粹的绿，闪闪发亮，其中有金色的瞳仁。那双眼睛可以看穿你，看穿你灵魂中的虚弱、无能与丑陋。**他可以夺人心魄**。

回忆突如其来，瑟曦想起入宫时伊里斯国王为自己举办的欢迎宴会，那时的她还嫩得像夏天的青草。闲聊中，老玛瑞魏斯提及增加葡萄酒的税率,莱克大人评论道,"假如咱们需要金子,陛下让泰温大人找把夜壶来不就够了吗?"听罢此言,伊里斯和他的宠臣们哈哈大笑,父亲则隔着酒杯瞪视莱克,当全场沉默之后,仍然没有转移视线。莱克别开头,接着又扭回来对上父亲的目光,旋即灌下一大杯麦酒,通红了脸摇晃着逃了。他在那双毫不动摇的眼睛下无可遁形。

泰温大人的眼睛永远地阖上了,瑟曦心想,他们该害怕的是我的眼睛,我的眉毛。我,也是狮子。

圣堂色调灰暗,和外面的天空一样。倘若云散雨住,阳光将透过悬垂的水晶照射而进,为尸体洒下七彩虹光。凯岩城公爵配得上七彩虹光,他是个伟人。我能做得更好。一千年之后,当学士记述历史时,您将被认做是瑟曦摄政王太后的父亲。

"母亲,"托曼拉她的衣袖,"什么东西这么难闻啊?"

我的父亲大人。"死亡的味道,"她也闻到了,一丝丝腐败的气息令人禁不住想揪鼻子,但瑟曦不在意。穿银袍的七名大主教站在棺材后,祈求天父公正地裁判泰温公爵,念诵完毕后,又有七十七名修女聚集在圣母的祭坛前,咏唱圣歌,以求慈悲。托曼有些受不了了,就连太后也觉得膝盖酸痛。她望向詹姆,发觉弟弟浑如石雕,也不敢对上她的目光。

下方的长椅边,凯冯叔叔耷拉着肩膀跪在地上,他的儿子跪于他身旁。蓝赛尔的脸色比我父亲还糟。他才十七岁,看起来却像七十岁的老人:面容灰败而憔悴,脸颊消瘦,眼窝深陷,头发花白易折,犹如粉笔。为何泰温·兰尼斯特死了,蓝赛尔还活着?诸神失去理智了吗?

盖尔斯大人比平日里咳嗽得更剧烈,还用红丝方巾遮住鼻子。他也闻到了。派席尔国师则闭上了双眼。如果他胆敢睡觉,我发誓一定会狠狠地惩罚他。棺材右边跪着提利尔家族的人:高庭公爵,

他凶恶的母亲和乏味的妻子,他儿子加兰和女儿玛格丽。王后玛格丽,瑟曦提醒自己,她是小乔的寡妇和托曼的未婚妻。玛格丽十分漂亮,跟她哥哥百花骑士几无二致,太后更怀疑他俩有类似的口味。瞧啊,我们的小玫瑰日日夜夜拖着一大群侍女。现下就有十来个跪在她身边。太后转移目光,一一打量着这些女人。她们中谁懦弱?谁淫荡?谁渴望飞黄腾达?谁管不住舌头?她决定查个清楚。

歌咏结束后,大家都松了口气。父亲散发出的臭味愈发浓烈,悼念的贵族们只得强装严肃,不过瑟曦仍旧发现玛格丽小姐的表妹们揪起了那小小的提利尔鼻子。等她和托曼走回走道,她觉得有人似乎低语了一声"厕所",然后"咯咯"浅笑,太后愤怒地回头,面前却是一片单调的脸孔组成的海洋,呆板地回望着她。若父亲在世,绝没人敢开他的玩笑,他光凭目光就能把这批蠢猪吓趴下。

回到灯火之厅,悼念者们像嗡嗡叫的苍蝇似的把太后母子团团包围,急切地向她倾诉无聊的哀悼之词。雷德温的双胞胎吻了她的手,他们的父亲则吻了她的脸颊;火术士哈林向她保证,在她父亲的遗骨出城西返之日,灿烂的烟火将于晴空中绽放;盖尔斯大人在咳嗽间声称自己雇了一名石匠大师,要在雄狮门上雕一尊泰温大人的塑像,使其永恒地守护都城;蓝柏特·特拔瑞爵士右眼上还裹着绷带,他发誓在将她的侏儒弟弟人头献上之前,决不会拆开它。

等她终于摆脱了蠢猪们的絮絮叨叨,史铎克渥斯堡的法丽丝夫人和她丈夫巴尔曼·拜奇爵士又将她堵住。"我谨代表我的母亲大人,向您致以哀悼之意,陛下,"法丽丝急切地说,"洛丽丝快生了,我母亲脱不开身,她恳求您的原谅,并让我提议……我母亲把您的先父看做是当代最出色的人物,若我妹妹产下男婴,她希望能有荣幸将孩子命名为泰温,希望……希望能取悦您,陛下。"

瑟曦简直给惊呆了,"你那弱智妹妹给半个君临城的人操过!坦妲居然认为用我父亲大人的名讳来命名私生子是个荣幸?不,我

121

可不这么想。"

法丽丝像被打了一巴掌似的应声退开,她丈夫则用拇指捻捻浓密的金色胡须,"陛下,这话我也跟坦妲伯爵夫人讲过,您放心,我们会找个更……呃……更合适的名字给洛丽丝的私生子。我向您保证,真的。"

"记住你的话,"瑟曦一耸肩,急匆匆地走了,她发现托曼已然陷入了玛格丽·提利尔及她祖母的包围之中。荆棘女王生得太矮,乍一看就像个孩子。太后正打算从玫瑰丛中营救出自己的孩子,突然面对面撞上叔叔一家,她提醒叔叔回城后会谈的约定,凯冯爵士疲惫地点点头,告辞离开,但蓝赛尔,那个一只脚已进坟墓的人留了下来。他的另一只脚呢?他是正要踩进去,还是准备跨出来?

瑟曦逼自己微笑。"蓝赛尔,看到你这么健康,实在是太欣慰了。从前巴拉拨学士对你的病情很不乐观,我们都担心得要命……对了,你还不去戴瑞城吗?你可是新进的伯爵老爷啊。"黑水河之战后,父亲分了一杯羹给弟弟凯冯,提拔蓝赛尔为领主。

"现在还去不了,我的城堡由土匪占据着。"表弟的声音就跟他下唇边的胡碴一样虚弱,好歹他虽然头发花白,胡子仍是沙色。当这孩子插入她体内,忠实地抽送时,瑟曦便总是盯着他的胡子。太不成话了,像一点污垢,她以前威胁吐口毯便足以将其抹去。"父亲说,河间地目前需要强力弹压。"

结果他们得到了你,她心里这么想,嘴上却笑笑,"你也要结婚了。"

一丝忧郁从年轻骑士沧桑的脸庞上掠过,"是的,佛雷家的女孩,我见都没见过,听说她早就被开了苞,乃是有戴瑞血统的寡妇。父亲说迎娶她,能让臣民们更亲近我,可惜我的臣民不是死了就是逃了。"他伸手去握她的手。"好残忍啊,瑟曦,陛下,您知

道我爱的是——"

"——兰尼斯特家族，"她替他说完，"没人怀疑你的忠诚，蓝赛尔。希望你夫人给你生出许多强壮的儿子来。"嗯，希望她的祖父大人别来主持婚礼。"我相信你，你在戴瑞城定能干出一番大事业。"

蓝赛尔可怜兮兮地点点头，"我快死的时候，父亲让总主教来为我祈祷，他是个好人。"表弟的眼睛潮湿闪亮，真奇怪，孩童的眼睛长在老人的脸上。"他说圣母是为了神圣的事业而留下了我，让我有机会赎罪。"

瑟曦不清楚他要怎样来为她赎罪。封他为骑士是个错误，跟他上床则尤有过之。蓝赛尔是根软弱的芦苇，而她更不喜欢他这突发的虔诚，他假扮詹姆时要可爱多了。等等，这没种的蠢货到底跟总主教忏悔了些什么？等他和那佛雷家的婊子睡在一起，黑暗中又得倾吐出多少秘密？如果他说出同床的事，那还好，瑟曦自有办法应付，男人嘛都有欲望，初生牛犊摄于她的美貌，难免夸夸其谈；但如果他说出劳勃和葡萄酒……"祈祷足以赎罪，"瑟曦告诉表弟，"请静静地祈祷。"她抛下他思考她的话，准备应付提利尔们。

玛格丽抢先给了她姐妹般的拥抱，太后觉得对方占了上风，却想不出反对的理由；艾勒莉夫人和玛格丽的表亲们则吻了她的手指；怀孕的格雷佛德夫人恳求太后，若自己生的是男孩便命名为泰温，生的是女孩则命名为兰娜。又来了？她几乎窒息，过不了几天，全国上下会挤满泰温的吧！无可奈何，她只能强颜欢笑，慷慨地表示同意。

只有玛瑞魏斯夫人给她带来了好消息。"陛下，"对方用性感的密尔腔调说，"我给我狭海对岸的朋友们送了消息，一旦小恶魔那张丑陋的脸孔在自由贸易城邦出现，即刻取其人头献上。"

"你在东方有很多朋友？"

123

"是的,我在密尔、里斯与泰洛西都有朋友,他们有权有势。"

对此,瑟曦并不怀疑。瞧这密尔女人,生得如此妖艳,长腿巨乳,柔顺的橄榄色皮肤、丰厚的嘴唇和大大的黑眼睛,一头蓬厚的黑发仿佛刚从睡梦中醒来。*她浑身散发着诱惑,犹如异国的莲花。*"玛瑞魏斯大人和我全身心地服从、服务于陛下,服务于我们的小国王。"女人低声承诺,瞳孔深处跟格雷佛德夫人的肚子一样内容丰富。

此人野心勃勃,却嫁了个空有显赫家世的破落丈夫。"我们找机会详谈,夫人,你叫坦妮娅,对吗?你真是太好心了,我想咱们可以成为好朋友。"

这时高庭公爵朝太后走来。

梅斯·提利尔仅年长瑟曦十岁不到,但她心目中一直将对方当做上一辈的人物,而非自己的同龄人。他不及泰温公爵高大,体重却尤有过之,胸膛宽阔,肚子挺拔。他的头发是栗子色,胡须中间已有灰白斑点,面孔一如往常红彤彤的。"泰温是个伟人,*不世出的伟人。*"他吻了她的双颊后,仪式化地宣布,"恐怕在我们的有生之年,再也无缘得见您父亲这样的大英雄了。"

*你就站在这样的大英雄面前,白痴,*瑟曦心想,*那就是我,他的女儿。*但她需要提利尔和高庭的力量来维护托曼的王座,所以说出口的只是,"是的,大家都非常地怀念他。"

提利尔将一只手放在她肩膀上,"唉,大家都很清楚,没人能有本事担起泰温大人留下的担子,然而死者已逝,国家终究得有人统治,必须有人统治。在这个黑暗的时刻,若需要我加以协助,陛下尽管吩咐,我当万死不辞。"

*大人,想当御前首相,至少有胆子说出口哇,*太后笑了,*这白痴能从我的笑容中读出什么?*"话虽如此……但放眼天下,乱局初

定,河湾地正急需大人您照管,本末倒置似有不妥吧?"

"我儿子维拉斯非常能干,"对方拒绝接受她明白的暗示,不依不饶地解释道,"他是身残志坚的模范,腿虽瘸了,脑筋却很灵活。现下,加兰又接收了亮水城,他们兄弟俩齐心协力,河湾地万无一失,我这个做父亲的正好为国家效力——王国的盛衰安危应为我辈之首务,这是泰温大人的遗训。说到这里,我很高兴为陛下带来另一个好消息:遵照您先父的期望,我叔叔加尔斯已答应接任财政大臣一职,此刻正前往旧镇乘船,星夜赶来君临,他的两个儿子也随他一道。泰温大人答应一并为我这两个表弟谋取职位,似乎指的是都城守备队啊。"

太后的笑容完全凝固了,她担心自己会把牙齿咬断。让"粗胖的"加尔斯进入御前会议?让他的两个杂种穿上金袍?……这帮提利尔以为我会把王国装在镀金盘子里送给他们吗?她气得说不出话。

"加尔斯长期担任高庭总管,为我和我父亲服务,任劳任怨,谓为标榜。"提利尔仍在继续,"我承认,小指头是挺厉害,靠鼻子就能嗅出金子所在,然而加尔斯——"

"大人,"瑟曦打断高庭公爵,"我想你是误会了。我已征询过盖尔斯·罗斯比伯爵的意见,他很荣幸地接受了财政大臣的职位。"

梅斯错愕地望着她。"罗斯比?那个……*成天咳嗽的病人*?可……可事情已经谈妥了,陛下,加尔斯业已前往旧镇。"

"赶紧送乌鸦给海塔尔大人,让他阻止你叔叔上船。如果冒着秋天的风暴,不远万里前来,却空手而回的话,实在太对不住加尔斯了。"她和蔼地笑道。

提利尔的粗脖子上升起一轮红晕。"您……您父亲答应过我……"他唾沫横飞地说。

公爵的母亲突然出现，挽起儿子的胳膊。"看来泰温大人并没把计划同摄政王太后分享，哦，我能想象这是为什么。既然如此，木已成舟，咱们就别烦恼太后陛下了，她说得很对，你赶紧吩咐雷顿大人，阻止加尔斯上船吧。他这家伙老晕船，要真乘这么久的船，放的屁也会更臭了。"奥莲娜夫人朝瑟曦露出无牙的笑容。

"您真有先见之明，议事厅中换成盖尔斯大人，味道会好很多的，虽然照实说，我受不了他的咳嗽声。哎，我们一家子都仰慕加尔斯老大爷，他唯一的缺点就是肠胃不好，没得治，您知道，我最讨厌臭气熏天、扑鼻难闻。"她皱巴巴的脸皱得更紧了，"我今天就不舒服，这神圣的殿堂内味道却不对劲，您也发现了吧？"

"没有，"瑟曦冷冷地说，"什么意思，味道？"

"是啊，真是有损于健康。"

"看来你是太想念你们家领地的秋玫瑰了，真不好意思，留你在都城盘桓太久。"她打算立刻把奥莲娜夫人从宫中打发走，为保证母亲的安全，提利尔一定还会遣开一大群骑士，而都城中提利尔的人越少，她就越能安睡。

"必须承认，我的确怀念繁花盛开的高庭，"老妇人说，"可是，在我心爱的玛格丽嫁给您宝贝的小托曼之前，我又怎么忍心弃他俩而去呢？"

"我也急切地期盼着大婚的日子，"提利尔公爵插话，"事实上，泰温大人最近正与我商讨婚期。陛下，如果合适的话，咱们就把它定下来吧。"

"我很快会和你谈。"

"陛下英明，一定要快，"奥莲娜夫人又拿鼻子嗅嗅，"来吧，梅斯，别打扰陛下……哀悼了。"

我会杀了你，老太婆，瑟曦看着荆棘女王在两名高大护卫之间蹒跚而行——这两名七尺高的双胞胎被高庭的老太婆滑稽地称为

"左手"和"右手"——心里暗暗发誓，到时候再看看你的尸体有多臭。显然，老的比做儿子的聪明十倍。

太后匆匆地将儿子自玛格丽和她表亲们身边拯救出来，朝门口走去。圣堂之外，雨已停歇，秋日的空气清新而甜美。托曼摘下王冠。"把它戴上。"瑟曦命令他。

"它弄得我脖子疼，"男孩虽然抗议，但还是乖乖照办了。"我什么时候结婚呢？玛格丽说等我俩结婚之后，她就带我去高庭参观。"

"你不去高庭，但我准许你今天早上骑马回城堡。"瑟曦招呼马林·特兰爵士，"给陛下一匹好马，然后去问盖尔斯大人能否赏光，与我同乘坐轿。"事态发展之迅速，超过她的预计，没有时间可以浪费了。

听说可以骑马，托曼欢天喜地，而盖尔斯大人当然不敢不"赏光"……不过当她提出任命他为财政大臣时，他咳嗽得如此剧烈，让她怀疑他就要当时当地发病身亡。幸亏圣母慈悲，最终盖尔斯有力气答应下来，甚至边咳边提出替换官员的名单——他要换掉小指头任命的海关人员和羊毛代理商之流，甚至包括四库总管之一。

"只要能挤奶，随你让什么牛上阵，我都会同意。此外，如果有人问起，就说你昨天已同意加入御前会议。"

"昨……"对方咳得弯下腰去，"昨天……好的。"盖尔斯大人朝一块红丝方巾咳嗽，为了隐藏唾沫中的血点。瑟曦假装不在意。

等他死了，我还得换人。或许，应该召回小指头才是，莱莎·徒利去世后，太后无法想象培提尔·贝里席还能安稳地做他的峡谷守护者。若派席尔所言非虚，峡谷诸侯已然起事。一旦他们把那臭屁小孩夺走，培提尔公爵就得连滚带爬地回来求我照应了。

"陛下？"盖尔斯大人在咳嗽间挪动嘴唇说，"我可以……"

他又咳起来。"……问一问……"一阵剧烈的咳嗽淹没了他。"……问一问谁是下任首相吗?"

"我叔叔。"瑟曦心不在焉地答道。

看到红堡的城门在眼前越变越大,她安心多了,便把托曼交给他的侍从,自己欣慰地回房准备休息。

谁知刚把鞋脱下,乔斯琳便怯生生地走进来,通报科本在外求见。"带他进来,"太后命令。*没办法,治国者日理万机,无暇休息。*

科本已然老迈,头上的灰发却多过白丝,唇边始终挂着笑意,让他看起来像小女孩家仰慕的祖父。*衣衫褴褛的祖父。*长袍领口磨损,一边袖子撕破后草草缝上。"十分抱歉打扰太后陛下休息,恳求您的原谅,"他开口道,"遵照您的命令,我深入地牢,调查了小恶魔逃亡事件。"

"你有什么发现?"

"在瓦里斯大人和您弟弟失踪的那一夜,还有个人也消失了。"

"我知道,是狱卒。他有什么情况?"

"此人名叫罗根,为长年负责黑牢的下级看守。地牢长官说他生得矮胖、不刮胡子、声音粗哑,却是由老王伊里斯指派,准他来去自由。近几年来,黑牢没关押多少人犯,再加上其他狱卒似乎都很怕他,所以无从了解此人的真实情况。他没有亲人、没有朋友,不去酒馆,也不上妓院。他的卧室潮湿狭小,睡的稻草席发了霉,夜壶多时未加清理,甚至满溢出来。"

"这些我都知道。"詹姆去过罗根的房间,亚当爵士的金袍子又查了一次。

"是,陛下,"科本说,"可您知不知道在那发臭的夜壶底下有块可以活动的石头,盖着一个小孔洞呢?这样的机关,不是通常用来保存贵重物品的吗?"

"贵重物品?"这是个新发现。"你的意思是:钱?"不出所料,她一直怀疑提利昂收买了狱卒。

"陛下英明,那小孔洞在被我发现时自然已经掏空了,罗根肯定是带着贿赂仓皇逃命的。但我蹲下去,拿着火炬仔细观察,发现有个闪亮的玩意儿藏在泥土里,于是把它挖了出来。"科本张开手掌,"看,一枚金币。"

金子,真的是金子,但瑟曦接过之后却发现不大对劲。它太小,她心想,太轻了。这枚硬币十分陈旧,历经磨损,一面烙着国王的头像,另一面是一只手。"没有龙啊。"她脱口而出。

"是的,没有龙,"科本道,"它来自于征服战争之前,陛下,硬币上这位国王乃是加尔斯十二世,手则是园丁家族的纹章。"

来自高庭。瑟曦紧紧握住了硬币。这代表着什么阴谋?梅斯·提利尔乃是审判提利昂的三位法官之一,而且一直立主死刑。难道全是逢场作戏?难道他一直跟小恶魔暗中勾连,密谋害死父亲?只要泰温·兰尼斯特一死,提利尔公爵便是理所当然的首相候选人,话虽如此……"此事切不可走漏风声。"太后下令。

"陛下尽可以相信我的嘴巴——一个跟随佣兵团走南闯北的人懂得什么时候该说,什么时候不该说,否则他的脑袋早就搬家了。"

"在我这里也是一样的规矩,"太后放下硬币,她决定待会儿再来仔细考虑这个东西。"还有事吗?"

"格雷果爵士的事,"科本耸耸肩,"遵照您的命令,我做了检查。红毒蛇的长矛上的剧毒来自于东方的狮身蝎尾兽,对此我敢拿性命担保。"

"派席尔的意见与你相左。他告诉我父亲大人,若是狮身蝎尾兽之毒，毒入心脏时人便已死。"

"他说得没错。但这次的施毒者在毒性上做了'特殊处理'，好让魔山尝遍痛苦，受尽折磨。"

"特殊处理？什么样的处理？混合其他毒素？"

"或许正如陛下您所言，但从理论上讲，混合多种毒素往往会中和掉各自的药性。也许对方这回的手段……不那么自然，不妨这么说吧。我认为，他使用了法术。"

这家伙也和派席尔一样愚蠢吗？"所以，你要告诉我魔山是因为某种'黑魔法'而这么半死不活的？"

科本没理会她语中的讽刺。"他因毒药而缓慢地死去，一时半会儿却断不了气，必须忍受极度的痛苦。我企图减轻他痛苦的措施和派席尔的方子一样无效。事实上，我认为格雷果爵士服用罂粟花奶已经大大超标，他的侍从告诉我，由于他日夜都承担着仿佛要分裂骨颅的头痛，于是喝罂粟花奶就跟平常人喝啤酒一样，以此抵御苦楚。嗯，且不论这罂粟的副作用，单从身体上看，他从头到脚的血管已经变黑，尿液里面全是脓汁，被长矛刺穿的孔洞由于毒性发作无法愈合，至今已长到我的拳头那么大。说实话，他还活着简直可以称之为奇迹。"

"瞧他的身材，"太后皱起眉头提示，"格雷果是个大块头，也是个大蠢货，或许他蠢到闹不清楚自己快死了吧。"她伸出酒杯，塞蕾娜连忙添满。"他的叫声吓着了托曼，甚至有天晚上把我都吵醒了。我想，还是召唤伊林·派恩，料理个干净的好。"

"陛下，"科本建议，"能让我把格雷果爵士带到地牢去吗？如此一来，他的叫声就不会打扰您了，而我也可以放开手脚料理他。"

"你来料理他？"她笑笑，"让伊林爵士动手吧。"

"陛下英明，"科本道，"可这种毒药……若能加以了解，想

必对我们有所助益,不是吗?老百姓们常说,'以眼还眼,以牙还牙',敌人既使用黑暗的伎俩……"他没把话讲完,只是微笑着打量他。

"显然,这家伙和派席尔不同。太后掂量着他,心中飞速转过几个念头。"学城为什么剥夺你的颈链?"

"因为那帮博士打心眼里是懦夫,马尔温形容他们是'灰衣绵羊',一点不差。我曾是一位堪比安布罗斯的医者,并且注定会超越他。后来——您可知道?学城一直在解剖尸体,以探询生命的奥秘,这是数百年来不曾断绝的实验,只不过我更进了一步,我想研究死亡背后,于是解剖活人。为这项'罪名',灰衣绵羊们侮辱我,并将我驱逐……不过,对于生死之道,我比旧镇的老夫子们了解得更多更深。"

"是吗?"她觉得很有趣,"好,我就把魔山交给你。你想怎么料理就怎么料理,但你的活动只准在黑牢内进行。当他死后,把他人头奉上,这是父亲答应过多恩人的信物。想来道朗亲王大概恨不得能生剜其心、生啖其肉,但我们人人都要学会时不时忍受一点失望嘛。"

"谢谢您,陛下,"科本清清喉咙。"还有一点小问题,我的地位没有派席尔师傅那么高,我需要必需的设备……"

"我会指示盖尔斯为你准备资金,以应所需。首先,你得给自己买些新袍子,你这样子见人像是从跳蚤窝里面抓出来的。"她望进他的眼睛,不知自己能信任他多深。"需要我提醒你,如果有任何关于……关于你的料理……的话传出去,你会有什么后果……"

"不会的,陛下,"科本给她一个宽心的微笑,"您的秘密就是我的秘密。"

当他走后,瑟曦为自己又倒上一杯浓葡萄酒,坐在窗边享用,看着阴影逐渐笼罩庭院。她忘不了那枚硬币。河湾地的钱。君临城中最低贱的狱卒怎么会有河湾地的钱？这是协助谋杀父亲的价码吗？

无论她怎么努力，只要想起泰温公爵，脑海中浮现的就是那张茫然微笑的诡异面容和身体散发出的浓烈臭气。弄不好这一切都是提利昂在暗中安排、偷偷作怪。这玩笑虽小，可是好残酷啊，他正是这么个又小又残酷的东西。派席尔也是他的爪牙吗？他把大学士送入黑牢，而黑牢正由那个罗根掌控。所有线索连在一起，让她很是不安。总主教肯定是提利昂的鹰犬，瑟曦突然想到，父亲可怜的尸体从早到晚都由他关照。

叔叔于黄昏时分如约到达，身穿加垫的炭色羊毛外衣——颜色就跟他的脸一样犹如死灰。和所有的兰尼斯特家人相同，凯冯爵士皮肤精致，须发金黄，但现年五十五岁的他，头基本秃光了。他肩圆腰粗，丝毫谈不上俊朗，方下巴上全是肉，修剪得很短的黄胡子完全不能将其隐藏。他让她想起了老看家犬……不过她现在需要的正是忠实的看家犬。

他们吃了一顿包括甜菜、面包和带血牛排的便饭，用一壶多恩红酒送下肚。席间，凯冯爵士很少说话，也基本不喝酒。大概他的心情太沉重了罢，她认为，他需要工作，好从悲伤中解脱出来。

于是等食物被清走，仆人们也都离开后，她把这番话和盘托出。"我明白父亲有多依仗你，叔叔，我也同样需要你。"

"你需要一个首相，"凯冯爵士回答，"而詹姆拒绝了你。"

他一如既往地直率。很好。"关于詹姆……父亲的去世令我心神游移，思虑不周，我简直都记不得自己说过些什么。詹姆他是很英勇，可我们直说了吧，他骨子里有些傻。托曼需要更有经验的长者……"

"梅斯·提利尔符合长者的标准。"

瑟曦鼻孔一张。"决不，"她把一绺垂下的头发扫上额头，

"我决不会放纵贪得无厌的提利尔家。"

"让梅斯·提利尔当首相将是桩蠢事，"凯冯爵士承认，"但与他为敌就更蠢了。灯火之厅里发生的事我已经听说了，自然，梅斯应该学会别在公开场合谈论这类话题，即便如此，你当着全宫廷的面羞辱他也极为不智。"

"总比让提利尔混进御前会议好得多！"他的责备让她不耐烦。"罗斯比会是个不错的财政大臣，看看他的坐轿，看看那上面的雕刻装饰与丝绸织锦你就知道了。他的马比大多数骑士的马打扮得更华丽。一个家族富裕的人想必精通生财之道。至于御前首相嘛……谁能比我父亲的弟弟，那个从来与我父亲亲密无间，并无私奉献着的弟弟更有资格接过他的担子呢？"

"每个人都需要有信得过的人。泰温信任我和你母亲。"

"他很爱她，"瑟曦拒绝去想父亲床上妓女的尸体，"我知道，他们现在团聚了。"

"我也如此祈祷。"凯冯爵士看着她的脸，看了很长时间，最后才续道，"瑟曦，你要我再次做出牺牲。"

"不比父亲要求的多。"

"我累了。"叔叔抓起酒杯，呷了一口。"我已经两年没和妻子见面，一个儿子已成尸骨，另一个儿子即将结婚、当上领主——是啊，戴瑞城必须恢复往日的荣光，三河肥沃的土地必须得到保护，烧焦的田野等待着重新耕作播种。蓝赛尔需要我的协助。"

"托曼比他更需要你。"瑟曦没料到凯冯竟会跟她讨价还价。在父亲驾下，他可从来都是打头阵的。"国家更需要你。"

"国家，啊，兰尼斯特家族，"他又呷一口酒。"那好吧，我会留下来，替国王陛下效劳……"

"太好了，"她正待夸奖，凯冯爵士却提高声调，制止她继续下去。

"……条件是你指名我为摄政王兼国王之手,你自己返回凯岩城。"

半晌之间,瑟曦错愕地瞪着对方,不知如何是好。"我才是摄政王。"她提醒他。

"你现下是,但泰温不打算让你继续待在这个位置上。他把计划告诉了我,他要你回归凯岩城,并给你找个新丈夫。"

瑟曦的怒火在心中腾地升起,"这话他讲过,是的,我对他说我没兴趣再婚。"

叔叔不为所动。"若你实在不愿再婚,我也不会强迫你。至于另一个条件,嗯……你现在是凯岩城公爵夫人了,你应该守在领地。"

你好大的胆子!她想朝他尖叫,却不敢这么做。"我是凯岩城公爵夫人,更是太后摄政王,我应该守着我儿子。"

"你父亲不这么想。"

"我父亲已经死了。"

"这是我的不幸,也是国家的不幸。你睁开眼睛,把自己瞧个清楚吧,瑟曦。王国成了一片废墟,泰温本可以让国家走上复兴之路,可……"

"我正是那个复兴国家的人!"瑟曦吼完之后压低声音,"在你的协助之下,叔叔。只要你像对父亲尽忠一样对我尽忠——"

"你并非你父亲。而且泰温一直将詹姆当做他真正的传人。"

"詹姆……詹姆发过誓言,詹姆从不思考,他嘲笑每个人、每件事,想到什么就说什么。詹姆他只是个英俊的白痴而已。"

"尽管如此,他却是你心目中御前首相的第一人选。原因何在,瑟曦?"

"我告诉你了,当时我沉溺在悲伤中,思虑不周——"

"思虑不周,"凯冯爵士同意,"这正是你必须返回凯岩城,将王国留给更懂得思虑的人的原因。"

"国王是我儿子!"瑟曦霍地起身。

"他当然是,"叔叔不紧不慢地说,"但就乔佛里的例子来看,你当母亲就跟当统治者一样不够格。"

她把杯中酒结结实实地泼到他脸上。

凯冯爵士带着凝重的尊严也站起来。"陛下,"酒液流过他下巴,从剪短的胡子上滴下去,"很抱歉,请允许我告辞?"

"你凭什么提条件?你不过是我父亲豢养的骑士!连爵禄都没有!"

"的确,我没有领地,但我的收入并不少,家中的钱币堆积成箱。我父亲没有亏待他的每个孩子,而泰温也懂得奖励他人的服务。我麾下拥有两百骑士,如果需要,还可以将这个数目翻番。别忘了,自由骑手们愿意追随我的旗帜,雇佣佣兵我也不缺资金。建议你千万别小瞧了我,陛下……明智的话,不要把我也当成你的敌人。"

"你竟敢威胁我?"

"我在给你谏言。听着,如果你不让我当摄政王,就任命我为凯岩城代理城主吧,然后令马图斯·罗宛或蓝道·塔利来辅佐国王,此二人得一亦可定天下。"

此二人都是提利尔的心腹。叔叔的建议让她语塞。他也被收买了吗?太后心想。他是不是拿了提利尔的金子来出卖兰尼斯特家族?

"马图斯·罗宛睿智、谨慎,且广受爱戴,"叔叔不依不饶地续道,"蓝道·塔利堪称海内名将——和平时期也许用不着他,但泰温去世后,没有谁比他更有能耐来结束战争了。如果你提名提利尔家的大封臣为御前首相,提利尔公爵将无法反对,而塔利和罗宛都是懂事的人……懂得报答的人,任命他们中的任何一个,他就将成为你的人。如此一来,你便增强了自己,削弱了高庭,梅斯还不能不对你釜底抽薪的行为表示感谢。"他耸耸肩。"这就是我的谏言,听不听随你,反正你要任命月童为首相也不干我事。女人,我的哥哥死了,我要带他回家。"

叛徒,她心想,变色龙。不知梅斯·提利尔给了他多少好处。"在你的国王最需要你的时候,你抛弃了他,"她告诉叔叔,"你抛弃了托曼。"

"托曼有他的母亲照料着,"凯冯爵士的绿眸对上太后的绿眸,一眨不眨。最后一滴鲜红的液体在他下巴下面抖了抖,坠落。"是啊,"他顿了顿,轻声补充,"他还有他的父亲呢。"

詹姆

詹姆·兰尼斯特爵士，一袭白衣站在他父亲的棺材旁边，五指紧紧握着黄金巨剑的长柄。

时至黄昏，贝勒大圣堂内阴暗而静谧。最后一抹夕阳从高窗之外斜射而进，为高大的七神雕像笼罩了一层红光。环绕祭坛的熏香蜡烛摇曳不定，重重黑影在高墙上聚集，并缓缓地、沉默地下降到大理石地板上。当最后一名悼念者也离开之后，圣歌的回音逐渐平息。

唯有巴隆·史文和洛拉斯·提利尔没走。"无人能守灵七天七夜，"巴隆爵士劝道，"您上次休息是什么时候的事了，大人？"

"我父亲大人还活着的时候。"詹姆说。

"今夜，请让我代您守护灵柩吧。"洛拉斯爵士请求。

"他不是你父亲。"和你没关系，是我害了他。提利昂放箭，而我放了提利昂。"让我一个人留下。"

"遵命，大人，"巴隆答应，而洛拉斯爵士似乎还不愿就此让步，直到被巴隆爵士挽起胳膊带走。两名铁卫的脚步声渐行渐远，詹姆又和父亲大人独处一室，陪伴父子俩的唯有蜡烛、水晶和甜腻而腐朽的死亡之气。由于铠甲的重量，他的背阵阵酸痛，双腿几乎麻木，于是他容许自己稍微挪了挪，并将黄金巨剑握得更紧——虽然不能挥它，好歹握还是能握紧的。他的幻影手指蠢蠢欲动。这真讽刺，对他而言，似乎残缺的身躯加在一起都不及失去的那只手神经敏感。

我的手渴望挥剑，而我渴望杀人，从瓦里斯开始，但我首先得找出他的底牌。"我要那太监送他上船,不是送去你的卧室,"他告诉尸体,"太监手上也沾满了您的鲜血,和……和提利昂一样。"和我一样,他想对父亲承认,话语却哽在喉头,说不出口。无论瓦里斯做了什么,始作俑者都是我。

当他决定不能眼睁睁看着弟弟受死之后,便潜入太监的卧室里等到深夜。他边等边用那只完好的手磨匕首,从钢铁与石头摩擦的"刮——刮"声中得到了某种奇特的慰藉。脚步声传来时,他闪到门后,瓦里斯一身厚重脂粉和薰衣草的味道走进来,结果被詹姆从后面出其不意地踢中膝盖窝,扑通倒地。詹姆扑上来,拿自己的膝盖顶住太监的胸膛,抽出匕首指着太监苍白柔软的下巴,强迫他抬头。"巧啊,瓦里斯大人,"他愉快地说,"幸会幸会。"

"詹姆爵士?"瓦里斯喘着粗气,"你吓死我了。"

"我正想如此。"他转动匕首,一股鲜血沿着刀刃流下,"依我之见,在伊林爵士砍掉我弟弟的脑袋之前,你多半可以把他弄出来。我承认,那是颗丑脑袋,可惜他只生了一颗。"

"是……是的……如果您……把刀子……是的,轻轻的,如果大人您轻轻的,轻轻的,噢,我受不了了……"太监摸摸脖子,张大嘴巴看着指头,"我见不得自己的血。"

"不合作的话,你会见到更多的血。"

瓦里斯挣扎着坐起来。"您弟弟……如果小恶魔自黑牢里消失得无影无踪,别人会——会过问的,我会有性——性命之忧……"

"你的性命操在我手。听着,我才不关心你那些小秘密,但若提利昂有个万一,你也活不长,我保证。"

"啊,"太监吮着指头上的血。"您要我做一件可怕的事……要我放走谋害咱们好国王的元凶——小恶魔……,难道您认为他是无辜的?"

"管他有罪无罪,"詹姆一如既往,像个傻瓜似的回答道,

"兰尼斯特有债必还。"

这句话说出口是多么简单啊。

但他从此之后就再没有睡过。弟弟仿佛正站在面前,火炬的光芒扫过丑陋的脸庞,侏儒的断鼻子下挂着笑脸。"你这可怜愚蠢残废瞎了眼的大傻瓜,"弟弟用最怨毒的声音咆哮道,"瑟曦是个撒谎不眨眼的烂婊子,就我所知,她和蓝赛尔、奥斯蒙·凯特布莱克,甚至月童上床!别人说我是怪物,没错!是我杀了你那十恶不赦、罪有应得的乖儿子!"

可他没说自己要去加害父亲,如果他说了,我一定会阻止他。成为弑亲者的应该是我,不是他。

詹姆猜不透瓦里斯目前藏身何处。情报大臣狡诈成性,事发之后便没回过房间,翻遍红堡也没找到关于他的线索。也许他和提利昂一道扬帆出海,得以逃避尴尬的审问。如果是这样,那么此时两人多半已身处狭海之中,在高等舱房里对饮青亭岛的金色葡萄酒了。

或许弟弟把瓦里斯也杀了,并抛尸在城堡地底深处。城堡地下,尸体也许要若干年才会被人发现。詹姆曾亲率十几个卫兵带着火炬、绳索和灯笼下去,没日没夜地探索蜿蜒曲折的通路、狭窄的爬行地道、隐藏的暗门、秘密阶梯和伸进无尽幽暗之中的天梯。若非这段经历,他都不晓得自己的残废竟是如此真实,男人一定得有两只手,否则……否则连梯子都不好上,狭窄的走道也不好进——那句成语"手脚并用"可是大实话。最最可悲的是,别人能一手攀爬一手握火炬照明,而他做不到,只好在漆黑一团中小心摸索。

辛苦的结果为零。他们只在黑暗中找到灰尘和老鼠。还有龙,地底的龙。他记得龙口铁火盆的炭火放出晕黄的光,所在的温暖房间是六条隧道相交之处,地板上磨损的红砖与黑砖拼出一幅坦格利安家族的三头龙马赛克图案。*我记得你,弑君者*,这头怪兽仿佛低吼道，我一直在这里，等你下来，等你下来。这个钢铁般坚定的声音詹姆是清楚的，它属于雷加，属于龙石岛亲王。

他在红堡庭院里和雷加作别的那天，狂风呼啸。王太子披挂起那身著名的黑甲，胸前的红宝石组成三头龙家徽。"陛下，"詹姆恳请，"这回就让戴瑞或巴利斯坦爵士留下来守护国王，让我随您出征吧。他们的披风也和我的一样洁白。"

雷加王子摇摇头，"我父王怕你父亲更甚于怕我们的亲戚劳勃。他要把你留在身边，以确保泰温公爵不生反心。目前气氛紧张，我可不敢把他的护身符带走。"

詹姆只觉怒气冲上喉头，"我不是什么护身符！我是御林铁卫的骑士！"

"那你就该记得自己的职责，好好守护国王，"琼恩·戴瑞爵士斥道，"穿起白袍时，你发过誓。"

雷加把手放在詹姆肩上。"等战争结束，我准备召开大议会，以求革新政事。这事我很久以前就有计划，可惜……嗯，尚未踏上的道路咱们先别议论。等我班师回朝，再作计议。"

对他来说，这便是雷加王子的遗言。城门之外，一支大军等着雷加，另一支军队也于同时星夜向三叉戟河赶去。龙石岛亲王翻身上马，戴好高耸的黑头盔，奔向自己的毁灭。

不过他的话确有先见之明。战争结束之后，政事确实"革新"了。"伊里斯以为把我留在身边就等于戴上了护身符，"他对父亲的尸体说，"真可笑，不是吗？"泰温大人似乎赞同儿子的意见，他的笑容更宽阔了——事实上，詹姆认为他很享受死亡。

奇怪的是，他感觉不到悲伤。我的眼泪在哪里？我的怒火又在哪里？詹姆·兰尼斯特从不缺乏怒火。"父亲，"他告诉尸体，"是你教导我流泪乃是男人脆弱的标志，所以我不可能为你哭泣。"

今天早晨有上千名贵族男女来到棺材前瞻仰，下午又来了数千百姓。他们衣着简朴，表情肃穆，但詹姆怀疑其中许多人心里面正在暗暗高兴，为首相的暴卒而倍感痛快。即便在西境兰尼斯特自家的地盘上，泰温公爵与其说受人爱戴，不如说被大家尊敬，而君临人可没有忘记当年城破之日的大肆洗劫。

所有的哀悼者中，派席尔国师最为伤感。"我曾为六位国王服务，"守灵的第二天夜里，他告诉詹姆，一边狐疑地嗅着味道，"但这里躺着的，却是我记忆之中最伟大的人物。泰温大人从未戴上王冠，但他绝对拥有王者风范。"

没了胡子，派席尔看上去不止苍老，而且极为虚弱。**剃光他的胡子真是提利昂所做过最残忍的事**，詹姆心想，他自个儿很明白失去身体的一部分，尤其是最重要的一部分是什么滋味。派席尔的胡子曾经非常壮观，白如新雪，柔如羔羊，完全遮盖了脸庞与下巴，直垂近腰。国师说话时喜欢捻胡子，这不仅给了他智者的外貌，还掩盖了所有丑态：下巴上松垂的皮肤，扁平、缺牙的小嘴巴，数不清的疣子、皱纹与老年斑。虽然派席尔努力想把胡子长回来，可惜徒劳无功。从那虚弱的下巴和褶皱的面孔上长回来的是短须和胡碴，如此稀疏，完全掩饰不了斑斑点点的粉色肌肤。

"詹姆爵士，我这辈子见证过众多灾祸，"老人缓缓讲述，"战争，流血，谋杀……小时候在旧镇求学，某年灰疫病来袭，夺去了全城一半的人口和学城四分之三的成员。海塔尔大人烧光了港口里的船只，紧闭城门，并严令麾下士兵杀掉所有企图逃离的人，无论男人、女人还是怀抱中的婴儿，概不例外。结果，当疫病最终平息时，他却教他们杀了。就在他重开港口的那一天，他们把他从马上拖下来，割了喉咙，还杀了他年幼的儿子。直到今天，旧镇的愚民们仍在唾弃他的名讳，但昆顿·海塔尔尽到了自己的职责。你父亲正是这样的人，一个尽职尽责的大丈夫。"

"所以他死后才对自己那么满意？"

尸体的恶臭让派席尔双眼朦胧，"组织……组织枯死后，肌肉萎缩，牵起嘴唇。他没笑，他只是……死了，死了。"老人强忍泪水。"请原谅，我很疲累，告辞。"国师沉重地倚着拐杖，慢慢踱离圣堂。他也行将就木了，詹姆意识到，难怪瑟曦认为他是个废物。

当然，在亲爱的老姐眼中，宫中一半的人不是废物就是叛徒，该铲除的不仅包括派席尔，还包括御林铁卫们、提利尔家、詹姆自己……甚至伊林·派恩爵士，那个担任御前执法官的哑巴——由于职务关系，牢房出的事他脱不了干系，尽管没舌头的派恩向来把事务留给下人打点，而瑟曦认为提利昂的逃脱都是他的错。是我干的，与他无关，詹姆差点对姐姐说出口，不过最终他答应的是去盘问地牢长官，一位名叫雷纳佛·伟维水的驼背老人。

"我这姓氏咋回事呢？大人您肯定觉得奇怪。"詹姆还未开问，对方便喋喋不休地解释，"其实，这是个古老的姓氏。我可没吹牛哟，咱血管里可流淌着王族的血液。我的祖先是一名公主，我生下来没多久老爹就给我讲过这个故事。"从那斑斑点点的头颅和下巴上的花白胡须来看，伟维水的童年不知距今好几十年了。"那名公主是幽禁在处女居里的最漂亮的美人，海军司令'橡木拳'埃林·瓦利利安大人被她迷得神魂颠倒，虽然自己结了婚，仍然与之偷情。后来为纪念大人在海上的功业，公主为他们的私生子琼恩取名'维水'，结果作儿子的日后成了一位伟大骑士，儿子的儿子也同样伟大——此人在'维水'之前添了一个'伟'字，以表示他自己并非出于私生。所以您瞧，我身上也多少带有龙之血脉哟。"

"啧啧，我懂了，你早不说清楚，我差点把你当成了征服者伊耿。"詹姆晓得，维水不过是黑水湾一带私生子的通用姓氏，"伟维水"一支多半只是从前的小骑士之流吧。"我有紧要事情，比研

究你的族谱更紧要。"

伟维水点点头,"囚犯失踪之事。"

"还有失踪的狱卒。"

"罗根,"老人替他说完,"下层看守。他负责第三层,也就是黑牢。"

"讲讲他的情况,"詹姆不得不往下问。妈的,无聊的演戏。就算伟维水不晓得罗根的身份,詹姆本人对罗根是谁自然一清二楚。

"头发蓬乱,不修边幅,声音嘶哑,其实,我不喜欢他,很不喜欢他。我刚来的时候,大概十二年前吧,罗根就已经在这里了,据说是由伊里斯王直接任命的。哦,他很少来地牢,平时不知上哪儿鬼混去了。这些可疑情况在日常报告中,我都做过禀报,大人,我真的有所提醒,我以真龙血脉向您担保。"

你敢再提什么真龙血脉,我就要挑几滴出来验个真切,詹姆心想。"这些报告提交给谁?"

"有的提交给财政大臣,有的提交给情报总管。当然,监狱总管和御前执法官是都看过的,地牢里的事一直这么办。"伟维水挖挖鼻孔,"大人,每当需要他时,罗根总是及时出现,从不怠慢。不过呢,黑牢几乎没用,在大人您的小兄弟被关押之前,我们这里曾短暂招待过派席尔大学士,之前还有叛徒史塔克公爵。另外还有三个平民,史塔克公爵发配他们去当守夜人——说实话,我觉得放走那三个危险人物并非明智之举,但公爵的命令上白纸黑字那么写着,我也没办法。可以肯定的是,这事儿我也写进了报告。"

"两个睡着的狱卒是怎么回事?"

"狱卒?"伟维水喷口鼻息,"说狱卒是抬举他们,称做看守还差不多。国库每年固定支付二十位看守的工资,大人,整整二十位,但在我当长官这十多年里,看守的实际人数从没超过十二位。

理论上，我们还应该拥有六位下层看守，三层地牢嘛，二人负责一层——结果现在总共只有三位。"

"就你和另外两个？"

伟维水又喷口鼻息，"我是地牢长官呢！大人，我比下层看守地位要高。喏，我负责计点人数，大人您不妨看看我制订的表格，所有数目都整理得清清楚楚。"伟维水翻开面前那本皮面包装的大书。"目前，我们在第一层地牢关押了四名囚犯，第二层关押了一名，第三层则关押了大人您的弟弟。"老人皱皱眉头。"他已经跑了，这是千真万确的事，其实，我应该把他的名字划去才对。"他提起一支鹅毛笔，正儿八经地削起来。

仅仅六名囚犯，詹姆酸溜溜地想，国库却为之供养了二十位狱卒、六位下层看守、一位地牢长官、一位监狱总管和一位御前执法官。"我去问问这两位看守。"

雷纳佛·伟维水放开鹅毛笔，狐疑地瞅着詹姆·兰尼斯特。"问问两位看守，大人？"

"你的耳朵没病。"

"是啊，大人，我当然没病……其实，大人您想问谁就问谁，我没资格说东道西，但是爵士先生，请允许我向您保证，他们已经不能回答问题了。他们死了，大人。"

"死了？谁下的令？"

"不就是您自己吗？或……或者那是国王陛下的命令？反正我不敢多问，我……我没资格质疑御林铁卫。"

简直是往伤口上面撒盐：瑟曦动用他的人去干丑事，好啊，她宝贝的凯特布莱克。

"你两个没脑子的白痴，"稍后，在一间血淋淋的地牢里，詹姆朝柏洛斯·布劳恩和奥斯蒙·凯特布莱克咆哮，"究竟在想什么呢？"

"我们不过是遵令行事，大人。"柏洛斯比詹姆矮，但体重尤有过之，"这是太后陛下，也即令姐的命令。"

奥斯蒙爵士用一根拇指勾住剑带。"她说要让他们永远沉睡，我和我的弟兄便替陛下达成心愿。"

你和你的弟兄。一具尸体面朝下倒在桌上，就像喝醉了，只是脑袋底下那摊不断扩散的液体是血不是酒；第二名看守勉力推开长椅，拔出匕首，却被一支长剑插进肋骨，享受了漫长而悲惨的死亡方式。我特意告诫过瓦里斯，这回不准发生任何流血事件，詹姆心想，看来我该告诫的是弟弟和姐姐才对。"这样做不对，爵士。"

奥斯蒙爵士耸耸肩，"没人会怀念他们，何况照我看，他俩与越狱事件脱不了干系。"

不，詹姆想告诉他，是瓦里斯在他们的酒里下了药。"如果真是这样，正该从他们口中问出实情才对。"……她和蓝赛尔、奥斯蒙·凯特布莱克，甚至月童上床……"幸好我并非多疑之人，否则我倒想问问，你们干吗急着让他俩永远闭嘴呢？你们想掩盖什么？"

"掩盖？"凯特布莱克几乎被他的指控呛住，"不，不，太后怎么说，我们怎么做。我以你誓言弟兄的名义发誓。"

听他这么说，詹姆的幻影手指忍不住又抽搐起来，"去把你弟弟奥斯尼和奥斯佛利带下来，把你制造的脏乱清理干净。我亲爱的老姐再要你杀人，记得先报告我——除此之外的时间，不要让我看见你，爵士。"

如今，在昏暗沉寂的贝勒大圣堂内，当时的言语在他脑海中回响。头顶所有的窗户都变成漆黑，只隐约透出微弱的星光，太阳已然彻底沉沦。纵使燃烧着无数熏香蜡烛，尸臭却越来越浓，不禁令他想起金牙城下的沙场，那是开战之期他所获得的辉煌胜利。战役之后第二天清晨，无数乌鸦前来享用盛宴，享用胜利者，也享用失败者，正如当年在三叉戟河畔它们享用了雷加·坦格利安。君侯的下场往往是乌鸦的肚子，王冠真是个讽刺的笑话。

詹姆觉得，贝勒大圣堂巍峨的拱顶和七座高塔上此刻正有群鸦盘旋，它们用黑色的翅膀拍打着黑色的夜空，满心想钻进来。七大王国里每一只乌鸦都来向你致敬了，父亲，从卡斯特梅到黑水河，是你养活了它们。这个看法似乎也取悦了泰温大人，他笑得更夸张了。妈的，他笑得像个刚爬上床的新郎。

詹姆荒诞地哈哈大笑。

响亮的笑声在圣堂的走道、地窖和房间中回荡，似乎墙壁里有死人在放声尖笑着回应。为什么不呢？这一切不是比杂耍表演更滑稽吗？我协助谋杀了我父亲，却又替他守夜，我奋力救走我弟弟，却又派人去找……他还特意关照亚当·马尔布兰爵士搜查丝绸街。"每张床下都要看，你晓得我弟弟有多喜欢妓女。"想来，金袍子们会发现妓女裙下比床铺底下有趣得多，詹姆不晓得在这场毫无意义的搜寻行动中将有多少私生子诞生。

他不由自主地想起了塔斯的布蕾妮。又蠢又丑又顽固的妞儿。不知她现今身在何方。天父啊，请赐予她力量，他喃喃地想，几乎是在祷告……可倾诉对象究竟是圣堂烛光下微微闪烁的高大镀金形体，还是面前的尸首？有关系吗？反正他们都从来不听。自能握剑开始，战士就是他唯一的守护神，其他人满足于父亲、儿子或丈夫的角色，但詹姆·兰尼斯特不会，他手握与头发相同颜色的黄金长剑。他是战士，永远如此。

我应该跟瑟曦如实相告，承认自己释放了侏儒弟弟。如实相告？看看真相对提利昂造成的影响吧。我杀了你十恶不赦的乖儿子，接着杀了你老爸。小恶魔的嘲笑从黑暗中传来，他回头看去，却发觉是自个儿笑声的回音。他闭上眼睛，然后迅速睁开。我不能睡，如果睡了，会做噩梦。噢，提利昂恶毒的笑语……瑟曦是个

撒谎不眨眼的烂婊子……她和蓝赛尔、奥斯蒙·凯特布莱克，甚至月童上床……

午夜时分，天父祭坛后的门嘎吱嘎吱地打开，几百名修士列队来献愿心。有的穿银丝法袍，头戴水晶冠，这些是大主教；位阶较低的修士则在脖子上用皮带挂着水晶，用彩色编织腰带束起长袍，腰带共分七色，人人各不相同。从圣母祭坛后走出的则是隐居的白衣修女，七人一排，并肩而前，低声吟唱圣歌。静默姐妹成单行从陌客祭坛后走出，这些与死亡为伴的处女身披浅灰色袍子，拉起兜帽，裹好围巾，只露出双目。许多普通僧侣也穿着褐色、棕色、白色甚至未染色的粗布长袍出现，他们用麻绳束腰，有的脖子上挂着代表铁匠的小铁锤，有的挂着讨饭碗。

来献愿心的人毫不在意詹姆，他们在圣堂中游行，依次向七神的祭坛致敬，以表达对七面一体神的虔诚。他们在每尊塑像前奉献牺牲，咏唱圣歌，庄严与甜美水乳交融。詹姆闭目凝听，待睁眼时身体已摇晃起来。*我实在是累了。*

他的上次守夜迄今已逾多年。*那时候我好小好小，才十五岁。*当年的他没穿铠甲，只套了一件朴素的白上衣，而他守夜的圣堂不及贝勒大圣堂这七座分堂中任何一座的三分之一大。詹姆将长剑放在战士膝头，把盔甲堆在战士脚边，自己跪在祭坛前粗糙的石板上。黎明到来时，他的膝盖已经红肿出血。"抛洒热血乃是骑士分内之事，詹姆，"亚瑟爵士告诉他，"我们以鲜血捍卫愿心。"然后亚瑟爵士在晨晖照耀中用配剑拍了他的肩膀，苍白的长剑如此锋利，以至于这轻轻一拍竟划破了詹姆的衣服，令他又汩汩流血。可他毫不在意，心中充满狂喜。跪下去的是男孩，站起来的是骑士。

一头少年雄狮，并非弑君者。

这些过去了太久，那个孩子早已死去。

他不知献愿心是何时结束的，或许自己站着睡去了吧。等修士修女们纷纷离去,大圣堂内又恢复沉寂。璀璨烛火犹如黑暗中的星光之壁,空中弥漫着愈加强烈的死亡气息。詹姆动了动把握黄金巨剑的双手,或许真该让洛拉斯爵士来替我守夜。这会让瑟曦失望的。不过百花骑士虽然几乎还是个孩子,自大又虚荣,但他骨子里具备骑士精神,将来定会在白典中留下浓墨重彩的一笔。

等守夜结束时,白典会在桌上等他,属于他的页面正无声地发出指控。妈的,到头来还不是得写下满纸谎话,不如先把这本破书砍成碎片。然而,他能不说谎,能讲出真相吗?

一个女人站在他面前。

外面又下雨了,看着她湿漉漉的身体,他心想。雨水从她斗篷上流下,在脚边积成小池子。她何时进来的?我没听见声音。她打扮成酒馆招待的样子,披着沉重的粗布褐斗篷,这斗篷污迹斑斑,边缘磨破。兜帽掩盖了她的面容,但那对碧如翡翠的池塘里有烛光舞蹈。他认得她移动的步伐。

"瑟曦,"詹姆缓缓唤道,犹如自梦中苏醒,恍惚不知身在何方,"现在是什么钟点?"

"狼时,"姐姐放下兜帽,扮个鬼脸,"属于被淹死的狼。"她朝他微笑,非常甜美。"你还记得我头一次穿成这样来见你吗?在黄鼠狼巷中某个差劲的旅馆里,我换上仆人的衣服以瞒过父亲的守卫。"

"我记得,那是鳗鱼巷。"她有求于我。"这么晚了,你为何要来?你想要我……做什么?"他的语言在圣堂中来回旋转,要我要我要我要我要我要我要我要我,逐渐褪成呢喃。这时候,他竟然想:若她要的只是我双臂的温暖就好了。

"轻点儿声。"她的语气很奇怪……气喘吁吁,似乎在恐惧什么。"詹姆,凯冯拒绝了我。他不要当首相,他……他知道了我们的事,并且都对我说了。"

"拒绝？"詹姆吃了一惊。"他是如何知道的？也许他读过史坦尼斯的信件，然而那里面没有证……"

"提利昂知道，"姐姐提醒弟弟，"天晓得那可恶的侏儒会如何口不择言……他给凯冯叔叔讲事小，若给总主教……别忘了，那胖主教死后，这个继位者的水晶冠是提利昂给的。他也许什么都知道。"瑟曦靠近。"你必须成为托曼的首相。我无法信任梅斯·提利尔，他是否也参与了谋害父亲的阴谋？他有没有串通提利昂？此时此刻，小恶魔很可能正逃往高庭……"

"不可能。"

"做我的首相吧，"她恳求道，"我们一起统治七大王国，就像国王和王后。"

"你是劳勃的王后，又不愿意嫁给我。"

"我愿意的！只是我不敢。我们的儿子——"

"托曼不是我儿子，乔佛里也不是，"他倔犟地说，"你让他们做了劳勃的儿子。"

听罢此言，姐姐像被鞭打似的一缩。"你发誓你会永远爱我。让我这般苦苦哀求，这不是爱。"

透过浓烈的臭气，詹姆也能嗅出她的恐惧。他心中只想抱她吻她，将脸埋进她黄金的鬈发，承诺永远不会让她受伤害……但在这里不行，真的不行，他意识到，不能在诸神面前、在父亲面前这么做。"不，"他说，"我不能答应你……"

"可我需要你，我需要自己的另一半。"倾盆大雨击打在高窗之上。"你是我，我是你。我要你抱住我，进入我，求你，詹姆，求你！"

詹姆回头望去，生怕泰温大人因为暴怒而从棺材里跑出来。还好，父亲仍是沉默冰冷的尸体，正在慢慢腐烂。"我为战而生，不属于宫廷——现在嘛，我连仗也几乎打不了了。"

瑟曦用粗糙的褐色衣袖拭去脸上的泪水。"好，好，你想上战场，我就让你去。"她愤怒地拉起兜帽。"我是个白痴，竟然来见你。我这白痴竟然爱过你！"她远去的脚步踏出响亮的回音，在大理石板上留下点点湿印。

当黎明到来时，詹姆毫无预感。拱顶玻璃逐渐明亮，突然间七彩虹光便洒在墙壁、地板和梁柱上，沐浴着泰温公爵的尸体。前任国王之手腐烂得非常明显。他脸色发绿，眼睛深深塌陷，成为两个漆黑的孔洞，面庞上出现了若干小裂沟，某种难闻的白色液体自那辉煌的红金铠甲关节处渗透出来，在他身下积成了小水池。

修士们最先进入，来做晨愿。他们自顾自地唱歌、祷告、皱鼻子，其中一位大主教差点晕过去，最后被抬出了圣堂。一群侍僧赶紧过来摇香炉，空气中烟雾缭绕，仿佛为棺材罩上了一层帷幕。虹光穿不透这香甜的迷雾，但臭气仍旧存在，腐败的感觉混合在香味里，令詹姆窒息。

大门打开，提利尔家的人抢先来到，以显示自家身价。玛格丽手捧一大束金玫瑰花走在最前，并将它们恭恭敬敬地放在泰温大人的棺材边，但她留下了一枝花，举起来刚好掩住鼻子，随后庄重地返回落座。原来这女孩既漂亮又冰雪聪明，她有能力为托曼之后，却也不可不防。玛格丽的女伴们都学她的样。

等众人就位后，瑟曦才领托曼进门。身穿白色瓷釉板甲和白色羊毛披风的奥斯蒙·凯特布莱克爵士走在太后母子身边。

"……就我所知，她和蓝赛尔、奥斯蒙·凯特布莱克，甚至月童上床……"

詹姆在澡堂见过凯特布莱克的裸体，此人胸毛黝黑茂盛，股间的毛则更密。他试图想象凯特布莱克压在姐姐身上，粗糙的毛发刮痛柔软的乳房。*她不会这样做，小恶魔在撒谎*。金毛与黑毛互相纠缠，汗水淋漓，每插一记，凯特布莱克的窄脸就猛然收缩。詹姆听

见姐姐的呻吟。不,他在撒谎。

瑟曦眼睛红肿,脸色苍白,她登上阶梯,跪在父亲旁边,同时把托曼按下去。男孩看了一眼死去的公爵,便想抽身逃走,但他母亲飞快地扣住了他的手腕。"快祈祷,"她低声说,托曼也努力了,但他毕竟才八岁,而泰温大人的模样实在太恐怖。国王绝望地吸了口气,啜泣起来。"停下来!"瑟曦叫道。托曼扭头狂呕,他的王冠摔落,滚过大理石地板。母亲厌恶地松手,国王便不由分说地、以他那对八岁小腿所能支撑的最快速度朝大门飞奔而去。

"奥斯蒙爵士,请暂时代替我,"詹姆立即下令——凯特布莱克正忙着去捡王冠。他把黄金巨剑交给对方,冲出去追赶国王。在灯火之厅,他追上了儿子,二十多位修女惊讶地盯着他们。"对不起,"托曼哭道,"明天我会做好的。妈妈说国王要有国王的样子,可那里实在太臭了。"

这里不行,多少只眼睛、多少双耳朵在关注我们。"出去走走吧,陛下。"詹姆领着孩子来到圣堂外。这是君临少有的晴朗清新的日子,四十多名金袍卫士被布置在广场周围看守马匹和轿子。他牵着国王走远,远离所有耳目,然后让孩子坐在大理石梯上。"我不害怕,"男孩坚持,"只是臭气让我恶心。你就不觉得恶心吗?你怎么忍受过来的,舅舅,爵士?"

我闻过自己右手腐烂的味道,瓦格·霍特把它挂在我脖子上。"一个顶天立地的男子汉能忍受任何事情,"詹姆告诉儿子。我闻过烧烤活人的气息,伊里斯王连人带甲放在大火上烹饪。"这个世界很恐怖,托曼,你可以和他们战斗,可以嘲笑他们,也可以视而不见……进入自己的内心。"

托曼仔细想了想,"我……我通常能做到自己想自己的,"他承认,"比如当乔佛里……"

"乔佛里,"瑟曦出现在父子俩身前,朔风牵起她脚上的长裙,"你哥哥叫乔佛里。他从不让我失望。"

"我不想让你失望的。我不害怕,母亲,只是外公大人实在太难闻……"

"你以为我就觉得好闻了?我也有鼻子!"她拎住他耳朵,抓他起来,"提利尔大人也长了鼻子,可他有没有在神圣的殿堂内失态呕吐呢?玛格丽小姐有没有像个婴儿似的大哭大闹呢?"

詹姆连忙站起来,"瑟曦,够了。"

她鼻孔一张,"爵士?你怎么在这儿?如果我没记错的话,你立誓要为父亲守灵,直到安排发丧。"

"妈的,别东拉西扯。再说,父亲的发丧期大概得提前,你看看他的身体。"

"不。七天七夜,你保证得好好的。御林铁卫队长应该懂得数数。把你指头的数目加上二,那就是七。"

这时,贵族们也纷纷涌到广场上,逃离恶臭的圣堂。"瑟曦,小声些,"詹姆警告,"提利尔大人过来了。"

她顿时醒悟,忙将托曼拉到旁边。梅斯·提利尔在太后母子面前一鞠躬。"国王陛下没事吧,他还好吗?"

"国王陛下悲伤得难以自禁。"瑟曦解释。

"我们大家不都一样?若能为陛下分忧……"

头顶高处,有只乌鸦厉声尖叫,然后停在贝勒王的雕像上,踩着那颗神圣的头颅。"您可以为托曼分忧,大人,"詹姆道,"比如等晚祷结束后,陪陛下哀痛的母亲共进晚餐。"

瑟曦狠狠地瞪了他一眼,但这回她至少懂得闭上嘴巴。

"共进晚餐?"这提议出乎提利尔的意料,"我以为……当然,我们很荣幸,我和我夫人会准时前来。"

太后勉强笑笑,挤出几句恭维话。但等提利尔刚离开,而托曼被亚当·马尔布兰爵士护送走之后,她顿时朝詹姆发作,"你喝醉

了还是没睡醒,爵士先生?说说,我凭什么要跟那贪婪的痴呆及他幼稚的老婆共进晚餐?"一阵风吹动她黄金的鬈发。"我决不会任命他为首相,如果你打的是这个算盘——"

"你需要提利尔,"詹姆打断瑟曦,"但不需要他留在都城。让他去为托曼攻打风息堡吧,拿出你的魅力,奉承他,告诉他你需要他带兵打仗,需要他代替父亲的位置。梅斯梦想在战场上证明自己。无论他最终把风息堡献上,还是大败亏输、灰溜溜地逃回来,你都是赢家。"

"风息堡?"瑟曦满腹思量,"好是好,可……提利尔大人挑明了,在托曼与玛格丽成亲之前,他不会离开君临。"

詹姆叹口气,"那就赶紧让他们成亲啊。距离托曼能把这桩婚姻圆满还有很多年,在此之前,他们的结合是不算数的,随时可以撤销。把这桩虚伪的婚姻赐予提利尔,换得他鞍前马后地卖命,实在划算。"

一丝浅笑爬过姐姐的脸庞。"对,围城是很危险的,"她喃喃道,"我们的高庭公爵很可能有个三长两短。"

"那是自然,"詹姆续道,"尤其……这是他第二次攻打风息堡……假如他碍不住面子,企图强攻城门的话……"

瑟曦与詹姆对视良久。"知道吗?"她评论道,"这回你听起来像极了父亲。"

布蕾妮

暮谷城城门紧闭，上好门闩，石头城墙在黎明前的黑暗中微微透着白光。城垛之上，一丝丝雾气仿如幽灵哨兵。十几辆马车和牛车已聚集在城门外，等待日出。布蕾妮在一堆芜菁后面下马，她小腿酸痛，伸展一下感觉很舒服。不久，又一辆拖车隆隆地从树林里出来。等到天空开始放亮，队伍已经延伸了四分之一里长。

农民们不时好奇地瞥她几眼，但没人跟她说话。*应该由我先开口*，布蕾妮告诉自己，可她向来不擅长跟陌生人打交道。从小她就很害羞，长年被嘲笑的经历则令她更加畏缩。*我必须多打听珊莎的消息，不然怎么找得到？*她清了清嗓子。"这位太太，"她对芜菁车上的女人说，"你在路上见过我妹妹吗？她是一位十三岁的处女，非常美丽，蓝眼睛，枣红色头发。她或许跟一个醉酒的骑士同行。"

那女人摇摇头，她丈夫说，"那她一定不是处女了，对此我敢打赌。这可怜的女孩叫什么？"

布蕾妮的脑海一片空白。*我早该给她编一个名字*。随便什么名字都行，但此刻她一个也想不出来。

"没名字？呃，路上到处是没名字的女孩。"

"比坟地里还要多。"他老婆说。

天亮之后，卫兵出现在城墙上。农民们爬上车，抖动缰绳。布蕾妮也翻身上马。回头望去，等待入城的大多是农民，满载着待售的水果蔬菜。隔十多辆车，有两个富裕的城里人，骑良种马，再往后，她发现了一个骑花斑马的瘦男孩。没有那两位雇佣骑士的踪

影,也没见到疯鼠夏德里奇爵士。

城门口的卫兵不断挥手示意拖车进去,几乎不作检查,但他们拦住了布蕾妮。"你,站住!"队长喊道。两个穿锁甲的人交叉长矛,挡住去路。"说明来意。"

"我要拜见暮谷城领主,或者他的学士。"

队长的视线停留在她的盾牌上,"罗斯坦的黑蝙蝠。这纹章名声不好。"

"这并非我的纹章。我打算给盾牌重新上漆。"

"是吗?"队长揉了揉胡子拉碴的下巴。"好吧,我老妹碰巧是干这行的。你可以在七剑客栈对面的房子里找到她,就大门上画图的房子。"他朝卫兵打个手势。"让她过去,伙计们。是个小妞。"

城门楼背后是集市广场,先她进来的人正在卸货,叫卖芜菁、黄洋葱和一袋袋大麦。她骑马经过一些卖武器防具的商人,从吆喝的价格推断,都是些质量极次的品种。*每逢战斗结束,打劫者便会跟乌鸦一起到来*。布蕾妮看到褐色血迹未干的锁甲、凹陷的头盔、缺口的长剑,还有卖服装的:皮靴、毛皮斗篷、沾满污渍的外套上有可疑的洞。她认识其中许多纹章,包括钢甲拳套、白色日芒、驼鹿和战斧,这些都属于北境;然而塔利家和风暴之地的人也有伤亡,她看到红苹果和绿苹果,一面盾牌上有雷古德家的三道闪电,另一幅马饰上是安布罗斯家的蚂蚁图案。甚至塔利伯爵自己的健步猎人也出现在许多徽章、胸针和外衣上。*管他是友是敌,乌鸦们通吃*。

只花少许铜币就能买到松木或椴木盾牌,但布蕾妮没有停留。她打算留着詹姆给她的橡木重盾,那是他自己从赫伦堡带到君临的。松木有其长处,它比较轻,好拿,而且松软的木质易于卡住对手的剑斧。但若你够力气承担橡木的重量,它能提供更多防护。

暮谷城围绕港口而建筑。城北是一道白色悬崖，南面则有一段岩石半岛伸入水中，保护停泊的船只不受狭海上的风暴袭击。城堡本身俯瞰港口，从镇子里任何地方都能看到它的方形主堡和巨大鼓楼。在拥挤的鹅卵石街道中，徒步比骑马更快，因此布蕾妮将母马寄养在一间马厩里，采取步行的方式，盾牌斜挎背后，铺盖卷夹在腋下。

队长的妹妹并不难找。七剑客栈是城里最大的旅馆，一共四层楼，比邻近的房屋高出一截，而它对面那所房子的双重门描画得华美绚丽。画中是秋天树林中的城堡，深浅不一的金色与红褐色勾勒出树木，蔓藤盘绕老橡树，甚至橡果也都用心描绘。布蕾妮仔细观察，树丛间还有动物：一只狡猾的红狐狸，树枝上有两只麻雀，树叶后面还有一头野猪的影子。

"你的门很漂亮，"她敲开门，对前来接应的黑发女子说，"那是什么城堡？"

"可以算是任何城堡吧，"队长的妹妹道，"反正我只见过码头边的褐堡。画中那个是我想象出来的，理想中的模样。对了，我也没见过龙、狮鹫和独角兽哦。"她看上去很快活，但当布蕾妮把盾牌递出，她的脸沉了下来。"我的老母亲说过，在没有月亮的夜晚，大蝙蝠会从赫伦堡里飞出来，抓走坏孩子，交给疯子丹奈尔·罗斯坦烹煮。有时候我会听到它们在窄窗外扑腾呢。"她若有所思地舔着牙齿。"你想拿什么代替它呢？"

塔斯家族的纹章是玫瑰色与天蓝色的四分格，上面有黄日和弯月，但现下许多人认为布蕾妮是谋杀犯，她不愿佩戴这一标记，以免招惹麻烦。"你的门让我想起了以前在父亲军械库里看到的一面旧盾牌。"她尽可能详细地描述了记忆中的徽纹。

那女子点点头。"我可以马上动手，但涂料得过一阵子才能干。假如你乐意的话，在七剑客栈定间房吧，明天早上我把盾牌给

你。"

布蕾妮本没打算在暮谷城过夜,现在看来似乎别无他法。不知领主是否正在城中,或者是否会答应见她。谢过画匠后,她穿过鹅卵石街面,来到客栈。客栈大门上方的一根铁钉摇摇晃晃地悬着七把木剑,剑上的白色涂料已经碎裂剥落,然而布蕾妮知道其中含义——它们代表达克林家七位曾穿上御林铁卫白袍的人,王国全境没有第二个家族拥有这样的荣誉。家族的荣耀却成了客栈招牌。她推门进入大厅,问店主人要了一间房,还要洗澡。

他将她带到在二楼,一个脸上带猪肝色胎记的女人拿来一只木澡盆,然后一桶一桶地往上拎水。"暮谷城还有达克林家族的人吗?"她边问边爬进浴盆。

"啊,当然有啦,我就是其中之一。我老公说,我结婚前黑,结婚后更黑,不是'达克林'[①]是什么?"她哈哈大笑。"在暮谷城扔块石头,不可能砸不中一个达克,或者达克伍德,或者达古德,但身为贵族的达克林没有了。丹尼斯伯爵是最后的传人,可爱的小笨蛋。你知道吗,在安达尔人到来之前,达克林家族在暮谷城称王?你看看我的模样,绝对瞧不出来我还有王家血统呢,对吗?'陛下,再来杯麦酒,'我该教客人们这么说,'陛下,把夜壶清干净,再添些新柴火——该死的陛下,壁炉快灭了。'"她再度哈哈大笑,倒光最后一桶水。"啊,好了。你觉得这水够不够烫?"

"可以。"水温略有点高。

"我可以再端些水上来,但会溢出的。女孩子家居然个头这么大,把浴盆都填满了。"

才怪,明明是浴盆又小又烂。赫伦堡的浴缸便大得很,而且是石头做的。只见浴室里弥漫着升腾的浓密雾气,詹姆穿过水汽走过

[①]:"达克林"在英语中是"黑"的意思。

来,就跟命名日一样赤裸着身子,既像尸体,又像神灵。他跟我爬进同一个浴缸,她红着脸记起来,抓起一块很硬的石碱肥皂,一边搓洗胳膊肘,一边回想蓝礼的脸。

等水温变凉时,布蕾妮已经感觉足够干净。她穿上刚才脱下的衣服,剑带紧束腰间,但没披挂锁甲和头盔,这样子去褐堡不至于显得太莽撞。沐浴之后精神真好。堡垒门口的卫兵穿皮夹克,所带的徽章是白色斜十字上两柄交叉的战斧。"我要跟你们的领主说话。"布蕾妮告诉他们。

一个卫兵笑道,"那最好说大声点。"

"莱克大人随蓝道·塔利出征女泉城了,"另一个卫兵说,"他任命卢佛斯·李科爵士为代理城主,以照顾莱克夫人和孩子们。"

他们带她去见李科。卢佛斯爵士身材矮胖结实,灰胡子,左腿末端是一截断肢。"原谅我无法起身欢迎,"他说。布蕾妮把自己的信递上,但李科不识字,因此让她去见学士。学士光秃秃的头皮上布满斑点,留着呆板的红色小胡子。

学士刚听到霍拉德的姓氏就恼怒得皱眉。"这些话我得说多少遍?"她的脸色一定流露出了内心感受,"你以为你是第一个来找唐托斯的,啊?我看也许是第二十一个。国王被谋杀后没几天,金袍子就来过,带着泰温大人的授权状。请问你有什么?"

布蕾妮给他看信,上面有托曼的印章和他稚嫩的签名。学士一边嘀嘀咕咕,一边拨弄封蜡,最后将它递了回来。"看起来没问题。" 他找张凳子坐下,打个手势示意布蕾妮坐另一张。"我不认识唐托斯爵士,他离开暮谷城时还很小。没错,霍拉德家族曾显赫一时,你知道他们的纹章吗?下面是红粉相间的横条,顶部蓝色的横幅上三顶金冠。在英雄之纪元,达克林是这个小地方的君主,其中三位国王娶了霍拉德家的女人。后来他们的小王国被大国吞并,但达克林家族继续存在，而霍拉德家族继续为他们效力……嗯，甚至参与叛乱。这些你都知道？"

"知道一点。"她的学士曾说，正是"暮谷城之乱"把伊里国王逼疯了。

"在现今的暮谷城，人们仍然爱戴着丹尼斯大人，尽管他曾给他们带来灾难。他们将一切都归咎于塞蕾拉夫人，大人的密尔妻子，人唤'蕾丝蛇'。倘若达克林大人娶斯汤顿家或史铎克渥斯家的人为妻……啊，你晓得百姓们的流言蜚语，他们说'蕾丝蛇'往丈夫耳朵里灌输密尔毒药，唆使丹尼斯大人起事反叛，将国王抓了起来，其间，他的教头西蒙·霍拉德爵士斩杀了御林铁卫加尔温·戈特爵士。你瞧，就在这城墙之内，伊里斯被困了半年，他的国王之手则统率大军坐镇城外。泰温大人拥有充足的兵力，随时都能破城。但丹尼斯大人发出话来，只要看到进攻的迹象，就处死国王。"

布蕾妮记得后来发生的事。"国王获救了，"她说，"无畏的巴利斯坦将他带了出来。"

"是的，"学士道，"丹尼斯大人失去人质后，立即打开城门，降下叛旗，以免泰温大人发兵攻击。他屈膝求饶，国王却无意赦免，结果丹尼斯大人连同他所有的兄弟姐妹、三亲四戚、儿童妇女整个达克林家族都掉了脑袋，'蕾丝蛇'则被活活烧死，可怜的女人，火刑之前还先被割了舌头与下体，人们说这是她奴役夫君的工具。迄今暮谷城内一半的人仍会告诉你，伊里斯对她太仁慈了。"

"那霍拉德家族呢？"

"失去土地与封号，几乎被摧毁。"学士说，"这些事情发生时，我正在学城锻造颈链，但后来我看过审讯和惩罚的记录。管家琼恩·霍拉德爵士跟丹尼斯的妹妹结婚，便与妻子同时丧命，被处死的还包括他们的儿子,算是半个达克林;罗宾·霍拉德是丹尼斯的侍从,国王被困时,罗宾围着他跳舞,揪他的胡子。罗宾后来死在刑架之上;西蒙·霍拉德爵士企图阻止国王逃脱时被巴利斯坦爵士杀死。总之,霍拉德家的土地被没收,家堡被拆除,村庄付之一炬。跟达克林家一样,霍拉德家也灭绝了。"

"除了唐托斯。"

"没错。年幼的唐托斯乃史提夫伦·霍拉德爵士之子,而史提夫伦是西蒙爵士的孪生兄弟,若干年前死于热病,并未参与叛乱。伊里斯也坚持要砍男孩的脑袋,但巴利斯坦爵士为他请命,国王无法拒绝自己的救命恩人,最终只好将唐托斯作为侍从带回君临。据我所知,他没回过暮谷城,有什么必要呢?他在这里既无土地,也无亲人和堡垒。就我看来,若唐托斯真的协助这个北境女孩谋杀我们的好国王,他会远走高飞,跑得越远越好。你要找,该去旧镇,或者到狭海对岸。去多恩,去长城。*去别的地方。*"他站起身。"我听见乌鸦在叫。请原谅,告辞。"

回客栈的路似乎比去褐堡要长,也许是因为她的心情罢。她在暮谷城找不到珊莎,这一点已相当明显。学士认定唐托斯爵士带她去了旧镇或狭海对岸,若是那样的话,布蕾妮的任务将毫无希望完成。*她去旧镇做什么呢?* 布蕾妮扪心自问,那学士不认识她,对霍拉德也一无所知。*不该征询陌生人的意见。*

在君临时,布蕾妮发现珊莎原来的侍女之一在妓院洗衣服。"我服侍珊莎夫人之前,还服侍过蓝礼大人,结果他俩都成了叛徒,"那个叫贝蕾娜的女人苦涩地抱怨,"没有哪位老爷敢再碰我,我只好给妓女洗衣服。"当布蕾妮问起珊莎,她说,"我告诉你的跟告诉泰温大人的一样。那女孩一直在祈祷。没错,她会去圣堂点亮蜡烛,像个得体的淑女,然而几乎每个晚上,她都会悄悄前往神木林。这下她一定是回北境了,是的,*回到她的神灵身边。*"

北境辽阔，珊莎信任她父亲的哪个臣属，布蕾妮全然不知。她会投奔亲戚吗？尽管兄弟姐妹均已被杀，但她还有一个叔叔和一个同父异母的私生子哥哥在长城当守夜人，她舅舅艾德慕·徒利被关在李河城，但她舅公布林登爵士坚守着奔流城，而凯特琳夫人的妹妹统治谷地。血浓于水。珊莎很有可能去找其中一位亲戚。但是哪一位呢？

长城显然太远，而且过于寒冷严酷；若去奔流城，那女孩得穿越饱受战争摧残的三河流域，还要冲破兰尼斯特军的包围封锁；鹰巢城比较容易，莱莎夫人必定会欢迎姐姐的女儿……

小巷在前方拐了个弯，布蕾妮不知何时转错了道，进了死胡同。这是个泥泞的小院子，三头猪在一口低矮的石井下面拱来拱去。其中一头看到她便尖叫起来，引得汲水的老妇人满腹狐疑地上下打量她。"你想干什么？"

"我在找七剑客栈。"

"原路返回。在圣堂那儿左拐。"

"谢谢。"布蕾妮转身顺着来路走回去，却在拐弯处猛地撞上一个匆匆赶路的人，撞得对方一屁股坐倒在泥地里。"请原谅。"她低声说。他是个男孩，骨瘦如柴，稀疏的直发，一只眼睛下面有颗麦粒肿。"没受伤吧？"她伸出一只手想扶他站起来，但那男孩用脚后跟和胳膊肘支撑着向后蠕动，躲了开去。他才不过十一二岁，却身穿锁甲，背挎长剑，长剑套着皮革剑鞘。"你认识我吗？"布蕾妮问。他的面孔隐约有点熟悉，但她想不起来在哪里见过。

"不。不认识。你不认识……"他手忙脚乱地起身，"请——请——请原谅，夫人，我没看到。我是说，我在看，不过看的是脚下。我在看脚下。看我自己的脚。"男孩一转身，径直沿来路奔去。

这件事引起了布蕾妮很大的怀疑,但她不打算在暮谷城的街道中大张旗鼓地抓小孩。今天早上城门外,我见过他,她意识到,他骑一匹花斑马。似乎在别处也见过,是哪里呢?

等布蕾妮找到七剑客栈,大厅里已挤满了人。四个修女围坐在火堆旁,袍子上沾满沿途的风尘泥渍。当地人占据了其余长凳,正拿面包蘸着热乎乎的蟹肉糊吃,香味让她的肚子咕咕作响,却没空位落座。这时,她身后有个声音说,"女士,来,来这边,坐我的位子。"直到他从板凳上跳下来,布蕾妮才意识到对方是个侏儒,身高不到五尺,鼻子疙疙瘩瘩,上面血管突出,牙齿因长年咀嚼酸草叶而泛红。他身穿普通僧侣的棕色粗袍,壮硕的脖子上挂着代表铁匠的铁锤。

"你坐吧,"她说,"我站着就好。"

"没错,但我站着没那么容易撞到屋顶嘛。"侏儒的声音虽嘶哑,但态度恭谦。布蕾妮看着他刻意修剪的秃顶,许多僧侣都会将头发剃光。罗伊拉修女说,这是表示在天父面前没有任何隐瞒。

"难道天父不能透视头发吗?"布蕾妮当即反问。自然,这么问是很蠢的。她一直是个迟钝的孩子,罗伊拉修女经常这么评价她,此时此刻,她不禁再度觉察到自己的驽钝,因此默默地坐到长凳末端,侏儒原来的位子上,示意要份炖蟹糊,然后回头感谢侏儒。"你在暮谷城圣堂供职吗,兄弟?"

"我的圣堂靠近女泉城,女士,但它被狼仔烧了,"那人一边回答,一边咬着一截面包。"我们尽可能地加以重建,然后却来了群佣兵。我说不出是谁的人,但他们蛮横地抢猪,杀死兄弟。我挤进一段空心原木里躲藏起来,其他人个子太大,没能幸免。感谢铁匠给予我力量,我花了很长时间把他们全埋了。完事之后,我挖出长老埋藏的少许钱币,独自流浪。"

"我遇到过你的一些兄弟,他们正前往君临。"

"对,路上有成百上千的人,不仅包括我这样的普通僧侣,还包括修士、老百姓……统统都是麻雀。瞧,我也该是一只麻雀,至少铁匠把我弄得足够矮小。"他咯咯笑道,"你有什么伤心事,小姐?"

"我在找我妹妹。她贵族出身,只有十三岁,是个漂亮的处女,蓝眼睛,枣红色头发。你也许会看到她跟一个骑士或者小丑同行。帮我找到她的人我会以金币相酬。"

"金币?"僧侣露出红牙齿,给了她一个鲜红的微笑,"一碗蟹糊对我而言就够了,怕只怕我帮不了你。小丑我遇到很多,漂亮处女就少得很了。"他昂头想了一会儿。"等等,有个小丑在女泉城出没,我这才想起来。据我观察,他衣衫褴褛,满是污垢,但确实穿着五颜六色的小丑服。"

唐托斯·霍拉德是否会穿小丑服呢?没人告诉过布蕾妮……但也没人说他不会穿。为何他衣衫褴褛?莫非他与珊莎逃离君临后遭遇了不幸?这很有可能,路上十分危险。但也可能根本不是他。
"这个小丑……是不是长着红鼻子,上面布满琐碎的血管?"

"这我无法断言。必须承认,我没怎么留意他。掩埋掉兄弟们之后,我便去女泉城,以为能找船前往君临。我第一次是在码头边瞥见这个小丑的。他举止鬼鬼祟祟,小心翼翼地避开塔利大人的士兵。后来我又在臭鹅酒馆遇到了他。"

"臭鹅酒馆?"她不大确定地说。

"一个声名狼藉的地方,"侏儒承认。"女泉城码头有塔利大人的手下巡逻,但水手们都去臭鹅酒馆,大家都知道,水手会偷偷把人捎带上船,只需出够价码。那小丑想出价让三个人搭船去狭海对岸,我经常在那儿看他跟船上下来的桨手们谈判。有时他会唱滑稽的歌。"

"三个人?不是两个?"

"三个,女士,我愿以七神之名起誓。"三个,她心想,珊莎,唐托斯爵士……第三个是谁?小恶魔?"那小丑找到船了吗?"

"这我说不准,"侏儒告诉她,"但某天晚上,塔利大人的士兵来臭鹅酒馆搜他,几天之后,我听见另一个人炫耀说他哄骗了一个小丑,而且有金币为证。他喝醉之后,给所有人买了酒。"

"'哄骗了一个小丑,'"她说,"那是什么意思?"

"我不知道,此人名叫机灵狄克,这我倒记得。"侏儒摊开双手。"除了矮个子的祈祷之外,恐怕我只能提供给你这些了。"

布蕾妮信守诺言,给他买了一碗热蟹糊……外加新鲜面包和一杯红酒。他站在旁边吃东西,布蕾妮则琢磨他所告知的情况。小恶魔有没可能加入他们?假如珊莎失踪是由提利昂·兰尼斯特策划,而非唐托斯·霍拉德,那逃往狭海对岸显然是首选方案。

矮个子喝完自己碗里的蟹糊之后,又吃掉了她剩下的东西。"你该多吃点,"他说,"像你这么大个的女人需要保持体力。女泉城并不远,但最近路上很危险。"

我知道。克里奥·佛雷爵士便是死在那条路上,她和詹姆爵士则被血戏班逮住。先是詹姆想杀我,她记起来,尽管他憔悴虚弱,手上还有铁链。即便如此,他差点就成功了——那是佐罗砍掉他右手之前的事。后来……后来若非詹姆告诉佐罗、罗尔杰和夏格维,她身价相当于她体重那么多的蓝宝石的话,他们早就强暴她几十遍了。

"小姐?你看上去很难过,想妹妹了?"侏儒轻轻拍打她手背。"别担心,老妪会照亮你的前路,指引你寻找到她。圣母会保护她的安全。"

"但愿你说得没错。"

"一定不会错。"他鞠了一躬。"我得走了,此去君临路还很

远。"

"你有马吗？有骡子？"

"我有两头骡子，"矮个子笑道，"就在这儿，我的脚干底下。它们能载我去天涯海角。"他又鞠了个躬，一步一蹒跚地向门口走去。

他走后，她仍然坐在桌边，呷着一杯兑水的红酒。布蕾妮不常喝酒，但偶尔尝试有助于镇静心神。*接下来怎么走？*她问自己，*去女泉城，到"臭鹅酒馆"找"机灵狄克"？*

她上回目睹的女泉城乃是一片废墟，领主紧闭城堡大门，龟缩其中，老百姓死的死，逃的逃，躲的躲。她记得烧焦的房屋、空旷的街道和砸裂的城门。游荡的野狗偷偷摸摸尾随他们的坐骑，肿胀腐烂的尸体像苍白的大莲花一般漂浮在泉水汇聚而成的池塘里——镇子的名称就是由这池子而来。*我请求詹姆安静些，他却高唱"六女同池"，还哈哈大笑。*现下蓝道·塔利也在女泉城，这又是一个她不想去的理由。也许坐船去海鸥镇或白港搜寻更好。*然而我可以两处都去。先造访臭鹅酒馆，跟机灵狄克谈谈，再在女泉城当地雇船，前往北方。*

大厅里的人群稀疏起来。布蕾妮一边扯面包，一边聆听其他桌上的谈话，谈话内容大多跟泰温·兰尼斯特公爵之死有关。"据说，他是被自己儿子谋害的，"一个鞋匠模样的当地人正在讲，"就是那畸形小魔猴。"

"国王不过是个孩子，"四位修女中最年长的说，"他成年之前谁来统治我们呢？"

"泰温大人的弟弟吧，"一个卫兵道，"或者那个提利尔大人，再或者弑君者。"

"不会是他，"店家断言，"不会是背誓的人！"他往火堆里啐了一口唾沫。布蕾妮扔下面包，拍去裤子上的碎屑。她听够了。

当晚，她梦见自己又回到蓝礼的帐篷。所有蜡烛都告熄灭，浓浓的寒气于身边围绕。某种东西，某种邪恶恐怖的东西正在绿光的黑暗中移动，直扑她的国王。她想保护他，但四肢冰冷僵硬，连抬手的力气也没有。影子剑割开绿铁护喉，鲜血喷涌而出。她发现濒死的国王原来竟不是蓝礼，而是詹姆·兰尼斯特，她辜负了他。

队长的妹妹在大厅里找到她时，她正在喝蜂蜜牛奶，里面混了三只生鸡蛋。那女子给她看新漆好的盾牌。"你画得真美。"她说。那更像一幅画，而非严格意义上的纹章，它仿佛将她带回了多年以前，带回了父亲阴暗凉爽的军械库。她记得自己的手指如何摸索碎裂褪色的画漆，划过树上的绿叶，循着流星的轨迹。

布蕾妮付给队长妹妹比原先谈好的多一半的价钱，然后问厨子买了些干面包、奶酪和面粉，将盾牌挎上肩头，离开了客栈。她从北门离开镇子，缓缓骑过田原和农场，当狼仔们袭击暮谷城时，最激烈的战斗就发生在这里。

蓝道·塔利大人指挥乔佛里的军队，士兵多由西境和风暴之地的人组成，其核心却是河湾地的骑士。他手下若在此阵亡，将被抬进城内，安葬于暮谷城圣堂的英雄墓地；而死去的北方人虽然数量多得多，但全都埋在海边一个公共墓穴里，在他们高耸的坟头之上，胜利者竖起一块粗糙木碑，上面仅仅书写着两个大字"狼坟"。布蕾妮在它边上停下，默默地为战死的北方人祈祷，也为凯特琳·史塔克及其儿子罗柏，为所有与他们一同死去的人祈祷。

她记得那天晚上，当凯特琳夫人获悉自己两个小儿子的死讯时的场景。她将他们留在临冬城，本来是要确保他们安全的。布蕾妮打一开始就预感到大事不妙，她问凯特林夫人有没有儿子们的消息。"除了罗柏，我没有儿子了。"凯特琳夫人答道，她的声音听上去仿佛有把匕首在肚内搅动。布蕾妮隔着桌子伸手过去，想安慰她，却在快触到她手时停下，因为怕她会畏缩。凯特琳张开手掌，

给布蕾妮看手心和手指上的疤痕，一把瓦雷利亚匕首曾深深割开血肉。然后她开始谈论女儿。"珊莎是个小淑女，"她说，"随时随地都有礼貌，讨人欢心。她最爱听骑士们的英勇故事。大家都说她长得像我，其实她长大后会比我当年漂亮许多，你见了她就明白了。我常遣开她的侍女，亲自为她梳头。她的头发是枣红色，比我的浅，浓密而柔软……红色的发丝犹如火炬的光芒，像铜板一样闪亮。"

她也说到小女儿艾莉亚，但艾莉亚早就失踪了，现在多半已经死亡。然而珊莎……*我会找到她的，夫人，*布蕾妮就着凯特琳夫人不安的形影起誓，*我决不放弃。若有必要，我宁愿牺牲生命，牺牲荣誉，牺牲所有的梦想，也会找到她。*

经过战场之后，道路沿海岸延伸，夹在波涛汹涌的灰绿色海洋和一排低矮的石灰岩丘陵之间。布蕾妮并非路上唯一的行人，沿长长的海岸线有许多渔村，渔民们通过这条路将鱼送去集市贩卖。她经过一名渔妇及其女儿们，她们肩头担着空篮子，正在回家。由于她身着甲胄，因此她们都以为遇到了骑士，直到看见她的脸。女孩们互相窃窃私语，打量着她。"你们沿途有没有看到一个十三岁处女？"她问她们，"一个蓝眼睛、枣红色头发的贵族处女？"夏德里奇爵士的事使她警觉起来，但她必须不断尝试。"她可能跟一个小丑同行。"但她们只是摇头，用手遮掩着嘴巴咯咯傻笑。

在她到达的第一个村子里，光脚的男孩们跟着她的马跑。渔民们的笑声让她难堪，她为此不得不戴上头盔，结果后来的人便把她当成了男人。一个男孩要卖给她蛤蜊，另一个卖螃蟹，还有一个卖自己的妹妹。

布蕾妮从第二个男孩那儿买了三只螃蟹。离开村子时，天空开始下雨，风势渐大。*风暴要来了，*她望着海面，心里寻思。一路上雨点敲打着头盔，令她耳朵嗡嗡作响，好歹比海中的渔船要舒服一些。

继续北行了一小时，道路分岔，此地有堆乱石，显然是座荒废的小城堡。右边岔道沿海岸接着蜿蜒前进，通往蟹爪半岛，那是荒芜贫瘠的沼泽地；左边岔道穿越丘陵、田野和树林，通往女泉城。雨下得更大了。布蕾妮跳下母马，牵它离开道路，到废墟之中躲雨。在荆棘、杂草和野榆树之中，城墙依稀可以辨别，但筑城石像小孩的积木一样散落在两条路之间。主堡的一部分仍然矗立着，其三座塔楼跟破碎的城墙一样由灰色花岗岩砌成，但它们顶端的城齿是黄色砂岩。三顶王冠，她透过雨水凝视，三顶金冠。这肯定是霍拉德家族的家堡，唐托斯爵士或许就出生在此。

她牵马穿过碎石堆，来到城堡大门口。城门只剩下生锈铰链，但屋顶依然完好，里面不漏雨。布蕾妮将马系在墙壁的烛台上，摘下头盔，甩干头发。当她寻找用来点火的干柴时，听到马蹄声渐渐接近。她本能地退入阴影之中，躲到从路上看不到的地方。她和詹姆爵士上次就是在这条路上被俘的，不会再重蹈覆辙了。

骑手是小个子，她一眼便看了出来，原来是疯鼠，她心想，他在跟踪我。布蕾妮的手伸向剑柄，不晓得这夏德里奇爵士是否认为遇到了好猎物，因为她是女人。格兰德森伯爵的代理城主就犯过这样的错误。他名叫亨佛利·瓦格斯塔夫，当时六十五岁，是个自负的老头，鹰钩鼻，头上布满老年斑。订婚那天，他警告布蕾妮，婚后要做个得体的女人。"我不许我的夫人穿着男人的盔甲到处乱跑。这点你必须服从，免得我惩罚你。"

当时的她十六岁，已精于剑术，在较场上勇武过人，却仍有点羞涩。她鼓足勇气告诉亨佛利爵士，要她接受惩罚，须先打败她才行。老骑士气得脸色发紫，他穿好盔甲，要教教做她女人的本分。他们用钝器交手，因此布蕾妮的钉头锤上没有尖刺，可她仍旧打断了亨佛利爵士的锁骨和两根肋骨，婚约也随之解除。这是她第三个未婚夫,也是最后一个。从此之后,她父亲不再坚持要她结婚。

假如跟踪她的是夏德里奇爵士,很可能将面临一场恶斗。她不想跟那人合作,也不想让他跟随自己找到珊莎。他具有一种由娴熟武艺而生的从容自信,她心想,但他个子小,我胳膊比他长,也更强壮。

布蕾妮跟大多数骑士一样强壮,而且她以前的教头说,像她这样高大的女人原本不可能如此敏捷。此外,诸神还赐予她良好的耐力,古德温爵士认为简直太不可思议了。用剑盾打斗十分辛苦,胜利往往属于最能持久的人。古德温爵士教导她作战要谨慎,保留体力的同时,引诱对手,消耗对手。"男人永远会低估你,"他说,"自尊心驱使他们用力,因为它们害怕被议论说给女人弄得如此狼狈。"当她自立之后,发现他说的是事实。在女泉城边的树林里,连詹姆·兰尼斯特也以这种方式攻击她。如果诸神保佑,疯鼠将会犯下同样的错误。他或许经验丰富,她心想,但他不是詹姆·兰尼斯特。她将长剑轻轻抽出。

然而,逼近岔路口的并非夏德里奇爵士的栗色战马,而是一匹赢弱衰老的花斑马,背上骑着个瘦瘦的男孩。布蕾妮看到那马之后疑惑地怔了一下。是个小男孩,她心想,直到瞥见兜帽底下的脸。是在暮谷城撞到我身上的男孩。是他。

男孩看也没看荒废的城堡一眼,便直接顺着一条路望去,然后望向另一条。犹豫片刻之后,他将马拨向丘陵的方向,继续前进。布蕾妮看着他消失在雨帘中,突然想起在罗斯比也见过这个男孩。是他在跟踪我,她意识到,但这游戏双方都可以玩。她解开母马,爬上马鞍,跟在了他后面。

男孩骑马时眼盯地面,注视着积满水的车辙。雨声掩盖了她接近的声响,而他的兜帽无疑也起到一定作用。他从未回头,直到布蕾妮奔到背后,用长剑剑背猛击马臀。

那马人一般立起来,把瘦男孩掀飞出去,他的斗篷像翅膀一样舞动。他落在泥浆中,爬起来时齿间沾满泥土和棕色枯草。布蕾妮翻身下马。就是这男孩,毫无疑问,她认得那颗麦粒肿。"你是谁?"她问道。

男孩无声地动了动嘴巴,眼睛瞪得像鸡蛋那么大。"波,"他只能发出这一个音,"波。"他身上的锁甲跟他一起颤抖,嗒嗒作响。"波。波。"

"波?不?"布蕾妮问,"你是说'不要'吗?"她将剑尖抵在他喉结上。"请告诉我你是谁,为何跟着我。"

"不、波——波——不要。"他将手指伸进嘴里,挖出一团泥,吐了口唾沫。"波——波——波德。我的名字。波——波——波德瑞克。派——派恩。"

布蕾妮垂下长剑。她忽然间很同情这孩子。记得某日在暮临厅,一个年轻骑士手执一朵玫瑰来见她。**他带玫瑰给我**,至少她的修女这么说,并且要她欢迎他。他十八岁,长长的红发坠落在肩,她十二岁,紧扎在一件硬邦邦的新礼服里,胸口缀满闪亮的石榴石。他俩人一般高,但她无法正视他的眼睛,无法说出修女教她的简单话语:罗兰爵士,欢迎您来到我父亲大人的厅堂,终于能与您见面,真是太好了。

"你为何跟着我?"她问那男孩,"有人指派你暗中监视?你是瓦里斯还是太后的人?"

"不。都不是。谁也不是。"

布蕾妮估计他有十岁,不过她判断小孩年龄的水平很糟,总是低估,或许因为她在同龄人中一直个子高大吧。怪胎,罗伊拉修女曾经评论,你像个男人。"对一个男孩来说,这条路太危险。"

"对一个侍从来说,并不危险。我是他的侍从。首相的侍从。"

"泰温大人的?"布蕾妮收剑入鞘。

"不。不是这个首相。是前一个。他儿子。我跟他一起战斗,高喊'半人万岁!半人万岁!'"

小恶魔的侍从。布蕾妮甚至不知道他有侍从。提利昂·兰尼斯特并非骑士。他或许有一两个男童照料,她猜测,作为侍卫或侍酒,帮他穿衣服什么的。侍从?"你为何跟着我?"她继续追问,"你想干什么?"

"我要找到她,"男孩站起身,"找他的夫人。你在找她。贝蕾娜告诉我的。她是他老婆。不是贝蕾娜,是珊莎夫人。因此我想,如果你找到她……"他的脸突然因痛苦而扭曲。"我是他的侍从,"他重复道,雨水从脸上滑落,"他却不要我了。"

珊莎

当年,她还是个小女孩的时候,有位流浪歌手来临冬城待了半年。他是个老人,花白头发,面容沧桑,但他歌唱骑士、英雄和美丽的处女。当他离开时,珊莎痛哭流涕,恳求父亲收回成命。"他把每首会唱的歌都至少表演过三遍了,"艾德大人耐心地跟女儿解释,"我不能强迫人家留下来。你别哭,孩子,我答应你,会有别的歌手登门拜访的。"

结果没有歌手来,教她足足等了一年多。其间,珊莎在圣堂里向七神祷告,在心树下对旧神祈求,祈求他们让那个老人回来,或者派来别的歌手,更年轻、更英俊。但诸神毫无回应,临冬城的厅堂始终空寂沉默。

那是小女孩的念头,愚蠢的念头,现下她是女人了,年方十三,已经有了月事。每个夜晚,她都在歌声中度过,而每个白天,她都祈求能得一方平静。

如果鹰巢城和旁的城堡一样,那么只有老鼠与狱卒听得见死人的歌唱,地牢的黑墙将吸收所有呐喊与尖叫。然而天牢有一面墙空空如也,所以死人弹奏的每一个旋律都在巨人之枪上回荡。他唱的那些歌……血龙狂舞,美丽的琼琪和她的傻子,荒石城的简妮与龙芙莱亲王。他歌唱最残忍的背叛,歌唱最冷酷的谋杀,歌唱被吊死的叛徒和血淋淋的复仇。他唱得悲痛又哀伤。

无论位于城堡何方,她都不能自歌声中逃避。歌声爬上迂回的高塔楼梯,与赤身裸体的她一起洗浴,黄昏时同她共进晚餐,甚至当她把窄窗紧紧关闭后,仍然不依不饶地钻进卧房。它缠绕在冰冷

稀薄的空气中,却比空气本身更冰冷,令她颤抖不已。虽然自莱莎夫人坠落之后山上就没下过雪,可珊莎觉得夜里实在无法忍受了。

歌手的嗓音嘹亮而甜美,珊莎觉得他比从前任何时候都唱得更加圆润丰满,因为其中饱含痛苦、恐惧与渴望。她不明白诸神为何将如此甜美的嗓音赐给这样的恶徒。若不是培提尔要罗索爵士随身保护,我在五指半岛就会被他玷污的,她提醒自己,况且当莱莎姨妈要杀我时,他曾用歌声来掩盖罪行。

然而这些想法丝毫不能平息歌声带来的冲击。"求求您,"她恳求培提尔公爵,"您就不能让他住口吗?"

"我对那个坏蛋作了保证,亲爱的,"培提尔·贝里席——赫伦堡公爵、三叉戟河总督、鹰巢城与艾林谷的守护者——自信笺间抬起头。莱莎夫人坠落后,他已经写了一百多封信,鸦巢的鸟儿成天来来去去。"其实啊,与其听人哭,倒不如听唱歌嘛。"

倒不如听唱歌,可,可是……"非得让他夜里也唱吗,大人?劳勃大人睡不着,他哭……"

"……为他母亲哭。有什么办法呢,我可怜的莱莎已经去世了。"培提尔耸耸肩,"好啦,听不了几天歌了,奈斯特男爵明日即将上山。"

培提尔与姨妈成婚之后,珊莎会过奈斯特男爵一次。罗伊斯乃月门堡的守护者——此堡位于大山之下的要害,守卫着连接鹰巢城的石阶。当初,新婚夫妇回城后第一个邀请的便是他,并将他留在城中招待了整整一夜。奈斯特男爵在席间根本没看珊莎几眼,但此刻听说他要上山,却令她倍感恐惧。毕竟,男爵身为艾林谷的大总管,是琼恩·艾林和莱莎夫人最信任的封臣。"他……您不会让他与马瑞里安对质的,是吧?"

她的恐惧一定清楚明白地写在了脸上,于是培提尔搁笔道,"恰恰相反,我坚持要他前来对质,"他比个手势,示意她坐在他身边,"我们达成了协议,我和马瑞里安……总而言之呢,我可以让莫德表现得温柔些。不过若是我们的歌手令人失望,竟然唱出不协调的句子来,那么你,你和我只需指责他撒谎就是了。想想看,高贵的奈斯特大人会相信谁呢?"

"相信我们?"珊莎希望自己能够相信。

"那当然,听我们撒谎对他有好处。"

书房温暖,炉火噼啪,珊莎还是禁不住发抖,"是,是的,可……可万一……"

"万一奈斯特大人把荣誉放得比好处更高,"培提尔伸手环住她,"万一他想要的是真相,万一他想为被谋杀的主人讨取公道,"他笑了,"我了解奈斯特大人,亲爱的,我怎么可能允许他伤害我的乖女儿呢?"

我不是你女儿,她心想,我是珊莎·史塔克,艾德公爵与凯特琳夫人的女儿,临冬城的血脉。可她不敢说,若非培提尔·贝里席出手相救,此刻摔下六百尺冰冷长天,砸在下面岩崖上的,就是她,不是莱莎·艾林了。他真果断,珊莎希望自己能有培提尔的勇气,因为她只想爬回床铺,缩进毯子下面,睡啊,睡啊——自从惨案发生后,她连一晚都没睡熟过。"您就不能告诉奈斯特大人我身体不舒服……所以……"

"他要听你亲口陈述莱莎去世的经过。"

"大人,万一……万一马瑞里安说出真相……"

"哦,你的意思是,万一他撒谎?"

"撒谎?对,对……万一他撒谎,结果讲出来的故事与我的陈述大相径庭,然后奈斯特大人看着我的眼睛,发觉我有多害怕……"

"一点点害怕有助于烘托气氛,阿莲,你目睹的是一桩令人发指的罪行,你的恐惧能够打动奈斯特。"培提尔施施然望进她的

眼睛，好似浑不在意，"你继承了你母亲的眼睛，诚恳、纯真的眼睛，蓝得像阳光照耀的大海。再过几年，许多男人都会被这双眼睛给迷倒的。"

珊莎不知该怎么说。

"你只需把你对劳勃大人讲的故事再对奈斯特大人重复一遍就是了。"培提尔续道。

劳勃是病恹恹的小孩子，她心想，而奈斯特男爵为强横多谋的一方诸侯，决不比时时需要呵护的劳勃。"谎言有时候是正当的。"培提尔向她保证。

珊莎想了想，"当我俩对劳勃大人撒谎时，那个谎言拯救了他。"

"那个谎言也将拯救我们，否则你我就只有从莱莎出去的那个门离开鹰巢城了。"培提尔重新提起笔，"我们用谎言和青亭岛的金色葡萄酒招待他，他会满意地喝下去，并要求更多，事情就是这样。"

他正在用谎言招待我，珊莎意识到。不过这都是些安慰人的谎言，她能体会到其中的善意。善意的谎言算是谎言吗？如果她能相信就好了。

姨妈临死前说的话至今仍令她极为苦恼。"都是些疯言疯语，"培提尔评价，"你自己也看到了，我夫人当时已经神智错乱。"她尽力朝这个方向去想。没错，我只不过是在搭建雪城堡，她却要把我推出门。是培提尔救了我，他爱我母亲，也爱……

也爱我？有什么可怀疑的呢？毕竟，他冒着极大风险拯救了她。

他爱的是阿莲，他的女儿，一个声音在她脑海中低语，可我是珊莎啊……很多时候，她觉得峡谷守护者本人也是个双面人。一方面，他是培提尔公爵，她的保护者，和蔼、温柔而风趣……另一方面，他又是小指头，那个君临的廷臣，总爱露出狡猾的微笑，一边轻捻胡子，一边在瑟曦太后耳边低语——那个小指头可不是她的朋友。当小乔欺负她时，小恶魔出手拯救，小指头不闻不问；当暴民要强暴她时，带她回去的是猎狗，小指头不见踪影；即便当兰尼斯特家强迫她嫁给提利昂时，给她安慰的也是勇武的加兰爵士。小指头，他从未为她动过一根指头。

除了带她离开，他只为我做过这个。我原以为是唐托斯爵士的主意，我可怜的醉酒的老佛罗里安，结果他完全是培提尔的傀儡……噢，小指头，这只是一张面具，然而珊莎发现自己很难将戴面具和不戴面具的培提尔区分开来。小指头与赫伦堡公爵是如此相似，让她有种想远远逃开的冲动，只是根本无处可去。临冬城已经陷落、焚毁，化为废墟，布兰与瑞肯成了坟冢里的枯骨；罗柏和母亲遭遇背叛，死在孪河城；提利昂因谋杀乔佛里的指控而在君临被判处极刑；即便她私下逃回都城，太后也会要她的脑袋；此外，那个被她寄予厚望的姨妈，结果竟然想害她；舅舅艾德慕成为佛雷家的阶下囚；舅公黑鱼被围困在奔流城……我无处可去，珊莎凄惨地想，除了培提尔，我也没有朋友。

今夜，那个将死之人唱起《吊死黑罗宾的日子》《圣母的眼泪》和《卡斯特梅的雨季》。接着他歇了一会儿，正当珊莎开始迷迷糊糊时，演唱又陡然继续。这回他唱《六件悲伤的往事》《飘零的叶子》和《阿莱莎》。好伤感的歌啊，她心想，当她闭上眼睛，仿佛可以看见他在天牢的角落里缩成一团，缩在毛皮下面，怀抱心爱的木竖琴，面对漆黑冰冷的天幕。我不要可怜他，她告诉自己，他既邪恶又残忍，况且很快就要死了。反正我也不能救他。我干吗始终想着他？马瑞里安想强暴我，而培提尔救了我两次。谎言有时候是正当的。正是谎言让我在君临得以生存。如果不对乔佛里撒谎，他就会派御林铁卫来揍我。

唱完《阿莱莎》之后，歌手又歇了一会儿，珊莎最终勉强睡了一个钟头，但当初曙穿过窄窗缝隙照射而入时，《迷雾的清晨》那轻柔的旋律又把她惊醒。歌声在她脚下的山峦中回荡，那其实是首女人的歌，讲述一位母亲于清晨时分来到血战沙场，寻找她的儿子，她唯一的儿子。母亲悼念子女，珊莎心想，马瑞里安悼念的则是他的手指和眼睛。歌词好比利剑，穿越黑暗，刺痛心房。

噢，您可有看见我的儿子，好爵士？
他的头发是秋天的褐黄。
他答应我，有一天会回来，
我们的家在温德镇街上。

珊莎实在听不下去了，只好用鹅毛枕将耳朵捂紧——可这没有用。太阳升起，奈斯特·罗伊斯男爵开始上山。

大总管的队伍直到下午才抵达鹰巢城，当时朔风呼啸，谷地里一片金红闪烁。他带来他儿子艾尔拔爵士和另外十多名骑士，外加数十亲兵。好多陌生人啊，珊莎紧张地打量着他们，不知是敌是友。

培提尔穿一袭黑天鹅绒外套前来迎接，灰色衣袖正好与灰羊毛马裤匹配，并令他灰绿色的眼睛显得暗淡。柯蒙学士站在他旁边，长得瘦的出奇的脖子上挂着沉重的颈链，虽然他比主人高很多，但那天引人注目的还是峡谷守护者。培提尔收起所有的玩笑，庄重地倾听罗伊斯依次引见麾下骑士，随后方才致意，"大人们，欢迎造访鹰巢城。这位是柯蒙学士，想必大家都认识。奈斯特大人，您还记得我的庶出女儿阿莲吗？"

"当然记得，"奈斯特·罗伊斯男爵脖子粗壮，胸膛厚实，秃了头，胡子里已有白丝，目光则显得很严峻。他将头低了半寸，算是致意。

轮到珊莎屈膝为礼时,她是如此恐惧,以至于说不出话来。培提尔忙伸手相扶,"亲爱的,麻烦你,快把劳勃大人带来大厅会客吧。"

"是,父亲。"她的声音轻细而不自然。这是骗子的声音,她一边急匆匆奔下阶梯,穿过走廊去明月塔,心里一边想,这是罪犯的声音。

公爵的卧室中,吉思尔与玛迪正竭力帮劳勃·艾林穿裤子。鹰巢城公爵又在哭闹,眼睛红肿,眉毛纠结,鼻子邋遢,一个鼻孔底下悬了条长长的、闪光的鼻涕虫,他还再度把嘴唇咬破了。这样的他,可不能让奈斯特大人见到,珊莎绝望地想。"吉思尔,把脸盆端来,"她边吩咐边一把提起男孩,"我的乖罗宾,昨晚又没睡好吗?"

"没有啊,"公爵抽抽鼻子,"根本就没睡着,阿莲。他又在唱歌,而我的门被锁住了。我要他们放我出去,却无人答应。他们把我锁在房间里面!"

"他们真是一群坏人。"她将毛巾放进温水里,开始清洗他的脸……轻轻地,噢,轻轻地。如果你稍微刺激到劳勃,他便会开始痉挛,然后今天就全完了。这男孩实在是脆弱,就年龄而言也长得太小,他已经八岁,珊莎却觉得他还没五岁小孩的身材。

劳勃又开始咬嘴唇,"我要和你睡。"

我知道。乖罗宾从前总爱爬进母亲的被窝,直到莱莎夫人成婚后方才停止,而自惨案发生以来,他开始每晚在城堡里游荡,寻找其他人的床铺,其中最喜欢的便是珊莎的床……因此她拜托罗索·布伦爵士每晚锁上公爵的房门。其实,她并不太在意和小孩睡在一起,只要他不来捏她的乳头并且每每尿床的话。

"奈斯特·罗伊斯大人从月门堡上来见您。"珊莎边擦他的鼻

子边说。

"我才不想见他！"男孩回答，"我想听故事，飞翼骑士的故事。"

"会讲的，"珊莎保证，"您会过奈斯特大人之后我就讲。"

"奈斯特大人脸上有胎记，"他蠕动着说。劳勃害怕脸上有胎记的人。"妈妈说他是头笨牛。"

"我可怜的乖罗宾，"珊莎帮他抚顺头发，"您很想念她，我明白。培提尔大人也想念着她，他和您一样爱她。"这是个谎言，善意的谎言，因为培提尔只爱她去世的母亲，将莱莎夫人推出月门之前，他亲口承认过。*她发了疯，神智错乱，她谋害过自己的夫君大人，若非培提尔相救，她还会谋害我。*

但这些都没必要让劳勃知道，他只是个深深依赖着母亲的、病恹恹的小男孩。"好啦，"珊莎道，"您现在看起来有领主老爷的气势了。玛迪，把披风拿来。"那是件柔软漂亮的天蓝色羔羊毛厚披风，正好与奶油色外套相配，她用新月形状的银胸针将披风别在他肩膀，然后执起男孩的手。在她的打点下，劳勃终于变得温驯了。

惨案发生之后，大厅就没开启过，如今走进去，有股令珊莎不寒而栗的气息。这间颀长的厅堂富丽堂皇，可她就是无法喜欢上它，因为整体色调是那么苍白冷淡。纤细的梁柱犹如指骨，而乳白大理石中的蓝纹好比老太婆肌肤上的血管，阴影则在每个角落与罅隙里舞蹈。他们的脚步声空洞地回荡，呼啸的山风拍打着月门。*别看那里*，她告诉自己，*否则我就会像劳勃一样痉挛了。*

在玛迪的帮助下，珊莎把劳勃扶到鱼梁木王座上坐定，下面垫了厚垫子，然后传话要客人们进来。大厅末端，两个穿天蓝色披风的守卫打开大门，培提尔指引众人踏着那如枯骨般苍白的梁柱间铺设的长长蓝地毯前进。

男孩用尖利的声音问候奈斯特大人,没有提到他的胎记。当大总管问起他母亲的情况时,劳勃的手开始微微颤抖,"马瑞里安害了我母亲,他把她从月门上推下去了。"

"大人,此事可是您亲眼目睹?"马文·贝尔摩爵士提问,他是名瘦骑士,生了个生姜头,在被培提尔用罗索·布伦爵士顶掉以前,作过鹰巢城侍卫队长。

"阿莲看见了,"男孩答道,"我的继父大人也看见了。"

听罢此言,奈斯特男爵朝她望过来,艾尔拔爵士、马文爵士和柯蒙学士等人也齐刷刷地扭头。她是我姨妈却想加害我,珊莎心想,她把我拖到月门前,要将我推下去。我又不想吻培提尔,只是在雪地里搭城堡而已。她抱紧自己,以免发抖。

"请谅解,大人们,"培提尔·贝里席轻声说,"那天之后,我女儿一直做噩梦,如今要她亲口陈述,实在太为难了。"他走到珊莎身边,将手掌温柔地搁在她肩膀上。"我知道这很难,阿莲,但我们的朋友需要了解真相。"

"是,"她的喉咙如此干燥,说话似乎能令其流血,"我看见……我和莱莎夫人在一起……然后……"一滴眼泪滚下脸颊。好的,泪水有好处。"……然后马瑞里安……推她……"她把故事重新讲了一遍,却听不见自己的话语。

讲到半途,劳勃便哭了起来,身下的垫子剧烈摇晃。"他杀了我母亲,我要看他飞!"他手上的痉挛更严重了,连肩膀也开始抖动。男孩抬头,牙齿发出"嘎哒嘎哒"的碰撞声。"我要看他飞!"他尖叫,"飞,飞!"随后四肢无法遏抑地剧烈抽打。罗索·布伦刚巧在这孩子摔下王座之前跨上高台,柯蒙学士随即跟进,却帮不上忙。

珊莎和学士一样无助地看着癫痫病发作的惨状。劳勃踢中罗索爵士的脸庞,布伦咒骂了一声,却没松手,任凭男孩抽搐挥打,

还尿了裤子。其间,客人们不发一语地观看,他们当中只有奈斯特大人见识过这番场景。过了许久,劳勃终于筋疲力尽,又过了一会儿,他才停止动作,这时,鹰巢城的小主人业已虚弱得连站都站不住了。"抱他回房,用水蛭吸点血,"培提尔公爵吩咐。于是布伦把孩子抱起来,带离大厅,柯蒙学士面色阴沉地跟在后面。

他们的脚步声消失之后,鹰巢城的长厅内再无任何响动。珊莎听见夜风在月门之外呻吟哀悼,觉得自己又冷又累。*我还得把故事再讲一遍吗?* 她不禁揣测。

然而她的故事一定起了作用,只听奈斯特大人清清嗓门,"初次谋面,我就讨厌这个歌手,"大总管粗声道,"我劝莱莎赶他走,劝过很多次。"

"您一直给她忠诚的谏言,大人。"培提尔庄严地说道。

"可她不接受,"罗伊斯抱怨,"她勉强听我说完,然后束之高阁。"

"我夫人对世上的人情事故看得太简单,"培提尔的话语沉浸在回忆中,连珊莎也几乎相信他深爱着自己的夫人,"她看不到坏人身上隐藏的邪恶,只能看到好的一面。马瑞里安的歌喉固然甜美,唉,结果她便轻易错信了这个人。"

"他把我们比作猪,"艾尔拔·罗伊斯爵士气鼓鼓地宣称。他肩膀宽阔,长相端正,修面整洁,唯独留了浓黑的八字胡,好像那张脸上的篱笆——总而言之,他就是他父亲的年轻翻版。"他写了一首歌,说两头猪在大山下讨生活,成天以猎鹰的残汤剩饭为生。这不明摆着讽刺我们吗?结果当我指控他时,他还反唇相讥:'怎么,爵士先生,不过是首关于猪的歌嘛。'他就是这样说的。"

"他也写歌嘲弄我,"马文·贝尔摩爵士插话,"称我为'叮当骑士',当我发誓要把他舌头剜出来时,他跑到莱莎夫人驾前告状。"

"他就是那样，"奈斯特男爵确认，"一个懦夫，只会躲在女人裙下，因莱莎夫人的宠信而傲慢无礼。您知道吗？她把他打扮成领主的样子，还给了他黄金臂环和镶月长石的腰带。"

"连琼恩大人最爱的猎鹰也赏了他，"某位外套上画有魏克利家族的六根白蜡纹章的骑士说，"那是首相大人最爱的鸟儿，是劳勃国王送的礼物。"

培提尔·贝里席长叹一声。"这些事的确不成体统，"他表示同意，"所以我才试图挽回。经我多方劝说，莱莎同意让他离开，然后那天，她和他在这里会面。当……当时我应该看着她，我万没料到……我做梦也想不到……如果不是因为我……是我害了她，是我害了她……"

不要，珊莎惊恐地想，您不要这么说，您不要告诉他们，不要，不要。然而艾尔拔·罗伊斯却摇摇头，"不，大人，这不是您的错，您不要太自责了。"他表示。

"那歌手十恶不赦，活该遭天谴，"他父亲赞同，"带他上来，培提尔大人，让我们为这桩悲剧作个了断。"

培提尔·贝里席整理了片刻，待情绪平静后，方才说道，"如您所愿，大人。"他转身对守卫们下令，把歌手从天牢中带上来。须臾，那个名叫莫德的丑陋狱卒便押着囚犯入厅，这名狱卒有小小的黑眼睛和不对称的伤疤脸——只因某次战役中他的耳朵与部分脸颊被斧头削去——和多达二十石的苍白肥肉。他衣着污秽，散发出一股浓郁恶心的味道。

与他相比，马瑞里安几乎称得上端庄了。有人为他洗过澡，并换上天蓝色马裤和带蓬松衣袖的洁白上衣，腰间束上莱莎夫人赠与他的银腰带。白丝手套盖住了他的手，而白丝绷带遮掩了他的眼睛。

莫德手握皮带站在他身旁，戳了戳他的肋骨，歌手连忙单膝跪

下,"好大人们,我恳求你们宽恕。"

奈斯特大人板起脸问:"你认罪了?"

"若我的眼睛还在,此刻早已哭成了泪人儿,"歌手那副在夜里嘹亮甜美的嗓音,现今变得粗嘎又嘶哑。"噢,我是如此深爱着她,我不能忍受看她躺在别的男人怀中,不能忍受她和别的男人同床共枕。可我指天发誓,我绝对没想过要伤害我那可爱可敬的夫人,把大门关上,只是为了能有个清净的环境好表达感情,可,可莱莎夫人冷冰冰的……她说她怀了培提尔大人的孩子,她说她……一阵……一阵疯狂攫住了我……"

他叙述的时候,珊莎看着他被手套包住的手。胖玛迪闲聊时讲,莫德要了他三根指头,包括两边食指与一根中指,而他的小指头最是强硬,虽然废了,竟还连在手上——这些隔着手套统统看不出来。都是些故事吧,玛迪知道什么呢?

"好心的培提尔大人让我留着竖琴,"盲眼的歌手宣称,"留着竖琴……和舌头……这样我还可以唱歌。莱莎夫人好喜欢我的歌啊……"

"快把这废物带走,否则我就要动手了,"奈斯特大人咆哮,"看着就恶心!"

"莫德,带他回天牢。"培提尔叮嘱。

"是,大人,"莫德粗暴地提起马瑞里安的衣领,"别废话了!"当他开口时,珊莎惊讶地发现里面竟有金牙。大家看着狱卒半拖半推地将歌手带出大厅。

"此人必须处死,"他们离开后,马文·贝尔摩爵士宣布,"必须把他推出月门,以告慰莱莎夫人在天之灵。"

"先将他舌头拔掉,"艾尔拔·罗伊斯爵士补充,"拔掉那只只会撒谎、嘲弄的毒舌。"

"我知道,我对他实在太温和,"培提尔·贝里席满怀歉意地道,"说实话,我有些可怜他,毕竟他都是为了爱啊。"

"管他是爱还是恨,"贝尔摩坚持,"反正必须死。"

"快了,大人们,"奈斯特男爵粗声道,"没人能在天牢上生存,蓝天会呼唤他。"

"是的,"培提尔·贝里席确认,"至于马瑞里安何时响应呼唤,我想这只有他自己才知道。"他做个手势,守卫们便再度将大门打开。"爵士先生们,我知道你们登山辛劳,此刻一定疲累极了。我已备好房间,并在下面的厅堂摆上佳肴美酒,奥斯威尔,烦你指引大人们前往,并随时伺候着。"他转向奈斯特·罗伊斯,"大人,您愿意来我书房共饮一杯吗?阿莲,亲爱的,请你担任侍酒。"

炉火微弱,一壶酒在桌上等着他们。**青亭岛的金色葡萄酒**,珊莎满上奈斯特男爵的杯子,培提尔则用铁火棍拨弄柴火。

奈斯特男爵缓缓坐到壁炉边,"这事没有结束,"他告诉培提尔,似乎当珊莎不存在一样,"我表兄会亲自审问歌手。"

"青铜约恩不信任我。"培提尔拨开一根柴。

"不错,他决意率兵前来。毫无疑问,赛蒙·坦帕顿会站在他那边,恐怕韦伍德伯爵夫人也将加入。"

"除了他俩,还有贝尔摩伯爵、小杭特伯爵和霍顿·雷德佛。他们另将带来强壮的山姆·石东,以及托勒特家族、谢特家族、寇瓦特家族与科布瑞家族的人。"

"你果然消息灵通。科布瑞家族的谁?不会是莱昂诺大人本人吧?"

"不,是他弟弟,林恩爵士因为某些原因,与我不和。"

"林恩·科布瑞是个危险人物,"奈斯特男爵着重提出,"你打算怎么办?"

"我还能怎么办?打开山门欢迎呗。"培提尔又拨了拨柴火,

然后将棍子放开。

"我表兄要剥夺你峡谷守护者的头衔。"

"他真要这么做，我也不能阻止他。您瞧，我只有二十人的卫队，罗伊斯伯爵和他的朋友们却能集结二万大军。"培提尔不慌不忙地走到窗边的橡木箱子旁。"反正，青铜约恩想干吗就干吗吧，"他边说边跪下，打开箱子，取出一卷羊皮纸，交给奈斯特男爵，"大人，这是我夫人给您的，表达敬爱之情的信物。"

珊莎看着罗伊斯展开卷轴，"这……这实在令人意想不到。"她吃惊地发现领主眼中刹那间盈满泪花。

"意想不到，却又在情理之中。我夫人把您看做她最忠实、最得力的助手，她告诉我，您就是她的岩石。"

"她的岩石，"奈斯特大人脸红了，"她这样说？"

"经常这样说，而这"——培提尔指指卷轴——"就是证据。"

"实……实在是过誉。琼恩·艾林器重我，这我明白，可莱莎夫人她……她对我总没好脸色，我还以为……"奈斯特大人的眉毛皱成一团。"信上有艾林家族的印章，是的，可这签名……"

"莱莎来不及亲笔签署就遭遇不幸，所以我以峡谷守护者的名义完成了她的遗愿，她若泉下有知，必定深感欣慰。"

"我明白了，"奈斯特大人收起卷轴，"您真是……真是尽职尽责，大人，是的，您做事英明果敢。不过别人也许会非议这份馈赠，从而影响您的名声。您知道，守护者的地位并非世袭，当年艾林家族享有猎鹰王冠、君临谷地时，专门修建了月门堡，以为冬宫，因为鹰巢城只适合夏日居住，下雪之后便要搬下来。许多人认为月门堡就跟上面的鹰巢城一样高贵。"

"谷地已经三百年没有国王了。"培提尔·贝里席指出。

"因为巨龙来了。"奈斯特大人同意，"即便如此，月门堡仍旧是艾林家族的领地，想当初琼恩·艾林在其父统治时期担任月门堡守护者，登上鹰巢城之后，他把位子留给了弟弟罗纳，之后的继任者是他表弟丹尼斯。"

"然而劳勃大人没有兄弟，只有血缘遥远的亲属。"

"没错，"奈斯特大人将卷轴牢牢握紧。"我不否认自己想得到这份礼物。琼恩去君临担任御前首相后，是我一肩挑起统治谷地的担子。我做到了他所要求的一切，没索取过任何回报，诸神在上，这是我应得的奖励！"

"这是您应得的，"培提尔保证，"有您这样一位大忠臣在山下守卫，劳勃大人方能夜夜酣睡，"他举起酒杯，"那么……干杯吧，大人，为罗伊斯子爵……月门堡永远的守护者。"

"永远的守护者，干杯！"两只银杯碰在一起。

许久，许久以后，喝完了青亭岛的金色葡萄酒，奈斯特大人起身告辞，这时珊莎已经睡眼惺忪，只盼快些爬回被窝。培提尔拉住她的手，"瞧见了吗，谎言和葡萄酒有多大功效？"

为何她闷闷不乐？毕竟奈斯特大人肯站在他们一边，这是万幸啊，"莫非一切都是谎言？"

"不是一切，亲爱的。莱莎的确常把奈斯特大人称为石头，但我不认为那是夸奖罢了，她还说他儿子是土包子嘛。她明知道奈斯特大人做梦也想能名正言顺地占有月门堡，却决心把这座城堡留给我们未来的儿子，也就是劳勃的弟弟，"公爵站起来。"这里刚才所发生的事，你都明白吗，阿莲？"

珊莎犹豫了一会儿，"您把月门堡封给奈斯特大人以换取他的支持。"

"是的，"培提尔承认，"我们这位石头先生出自罗伊斯家，他们家族一向骄傲敏感。若我公然开价，他会把这看成对他荣誉的侮辱，只怕要当场发作，变作一只发怒的癞蛤蟆。然而通过这种方

式……此人并没蠢到家，我招待他的谎言远比真相甜美。他希望莱莎把他看得比其他封臣都高，尤其比他表兄青铜约恩高，因为他时刻不敢忘记自己乃是出于罗伊斯家族的旁系。此外，他还想为儿子求取功名，许多重荣誉的人在为子女打算时，会做出原本不愿涉足的事。"

珊莎点点头，"那签名……您本可让劳勃大人签署，然而……"

"然而我却以峡谷守护者的名义代笔，为什么？"

"因为……因为如果您失去职位……或者……或者有什么不测……"

"……那么奈斯特大人对月门堡的占有便瞬间成了疑问。我告诉你，这场斗争他是输不起的。很好，你真机灵，不愧是我的亲生女儿。"

"谢谢您，"对于培提尔的话，她有一种荒谬的自豪感，也有几许困惑，"可，可我不是您女儿，我的意思是，不是真的女儿，我假扮作阿莲，然，然而您知道……"

小指头用指头压住她嘴唇，"此事天知地知你知我知，亲爱的，却不可说出口来。"

"连我们独处时也不行吗？"

"尤其是我们独处时。总有一天，会有某位仆人偶然闯进房间，或者某个卫兵不经意间在门外听见了什么。你想让你漂亮的小手掌染上更多鲜血吗，亲爱的？"

马瑞里安的面孔浮现眼前，苍白的绷带横亘双眼，在他后面，她还看见胸膛中箭的唐托斯爵士，"不，"珊莎说，"求求您。"

"我很想告诉你，我们之间没有隔阂可言，更不会玩游戏，我的女儿，但那是不可能的。权力的游戏乃是永恒的游戏。"

我从未想参加这场游戏。这场游戏太危险，稍有失足，便会万劫不复。"奥斯威尔……大人,我逃离君临那晚他开的船,他知道我是谁。"

"只要他具备绵羊一半的智力,你的担心就有道理,是的,罗索爵士也知道真相。然而怎么说呢,奥斯威尔跟了我太长时间,而罗索天生口风紧密。反正,凯特布莱克替我监视着布伦,布伦替我监视着凯特布莱克。谁也不要信任,我告诫过艾德·史塔克,结果他当耳边风。你现下是阿莲,未来任何时候任何地方,你都得是阿莲。"他将两根指头按在她左胸,"即使在这里,在你心中。你能做到吗?你能保证自己在心中也是我的女儿?"

"我……"我不知道,大人,她几乎如此回答,可这句话对方是不愿听的。谎言和青亭岛的葡萄酒,珊莎心想,"我是阿莲,父亲,除此之外,还能是谁呢?"

听罢此言,小指头大人吻了她的脸颊,"凭我的智慧和凯特的美貌,总有一天,你能够征服世界,亲爱的,现在去睡吧。"

吉思尔为她房间升起炉火,换洗了羽毛床。珊莎脱掉衣服,滑进铺盖窝里。他今晚不会唱的,她祈祷,有奈斯特大人和其他人在,他不敢唱的。于是她闭上眼睛。

良久,她又在夜里醒来,原来小劳勃爬进了被窝。今天我忘了拜托罗索锁门,她懊悔地想,无可奈何地伸手搂住男孩。"乖罗宾,你好吗?你可以留下来,但不要乱动,闭上眼睛好好休息,我的小亲亲。"

"我会听话的,"他钻过来,把头埋进她双乳之间,"阿莲?你可以当我的妈咪吗?"

"大概可以吧,"她说,"这是个善意的谎言,对两人都有好处。"

海怪之女

大厅里人声嘈杂，挤满了醉酒的哈尔洛家族成员，所有亲属统统到场。头领们将自己的旗帜挂在手下人坐的长凳后面。太少了，阿莎·葛雷乔伊一边从楼台上俯视，心里一边想，迄今为止，还是太少了。长凳有四分之三是空的。

黑风号抵达时，"少女"科尔便如此评价。他数数她舅舅城堡下停泊的长船，抿紧了嘴巴。"他们没来，"他说，"或者说来的人不够。"他讲的是实话，但阿莎不能附和，因为那样或许会被船员们听见。她不怀疑他们的忠诚，但假若从事一项必败无疑的事业，即便是铁岛人，也会犹豫彷徨的。

难道我的朋友真这么少？她看到波特利家的银鱼旗、斯通垂家的石树、沃马克家的黑鱼怪、密瑞家的绳圈，其余都是哈尔洛家的镰刀。博蒙德的镰刀置于浅蓝底色之上，何索的镰刀在圆圈里，"骑士"的镰刀与其母系家族华丽的孔雀纹章构成四分格，"银发"西格弗里德在斜分底面上放了两把交错的镰刀。只有哈尔洛头领将银色镰刀直接置于夜黑底色上，这面旗帜从黎明之纪元飘扬至今：这是罗德利克的旗帜，他人称"读书人"，乃十塔城领主，哈尔洛岛头领，哈尔洛岛的哈尔洛……她最亲的舅舅。

此刻，罗德利克头领的高背椅空空的。椅子上方有两把交叉的巨型银镰刀，大得连巨人也难以挥舞。舅舅早已离开，阿莎对此并不惊讶，毕竟，宴会已告结束，搁板桌上只剩骨头和油腻的盘子。大家都在喝酒，而她舅舅罗德利克从不与吵闹的醉汉为伍。

她转向"三颗牙"，这是一位极其年迈的老妇人，刚开始当管家那会儿叫"十二颗牙"。"我舅舅泡在书堆里?"

"是啊,还能上哪儿去呢?"那妇人如此年迈,以至于修士曾说,她一定给老妪当过保姆。当年铁群岛仍能容忍七神信仰,罗德利克头领便在十塔城养修士,这并非为了救赎灵魂,而是为了帮他抄书。"他泡在书堆里,波特利也在。"

波特利的旗帜就挂在大厅,那是淡绿底面上的成群银鱼,然而阿莎在港口没看到"快鳍号"。"听说我叔叔'鸦眼'淹死了老沙纹·波特利。"

"这位是特里斯蒂芬·波特利头领。"

特里斯掌握了大权。沙纹的长子赫伦出事了?我很快就能找出答案,但无论如何,这次会面一定很尴尬。她多少年没见到特里斯·波特利……不,不要多想。"我母亲呢?"

"还在床上,""三颗牙"说,"寡妇塔里。"

是啊,还能在哪儿?寡妇塔得名于她姨母,这是关妮丝夫人服丧之处,她挚爱的丈夫在巴隆·葛雷乔伊第一次反叛期间战死于仙女岛。"等悲伤成为过去,我就会离开,"她告诉弟弟的话众人皆知,"不过十塔城照权利应属于我,因为我大你七岁。"自那以后,已有许多年,寡妇却仍留在此处伤心,时不时还会唠叨城堡应该是她的。如今罗德利克大人的屋檐下又多出一个半疯的寡妇妹妹,阿莎寻思,难怪他要在书本中寻求慰藉。

说实话,大家很难相信脆弱多病的亚拉妮丝夫人竟比巴隆大王活得长,她父亲平素在人前人后都显得是那样坚定强壮。阿莎出海打仗时心情沉重,害怕母亲在她回来之前死去,不料殒命的反而是父亲。淹神爱开残忍的玩笑,不过,最残忍的难道不是人吗?一阵突如其来的风暴和一条断裂的索桥要了巴隆·葛雷乔伊的命。至少他们对外如此宣布。

阿莎上次见到母亲是去北方攻击深林堡途中,停下来在十塔

城装水。亚拉妮丝·哈尔洛从来没有歌手们青睐的那种美,但她女儿喜爱她那张坚强刚烈的脸庞,喜爱她眼中的笑意。然而上次造访时,她发现亚拉妮丝夫人坐在临窗坐椅上,裹着一堆毛皮,凝视海面。这是我母亲还是她的鬼魂?她记得自己亲吻母亲脸颊时这么想。

母亲的皮肤像羊皮纸一样薄,长头发已褪色成花白,虽然昂首的姿态中依稀有残存的骄傲,但她的眼睛阴暗朦胧,问起席恩时,嘴巴不住颤抖。"你有没有把我的小宝贝儿带回来啊?"她问。席恩十岁时被当做人质送去临冬城,亚拉妮丝夫人似乎认定他一直停留在十岁大。"席恩来不了,"阿莎只能告诉她,"父亲派他沿磐石海岸劫掠。"亚拉妮丝夫人无言以对,只是缓缓点头,然而明显能看出来,女儿的话伤她有多深。

而今我要把席恩的死讯带给她,将又一把匕首插入她心口。那儿早已插着两把刀,一把叫罗德利克,一把叫马伦,它们无数次地在夜里残酷翻搅。我明天再去看她吧,阿莎对自己发誓。前来十塔城的旅途漫长而疲惫,她现在无法面对母亲。

"我得跟罗德利克头领谈谈,"她吩咐"三颗牙","等我的船员给黑风号卸完货,替我照料他们。对了,船上的俘虏也要有暖床和热餐。"

"厨房有凉牛肉。一只大石头罐子里还有芥末,旧镇货。"想到芥末,老妇人露出了笑容,嘴里显出一颗长长的褐色牙齿。

"那不行。渡海十分辛苦,我要他们肚子里填点热东西。"阿莎用一只大拇指勾住腰间的镶钉皮带。"替葛洛佛夫人和孩子准备柴火和毛毯。把他们安排在塔楼房间,不准关进地牢。那婴儿生病了。"

"婴儿经常生病,然后多半要死,大人们只会瞎难过。我去问问老爷,该把这帮狼仔安排在哪儿。"

她用拇指和食指使劲捏住老妇人的鼻子。"你照我的话做。要是婴儿死了，我保证，你会比谁都难过。""三颗牙"尖叫着答应服从，阿莎才放开她，去找舅舅。

再度行走于熟悉的厅堂，感觉真好。对阿莎而言，十塔城就像家，比派克城更亲切。初见它时，她曾想，这哪是一座城，分明是十座城堡挤在一起。她记得自己气喘吁吁地奔上奔下，沿着城墙走道和封闭的廊桥追逐，记得在长石码头边钓鱼，记得日日夜夜迷失在舅舅丰富的藏书中。舅舅的祖父的祖父建了这座城，它乃是群屿中最崭新的家堡。当年席奥默·哈尔洛头领失去了三个襁褓中的儿子，他归咎于积水的地窖、潮湿的岩石以及侵入古老的哈尔洛厅各个角落的硝石。十塔城更通风，更舒适，位置也更佳……可惜席奥默头领生性善变——对此他的每个老婆都能作证。他有六个风格迥异的老婆，正如他修的十座塔的建筑理念也各不相同。

藏书塔在十座塔楼中最为粗壮，呈八角形，由经过切割的大石块筑成，是藏书之处。楼梯建在厚厚的墙壁之内，阿莎迅速登上第五层，来到舅舅读书的房间。*其实他在哪里都会读书*。无论在厕所，在"海歌号"的甲板上，甚至接受觐见时，罗德利克头领都是手不释卷。阿莎经常看见他坐在银镰刀下的高背椅上一边读书，一边听取请愿，宣布裁断……每当侍卫队长去带下一个求见者时，他便能多看一会儿书。

此刻，他正伏在靠窗的桌边，被羊皮纸卷轴包围——这些卷轴或许来自于末日浩劫降临前的瓦雷利亚——周围还躺着几卷皮革封面、铜铁搭扣的沉重典籍，而跟人的手臂一般粗一般长的蜂蜡蜡烛插在精美的铁烛台里，在座位两侧燃烧。罗德利克头领不胖不瘦，不高不矮，不俊也不丑。他的头发是褐色，眼睛也一样，他喜欢将胡子修得短而整洁，那胡子已变成了灰色。总而言之，他是个普普通通的人，除了对白纸黑字的偏爱之外毫无特点，然而对大多数铁

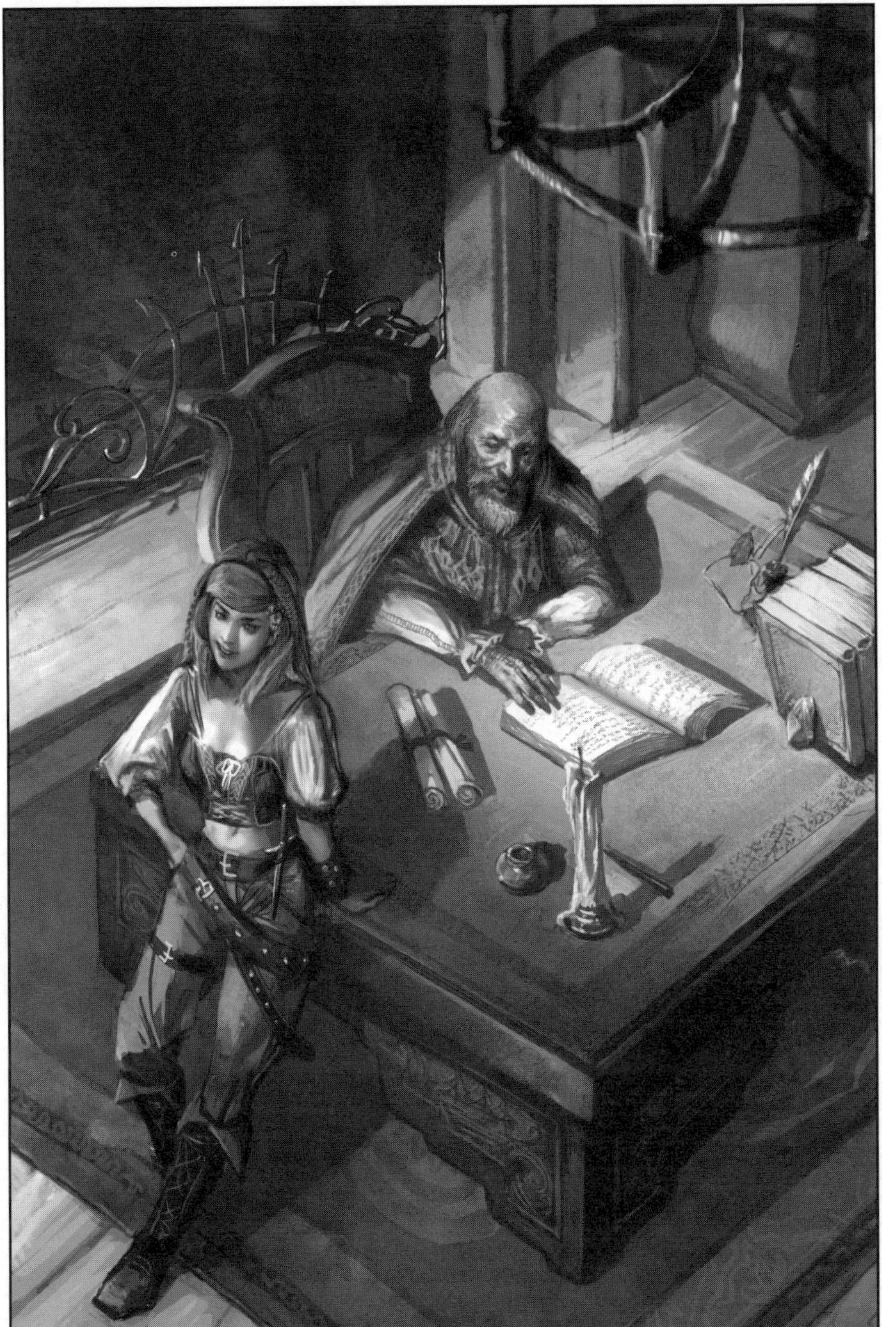

民而言，读书是怪癖，不是男子汉该干的事情。

"阿舅，"她关上身后的门，"什么书这么重要，让你丢下客人们不管？"

"马尔温博士的《失落的书籍》。"他将视线从书页间抬起，仔细打量外甥女。"何索给我从旧镇捎来一本。他想要我娶他女儿。"罗德利克头领用长指甲敲敲书面。"看见没？马尔温声称找到《征兆与预示》的三页残篇，那是末日浩劫降临瓦雷利亚之前由伊娜尔·坦格利安的童贞女儿亲笔记录的各类幻象。嗯，兰妮知道你来了吗？"

"我还没去见她。"兰妮是他对她母亲的昵称，只有"读书人"会如此称呼。"让她多休息休息吧。"阿莎将一叠书从凳子上移开，自己坐到上面。"'三颗牙'又掉了两颗牙齿。你是不是该改叫她'一颗牙'？"

"我根本不叫她。那女人让我发毛。几点了？"罗德利克头领瞥向窗外月光照耀的海面。"天黑了，这么快？我还没注意到。嗯，你迟到了，我们等了你几天。"

"风向不利，我还有俘虏要操心——罗贝特·葛洛佛的妻子和孩子，最小的仍在吃奶，而渡海途中，葛洛佛夫人的奶水枯竭了。我别无选择，只好让黑风号停靠磐石海岸，派人去找奶妈。结果他们找来一头山羊。那小女孩的状况不太好。城下的村里有没奶妈？深林堡在我的计划中很重要。"

"你的计划必须更改。你来得太迟了。"

"是啊，太迟了，而且我好饿。"她将长腿在桌子底下伸展开，一边翻动手边的一本书，那是某修士记叙的"残酷"梅葛镇压"穷人集会"之战。"噢，也很渴。来杯爽口的麦酒吧，阿舅。"

罗德利克头领努了努嘴。"你知道我不允许在图书馆里饮食。这对书——"

"——是有害的。"阿莎哈哈大笑。

她舅舅皱起眉头。"你就喜欢挑衅我。"

"噢,别那么委屈啦,你早知道,我对谁都是这样子。好,不说我,你最近怎样?"

他耸耸肩。"还好。眼睛越来越不行了。我已差人去密尔弄副眼镜,以助阅读。"

"我姨母呢?"

罗德利克头领叹口气,"她仍然比我大七岁,仍然相信十塔城属于她。关妮丝什么都健忘,唯独这件事忘不了。她还在为丈夫哀悼,跟他死的时候一模一样,虽然她已记不清楚他的名字。"

"她也许从头到尾都不晓得他的名字。"阿莎"砰"的一声合上修士的书。"我爸是被谋杀的吗?"

"你母亲相信是。"

有时候,她宁愿亲手把他杀了,她心想。"那我阿舅相信什么?"

"索桥断了,巴隆坠落身亡。当风暴来临时,派克城的桥并不稳固。"罗德利克耸耸肩。"至少我们知道的是这样。你母亲收到温达米尔学士送来的鸟儿。"

阿莎抽出匕首,清理指甲下的污垢。"鸦眼走了三年,刚好在我父亲死的那天回来。"

"准确地讲,是第二天。巴隆逝世时,宁静号仍在海上,至少他们如此宣称。话虽如此,我也觉得攸伦回来得太……及时了,可以这么说吧……"

"我可不会这么说。"阿莎将匕首尖插入桌面。"我的船呢,阿舅?我数了数,城下仅停泊着四十艘长船,远不足以把鸦眼从父亲的王位上赶走。"

"我发出了召唤,以你的名义,为了我对你和你母亲的爱。哈

尔洛家族已经到齐,外加斯通垂家族和沃马克家族,以及密瑞家族的一部分……"

"统统来自哈尔洛岛……七大岛屿中的一座。大厅里,只有一面波特利的旗帜来自派克岛。盐崖岛呢?橡岛呢?两个威克岛呢?这些船在哪里?"

"贝勒·布莱克泰斯从黑潮岛赶来找我谈过,随后又立刻扬帆离开。"罗德利克头领合上《失落的书籍》。"他现在到了老威克岛。"

"老威克岛?"阿莎本来担心他们全去了派克岛,向鸦眼臣服。"为什么?"

"我以为你已经听说了。伊伦·湿发号召举行选王会。"

阿莎仰头大笑,"淹神一定是把刺棘鱼塞进了伊伦叔叔的屁眼里。选王会?他开玩笑还是来真的?"

"湿发自从被淹之后就没开过玩笑。牧师都响应他的号召,包括盲人贝隆·布莱克泰斯,'三淹人'塔勒……甚至老灰鸥也离开了自己居住的礁石,在哈尔洛岛上到处宣讲选王会。我们说话这会儿,船长们正往老威克岛聚集呢。"

阿莎十分惊讶,"鸦眼竟同意参与这出圣洁的闹剧,企图经由选举来巩固地位?"

"鸦眼的打算我可不晓得。他曾传我去派克岛输诚效忠,之后就没消息了。"

选王会。这是件新鲜事……更确切地说,是非常古老的事。"维克塔利昂叔叔呢?他认为湿发的主意如何?"

"他们给维克塔利昂带去了你父亲的死讯,也带去了选王会的消息。除此之外,我什么也不知道。"

选王会好歹比开战强。"我想我该亲吻湿发的臭脚丫,帮他把趾缝里的海藻舔干净。"阿莎拔下匕首,收回入鞘。"妈的,好个刺激的选王会!"

"老威克岛上的选王会,"罗德利克确认,"但我祈祷别太刺激。我查了海瑞格的《铁种史》。上一次海盐王和磐岩王们在选王会碰面时,橡岛的乌伦派出斧手大开杀戒,娜伽的肋骨被鲜血染红。在那黑暗的一天后,葛雷艾恩家族未经选举便统治了一千年,直到安达尔人到来。"

"把海瑞格的书借给我看看,阿舅。"到达老威克岛之前,她得尽可能了解选王会的一切。

"你就在这里看,这本书太老太脆弱。"他皱起眉头打量她,"罗德尼博士曾写道,时光就像轮子,人的本性不会改变,从前发生过的必然会再度发生。看到鸦眼,我不能不联想到这番话。在我这双老耳朵听来,攸伦·葛雷乔伊跟乌伦·葛雷艾恩实在太像。我不去老威克岛。你也别去。"

阿莎微微一笑,"错过选王会……这是多久以来的第一次啊,阿舅?"

"四千年,假如相信海瑞格的话;按德内斯坦学士在《提问集》中的说法,这个时间至少得减半。无论如何,去老威克岛没有意义,梦想称王乃是我们血统中的疯狂。你父亲第一次起事时我就告诉过他,现在我也要告诫你:我们需要土地,不需要王冠。史坦尼斯·拜拉席恩和泰温·兰尼斯特正在争夺铁王座,这是千载难逢的扩张机会。选择其中一方,用舰队助其胜利,我们就可获得大片领地的赐封。"

"等我坐上父亲的海石之位,也许会考虑考虑。"阿莎道。

她舅舅叹口气。"我的话你不爱听,阿莎,但我必须坦白,你是选不上的。没有女性统治过铁民。你瞧,关妮丝确实长我七岁,但我们的父亲去世后,十塔城由我继承。你也一样。你是巴隆的女儿,不是他的儿子。况且你有三个叔叔。"

"还有舅舅。"

"三个海怪家族的叔叔。我不在内。"

"对我来说不一样。十塔城由我亲爱的阿舅掌管,我便拥有哈尔洛岛。"哈尔洛岛并非铁群岛中最大的岛,却最为富有,人口也最稠密,而且罗德利克头领的实力不容小觑。哈尔洛岛由哈尔洛家族一家称雄,沃马克家和斯通垂家虽在岛上持有大片土地,麾下更养了许多出名的船长和勇士,但其中最勇猛者也得在镰刀旗下折腰。肯宁和密瑞两家曾是哈尔洛的劲敌,然而很久之前已被制伏,成为臣属。

"我的亲戚们对我效忠,一旦开战,我能动用他们的军队与船只。但在选王会上……"罗德利克头领摇摇头,"在娜伽的骨骸底下,每位船长都是平等的。有人会呼喊你的名字,对此我并不怀疑,但那呼声不会太响亮。而当维克塔利昂或鸦眼的呼声响起时,有些现在在我大厅里喝酒的人也会加入。我再说一遍,不要驶入这场风暴。你的抗争毫无希望。"

"不试一试怎么知道毫无希望?毕竟,我的顺位在先,理当成为巴隆的继承人。"

"你还是那个任性的孩子。想想你可怜的母亲吧,兰妮只剩下你了。如有必要,我会将黑风号付之一炬,把你留下。"

"什么,你让我游到老威克岛去?"

"游过浩瀚冰冷的汪洋大海,为一顶你留不住的王冠。孩子,你父亲的勇气多于理智,古道曾适用于铁群岛,因为当时我们是诸多小王国之一。可惜伊耿的征服终结了割据局面,巴隆为何视而不见呢?古道已随着'黑心'赫伦和他的儿子们一起消亡了。"

"这我明白。"阿莎爱着父亲,但她不会自欺欺人。巴隆在某些方面确实盲目又轻率。他很勇敢,但不是个好领袖。"你的意思是,咱们得生生世世当铁王座的奴仆喽?听着,如果右舷有礁石,左舷有风暴，睿智的船长会转向第三条路。"

"告诉我，第三条路在哪儿？"

"我会告诉你……在我的女王会上。阿舅，你怎么会产生不去参加的念头呢？你将见证历史，活的历史……"

"我更喜欢死的历史。死的历史用墨水书写，活的历史则用鲜血。"

"难道你想懦弱地老死在病床上吗？"

"那又怎样？只要先读饱了书。"罗德利克头领走到窗边。"你没询问你的母亲大人。"

我害怕。"她怎么样？"

"她的身体好起来了，或许会比我们活得都久——假如你执意要干这件蠢事，这是显而易见的结果。啊，她比刚来时吃得多，也常常能睡一整晚。"

"很好。"亚拉妮丝夫人在派克岛的最后几年不仅一直失眠，而且晚上会在各个大厅中夜游，拿着蜡烛寻找儿子们。"马伦？"她会尖叫着呼唤，"罗德利克，你在哪儿？席恩，我的宝贝，来妈妈这儿。"阿莎多次在清晨看着学士从母亲脚跟里拔出木刺，因为她光着脚穿过摇摇晃晃的木板桥走去海中塔。"明天早晨我就去看她。"

"她会问起席恩。"

临冬城亲王。"你怎么告诉她的？"

"少之又少。没讲什么。"他犹豫了一下。"你肯定他死了？"

"我什么也不肯定。"

"你有没找到尸体？"

"我们找到许多尸体的碎片。狼群先到……四条腿的那种，而它们似乎不怎么尊重两条腿的同胞。被害者的骨头撒了一地，而且

被咬开舔食骨髓。我承认，很难搞清楚发生了什么。好像是北方人内讧。"

"乌鸦抢夺腐肉，为死者的眼睛互相厮杀。"罗德利克头领望向海面，注视着波浪中闪烁的月光。"我们本来有一个国王，然后是五个，现在只有乌鸦，吵吵闹闹地争夺着这具名叫维斯特洛的尸体。"他关上窗。"别去老威克岛，阿莎，待在母亲身边。我担心她没多少日子了。"

阿莎在椅子里挪了挪，"母亲抚养我长大，教我要勇敢。我若不去，有生之年就会老想着，如果去了会是什么样。"

"若是去了，你或许根本不存在什么'有生之年'，连想的机会都没了。"

"那也比下半辈子整天抱怨海石之位照权利应属于我强。我不是关妮丝。"

这话让他一怔。"阿莎，我那两个高大的儿子在仙女岛喂了螃蟹。我不大可能再婚。你若留下，我就指定你为十塔城继承人。满足吧。"

"十塔城？"真的吗？"你的亲属是不会喜欢的。'骑士'、老西格弗里德、'驼背'何索……"

"他们有自己的土地和居城。"

那是没错。潮湿腐朽的哈尔洛厅被封给"银发"老西格弗里德·哈尔洛；"驼背"何索·哈尔洛的居城是闪光塔，位于西岸的悬崖上。"骑士"赫拉斯·哈尔洛爵士坐镇灰园堡；"蓝衣"博蒙德在赫利丹岭上统治。"博蒙德有三个儿子，'银发'西格弗里德有诸多孙子，而何索素有野心，"阿莎说，"他们都想继承你，甚至包括西格弗里德本人，那家伙满心希望能长命百岁。"

"'骑士'将继我之后成为哈尔洛岛头领，"舅舅宣布，"条件是待在灰园堡发号施令。你代表十塔城向他效忠，赫拉斯爵士便会保护你。"

"我自己保护自己。阿舅,我是海怪,葛雷乔伊家族的阿莎。"她站起身。"我要父亲的王位,不要你的交椅。哈,你那些镰刀看起来挺危险,也许会有一把掉下来割掉我的脑袋。不,我要海石之位。"

"你不过是又一只乌鸦,尖叫着争夺腐肉的乌鸦。"罗德利克坐回桌子后面。"你走吧。我要继续拜读马尔温博士的著作。"

"要是有新发现,记得讲给我听。"舅舅就是舅舅,从来不会变。*不管他嘴上说什么,他都会去老威克岛。*

她的船员们已在大厅里用饭。阿莎必须加入他们,把老威克岛会议的性质和意义讲清楚。不用怀疑,她的人会坚定地追随她,但她还得争取其他人:哈尔洛家族的亲戚,沃马克家和斯通垂家……第一步,要把能利用的资源统统争取过来。她在深林堡的胜利为她做了最好的注脚,她的手下会大肆炫耀——黑风号的船员素来对于女船长的事迹抱有一种奇妙的骄傲。其中半数人像爱女儿一样爱她,另一半人则想分开她的双腿,但两类人都甘愿为她而死。*我也愿意为他们而死,*她边想边推开楼梯底部的门,踱进月光照洒的庭院。

"阿莎?"一个黑影从水井后面走出来。

她的手立即伸向匕首……直到月光将黑影转化为一个穿海豹皮斗篷的男子。*又一个鬼魂。*"特里斯。我在大厅没见到你。"

"我想看看你。"

"看我的哪一部分呢,嘻嘻?"她咧嘴笑道。"好吧,我就在这儿,我长大了。请随便看。"

"你成了女人,"他靠过来,"而且很美。"

跟上次见面时相比,特里斯蒂芬·波特利魁梧多了,但仍拥有记忆中那杂乱的头发和海豹般率真的大眼睛。一双温柔的眼睛,

202

真的。然而这是可怜的特里斯蒂芬的不幸，身为铁民，他过于温柔了。不过，现在他的脸出落得标致，她心想。特里斯在孩童时代饱受粉刺困扰，阿莎也是；也许就是这点将他俩拉到了一起。

"你父亲的事我很难过。"她告诉他。

"我也为你的父亲悲哀。"

为什么？阿莎差点问出口。小时候，正是巴隆把他送出派克岛，给贝勒·布莱克泰斯当养子。"你当真是波特利头领了？"

"至少名义上是。赫伦死在卡林湾，他被沼泽魔鬼用毒箭射死。然而，我这个头领目前一无所有。我父亲拒绝承认鸦眼的王位，鸦眼便淹死了他，并迫使我的叔叔们宣誓效忠。在那之后，他又将我父亲一半的土地给了铁林城，因为温奇头领第一个向他屈膝，尊他为王。"

温奇家族在派克岛上势力强盛，但阿莎不愿流露出沮丧。"温奇没有你父亲的勇气。"

"你叔叔收买了他。"特里斯道，"宁静号回来时，货舱中装满了财宝：镀金盘子，珍珠，鸡蛋那么大的绿宝石、红宝石和蓝宝石，一袋袋没人提得动的钱币……鸦眼利用一切机会贿赂收买。我叔叔吉蒙德如今自称为波特利头领，在你叔叔庇护下统治君王港。"

"别担心，照权利，你才是波特利头领，"她向他保证，"我坐上海石之位后，立即归还你父亲的土地。"

"只要你喜欢。其实这对我来说没什么意义。噢，月光下的你真可爱，阿莎。如今你成年了，但在我记忆中，你仍是那个骨瘦如柴、一脸粉刺的小女孩。"

干嘛老提起粉刺？"我也记得。"但不像你那么喜欢。艾德·史塔克带走她母亲唯一在世的儿子作为人质之后，她母亲迫不及待地收养了五个男孩，一同带到派克城中生活。特里斯的年龄跟阿莎最近。他不是她亲吻的第一个男孩,但他头一个解开她上衣衣带,用汗津津的手触摸她萌芽的乳房。

要是当年的他胆子够大,我会让他触摸更多。她的初潮出现在叛乱战争期间,唤醒了她的欲望,而在那之前,阿莎对鱼水之欢已很好奇。他在合适的时间出现在合适的地点,跟我又年龄相仿,也乐意尝试,仅此而已……外加经血的刺激。当时,她称之为爱,直到特里斯开始谈论要她给他生孩子;至少一打儿子,噢,还要些女儿。"我不要一打儿子,"她惊骇地通知他,"我要去冒险。"不久之后,魁伦学士发现他们在一起,于是年轻的特里斯蒂芬·波特利被送往黑潮岛。

"我给你写过信,"他说,"但约瑟兰学士不愿发出去。有一回,我给一个桨手一枚银鹿币,他所在的商船要去君王港,他承诺会把我的信交到你手上。"

"你的桨手把你耍了,他将你的信扔进了海里。"

"我正担心如此。他们同样没给过我你的信。"

我一封也没写过。事实上,特里斯被送走,她反倒松了一口气。他的摸索已令她厌烦起来。然而这不是他喜欢听的话。"伊伦·湿发号召举行选王会。你会来支持我吗?"

"无论你做什么,我都会支持你,可……布莱克泰斯头领说选王会是场危险的游戏。他认为你叔叔会袭击大家,把所有人杀光,就像乌伦那样。"

他的确有那种疯狂。"他没那实力。"

"你不了解,他正在派克岛上纠集人马。橡岛的奥克伍家族带给他二十艘长船,'长脸'琼恩·密瑞带去十二艘,'左手'卢卡斯·考德也支持他。还有'半血霍尔'赫伦、'红桨手'、'杂种'克梅特·派克、'自由民'罗德利克、'褐牙'托沃德……"

"都是无足轻重之辈。"阿莎了解他们每一个,"盐妾所生,奴隶的子孙后代。哼，考德家族……你知道他们的箴言吗？"

"不屑鄙视。"特里斯念道。"他们用网子打仗，但假如被他们抓住，你就跟落在龙王手中一样凄惨。还有更糟的呢，鸦眼从东方带回了怪物……哦，还有巫师。"

"阿叔喜欢稀奇古怪的东西，"阿莎说，"我父亲为此多次跟他争吵。让他的巫师见鬼去吧，你忘了么？我们有湿发，有淹神。够了，在我的女王会上，我究竟能不能得到你的支持，特里斯？"

"我会全力支持你。我是你的人，永远永远。阿莎，我要跟你结婚。你母亲已经同意了。"

她抑住一声呻吟。你应该先来问我……尽管我的回答你一点也不会喜欢。

"我不是次子了，"他续道，"正如你说的，我已是合法的波特利头领。而你——"

"我的身份将在老威克岛决定。特里斯，我们并非互相摸索探求的小孩子了。你以为自己想娶我，其实不然。"

"我确实想，真的想，你是我所有的梦想。阿莎，我以娜伽的骨头的名义发誓，我没碰过其他女人。"

"那就去碰吧，一个……两个，十个，对我来说都无所谓。告诉你，我碰过的男人数都数不清。有的用唇，有的用斧。"她在十六岁时将贞操给了里斯商船上某位英俊的金发水手。此人只懂六个通用语词汇，"干"是其中一个——她想听的就是这个词。后来，阿莎又学会了去找森林女巫，泡制月茶，好让肚子不鼓起来。

波特利眨眨眼，仿佛不理解她的话。"你……我以为你会等。为什么……"他揉揉嘴巴。"阿莎，你是被逼的吗？"

"哼，我逼他撕开上衣。你不会想娶我的，相信我吧。你是个可爱的男孩，一直如此，但我不是个可爱的女孩。假如我们结婚，你很快就会恨我。"

"不,决不。阿莎,我为你心痛。"

她听够了。病态的母亲,被害的父亲,强横的叔叔,足以让任何女人应接不暇;她不需要再多一条害相思病的小狗。"找个妓女,特里斯。她会治愈你的心痛。"

"我永远无法……"特里斯蒂芬摇摇头。"你和我注定要在一起,阿莎。我一直认为你将成为我的妻子,成为我儿子的母亲。"他抓住她的胳膊。

眨眼工夫,她的匕首已抵住他喉咙。"放开我,否则你活不到生儿子。快。"等他松手,她放低刀子。"你想要女人,很好,今晚我会丢一个到你床上。假装她是我吧,要是那样能让你高兴的话,但不要再冒昧地碰我。我是你的女王,不是你老婆。记住。"阿莎将匕首回鞘,留下特里斯呆立原地,一大滴血从他脖子上缓缓地流淌下来,在苍白的月光中呈现黑色。

瑟曦

"噢,我向七神祈祷,国王的婚礼千万别下雨啊。"乔斯琳·史威佛一边替太后束腰一边说。

"没人想下雨。"瑟曦答道。就自己而言,她要的是冰雹大雪,狂风呼啸,雷霆万钧,将红堡砸个粉碎,她要一场足以体现她怒气的风暴。但她对乔斯琳说的却是:"紧点,**再收紧点**,你这只会傻笑的小白痴。"

婚礼让她怒火万丈,弱智的史威佛女孩因而成了发泄对象。没办法,为了托曼的王位巩固,她不敢冒犯高庭——只要史坦尼斯·拜拉席恩还盘踞着龙石岛与风息堡,只要奔流城还在负隅顽抗,只要铁民还虎视眈眈地横行于海洋,她就不敢这么做。只能由乔斯琳来忍受瑟曦对玛格丽·提利尔和她那丑恶祖母的轻蔑了。

早餐,太后要了两个煮鸡蛋、一条面包和一罐蜂蜜。她敲破第一个鸡蛋,发现里面竟是个血肉模糊、半成型的小鸡,不禁肠胃阵阵翻腾。"清走,给我香料热酒。"她吩咐塞蕾娜。空气冰冷,寒意彻骨,肮脏的一天在等待她。

连詹姆也没给她带来好心情。弟弟全身白甲,依然没刮胡子,他保证她儿子不会再被毒害。"我派人去厨房,监督每道工序,"他解释,"亚当爵士的金袍子则负责监视每个上菜的仆人,确保从厨房到大厅途中决无意外发生。柏洛斯爵士将在托曼用餐之前先行尝试——如果一切预防措施终归无效,还有巴拉拔学士,他坐在大厅背后,随身带着清肠剂和二十味剧毒的解药。总之,我向你保证,托曼他绝对安全。"

"绝对安全。"这个词让她万分苦涩。詹姆不懂,谁都不懂。只有梅拉雅在那个帐篷里和她一起听过老巫婆嘶哑的诅咒,而梅拉雅早死了。"提利昂不会再下毒,他太狡猾,同样的招数不会使用两次。此时此刻,他很可能就藏在地板下面,听着我们说的每句话,然后计划好如何割托曼的喉咙。"

"是吗?"詹姆说,"无论怎样,他终究只是个发育不良的矮子,而托曼有七国上下最优秀的骑士保护。御林铁卫会护得他周全。"

瑟曦扫了一眼弟弟白丝外套的衣袖,断肢所在裹了起来。"我记得你那些光辉灿烂的白骑士,记得他们是如何保护小乔的。我要你今晚彻夜守护托曼,听明白了吗?"

"我会派卫兵在门外守护。"

她情不自禁地抓住他的胳膊。"不要卫兵,我要你。而且我要你守在卧室里面。"

"以防提利昂从壁炉中爬出来?我看不会。"

"尽管贫嘴吧。你敢说你把红堡内的秘密通道都搞清楚了?"他们都知道并非如此。"听着,我不容许托曼和玛格丽独处,片刻都不行。"

"他们并非独处,那女孩的表亲们会在场。"

"还有你,以国王的名义,我命令你必须在场。"事实上,瑟曦根本不想让托曼和他的妻子同床共枕,但提利尔家非常坚持这点。"丈夫妻子当然得睡在一起,"荆棘女王如是宣称,"即便他们俩除了睡觉别的不会做也罢。自然喽,国王陛下的床铺应该睡得下两个人吧?"艾勒莉夫人应和她岳母,"就让孩子们在夜里彼此温暖吧,这会让他们之间更为亲密。您知道,玛格丽经常邀请她的表亲与她同睡,当蜡烛熄灭之后,她们一起唱歌、玩游戏、低声倾诉小秘密呢。"

"好快乐啊，"瑟曦干巴巴地说，"依我看，不如让她们维持这个好习惯——就在处女居里生活吧。"

"我很确定陛下知道怎么做才是最好，"奥莲娜夫人告诉艾勒莉夫人，"毕竟，她是那男孩的娘啊——这点我们都不会忘的。您看这样吧，婚礼当晚的事咱们能否达成共识？总不能在新婚之夜拆散新郎官和新娘子吧，这可是大大的坏兆头。"

总有一天，我会让你明白"坏兆头"的含义，太后默默发誓。"玛格丽可以和托曼同床一夜，"她勉强同意，"只有一夜。"

"陛下圣明，"荆棘女王欣然答应，她周围的人都笑了。

此时此刻，瑟曦的指甲深深嵌入詹姆的胳膊里，抠出血来。"我需要有人在里面监视，"她一字一句地说。

"监视什么？"他问，"他俩根本无法圆房，托曼太小了。"

"而奥斯菲·普棱是个死人，根本生不出孩子，对吗？"

弟弟没听明白，"奥斯菲·普棱是谁？菲利普大人的爹吗，还是……说谁呢？"

他简直跟劳勃一样无知，抓不住重点，看来他的脑子长在那只用剑的手上。"够了，忘了普棱，只需记得我的话。你现在就给我发誓，日出之前，决不离开托曼身边。"

"遵命，"他轻飘飘地说，当她的恐惧全是没来由的空中楼阁。"你还是坚持要烧首相塔？"

"婚宴之后就烧，"这是今天这个大喜日子里瑟曦唯一觉得开心的事。"我们的父亲大人在塔里面被人谋杀，我实在忍受不了再多看它一眼。诸神慈悲，但愿烧塔的烟火能熏出几只老鼠来。"

詹姆翻翻白眼，"你指的，还是提利昂吧。"

"不止他，还有瓦里斯大人，还有那个狱卒。"

"若他们还在塔内，早给发现了。我派士兵拿着铁镐和铁锤进去搜查，敲开墙壁，凿穿地板，发现了好几十条秘密通道。"

"你明知道也许还有几十条没发现的！"事实上，有的通道如此狭小，詹姆只能派小侍酒或马童爬进去探索。他们找到一条直通黑牢的地道，一口犹如无底深渊的石井，有一个房间堆满了头骨与焦黄的骨骸，外加四大口袋来自于韦赛里斯一世时期、已然失去光泽的银币。他们还遇到了上千只老鼠……但既没找到提利昂，更没发现瓦里斯的踪迹，詹姆最终决定停止无益的行动。其间，一个男孩曾被一条狭窄的通道卡住，费尽辛苦才拖出来；另一个男孩从天梯上摔下去，摔断了腿；还有两名卫兵在探索某条岔道时双双失踪，其他卫兵声称隔着石墙听到微弱的呼喊，但等詹姆派人推翻墙壁，对面唯有泥土和碎石而已。"小恶魔是个狡猾的小怪物，他很可能还躲在墙里面，烟火能把他熏出来现身。"

"就算提利昂还躲在城堡之内，他也不可能藏在首相塔里。那座塔几乎被我们砸成废墟了。"

"把这座肮脏的城堡全砸碎就好了。"瑟曦宣称，"战争结束之后，我打算在河边新修宫殿。"昨晚她还在梦想这个，那将是一座雄伟的白城堡，周围有树林与花园环绕，远离君临的喧嚣和臭气。"这座城市就像个大粪坑，若条件允许，我宁愿把宫廷搬到兰尼斯港，在凯岩城治理国家。"

"这比烧毁首相塔的愚行更蠢。听着，只要托曼还坐在铁王座上，全国的人心向背就会把他当做真正的国王；将他藏在岩石底下，他便成了觊觎王位的地方诸侯，和史坦尼斯同一级别。"

"这个我知道，"太后尖刻地说，"我是说我'想'把宫廷搬到兰尼斯港，并非真要这么做。你是一向这么迟钝呢，还是少了只手人也变傻了？"

詹姆不理会她的讥刺。"火烧起来，很可能不听你使唤，从塔楼蔓延到整座城堡。野火是不能信任的。"

"哈林大人向我保证他手下的火术士能控制火势。"最近半个

月，炼金术士公会加班加点地赶制野火。"就让全君临都看到这场大火，作为给予我为敌者的教训。"

"你说起话来简直就像伊里斯。"

她鼻孔一张，"注意言辞，爵士先生。"

"好吧，告辞。记住我爱你，亲爱的老姐。"

我怎么会爱上你这臭脾气的怪物？等他离开后，她疑惑地想。他是你的孪生弟弟，你的影子，你的另一半啊。一个声音低声说。那是过去的事，曾经的往事，她心想，以后不再是了。对我而言，如今的他成了个陌生人。

和乔佛里富丽堂皇的婚礼相比，托曼国王的婚礼朴素多了，规模也小得多。谁也不想再来一番折腾——尤其是太后；谁也不想再花费那么多钱财——尤其是提利尔家。所以到头来小国王只是简单地挽着玛格丽·提利尔去红堡圣堂发下婚誓，不到一百位贵族作了见证，而他哥哥当初娶同一个女人时邀请了上千名宾客。

新娘美貌又欢快，神采飞扬，新郎还是个娃娃脸，身材肥胖。他用孩子特有的嗓门尖声尖气地背诵誓词，保证爱情纯正、忠诚不渝，把自己和梅斯·提利尔这个结第三次婚的女儿捆在了一起。玛格丽穿着与小乔结婚当天同样的服装：纯白轻盈的象牙色丝衣、密尔蕾丝裙搭配无数颗小珍珠的装饰。瑟曦仍着黑色丧服，以示对长子的哀悼。是啊，小乔的寡妇可以开心谈笑、饮酒作乐，把前夫抛到九霄云外，她这个做母亲的却无法忘记自己的孩子。

你们大错特错，太后心想，你们太心急了。再等一年、两年，不行吗？高庭应该满足于与王室订婚。瑟曦狠狠地瞪着站在妻子与母亲中间的梅斯·提利尔。结果小乔尸骨未寒，你就强迫我来举办这场滑稽的婚礼，大人，这事我决不会忘。

接下来是交换斗篷的时间，新娘优雅地跪地，让托曼为她系上沉重的金色大斗篷——这是当年劳勃迎娶瑟曦时所穿的新郎斗篷，斗篷上用玛瑙珠子拼出拜拉席恩家族的宝冠雄鹿。其实照瑟曦的意思，她想用乔佛里在婚礼上所穿的那件上等红天鹅绒斗篷。"那可是我父亲大人迎娶我母亲大人时使用的斗篷，"她给提利尔家解释过，但荆棘女王连这点也不肯相让。"是吗？又是那团老布？"老太婆叫道，"就我看来，那东西太旧太俗气了……而且照实说，不是有点不吉利吗？雄鹿更适合劳勃国王真正的传人嘛，至少在我那个年代，新娘子是要穿她丈夫的颜色，而非穿她公婆的颜色的。"

该死，由于史坦尼斯和他下流的指控信件，现在王国上下传遍了关于托曼身世的谣言。瑟曦不能因为坚持使用兰尼斯特的绯红色从而为这事火上浇油，所以她尽可能保持尊严地退让了。现下看到这件玛瑙装饰的金色斗篷，太后不禁怒从中来。**不识好歹的提利尔们，真爬树上墙了！**

誓词说完后，国王和王后走出圣堂，接受祝贺。"看哪！现在有两位美人戴上了维斯特洛的后冠，无论年轻的还是年长的，都是绝世容颜，"李勒·克雷赫爵士呼喝道——这是个莽夫、呆子，跟她前夫一个德行。**两顶后冠？**她真想给他一巴掌。盖尔斯·罗斯比想吻她的手，结果把她的指头当成了咳嗽用的方巾；雷德温伯爵吻了她一边脸颊，梅斯·提利尔吻了两边；派席尔大学士告诉她她不是失去了一个儿子，而是多了一个女儿；欣慰的是，她避免了坦妲伯爵夫人热情的拥抱——史铎渥斯堡的三个女人齐齐缺席，太后为此甚是感激。

最后上前的是凯冯·兰尼斯特。"据我了解，你打算马上离京去参加另一场婚礼。"太后对叔叔说。

"'顽石'替我们清理了戴瑞城附近的残人，"他答道，"蓝赛尔的新娘在等他。"

"姑妈也会来参加婚礼吗？"

"不，河间地仍太过凶险，瓦格·霍特的余孽四处游荡，贝

里·唐德利恩则在一个接一个地吊死佛雷家的人。听说桑铎·克里冈也加入了他们,是真的吗?"

他怎么知道这么多?"传说是这样。不过这堆报告总是互相冲突。"昨晚从三叉戟河河口小岛的修道院刚飞来一只乌鸦,报称一股土匪大肆洗劫了附近的盐场镇,幸存者说来人中有位戴猎狗盔的悍匪,此人不仅杀了十几个男人,还强奸了一名十二岁的幼女。"毫无疑问,蓝赛尔会将克里冈和贝里伯爵都绳之以法,在河间地恢复王国的法度。"

凯冯望进她的眼睛,看了一会儿,"我儿子可对付不了桑铎·克里冈。"

至少这点我们有共识。"他父亲能行。"

叔叔的嘴巴抿得更紧,"就算你不需要我在凯岩城为你效劳……"

我需要你在君临为我效劳。瑟曦已任命一位表叔达米昂·兰尼斯特为凯岩城代理城主,任命另一位表亲达冯·兰尼斯特为西境守护。傲慢令你付出了代价,叔叔。"将桑铎的人头献上,我保证国王陛下重重有赏。你不是喜欢存钱吗?小乔喜欢这个人,可托曼一直很怕他……这也是有道理的。"

"狗仗人势。"凯冯爵士扔下这句话,转身走了。

詹姆护送她前往小厅,宴会已备妥了。"都怪你!"姐姐凑在弟弟耳边低声说,"'让他们结婚吧',这是你出的馊主意。玛格丽应该为乔佛里服丧,而非急着嫁给他弟弟,她应该像我一样悲痛才对!此外,我不信她还是处女,蓝礼有命根子的,没错吧?他是劳勃的弟弟,怎么会没命根子呢?那个恶心的老太婆以为我会容许我儿子——"

"你很快就会摆脱奥莲娜夫人了,"詹姆静静地打断她,"她明日即将返回高庭。"

"她嘴上这么说而已。"瑟曦根本不信提利尔的承诺。

"她说走就会走，"弟弟坚持，"而提利尔家一半的军队将由梅斯率领前去攻打风息堡，另一半跟随加兰爵士返回亮水城，以拱卫河湾地。只消几天时间，君临城内的玫瑰就只剩玛格丽、她的女伴们外加一些卫兵了。"

"还有洛拉斯爵士。你忘记你的'誓言兄弟'了吗？"

"洛拉斯爵士是御林铁卫的骑士。"

"洛拉斯爵士是个撒尿都撒玫瑰水的提利尔！根本不该让他穿上白袍！"

"说得对，如果叫我来选，我不会选他——不过有谁费心征询过我的意见呢？但我认为他会干得不错，白袍能改变一个人的心志。"

"至少它改变了你的心志——而且不是向好的方面！"

"我爱你，亲爱的老姐。"他替她打开门，陪她来到高台上国王的座位旁边。玛格丽被安排坐在国王的另一边，以示尊崇。提利尔女孩和小国王手挽手走进来，在瑟曦面前停下来吻她的脸颊，并伸手拥抱。"陛下，"这女孩厚颜无耻地宣布，"今天我有了第二个母亲。我祈祷我们之间能够相亲相爱，因您可爱的儿子而紧密结合在一起。"

"我的两个儿子都很可爱。"

"乔佛里也在我的祷词当中，"玛格丽保证，"我曾经爱他爱得发狂，可惜命运作弄，却没有福分陪伴他。"

骗子，太后心想，如果你心底对他还有那么一点点感情，怎么忍心急不可耐地嫁给他弟弟。你看中的只是他的王冠。她真想当着全宫廷的面，就在高台上给这羞红了脸的新娘结结实实一嘴巴。

和典礼的简洁相似，婚宴也很朴素。这回由艾勒莉夫人操办一切，经历了乔佛里事件，瑟曦不愿再操劳了。宴会只有七道菜，

黄油饼和月童在席间娱乐宾客，还有乐师演奏音乐，包括若干笛手和提琴手，一个琵琶手、一个长笛手和一个竖琴手。唯一的歌手为玛格丽的最爱，浑身天蓝色打扮，是个目中无人的浮华少年，他自称"蓝诗人"，演唱了几首情歌。"真遗憾，"奥莲娜夫人大声抱怨，"我想再听《卡斯特梅的雨季》。"

看见这老太婆，"蛤蟆"巫姬那张脸便没来由地浮现在瑟曦眼前，那张满是皱纹、森然可怖，而又精明睿智的脸。老女人都是这样子，她试图安慰自己，没什么特别的。事实上，驼背女巫长得和荆棘女王一点都不像，可不知怎地，奥莲娜夫人不怀好意的微笑又把她重新带回了巫姬的帐篷。她忘不了那里的味道，空气中有奇异的东方香料，忘不了巫姬柔软的牙床吸吮她指上的鲜血。来日你将母仪天下，老巫婆对她保证，唇上淋漓的血液闪闪发光，直到另一位女人的到来，比你年轻也比你美。她会推翻你，并夺走所有你珍爱的东西。

瑟曦的视线越过托曼，看着玛格丽坐在椅子上和她父亲谈笑。她确实很美，太后不得不承认，可她的美貌只是因为年轻。连农家女在特定年龄也会显得俊俏，当她们还是那么娇嫩、那么纯真、那么贞洁的时候，也会有玛格丽那样的棕发棕眼。是的，傻瓜才会认为她比我美。可惜世上充斥着傻瓜，尤其是她儿子的宫廷里面。

看到梅斯·提利尔起身带领众人祝酒，她的心情就更糟糕了。高庭公爵将金杯高高举起，朝他漂亮的小女儿微微一笑，然后用洪钟般的声音喊道："敬国王陛下和王后陛下！"厅内的绵羊们纷纷"咩咩"叫着回应。"敬国王陛下和王后陛下！"他们同声呼喊，一齐撞杯，"敬国王陛下和王后陛下！"她别无选择，只能响应。要是宾客们全体化为一张脸就好了，瑟曦心想，那样她就可以把酒泼进这张脸的眼睛里，教他们瞧清楚谁才是真正的、永远的王后。提利尔的党羽中唯一记得她的是派克斯特·雷德温，轮到他祝酒时，青亭岛伯爵摇摇晃晃地站起来。"为了我们的两位王后！"他叽叽喳喳地说，"过去和现在的！"

瑟曦喝了无数杯葡萄酒，却将装食物的金盘子推开。詹姆吃得更少，而且几乎不在高台上落座。他跟我一样紧张，太后望着弟弟在大厅内来回巡视，心里想，詹姆不时还用那只完好的手把厅中的织锦掀开，似乎要确保无人躲藏其中。她很清楚，弟弟在屋外层层设防，四处布下了兰尼斯特枪兵，而奥斯蒙·凯特布莱克爵士和马林·特兰爵士分头把守着前后两道门扉，巴隆·史文守在国王身后，洛拉斯·提利尔站在太后面。除了这几位白骑士，任何人都不得带武器入厅。

我儿子是安全的，瑟曦告诉自己，没人能伤害他，至少在这里做不到，至少现在做不到。虽然如此，每当她望向托曼，看到的却是抓抠喉咙的乔佛里；每当托曼轻轻咳嗽，她的心脏就霎时停止了跳动。她急匆匆地伸手去够儿子，把一位仆女推在一边。

"只是一点酒呛住了，"玛格丽·提利尔微笑着安慰她。说罢，这女孩执起托曼的手，亲吻他的指头，"我的小爱人，你喝慢点啊，瞧，你快把你母亲大人给吓死了。"

"对不起，妈妈。"托曼窘迫地说。

此情此景瑟曦再也受不了了。我不能让他们看见我的眼泪，她一边想，一边感觉到湿润的液体盈满眼眶。于是她起身越过马林·特林，大步走到后方的走廊上。一根孤零零的牛脂蜡烛高悬于头顶，她容许自己轻轻啜泣了一下，接着又一下。女人可以哭，太后却不行。

"陛下？"一个声音从身后传来，"我打扰您了吗？"

这是女人的声音，夹杂着东方口音。一时间，她还以为"蛤蟆"巫姬从坟墓中爬出来找她，片刻后才发现是玛瑞魏斯的老婆，奥顿伯爵在流亡期间迎娶并带回长桌厅的黑眼美人。"小厅里太拥

挤，"瑟曦听见自己开口解释，"烟熏得我眼睛痛。"

"我也是，陛下。"玛瑞魏斯夫人和太后一般身高，但头发并非金黄，而是乌黑，她有橄榄色皮肤，年纪至少比瑟曦小十岁。她递给瑟曦一张蕾丝镶边的淡蓝色丝绸手帕。"我也有个儿子，等他结婚那天，我会哭得像个泪人儿。"

瑟曦赶紧用手帕几下擦干脸颊，恼恨泪水被对方瞧见。"谢谢。"她生硬地说。

"陛下，我……"密尔女人压低声音，"有些事我得让您知道。您的侍女被收买了……您的一举一动，她都向玛格丽报告。"

"塞蕾娜？"刹那间，怒火在瑟曦体内沸腾。我还能信任谁？"你确定？"

"我跟踪过她。是的，玛格丽从未与她见面，她利用自己的表亲作为耳目，以传递消息。有时是埃萝，有时是雅兰，有时又是梅歌，这三人跟玛格丽情同姐妹。您的侍女常跟这三位提利尔在圣堂中碰面，装做祈祷的样子，您若不信，明日请派人在楼台上监视，您的人将会亲眼目睹塞蕾娜在处女的祭坛下向梅歌低声倾诉。"

"即便这是真的，你报告我又目的何在？你自己就是玛格丽的随从，为何背叛她？"瑟曦从小就在父亲膝下学会了怀疑；这里一定有陷阱，一个企图在狮子和玫瑰之间散播不和的陷阱。

"长桌厅虽然效忠于高庭，"密尔女人轻松地一甩黑发，回答道，"但我来自密尔，我的忠诚只针对我的丈夫和儿子。我要为他们打算。"

"我明白了。"在寒冷的走廊里，太后闻到密尔女人身上的香水，那种麝香里，混合了苔藓、泥土和野花的味道，而在这些味道下面，她嗅出勃勃野心。她在提利昂的审判上作过证，瑟曦突然想起，她亲眼看见小恶魔将毒药放进小乔的杯子里，而且有勇气说出口。"此事我会仔细调查，"太后承诺，"若你所言不假，一定重重有赏。"若你敢欺骗我，我就拔掉你的舌头，还要剥夺你丈夫的领地与财产。

"慷慨的太后陛下，您真美丽！"玛瑞魏斯夫人咧嘴微笑，她的牙齿洁白，嘴唇丰厚而沉暗。

太后回到小厅时，发现弟弟正在烦躁不安地来回踱步。"只是一点酒呛住了，却把我吓得不轻。"

"我也是，肠胃打结，什么都吃不下，"她朝他抱怨，"酒中唯有苦味，这场婚姻是个错误。"

"这场婚姻是个必须完成的任务。放心，孩子是安全的。"

"笨蛋，戴上王冠的人永远不会安全。"她扫视大厅：梅斯·提利尔正和他的骑士们谈笑风生；雷德温伯爵和罗宛伯爵在窃窃私语；凯冯爵士在大厅后面就着一杯酒默默思考，而蓝赛尔正跟一位修士说着什么；塞蕾娜在席间服务，她满上新娘的一位表亲的杯子，酒液殷红如血；派席尔大学士睡着了。这里我谁都不能依靠，即便詹姆也不行，她阴沉地意识到，我要把他们统统换掉，国王驾前应该都是我的亲信。

随着甜品、干果和奶酪上桌又被清掉，玛格丽与托曼开始跳舞。他俩在席间旋身的模样，颇有几分荒谬可笑。提利尔女孩比她的小丈夫足足高了一尺半，而托曼原本不擅舞技，没有乔佛里的优雅灵巧。不过，他还是竭尽全力，不在乎失误多少。等这所谓的"处女"玛格丽跟他跳完，她的表亲又轮番上前，缠着陛下也与她们跳。她们是故意的，故意用车轮战耗尽托曼的体力，好让他步履踉跄，在群臣面前出丑，瑟曦一边目不转睛地盯着儿子，一边愤恨地想，半个宫廷都在国王背后指指戳戳。

等埃箩、雅兰和梅歌与托曼跳完，玛格丽又和她父亲，再与她哥哥洛拉斯跳。百花骑士身穿纯白丝衣，腰束金玫瑰腰带，再用一只翡翠做的玫瑰别针扣住披风。他们也好像一对双胞胎啊，瑟曦

边看边想。洛拉斯爵士只比他妹妹大一岁,他们有同样大大的棕色眼睛,同样蓬厚的棕色卷发,慵懒地披散在肩,还有同样光滑无瑕的皮肤。让他们脸上同时长出一堆疹子会教导他们谦卑之道。洛拉斯比较高,面孔上有些棕色绒毛,而玛格丽有女人的体形,除此之外,他们跟她和詹姆几无二致——这让她很是恼怒。

她的孪生弟弟打断她的沉思,"陛下愿意随您的白骑士下场跳舞吗?"

她白了他一眼。"你没手怎么跳,用那个断肢吗?不,你还是给我倒酒好了,注意别泼出来。"

"别泼出来?我可做不到。"他转身继续在厅内巡逻,她不得不自己去倒酒。

接下来瑟曦又拒绝了梅斯·提利尔和蓝赛尔。于是乎大家心照不宣,无人再上前邀请。*这些就是我倚仗的朋友和臣属。连西镜人,连她父亲的骑士与领主也不能信任,瞧,她的亲叔叔不是也与敌人串通……*

玛格丽继续和她的表亲雅兰、梅歌及高个塔拉德爵士跳舞。她另一位表亲埃箩则与潮头岛英俊的私生子奥雷恩·维水共享一杯葡萄酒。这不是太后首度注意到维水,此人精瘦而年轻,有灰绿色眼睛和银金色长发,第一次看到他时,她半晌间还以为雷加·坦格利安自灰烬中重生了。*他有他的头发*,她告诉自己,*却没有雷加一半的美。他脸庞太窄,又是双下巴。*好歹瓦列利安家族有古瓦雷利亚血统,家中很多人继承了龙王们的银发。

托曼回到高台,吃起苹果蛋糕,她叔叔的座位却空了出来。太后来回扫视,最终发现他站在角落里,与梅斯·提利尔的二儿子加兰热切商谈。*他们在说什么?*河湾地的人送给加兰"勇武"的外号,但她像不信任玛格丽或洛拉斯一样不信任他,她忘不了科本在狱卒的夜壶下面发现的金币。*这是高庭的财产,而玛格丽在我身边*

布下了间谍。当塞蕾娜来为她满上酒杯时,她不得不忍住要当场扼死对方的冲动。别朝我假惺惺地微笑,黑心肠的小婊子,等我收拾你的时候,你会跪下来哀求慈悲。

"陛下,你今晚喝得太多了。"弟弟詹姆静静地说。

不,太后心想,哪怕全世界的美酒下肚,都不足以让我忍受这场婚事。她猛地站起来,几乎被绊倒,詹姆连忙伸手扶她胳膊,却被她用力甩开。接着她双掌一拍,音乐应声而止,大家也安静下来。"大人们女士们!"瑟曦高喊,"请你们随我一同出门,见证一场象征高庭与凯岩城结合的焰火,它代表了和平世纪的到来,愿七大王国从此丰饶富庶!"

首相塔在黑暗中遗世独立,橡木门和窄窗全被砸碎,犹如一个个黑洞,凄惨荒凉。然而,尽管它已成为荒芜废墟,却还是笼罩着外院,从小厅内接踵而出的宾客们,都走在它的阴影底下。瑟曦抬头看去,只见塔楼的城齿噬咬着月亮,一时间,她不禁猜测这三百年间有多少位国王任命了多少位首相,他们都把这里当成家。

她走了一百码,深吸一口气,方才止住头晕。"哈林大人!开始吧!"

火术士哈林应道"嘿嘿嘿",然后把火炬一挥,看见信号,城墙上的弓箭手们引弓而射,十几只火箭同时飞进砸开的窗户里。

塔楼"呼"的一下抖动起来,半晌之间,其内部便被火焰点亮,红的火、黄的火、橙的火……尤其是绿的火,恶魔般的暗绿色,犹如胆汁,更似翡翠,那是炼金术士的屎尿。术士们称其为"这种物质",老百姓则管它叫野火。五十罐野火被安放在首相塔内,外加若干原木、沥青桶和那个名叫提利昂·兰尼斯特的侏儒曾经拥有过的所有物品。

太后沐浴在绿火燃烧的熊熊热能中。火术士们宣称,世上只有三种火比这种物质烧起来的温度更高:一为龙焰,二为地火,其三

是盛夏的太阳。这是真的,许多女人看到第一束火焰蹿出窗户、犹如长长的绿舌头舔噬着外墙时便张大了嘴巴,再也合不拢来。还有人高声欢呼,拍手称快。

它好美啊,她心想,就和乔佛里一样灿烂,就像他们把他放进我怀中的时候。他将她的乳头含进嘴里吸吮,没有男人能带给她那种美妙滋味。

托曼睁大眼睛看着火焰,脸上的神情既着迷又害怕,随后玛格丽凑在他耳边说了些什么,他便开怀地笑了。许多骑士开始打赌,赌塔楼还能坚持多久。哈林伯爵哼着荒腔走板的歌,摇摇晃晃地走来走去。

瑟曦回想起这些年里她认识的首相们:欧文·玛瑞魏斯、琼恩·克林顿、科尔顿·切斯德、琼恩·艾林、艾德·史塔克,她弟弟提利昂和她父亲泰温——泰温·兰尼斯特公爵,她想得最多的便是他。他们快被烧光了,她心满意足地告诉自己,统统死了、烧了、不复存在,他们带着自己的宏图大业与阴谋狡诈化为了漫天尘埃。如今是我的天下、我的城堡、我的王国。

首相塔发出一阵剧烈呻吟,惊天动地,使得院子里所有谈话都戛然而止。接着石头分崩离析,上城楼的一部分摔下来,着地的碰撞令整个山丘震撼摇晃,卷起遮天尘烟。空气从破损之处灌入塔内,鼓动火势更为汹涌澎湃。绿火犹如花束,盛开在夜空中,彼此竞相绽放。托曼吓得逃开,玛格丽抓住他的手,"您看,火焰会跳舞呢,就和我们一样,亲爱的。"

"是啊,"他小小的声音里充满了惊叹,"母亲,你瞧,它们在跳舞呢。"

"我看见了。哈林大人,这场大火会持续多久?"

"持续一整夜,陛下。"

"如果照实说,这是一根顶漂亮的蜡烛,"奥莲娜·提利尔夫人道,她在左手和右手之间,拄着拐杖,"足以保佑大家入睡。我这身老骨头累了,小娃儿们今晚也瞧够了排场,我想,国王和王后就寝的时间应该到了。"

"是,"瑟曦招呼詹姆。"队长阁下,方便的话,请你护送国王和他的小王后前去就寝。"

"遵命。你呢?"

"我不睡。"瑟曦太兴奋,根本睡不着。野火洗净了她,烧干了她的怒气与恐慌,在她心中注满决心。"焰火很美,我想再看一看。"

詹姆犹豫,"你不能一个人留在这儿。"

"我不是一个人。奥斯蒙爵士,你的誓言兄弟,他会留下来保护我。"

"只要陛下您愿意。"凯特布莱克插嘴。

"我当然愿意。"说罢,瑟曦挽起他的手,两人肩并着肩,共同欣赏漫天绿火。

污点骑士

就算是秋天,这个夜晚也冷得不合情理。一阵凛冽潮湿的风顺着街道盘旋,激起白天降落的尘埃。这是北风,充满寒意。亚历斯·奥克赫特爵士拉起兜帽,挡住脸庞。他不能被认出来。两周前,刚有一个商人在影子城里被害,其人并无恶意,来多恩是为了采购水果,结果找到的不是枣子,却是死亡。他唯一的罪状是来自君临。

暴民们想对付我可没那么容易。让他们试试看,他的手向下轻擦过半藏于分层亚麻布袍之中的长剑柄。袍子外层是蓝绿条纹,缝有一排排金色太阳,里层是较薄的橙衣。多恩服装很舒适,但假如父亲还活着,看到儿子穿成如此模样,一定会大发雷霆。奥克赫特家族作为边疆地的诸侯,跟多恩人是世仇,古橡城的织锦挂毯可以作证。只需闭上眼睛,亚历斯又仿佛看到了它们:"慷慨的"艾吉伦大人威风凛凛地坐在沙场上,脚下堆着一百个多恩人的头颅;"亲王隘口的三树叶"艾利斯特身中数支多恩长矛,用最后一口气吹响战号;"绿橡树"奥利法爵士浑身白甲,战死在少龙主身边。奥克赫特家与多恩是水火不相容的。

即使奥柏伦亲王还在的时候,骑士每次离开阳戟城到影子城的街道中走动,都感觉不太自在。走到哪里都有目光注视着他,多恩人小小的黑眼睛中有不加掩饰的敌意。商人总是尽可能欺骗他,他甚至怀疑酒馆老板往他的酒里啐口水。有一次,一群衣衫褴褛的小男孩朝他扔石头,直到他拔剑将他们赶跑。红毒蛇的死令多恩人群情激愤,尽管道朗亲王将"沙蛇"们关进塔里之后,街上稍许平静了一点，但公然在影子城中穿着白袍无疑是招揽攻击。此行多恩，他一共带了三件白袍：两件羊毛的，一薄一厚，第三件是精致的白丝袍。此刻没披它们，他感觉像赤裸着身子。

赤裸着身子总比死了好，他告诉自己，穿不穿白袍，我都是御林铁卫的骑士。她必须尊重这点。我必须让她明白。唉，他本不该卷入其中，但歌手们不是常说吗？爱情会让男人变成傻瓜。

在炎热的白昼，阳戟城的影子城往往看似荒芜，只有苍蝇"嗡嗡"地沿满是尘土的街道舞动，然而一旦夜晚降临，街上就恢复了生机。亚历斯爵士听见隐约的乐声从头顶的百叶窗里飘出，某处有人急促地敲打指鼓，奏出矛舞的节奏，赋予夜晚以脉动。第二重曲墙下，三条小巷会合之处，一个青楼女子从阳台上向他打招呼。她浑身珠宝，涂抹油膏。他看了她一眼，耸耸肩，迎着凛冽的风继续前进。我们男人真是软弱。即便最高贵的人，也会被身体背叛。他想到"受神祝福的"圣贝勒，靠斋戒把自己饿到晕厥，以驯服那令人羞耻的欲望。我也必须这样做吗？

一个矮子站在拱门口，于火盆上烧烤蛇肉，他用木钳子翻动烤得卷曲起来的大块大块的肉，调料辛辣的气味熏得骑士的眼睛渗出泪水。听说最好的蛇肉调料都含有一滴毒液，跟芥末籽和火龙椒搅拌。弥赛菈不仅很快喜欢上了她的多恩王子，也喜欢上了多恩的食物，为让她高兴，亚历斯时不时得忍受一两道多恩菜。这些东西让他的嘴巴像是着了火，只能喘着气直灌红酒，而这些东西从下身排泄出来时比吃进去更加灼痛。但他的小公主十分喜欢。

他将她留在房里，跟崔斯丹王子下棋。那棋盘由翡翠、玛瑙和天青石的方格组成，棋子精美华丽，每次玩这个，弥赛菈丰厚的嘴唇便会微微张开，一双碧眼因专注而眯成细缝。这种棋叫作"席瓦斯"，从前由瓦兰提斯商船带至板条镇，孤儿们又沿绿血河沿岸传播。多恩朝廷为之着迷。

亚历斯爵士也很迷恋它：十种不同的棋子，各有其特性与威力，每局棋的变化都不相同，取决于棋手如何防御己方的方格。崔斯丹王子一下子就喜欢上了，弥赛菈也跟着学，好与他一起下棋。她还不满十一岁，她的未婚夫十三岁，尽管如此，她最近已是赢多输少。崔斯丹对此似乎并不介意。两个孩子看上去截然不同，男孩有橄榄色皮肤，直直的黑发，女孩的皮肤则像牛奶一样白，顶着一簇金色卷发；白与黑，犹如瑟曦王后与劳勃国王。他祈祷弥赛菈跟她的多恩男孩的生活比她母亲跟风息堡领主的生活更快乐。

离开她令他不安，尽管她在城堡里应该相当安全。只有两扇门可以通往弥赛菈在太阳塔内的房间，亚历斯爵士在每扇门前都派了一个人驻守：他们是兰尼斯特家的亲兵，随他从君临而来，经验丰富，强悍坚韧，绝对忠诚。此外，弥赛菈还有女仆们及伊兰婷修女，崔斯丹王子身边则有他的贴身护卫，绿血河的加斯科因爵士。*没人能找她麻烦*，他告诉自己，*两周后我们就可以安全离开。*

这是道朗亲王的保证。尽管亚历斯看见多恩亲王显得如此老迈，如此虚弱，很是震惊，但他不怀疑亲王的话。"我很抱歉，直到现在才能接见你和弥赛菈公主，"亚历斯被召入马泰尔的书房时，道朗亲王说，"但我相信我女儿亚莲恩已代我表达了多恩的欢迎，爵士。"

"是的，亲王殿下，"他回答，希望自己不会因脸红而露出底细。

"我们的土地荒芜贫穷，却自有其美丽。除了阳戟城，你们不能去多恩领的其他地方，这很遗憾，但我恐怕在城墙之外，你和公主都不安全。我们多恩人是冲动的民族，易怒而不易宽恕。我很想向你保证好战的只是'沙蛇'们，但我不能说谎，爵士。你已经听到街上的百姓们向我呼喊，要我召集军队，拿起长矛，恐怕半数的诸侯也持同样观点。"

"那您呢，亲王殿下？"骑士斗胆发问。

"我母亲很久以前教过我，疯子才打无把握之仗。"假如这唐突的问题令道朗亲王不快，他也丝毫没表露出来。"然而和平是脆弱的……跟你的公主一样脆弱。"

"畜生才会去伤害小女孩。"

"我妹妹伊莉亚也有过一个小女儿，名叫雷妮丝，也是个公主。"亲王叹口气。"那些会拿刀对付弥赛菈公主的人与她无冤无仇，就像亚摩利·洛奇爵士跟雷妮丝毫无瓜葛一样——啊，假如凶手真的是他的话。他们想逼我入瓮。你想想，如果弥赛菈在多恩，在我的保护之下被害，我的声誉会受到多大的伤害呢？"

"只要我有一口气在，就没人可以伤害弥赛菈。"

"高贵的誓言，"道朗·马泰尔淡淡地微笑，"但你毕竟只是一个人，爵士，双拳难敌四手。我本以为把我那些任性的侄女们监禁起来，就可以安定局面，结果只是把蟑螂赶回了草垫之下。每天晚上，我都能听见他们窃窃私语，磨刀霍霍。"

他在害怕，亚历斯爵士意识到，瞧，他的手在颤抖。多恩亲王处于恐惧之中。他无言以对。

"很抱歉，爵士，"道朗亲王说，"我身虚体弱，有时候……阳戟城令我疲倦，到处是噪音、尘土和臭气。等事情处理完毕，我打算返回流水花园，并带上弥赛菈公主。"骑士还不及抗议，亲王便抬起一只手，指关节又红又肿。"你，还有她的修女、女仆和卫兵们都去。阳戟城固然牢固，但城下就是影子城，即使在城堡内，每天也有数百人进进出出。流水花园则是我的地盘。马伦亲王筑起这座花园，作为礼物送给他的坦格利安新娘，标志着多恩与铁王座的结合。那里的秋天十分爽朗……白天炎热，夜晚清凉，海上吹来阵阵咸涩的风，还有宜人的喷泉和水池。那里也有很多儿童，出身高贵的男孩女孩。弥赛菈将与年龄相仿的朋友们为伴。她不会孤

单。"

"就照您说的办。"亲王的话在他脑袋里砰砰作响。**她在那儿会很安全**。可如何解释道朗·马泰尔要他别给君临写信汇报这一举动呢?假如没人知道弥赛菈在哪里,她便最为安全。这点亚历斯爵士同意。说到底他有什么选择?纵然身为御林铁卫的骑士,他毕竟只是一个人,诚如亲王所言。

小巷突然通入一个月光照洒的庭院。**经过蜡烛店**,她写道,**穿过一道门,走过一小段室外阶梯**。他推门而入,爬上破旧的楼梯,来到一扇没有标牌的门前。**我该敲门吗**?他推开门,进到一间光线昏暗的大屋子里,天花板很矮,厚厚的土墙上有个挖出的壁龛,一对香烛在里面闪烁摇摆。他发现自己的凉鞋踩着密尔花纹地毯,墙上挂有一条织锦,旁边还有一张床。"小姐?"他喊道,"你在哪里?"

"这儿。"她从门后的阴影里踏出。

绚丽的蛇纹手镯环绕着她的右前臂,红铜与黄金的鳞片随着她的动作微微闪烁。这是她全身唯一的覆盖。

不,我想跟她说,我是来告诉你,我必须走。但看见她在烛火中的光彩,他仿佛丧失了语言能力,喉咙像多恩的沙地一样干燥。他默默地站立,欣赏她胴体的容光,欣赏她深陷的喉头,欣赏她成熟浑圆的乳房、暗淡的大乳头和腰臀的美妙曲线。浑然不觉间,他抱住了她,而她开始除他的袍服。脱到短套衫时,她抓住肩部,用力一扯,向下一直撕裂到肚脐,但亚历斯已毫不在意。她的肌肤又光又滑,摸上去跟多恩阳光烘烤过的沙子一样温热。他捧起她的头,找到她的唇。她的唇在他嘴下张开,乳房则盈盈握于他手中。她的乳头在他拇指摩挲之下变得坚硬。她的头发又黑又密,带着兰花的气味,朴实自然的幽香使他那话儿也硬了起来,疼了起来。

"摸我,爵士,"女子在他耳边轻声说。他的手顺着她完美

227

的腹部滑下去,找到浓密的黑毛底部那个潮湿而甜美的洞。"对,就是那儿,"他的一根手指伸入她体内,她低吟道,发出呜咽的声音,一边领他到了床边,将他按倒,"再来,噢,再来,对,亲爱的,我的骑士,我的骑士,我亲爱的白骑士,对,你,你,我要你。"她的手引导他进入她体内,然后滑向他的后背,将他拉得更近。"深一点,"她轻声说,"对,哦。"她用双腿箍住他的身子,像钢铁一样强有力。他一次一次又一次地向她冲击,她的指甲在他背上抓划,到最后,她在他身下一边尖叫,一边将脊背仰成弧线。与此同时,她的手指找到他的乳头,使劲地捏,直至他的种子排入她体内。*我宁愿在此刻快乐赴死*,骑士心想,至少在此刻,他很平静。

但他没有死。

他的欲望犹如大海般深沉,但当潮水退却,羞耻与自责的礁石又像往常一样突兀地冒了出来。时而波浪会盖过它们,可它们依然留在水底,又硬又黑又滑溜。*我在做什么?* 他扪心自问,*别忘了,我是御林铁卫的骑士*。于是他从她身上翻下来,伸展四肢,凝视着天花板。天花板上有条大裂缝,从一面墙延伸到另一面。他之前没注意到,也没注意到织锦图——画中是娜梅莉亚与她的一万艘船。*我只看到她*。就算一头巨龙在窗外窥视,而我除了她的乳房、她的脸、她的笑,什么也看不见。

"有红酒哦,"她在他颈边喃喃细语,一只手滑过他胸膛。"你渴不渴?"

"不。"他翻身坐到床沿。房间很热,然而他颤抖个不停。

"你在流血,"她道,"我抓得太重了。"

她碰到他的后背时,他骤然退缩,仿佛她的手指是火。"不要,"他赤身裸体地站起来,"再也不要。"

"我有药膏,可以疗伤。"

但不能治疗我的羞耻。"一点抓伤算不了什么。原谅我,小姐,我必须走……"

"这么快?"她的嗓音一贯沙哑,那张宽大的嘴适合轻声低语,丰厚成熟的唇则是亲吻的绝佳对象。她的头发从裸露的肩头披落,直到丰满的乳房顶端,乌黑浓密,蜷成一个个松软舒缓的大圆圈。甚至她下身的毛也是柔软卷曲的。"今晚留下吧,爵士,我还有许多东西要教你。"

"我从你这儿学得太多了。"

"你似乎对那些课程相当满意啊,爵士。你肯定不是要去其他女人的床上吧?对吗?告诉我她是谁,我会为你跟她决斗——赤身裸体,匕首对匕首。"她微笑道,"除非她是一条'沙蛇',倘若如此,我们可以共享你。我很爱我的堂姐妹们。"

"你知道我没有其他女人。只有……职责。"

她翻过身,用单肘支撑,抬头望向他,黑色的大眼睛在烛光中闪烁。"职责是个麻脸婊子,两腿间像尘土一样干涩,而她的吻会让你流血不止。让职责独睡一晚吧,今夜陪我。"

"我的职责在宫里。"

她叹口气,"你要去陪另一位公主,对吗?真让我妒忌,我觉得你爱她胜过爱我。可惜那女孩太小了,你需要女人,不是小孩子。但我可以扮作清纯,假如那样能令你兴奋的话。"

"你别这么说。"记住,*她是多恩人*。在边疆地,人们都说多恩的饮食使得多恩男人脾气火暴、多恩女人行为狂野放荡。*火胡椒和其他奇异香料让他们血液升温,她无法控制自己*。"我像宠爱亲生女儿一样爱着弥赛菈。"但他永远不可能有女儿,也不可能有妻子,只有精致的白袍。"我们要去流水花园。"

"你终于要走了,"她默默地说,"不过我父亲要做任何事,都得花费四倍的准备时间。他说明天离开,你们肯定两周之后才会出发。你会在流水花园里孤孤单单的，我向你保证。唉，从前那个年轻的勇士去了哪里？他曾说希望在我的臂弯里度过余生。"

"我当时醉了。"

"你喝了三杯兑水的红酒。"

"我是因你而陶醉。十年了……自穿上白袍起，我就没碰过女人，直到跟你……我从不明白爱是什么，然而现在……我很担心。"

"有什么好让我的白骑士担心的？"

"我担心自己的荣誉，"他说，"还有你的荣誉。"

"我知道如何处理自己的荣誉，"她用一根手指触摸胸口，在乳头周围缓缓画圈，"以及自己的快乐——假如有必要的话。我是个成年女人。"

她当然是。看着她在羽床上戏谑微笑，拨弄乳房……世间还有没有别的女人乳头这么大、这么敏感？他看着它们，无法抑止地想要抓握，吮吸，直到它们变得坚挺潮湿，闪耀光泽……

他望向别处。他的内衣撒满地毯。骑士弯腰捡拾。

"你的手在发抖，"她指出，"我想它们宁愿来抚摸我。你非得这么快穿上衣服吗，爵士？我更喜欢现在的你。睡在床上，赤身裸体，我们是真正的自己，男和女，一对情人，最大限度地合为一体。服装将把我们区分开来。我情愿展示血肉之躯而非丝绸珠宝，而你……你跟你的白袍是两码事，爵士。"

"一回事，"亚历斯爵士强调，"我跟我的袍子就是一回事。必须结束了，为了我，也为了你。假如我们被发现……"

"人们会认为你是幸运儿。"

"人们会认定我违背誓言。假如有人去你父亲那儿告状，告诉他我是如何玷污你的名誉，那该怎么办？"

"形容我父亲的词很多，但从没有人说他愚蠢。我的初夜给了神恩城的私生子,当时我们都才十四岁。你猜我父亲发现后,做了什么?"她将床单握紧,拉到下巴下面,盖住赤裸的身体。"告诉你,他什么也没做。我父亲喜欢无为而治——无所作为,他称之为'思考'。实话告诉我,爵士,你担忧的是我的荣誉,还是你自己的?"

"两者皆有,"她的指控令他很受伤,"因此这必须是最后一次。"

"你以前也这么说过。"

我确实说过,而且是如此打算的。但我很软弱,否则也不会在这儿了。他不能把心里话告诉她;她是那种鄙视软弱的女人,他感觉得到。她性格像她叔叔,不像她父亲。他转过身,发现自己被撕裂的丝绸短套衫躺在椅子上。她刚才将这件衣服一直撕裂到肚脐,再从他手臂上除下。"衣服毁了,"他抱怨,"我怎么穿?"

"反过来穿,"她建议,"裹上长袍,没人会看到裂口。或许你的小公主还会替你缝上。要不我送一件新的到流水花园?"

"不要给我送礼物。"那只会惹人注目。他抖开短套衫,反过来从头上套进去。丝绸粘住后背的抓伤,感觉凉凉的。这样至少可以撑到回宫。"我只想结束这……这……"

"这就是你的勇气吗,爵士?你伤害了我。我开始觉得,你那些甜言蜜语都是骗人的。"

我怎么会对你撒谎?亚历斯爵士感觉仿佛被她扇了一巴掌。"不,为了爱,我抛弃了所有的荣誉……当我跟你在一起,我……我无法思考,你是我梦想的一切,但……"

"言语就像风。如果你爱我,请不要离开我。"

"我立誓……"

"……不结婚,不生子。瞧,我喝了月茶,而你也知道我不能跟你结婚。"她微笑道。"然而你或许可以说服我,留你作情人。"

"你这是在嘲笑我。"

"也许有一点吧。难道你认为自己是有史以来第一个爱上女人的御林铁卫吗？"

"总有些人立誓容易守誓难，"他承认。柏洛斯·布劳恩爵士是丝绸街的常客，普列斯顿·格林菲尔爵士常常趁某个布料商外出时造访他家，但亚历斯爵士不愿讲出自己誓言兄弟的过失，令他们蒙羞。"特伦斯·托因爵士跟国王的情妇上床，"他说，"他发誓那是因为爱，代价却是他和她的性命，并导致了家族中衰以及史上最高贵的骑士之死。"

"是的。'好色之徒'卢卡默呢？他有三个老婆和十六个孩子。那首歌总让我发笑。"

"真相并不那么好笑。他生前从没被称作'好色之徒'卢卡默。他的称号是'强壮的'卢卡默。他整个一生都生活在谎言中，被揭穿之后，他的誓言兄弟们亲手阉割了他，而'人瑞王'将他发配长城，留下十六个哭哭啼啼的孩子。跟特伦斯·托因一样，他不是真正的骑士……"

"那龙骑士呢？"她将床单扔到一边，甩腿下地，"你刚才说他是史上最高贵的骑士，然而他跟王后上床，并让她怀孩子。"

"我不相信，"他不快地说，"伊蒙王子与奈丽诗王后私通只是个故事，是他哥哥编造的谎言。伊耿王偏爱私生子，为废除嫡子，才故意这么说。他被称做'庸王'不是没有道理的。"他找到剑带，扣在腰上。尽管跟多恩的丝绸短衫相配有些奇怪，但长剑与匕首熟悉的重量能提醒他自己是谁，是什么身份。"我不愿被后人称作'罪人'亚历斯爵士，"他声明，"我不想玷污我的白袍。"

"是啊，"她缓缓地道，"那件精致的白袍。你忘了，我叔祖穿过同样的袍子。虽然我小时候他就死了，但我记得他。他高得像

铁塔,总是胳肢我,让我笑得喘不过气。"

"我无缘结识勒文亲王,"亚历斯爵士说,"但大家都同意,他是一位伟大的骑士。"

"一位养情妇的伟大骑士。他的那个她现在已经老了,但人们常说,她年轻时是个绝世美女。"

勒文亲王?这事亚历斯爵士没听说过。他很震惊。特伦斯·托因的背叛和"好色之徒"卢卡默的谎言都记录在《白典》中,但勒文亲王那一页里没提及任何女人。

"我叔叔常说,男人的价值取决于他手中的剑,不是两腿间的那把。"她续道,"因此,别再跟我虔诚地谈什么玷污白袍了。损害你荣誉的不是我们的爱,而是你所效忠的怪物,还有被你称做兄弟的那些凶手。"

这一击接近要害。"劳勃并非怪物。"

"他跨过儿童的尸体爬上王座,"她说,"尽管我承认他跟乔佛里不同。"

乔佛里。他很英俊,以年纪而论,也算得上高大强壮,但值得一提的优点就这些了。想到自己一直受他驱使殴打史塔克家的可怜女孩,亚历斯爵士仍然感到羞愧。当初提利昂选择他保护弥赛菈前来多恩,他曾在战士的祭坛前点燃一支蜡烛,以示感谢。"乔佛里被小恶魔毒死了,"他没料到侏儒如此毒辣,"现在托曼是国王,他跟他哥哥不一样。"

"跟他姐姐也不一样。"

这是事实。托曼心地善良,做什么都尽心尽力,但亚历斯最后一次见到他时,他在码头边哭泣;而弥赛菈虽然要背井离乡,献出童贞来缔结联盟,却一滴泪都没流。公主比她弟弟更勇敢,更聪明,更自信。她思路敏捷,礼仪周全,没有什么可以吓倒她,甚至连乔佛里也不行。**其实男女相较,女人更坚强。**他想到的不仅是弥赛菈，还包括她母亲、他自己的母亲、"刺棘女王"、红毒蛇留下的那窝漂亮而致命的"沙蛇"，以及亚莲恩·马泰尔公主——尤其是她。"我不想反驳你……"他沙哑地道。

"不想？是不能！弥赛菈更适合统治……"

"儿子优先于女儿。"

"凭什么？谁定的规矩？我是我父亲的继承人。我应该放弃权利，让给弟弟们吗？"

"你别曲解我的话。我没说……多恩不一样，七大王国从来没有女王。"

"韦赛里斯一世打算让女儿雷妮拉继承，这没错吧？但当国王死后，御林铁卫的队长却私自改变安排。"

克里斯顿·科尔爵士。"拥王者"克里斯顿令姐弟反目，御林铁卫内讧，挑起了被歌手们称为"血龙狂舞"的内战。有人指称他野心勃勃，因为伊耿王子比其任性的姐姐更容易摆布；另一些人认为他动机高尚，全为了维护古老的安达尔习俗；更有人窃窃私语，说克里斯顿爵士披上白袍前曾是雷妮拉公主的情人，后来意图报复旧爱。"'拥王者'使得生灵涂炭，"亚历斯爵士说，"最终也难逃一死，但……"

"……但你也许是七神派来的使者，一位白骑士做错的事，让另一位来纠正，这才公平。你知道的，我父亲返回流水花园时计划带上弥赛菈公主……"

"这是为了保护她的安全，避开那些想要伤害她的人。"

"不。**这为了避开那些想给她戴上王冠的人**。红毒蛇奥柏伦亲王如果活着，就会将王冠戴到她头上，但我父亲缺乏这种勇气。"她站起身。"你说你像爱亲生女儿一样爱着那女孩，那你会不会听任自己的女儿被剥夺应有的权利，关进监狱里？"

"流水花园并非监狱。"他无力地反驳。

"监狱没有喷泉和无花果树,你是这么想的吧?然而那女孩一旦到了那里,就再也不可能离开。你也一样。何塔会密切监视你们。你不了解他,他实力惊人。"

亚历斯爵士皱起眉头。来自诺佛斯的侍卫队长身材高大,脸带伤疤,总让他很不安。他们说他晚上跟自己的长斧睡。"你要我做什么?"

"我要你履行职责,用生命捍卫弥赛菈,守护她……*和她的权利,为她戴上王冠。*"

"我立过誓!"

"向乔佛里,不是向托曼。"

"对,但托曼心地善良,他会是个比乔佛里好太多的国王。"

"可他好不过弥赛菈。瞧,她也爱她的弟弟,不会让他受任何伤害。风息堡理应属于托曼,因为蓝礼公爵没留下后嗣,而史坦尼斯公爵已被剥夺权利,以后,凯岩城也将经由母亲传给托曼。他会成为全境最大的领主……但按照律法,坐上铁王座的应是弥赛菈。"

"律法……我……"

"我很清楚律法。"她昂首站立,乌黑凌乱的长发垂至后腰。"'龙王'伊耿设立了御林铁卫,并订立誓言,但一位国王订立的事,另一位可以取消或更改。御林铁卫原是终身职,然而乔佛里能剥夺巴利斯坦爵士的白袍,赏给自己的狗儿;将来,弥赛菈会希望你快乐,她也喜欢我。如果我们提出请求,她将准许我们结婚。"亚莲恩伸出双臂环抱住他,脸贴在他胸口,头刚好顶到他下巴。"只要你想,你既可以拥有我,又能保留你的白袍。"

她要把我撕成两半。"你知道我心里是想的,但……"

"我是多恩公主,"她用沙哑的声音说,"让我求你这不对。"

亚历斯爵士闻到她的发香,她紧紧贴着他,让他感觉她的心跳。他身体的反应无疑也被她感觉到了。当他将双臂搭在她肩头时,她在颤抖。"亚莲恩?我的公主?你怎么了,我的爱人?"

"你非要我说出口吗,爵士?我怕……你称我为爱人,在我最需要你的时候却拒绝我。我想要我的骑士保护我,难道这也错了吗?"

她从未显得如此脆弱。"不,不,没错,"他说,"但你有父亲的卫兵保护,为何——"

"你不懂,我怕的正是父亲的卫兵。"片刻之间,她听上去比弥赛菈还小。"正是他们将我亲爱的堂姐妹们锁起来带走的。"

"没锁起来。我听说她们过得十分舒适。"

她苦笑一声,"那你亲眼看见她们了吗?他不允许我见她们,你知道吗?"

"她们意图谋反,策划战争……"

"多娜八岁,萝芮才六岁,能策划战争?然而我父亲却将沙蛇们全体囚禁。你觐见过他,了解他,常言道恐惧会让强者糊涂,做出不该做的事,而我父亲从来不是强者。亚历斯,我的心肝,你说你爱我,为了这份爱,听我一言吧。我不像我的堂姐妹们那般无畏无惧,我的种子比较软弱,但特蕾妮跟我同年,我们自童年时代起,就亲如姐妹,无话不谈。我们之间没有秘密,他会囚禁她,自然也会囚禁我……更不会顾忌弥赛菈。"

"你父亲决不会这么做。"

"你对他的了解没我深。我呱呱坠地时没有命根子,就让他很失望。好几次,他试图把我嫁给牙齿掉光的可鄙老头。当然,他从没直接下达命令,这点我承认,但单单提议就证明他多不在乎我。"

"虽然如此,他还是把你当继承人呀。"

"是吗？"

"他在流水花园隐居期间留你在阳戟城统治，对吧？"

"统治？不，他任命堂弟曼佛里爵士作代理城主，年迈盲眼的里卡索当管家，他的政令官征集赋税，交给国库总管阿里斯·雷迪布莱特清点，他的治安官打理影子城的秩序，他的裁判法官主持仲裁，而米斯学士负责处理无需亲王亲自关注的信件。在这些人之上，他还安置了红毒蛇；我的任务只是饮酒作乐，款待贵宾。奥柏伦一周造访流水花园一次，我呢，一年被传唤两次。我不是父亲想要的继承人，这点他表现得相当明显了。虽然我们的律法制约着他，但我知道他随时准备让我弟弟取代我。"

"你弟弟？"亚历斯爵士用手抵住她下巴，托起她的头，以便更好地凝视她的眼睛。"你不是说崔斯丹吧，他只是个小男孩。"

"不是阿崔。是昆廷。"她无畏的黑眼睛中透出叛逆，毫不退缩的叛逆。"我十四岁时就知道了。那天我去父亲的书房，想亲吻他，向他道晚安，他却不在。后来我知道，是母亲派人来找他。他房里一支蜡烛还在燃烧，当我走过去吹灭它时，发现边上有一封未写完的信，一封写给我弟弟昆廷的信，弟弟当时人在伊伦伍德城。父亲告诫他遵从学士和教头的所有指示，因为'有朝一日，你将坐上我的位置，统治多恩领，统治者必须身心健全'。"一滴珠泪顺着亚莲恩柔软的脸颊滑落下来。"这是我父亲亲笔写的话，从此它们深深烙印在我的记忆中。那天晚上，我哭着入睡，之后的许多个夜晚也同样如此。"

亚历斯尚未遇见昆廷·马泰尔。这位王子打小被交给伊伦伍德大人收养，先当侍酒，后当侍从，最后由伊伦伍德亲手赐封为骑士，他的成长甚至连红毒蛇都没插手。*假如我是作父亲的，也会希望让儿子继承*，他心想，但他能听出她语气中的伤痛，如果说出自己的想法，就会永远失去她。"也许你误会了，"他说，"当时你还是个孩子,也许亲王这么说只不过是为了鼓励你弟弟更加勤勉用功。"

"你真这么想?那你说说,昆廷现在在哪儿?"

"王子现在伊伦伍德大人军中,驻防骨路。"亚历斯谨慎地说。那是他刚来多恩时,阳戟城年迈的代理城主告诉他的,长着柔顺胡子的学士也这么说。

亚莲恩不以为然,"我父亲制造的假象而已,跟我的朋友们得到的情报不符。事实上,我弟弟已扮成商人,秘密地渡过狭海。为什么呢?"

"我怎么知道?可能有很多理由。"

"或者就一个。你知道黄金团解除了与密尔的合约吗?"

"佣兵常常毁约。"

"黄金团决不会。从'寒铁'的时代起,'言出如金'一直是他们炫耀的信条。密尔跟里斯和泰洛斯之间的战争一触即发,合约可以带来丰厚的酬劳与战利品,为什么要终止呢?"

"也许里斯或泰洛斯的出价更高。"

"不。"她否认,"换作任何别的佣兵团,我都会相信——绝大多数佣兵会为一点点金钱而改换门庭。但黄金团不同。他们都是流放者或流放者的后裔,彼此如同兄弟,服膺于'寒铁'的梦想。他们不仅渴望金钱,还梦想重返家园。对此,伊伦伍德大人跟我一样一清二楚,在三次'黑火'反叛中,他的祖先都跟'寒铁'并肩作战。"她握住亚历斯爵士的手,两人手指互相交织。"你见过魂丘的托兰家族的纹章吗?"

他想了想,"一条吞吃自己尾巴的龙?"

"这条龙代表时间,无始无终,周而复始。如今,安德斯·伊伦伍德就好比克里斯顿·科尔复生,他迷惑我弟弟,鼓励我弟弟主动出击,以取得继承权。他说男人不能向女人下跪⋯⋯还说亚莲恩

任性放荡，尤其不适合统治。"她挑战似的一甩头发。"因此你的两个公主不仅有共同的目标，爵士……还共有一个声称爱她们，却不愿为她们而战的骑士。"

"我愿意，"亚历斯爵士单膝跪下，"弥赛菈年长，也更适合戴上王冠。如果她的御林铁卫不愿守护她的权利，还有谁会愿意呢？我的剑，我的生命，我的荣誉，全部属于她……还有你，我心中的太阳。我发誓，只要我一息尚存，就没人可以偷走你与生俱来的权利。我是你的人。现在，你要我做什么？"

"一切。"她跪下来亲吻他的嘴唇。"一切，我的爱人，我真正的爱人，我贴心的爱人，永远的爱人。但首先……"

"说吧，说出来我就为你做。"

"……弥赛菈。"

布蕾妮

那堵石墙陈旧崩裂,但看到它横亘于原野之中,布蕾妮仍感觉脖子上汗毛直竖。

弓箭手们就是躲在它后面杀害了可怜的克里奥·佛雷,她心想……但继续走了半里地,她又经过一堵看上去差不多的石墙,开始不确定起来。布满车辙的道路七转八弯,光秃秃的褐色丛林似乎跟记忆中的绿树不同。刚刚经过的就是詹姆爵士取走他表弟长剑的地方吗?他们交手的树林在哪里?那条溪流呢?他们在溪水中互相劈砍,扑腾得水花四溅,直到引来了勇士团。

"小姐?爵士?"波德瑞克似乎从来不清楚该如何称呼她,"你在找什么?"

鬼魂。"我骑马经过的一堵墙。没什么。"当时詹姆爵士仍有两只手,而我憎恶他,憎恶他的种种奚落与嘲笑。"安静,波德瑞克,树林里可能藏着土匪。"

男孩看了看光秃秃的褐色树丛、潮湿的树叶和前方泥泞的道路。"我有剑。我可以战斗。"

但不够熟练。布蕾妮毫不怀疑男孩的勇气,只是不放心他的训练水平。虽然他名义上是个侍从,但他侍奉的人对他的武艺没有帮助。

离开暮谷城北行的路上,她断断续续问出了他的故事。原来他出于派恩家族的旁支,源自某个排行靠后的儿孙,家境贫困,他父亲终其一生都在为有钱的亲戚当侍从,最后跟蜡烛铺老板的女儿结婚,生下波德瑞克之后,就在平定葛雷乔伊叛乱的战争中阵亡了。

他四岁时，母亲抛弃了他，将他交给一个亲戚，自己跟让她怀孩子的流浪歌手跑了。波德瑞克已经不记得母亲长什么样，对他而言，塞德里克·派恩爵士算是最接近父亲的角色，然而从他结结巴巴的叙述来看，布蕾妮感觉这个塞德里克对待波德瑞克更像仆人而不是儿子。当初凯岩城召集封臣出兵时，骑士带上他照顾马匹，清洗盔甲。接着，塞德里克爵士在泰温公爵军中战死在三河流域。

男孩孤身一人，远离家乡，又没有钱，只能投靠一个胖乎乎的雇佣骑士，人称"大肚子"罗里默爵士，隶属于莱佛德大人的分遣队，负责保护辎重。"管吃的人吃得最好"，这是罗里默爵士的口头禅，最后他被发现从泰温公爵的私人物资中偷了一块腌火腿。泰温·兰尼斯特决定吊死他，作为给偷盗者的教训。波德瑞克曾跟他共享那块火腿，也差点共享绳子，但他的名字救了他。凯冯·兰尼斯特爵士救下他来，稍后便将他送给侄子提利昂做侍从。

塞德里克爵士教会了波德瑞克如何照顾马匹，如何检查鞋子里的石头，罗里默爵士则教他偷东西，但他们都没空陪他练剑。小恶魔至少曾送他去红堡的教头那里受训，可惜艾伦·桑塔加爵士死于君临暴动，波德瑞克的训练也到此为止。

布蕾妮砍下两根断枝当剑，试了试波德瑞克的身手。她高兴地发现，男孩嘴笨手不笨。然而，尽管他勇敢又专注，但营养不良，骨瘦如柴，不够强壮。假如他真像自己声称的那样，在黑水河战役中存活了下来，只可能是因为没人拿他当目标。"你可以自称为侍从，"她告诉他，"但年龄只及你一半的侍酒都能把你打得很惨。你若留在我身边，以后每晚睡觉时，手上将全是水泡，胳膊布满瘀青，浑身僵硬酸痛，难以入眠。你不会喜欢的。"

"我喜欢，"男孩坚持，"我喜欢那样。瘀青和水泡。我是说，不，但我喜欢。爵士。小姐。"

迄今为止，他和布蕾妮都信守承诺。波德瑞克从不抱怨。每

211

次拿剑的手上冒出一个新水泡,他都忍不住骄傲地展示给她看。他照顾马匹也很不赖。不,他不是侍从,她提醒自己,但我也不是骑士,不管他叫我多少声"爵士"。她不能遣走他,因为他无处可去,另外,尽管波德瑞克一再声称不知道珊莎·史塔克的去向,但他有可能并未意识到自己所了解的情况。偶尔提及的一句话,模糊的记忆,或许就是布蕾妮达成目标的关键所在。

"爵士?小姐?前面有辆车。"波德瑞克指出。

布蕾妮看到了:那是一辆双轮木牛车,高高的侧板,一男一女正使劲拖拽绳索,顺着车辙往女泉城方向前进。看模样是农民。"慢点,"她告诉男孩,"别教人家把我们当土匪。不要乱讲话,注意礼貌。"

"好的,爵士。注意礼貌。小姐。"男孩似乎对可能被当成土匪还挺高兴。

他们一路小跑赶上来,农民警惕地注视着他们,但布蕾妮表明没有恶意之后,他们便任由她走在旁边。"我们本来有一头牛,"他们在杂草遍地的田野间行进,到处是松软的烂泥潭和烧得焦黑的树木,老汉边走边倾诉,"但被狼仔抢走了。"他的脸因为使劲拉车而涨得通红,"我们的女儿也被抢走了,唉,干了很多坏事,好在暮谷城的战斗结束后,她自己跑回来了。那头牛却没有,我猜准是被狼仔吃了。"

女人没什么补充的。她比男人年轻二十岁,但一个字也没说,只是用看待双头牛犊的眼神看着布蕾妮。这种眼神,"塔斯的处女"一生中见得太多太多了,史塔克夫人固然待她宽厚仁慈,但大多数女人就跟男人一样残忍,脸长得漂亮,然而嘴巴刻薄,笑声刺耳,眼神冷漠的夫人们更将轻蔑隐藏在礼貌的盔甲背后,很难说哪种令她更痛苦。也许正是平民女人们的眼神吧。"我上次路过女泉城时,那里是一片废墟,"她告诉对方,"城门砸开,泰半房屋遭

到焚烧洗劫。"

"哦，现在稍稍重建起来一些。那塔利，他是个严厉的人，却比慕顿大人英勇得多。森林里仍然有小股土匪，但比原先少得多了。塔利逮住了最坏的那些人，用他那把硕大的剑砍下他们的脑袋。"他扭头啐了一口，"你在路上没碰见土匪吧？"

"没有。"这次没有。离暮谷城越远，道路越空旷，偶尔瞥见的路人还等没走到跟前就全隐入了树林中——除了一个高大的大胡子修士，带着大约四十名跟随者兼程南下，个个赤脚。路过的客栈不是洗劫后被废弃，就是成了军营。昨天他们遇到一支蓝道大人的巡逻队，骑兵们手执长枪和长弓，将他们团团围住，队长则百般盘问布蕾妮，好在最后还是放行了。"小心点，女人，你下次遇到的人也许不像我的小伙子们那样正直。猎狗带着百来个土匪越过了三叉戟河，据说女人被他们撞上就会遭到强暴，他们还把奶头割下来当纪念。"

布蕾妮感觉有必要将警告转达给农夫和他的妻子。结果他只点点头，等她说完后又啐了一口，"猎狗也好，狼仔也好，狮子也罢，但愿异鬼把他们统统抓走。这帮土匪不敢靠近女泉城的，只要塔利大人在那里管辖，他们就不敢。"

布蕾妮在蓝礼国王军中认识了蓝道·塔利伯爵，她不喜欢他，但无法忘记自己欠他的债。诸神保佑，经过女泉城时可不要惊动他。"等战争结束，镇子会被交还给慕顿伯爵，"她告诉农夫，"国王宽恕了伯爵大人。"

"宽恕？"老头哈哈大笑，"为什么？因为干坐在他那座该死的城堡里？他派手下人去奔流城打仗，自己却躲在后面。狮子洗劫他的城镇，然后是狼仔，然后是佣兵，而伯爵大人只是安安全全地待在城墙之中。你知道，他哥哥决不会像他这样懦弱，米斯爵士是个勇士，死在劳勃国王手下。"

更多鬼魂，布蕾妮心想。"我在找我妹妹，一个十三岁的漂亮处女。你见过吗？"

"我没见过处女，漂亮的也好，难看的也罢。"

没人见过。但她必须不停地问。

"慕顿的女儿是个处女，"男人续道，"至少到洞房那天。这些鸡蛋就是为婚礼准备的，她要和塔利的儿子结婚，厨子们需要鸡蛋来做蛋糕。"

"哦。"塔利大人的儿子……小狄肯要结婚了。她试着回忆，他好像只有八岁或者十岁。布蕾妮本人七岁时便订过婚，跟一个年长三岁的男孩，卡伦伯爵的幼子。他很害羞，唇上有颗痣。他们只在订婚时见过一面，两年后他死于伤寒，那场伤寒也同时夺走了卡伦伯爵夫妇及其女儿们的性命。倘若他活下来，她初潮之后一年内就要和他结婚，整个人生便完全不同。她现在不会在这里，穿戴男人的盔甲，带着长剑，追寻故人之子了。她更有可能住在夜歌城，一边照看一个孩子，一边给另一个喂奶。布蕾妮经常想到这些，这让她有些悲哀，但也有一丝欣慰。

太阳半藏在浮云背后，当他们从焦黑的树丛里钻出来时，女泉城就在面前，稍远处是海湾。城门已经重建，并得到加固，淡红色石墙上又有了来回走动的十字弓手。托曼国王的旗帜在城门楼上高高飘扬，金红对分的底色上，黑色的宝冠雄鹿与黄金狮子迎面对峙，王室旗帜旁边是塔利的健步猎人旗，而慕顿家族的红鲑鱼旗只矗立在山丘顶的城堡上。

铁闸门下，他们遇到十来个手持长戟的卫兵。对方佩戴的徽章表明属于塔利大人的军团，但其中没一个是塔利自己的人：两个半人马，一道闪电，一只蓝甲虫和一根绿箭……但没有角陵的猎人。对方头目胸前装饰着一只孔雀，亮丽的尾巴被太阳晒得褪了色。农民将车拉过来，他吹声口哨。"这是什么？鸡蛋？"他抛起一只

蛋,接住,咧嘴笑笑,"我们收下了。"

老汉出声抗议,"蛋是给慕顿大人的。为婚礼做蛋糕用。"

"让你的母鸡再多下点吧。我有半年没吃过蛋了。给,别说我们不付钱。"他丢了一把铜板在老头脚边。

农夫的妻子说话了。"不够,"她说,"远远不够。"

"你还没找钱呢,"头目道,"这些鸡蛋,还有你,都得过来。小伙子们,她对那老头儿来说太年轻了点吧。"两个卫兵将长戟倚在墙上,把挣扎的女人从车上拽下来。农夫脸色发灰,但不敢动。

布蕾妮策马向前,"放开她。"

她的声音让卫兵们迟疑了片刻,足够让农夫的妻子挣脱。"不关你的事,"一个人说,"管好嘴巴,妞儿。"

布蕾妮拔出长剑。

"好啊,"那头目说,"亮家伙啦。我嗅到了土匪的味道,你知道塔利大人是怎么对付土匪的吗?"他仍然拿着牛车里的鸡蛋,此刻手上使劲,蛋黄便从指缝间渗出来。

"我不仅知道蓝道大人如何对付土匪,"布蕾妮说,"而且知道他如何对付强奸犯。"

她指望蓝道的名号能镇住他,结果那头目只是将鸡蛋甩掉,打个手势,让手下人摆好阵势。"刷"的一声,一圈武器包围了布蕾妮。"哟,你说什么,妞儿?塔利大人如何对付……"

"……强奸犯,"一个低沉的声音把话说完,"要么阉割,要么送去长城。有时两样同时执行。他还会砍掉小偷的手指头。"一个懒洋洋的年轻人从城门楼里踱出来,腰扣剑带,罩在他铁甲外的外套本是白色,现在沾满了草痕和干血渍。他的纹章是一头吊缚在横杆之下的棕色死鹿。

是他。听到他的声音,好像肚子上挨了一拳,看到他的脸,犹

245

如一把尖刀刺入腹中。"海尔爵士。"她僵硬地说。

"最好放她走，伙计们，"海尔·亨特爵士警告，"你面前这位是美人布蕾妮，塔斯的处女，就是她杀了蓝礼国王和半数的彩虹护卫。她长得有多丑，就有多难对付，说实话，没人比她更丑……也许你除外，尿壶，不过你是牛屁股里生出来的，所以情有可原。她父亲可是塔斯的'暮之星'。"

卫兵们哈哈大笑，长戟散开了。"不能抓她吗，爵士？"头目问，"您不是说她杀了蓝礼？"

"何苦呢？蓝礼是叛徒，我们也是，无一例外，好在现下大家改邪归正，又都成了托曼陛下忠诚的顺民喽。"骑士挥手示意农民进城。"大人的管家看到这些蛋会高兴的。你可以在集市里找到他。"

老汉用指关节叩了叩脑门。"非常感谢，大人。显然，您是个真正的骑士。来吧，老婆。"他们再次将拖车的索具搭到肩头，隆隆地穿过城门。

布蕾妮跟他们骑进去，波德瑞克紧随其后。*他是真正的骑士？*她一边想，一边皱眉头。到了城里，她勒住缰绳，左边是马厩的废墟，面朝一条泥泞的小巷。马厩对面，三个半裸的妓女在妓院阳台上窃窃私语，其中之一长得有点像她见过的营妓，那人曾跑来问她，她裤裆里是洞洞还是蛋蛋。

"这也是我见过的最丑的马，"海尔爵士评论波德瑞克的坐骑，"我很惊讶你竟然不骑它，对了，小姐，你怎么不感谢我的帮助呢？"

布蕾妮甩腿跳下母马。她比海尔爵士高出一个头。"有朝一日，我会在团体比武中感谢你，爵士先生。"

"就像感谢红罗兰那样？"亨特大笑。他的笑声响亮而饱满，脸却很普通——了解真相之前，她还以为那是一张诚实的脸：蓬松

的棕发，淡褐色眼睛，左耳边有条细小的伤疤，下巴分叉，鼻子是歪的，但他笑起来委实爽朗，也经常会笑。

"你不留下来看守城门吗？"

他朝她扮个鬼脸，"我堂兄埃林去抓土匪了，搞不好会得意扬扬地提着猎狗的脑袋回来，享受荣耀。而我呢，拜你所赐，受令把守城门。但愿这让你满意，我的美人，你在找什么？"

"马厩。"

"东门那儿有。这个被焚毁了。"

"我自己看得出来。你跟那些人讲的话……蓝礼国王去世时，我的确在他身旁，但杀死他的是巫术，爵士，我凭我的宝剑起誓。"她将手搭到剑柄上，假如亨特当面称她撒谎，她准备打上一架。

"没错，是百花骑士宰了那几位彩虹护卫。运气好的话，你或许可以打败埃蒙爵士，他鲁莽又缺乏耐力。但罗伊斯？不，以剑士的标准而言，罗拔爵士的技艺高出你不止一倍……但你不能被称为剑士，对吧？有没有剑妞的说法呢？我在想，你来女泉城所为何事？"

找我妹妹，一位十三岁的处女，她差点说出口，但海尔爵士知道她没有妹妹。"我要找个男人，在一个叫臭鹅酒馆的地方。"

"我还以为美人布蕾妮不需要男人呢。"他的微笑里带着一丝残酷，"臭鹅酒馆，这家馆子有个恰当的名字……至少是那个'臭'字。好吧，它在码头边，但你首先得跟我去见伯爵大人。"

布蕾妮不怕海尔爵士，但他是蓝道·塔利的军官，吹声口哨，百来个人就会奔过来保护他。"我被捕了么？"

"为什么，为了蓝礼？他算什么？我们后来都换过国王，有些人还换了两次。没人在乎，没人记得。"他轻轻地将一只手搭在她胳膊上，"小姐，请这边来。"

她抽身躲开，"别碰我，谢谢。"

"你终于谢我了。"他面带苦笑。

上次来女泉城，镇子是一片死气沉沉的废墟，空荡荡的街道，焚毁的房屋。现在街上到处是猪和儿童，大多数焚毁的建筑已被推倒，空地有的种上蔬菜，有的被商人和骑士们的帐篷占据。房屋也在兴建，石头客栈代替了被烧的木客栈，圣堂新添了石板屋顶，秋日凉爽的空气中充斥着锯子和锤子的声响。人们肩扛木材穿过街道，采石工的马车沿泥泞的小巷前进，许多人胸口佩戴着健步猎人标记。"士兵们在重建城镇。"她惊讶地说。

"他们宁愿掷骰子、喝酒、干女人，但蓝道大人不让闲人们轻松。"

她以为会被带进城堡，亨特却将她领向繁忙的码头。在那里，布蕾妮高兴地发现，商船又回到了女泉城，包括一艘划桨船、一艘三桅帆船和一艘巨大的双桅平底船，还有大约二十条小渔船。海湾里还有更多渔夫。假如在臭鹅酒馆两手空空，我可以搭船，她暗下决心。就此去海鸥镇的航程很短，而从那里上鹰巢城相当容易。

当他们在鱼市里找到塔利大人时，他正在主持审判。

水边搭起一座高台，伯爵大人坐在上面俯视嫌犯们。他左边矗立着一具长绞架，上面的绳子够吊二十个人。此刻，架上悬着四具尸体，其中一具比较新鲜，其余三具显然有段日子了。某只大胆的乌鸦正从烂透的死尸上叼出一丝丝肉来，其他乌鸦因为聚集的人群而散开了，镇民们正期望看到有人被吊死。

慕顿伯爵跟蓝道大人一起坐在高台上，他肤色苍白，一身软弱的肥肉，身穿白上衣和红马裤，肩头用鲑鱼形状的赤金别针扣住貂皮斗篷；塔利则全然不同，他身着锁甲和熟皮甲，外罩灰钢胸甲，巨剑柄从左肩后面突出来，剑名"碎心"，乃是他家族的骄傲。

一个披粗布斗篷，穿肮脏上衣的年轻人正在受审，"我没害

人，大人，"布蕾妮听见他说，"只不过拿了修士们逃走时留下的东西。假如您要为此砍我的手指，那就砍吧。"

"按照惯例，窃贼都要砍断一根手指，"塔利大人严厉地回答，"但从圣堂里偷，就是偷诸神的东西，罪上加罪。"他转向侍卫队长。"七根手指。注意留下两根拇指。"

"七根？"小偷脸色惨白。卫兵们抓住他，他虚弱无力地反抗，仿佛已然残废了一般。看着他，布蕾妮不禁想到詹姆爵士，想到佐罗的亚拉克弯刀劈下那一刻，想到他的尖叫。

接下来是位面包师，他被指控将木屑混入面粉中。蓝道大人罚他五十枚银鹿币。面包师指天发誓，说自己没那么多钱，于是伯爵大人宣布，一枚银币可以用一记鞭刑代替。在他后面是一个形容枯槁、神色暗淡的妓女，她被控传染毒疮给四个塔利家的士兵。"先用碱水清洗私处，然后扔进地牢。"塔利命令。当妓女抽泣着被拖走时，伯爵大人看到了人群边缘的布蕾妮，她就站在波德瑞克与海尔爵士之间。他朝她皱了皱眉，但没流露出一丁点儿认出来的表情。

接下来是个双桅船上的水手，指控他的则是慕顿大人手下的一名弓箭手，此人手缠绷带，胸口有条鲑鱼。"大人，这杂种用匕首刺穿我的手。他说我玩掷骰子时作弊。"

塔利大人将视线从布蕾妮身上移开，打量着面前的人。"你作弊了吗？"

"不，大人。我绝对没有。"

"偷窃，一根手指；撒谎，上绞刑架。给我看看骰子。"

"骰子？"弓箭手望向慕顿，但大人凝视着渔船。弓箭手咽口口水。"也许我……那些是我的幸运骰子，是的，我……"

塔利听够了。"割下他的小指头。他可以选择哪只手。用钉子刺穿另一只手的掌心。"他站起身。"到此为止，其余人押回地牢，明天我再处理他们。"他转身挥手招呼海尔爵士，布蕾妮跟在后面。"大人。"站到他跟前，她感觉又成了八岁女孩。

"小姐。缘何……大驾光临？"

"我受人差遣，出来寻找……寻找……"她犹豫着该不该说。

"不知道名字怎么找？你有没有杀害蓝礼大人？"

"没有。"

塔利掂量着她的话。*他在审判我，就像审判其他人那样。*"没有，"他最后说，"你只不过听任他死去。"

*他死在我怀里，他的生命之血浸透了我的衣衫。*布蕾妮怔了一怔。"是巫术。我决不……"

"你决不？"他的声音像鞭打。"对，你决不应该穿上盔甲，决不应该佩带长剑，决不应该离开父亲的厅堂。这是战争，不是丰收节的舞会。诸神在上，我应该把你送回塔斯。"

"你敢这么做，就准备好面对国王的质询。"每当她想要显得勇敢无畏时，嗓音就会变成尖细的小女孩声音。"波德瑞克，我包里有张羊皮纸，把它拿给大人。"

塔利接过信，皱着眉头展开。他边读边蠕动嘴唇。"为国王办事。什么事？"

撒谎，上绞刑架。"珊——珊莎·史塔克。"

"假如史塔克的女孩在这里，早被发现了。我敢打赌，她逃回北境了，去她父亲的某个臣属那里避难。嗯，她最好选对人。"

"她或许会去谷地，"布蕾妮听到自己冲口而出，"投奔姨母。"

蓝道大人轻蔑地扫了她一眼。"莱莎夫人死了，被某个歌手推下山去，现在小指头控制了鹰巢城……但不会太久。谷地诸侯不可能向一个只会数铜板的跳梁小丑屈膝。"他将信交还给她。"你爱去哪里就去哪里，爱干什么就干什么……但要是被强暴了，别来找

我主持正义。那都是由于你自己的愚蠢。"他瞥瞥海尔爵士。"而你呢，爵士，你应该守着城门。我让你负责那里，是不是？"

"是，大人，"海尔·亨特说，"但我想——"

"你想太多了。"塔利大人大步离开。

莱莎·徒利死了。布蕾妮站在绞架底下，手里拿着那张珍贵的羊皮纸。人群散了，乌鸦回来继续享用盛宴。被某个歌手推下山去。乌鸦是否也拿凯特琳夫人的妹妹当大餐呢？

"你提到臭鹅酒馆，小姐，"海尔爵士说，"如果你要我带你——"

"回你的城门去。"

他脸上掠过一丝恼怒。一张普通的脸，并非诚实的脸。"假如你真这么想的话——"

"我就是这么想的。"

"那只不过是打发时间的游戏。我们没有恶意。"他犹豫地说，"你瞧，本恩死了，在黑水河上被砍死的。法洛和'鹳鸟'威尔也死了。马克·穆伦道尔的伤让他丢了半条胳膊。"

很好，布蕾妮想说，**很好，他应有此报**。她记得穆伦道尔坐在帐篷外，肩上是他的猴子，猴子穿一件小锁甲，跟他互相扮鬼脸。当晚在苦桥，凯特琳·史塔克叫他们什么来着？**夏天的骑士**。如今秋天到了，他们像树叶一样凋零……

她转身背对海尔·亨特，"波德瑞克，过来。"

男孩牵着他们的马，一路小跑跟在后面，"我们要去找那地方吗？臭鹅酒馆？"

"我去找。你去东门边的马厩，并问问马夫，有没有可以让我们过夜的客栈。"

"好的，爵士。小姐。"波德瑞克边走边盯着地面，时不时踢一脚石头。"你知道它在哪儿吗？鹅酒馆？我是说，臭鹅酒馆。"

"不知道。"

"他说要带我们去。那个骑士。凯尔爵士。"

"海尔。"

"海尔。他对你干过什么,爵士?哦不,小姐。"

这孩子或许笨嘴拙舌,但他不傻。"蓝礼国王在高庭召集臣属时,有些人跟我开了个玩笑。海尔爵士也在其列。那是个残酷的游戏,很伤人,毫无骑士风度。"她停下来。"东门在那边。在那儿等我。"

"遵命,小姐。爵士。"

臭鹅酒馆没招牌,她花了将近一个小时才找到。它在一间屠宰老马的仓棚底下,要沿着一段木阶梯走下去。地窖光线昏暗,天花板很矮,布蕾妮进去时脑袋还撞到一根横梁。里面没有鹅,只有若干张散布的凳子,还有一条长板凳搁靠在土墙边。桌子都是灰色的旧酒桶,被虫蛀出许多洞。不出所料,到处弥漫着臭气,她的鼻子告诉她,这味道是红酒、潮气和霉菌的混合,也有一点点茅房和墓地的气息。

全场只在角落里有三个喝酒的泰洛西水手,个个留着绿色和红色的分叉胡子,用低沉的嗓音互相交谈。他们略略打量了她几眼,其中一人说了些什么,其余人哈哈大笑。一块木板横架在两个桶上,店主人就站在后面。她是女的,身材圆胖,皮肤苍白,秃了顶,大乳房软软地垂在一件肮脏的宽松外套底下。这人看上去仿佛是诸神用生面粉捏出来的。

在这里布蕾妮不敢要水,她买了一杯红酒,"我在找一个叫机灵狄克的人。"

"是狄克·克莱勃吧。他几乎每晚都来。"女人瞅了瞅布蕾妮的剑与盔甲。"你要杀他,去别处杀。我们不想招惹塔利大人。"

"我想跟他谈谈。你怎么认定我要杀他?"

女人耸耸肩。

"如果他进来时,你点下头,我会很感激。"

"怎么感激?"

布蕾妮将一枚铜星币放在面前的木板上,然后找了个可以清楚看到楼梯的阴暗角落坐下。

她尝了尝酒,油腻腻的,里面还漂着一根头发。找到珊莎的希望就跟这发丝一样细微,她边想边将它挑出来。循唐托斯爵士这条线被证明徒劳无功。你到底在哪里,珊莎小姐?你是跑回临冬城了,还是跟丈夫在一起?波德瑞克似乎认为她跟丈夫在一起,但布蕾妮不打算去狭海对岸寻找,因为连语言都不通。在那儿,我得咕咕哝哝打手势好让别人了解我的意思,更显得自己像个怪物。他们会嘲笑我,就像在高庭时那样。回想往事,一阵红晕悄悄爬上她的脸颊。

蓝礼加冕后,塔斯的处女骑马千里迢迢穿越边疆加入大军。国王亲自迎接,礼节周全,欢迎她前来效力,他麾下的领主和骑士们则不然。布蕾妮本不曾期望热忱的欢迎,她准备好面对冷漠、嘲弄和敌意,这些滋味她尝够了。但这回令她困惑的并非大多数人的蔑视,而是少数人的善意。塔斯的处女曾经三次订婚,但从没有人追求过她,直到来到高庭。

大个子本恩·布希是第一位,他是蓝礼营中少数几个比她高的人之一。他不仅派自己的侍从来给她擦盔甲,还送她一只银角杯。艾德蒙·安布罗斯爵士更进一步,他带给她鲜花,还邀请她一起骑马。海尔·亨特爵士比前两位还要热情,他送她一本附有精美插画的书,其中收录了上百个英勇侠义的骑士故事,他喂她的马吃苹果和胡萝卜,还送来一支装饰头盔的蓝丝绸羽饰。他给她讲营中的闲话,巧嘴利舌地逗她微笑。有一天,他甚至跟她一起训练,而这在她心目中比其他所有的都重要。

她以为是他的缘故,其他人才变得有礼貌。**不仅仅是有礼貌。**饭桌上,人们争相坐到她身边,替她倒酒,递甜面包。瑞卡德·法洛爵士拿着六弦琴在她的帐篷外弹唱情歌;修夫·毕斯柏里爵士献给她一罐蜂蜜,标签上写道"甜蜜如塔斯之女",马克·慕伦道尔靠他古灵精怪的猴子来逗笑她,那只猴子黑白相间,来自盛夏群岛;一个叫作"鹳鸟"威尔的雇佣骑士则提出要给她按摩肩膀。

布蕾妮拒绝了他,拒绝了所有人。某天晚上,欧文·因契费爵士抓住她强吻,被她一屁股踢进了火堆里。事后,她看着镜子里的自己。那张脸跟往常一样又宽又大,布满雀斑,突出的牙齿,厚厚的嘴唇,粗壮的下巴,丑陋无比。她只想成为骑士,为蓝礼国王效劳,然而现在……

她并非营中唯一的女人,连最卑微的营妓都比她漂亮,而提利尔大人每晚都会在城堡里宴请蓝礼国王,美丽的贵族少女和可爱的女士们随着笛子、竖琴与号角翩翩起舞。**为什么你们对我这么好?**每当有陌生骑士向她献殷勤,她就想尖叫,**你们想干什么?**

蓝道·塔利解开了谜团,他专门派两个亲信去召她来自己的帐篷。先前,他的小儿子狄肯听到四个骑士边装马鞍边大笑,便把他们说的话报告了父亲大人。

他们设了个赌局。

赌局由三位年轻骑士首先发起:安布罗斯、布希和海尔·亨特,他们都是塔利的直属骑士。然而,随着消息在营地中传开,又有其他人加入。每个人必须先交一枚金龙才能参与竞争,无论是谁获得她的贞操,所有的钱都归此人所有。

"我终止了他们的游戏,"塔利告诉她。"有些……挑战者……不像其他人那么有荣誉感,随着赌注日益增加,有人动用武力只是时间问题。"

"他们都是骑士,"她惊呆了,"涂抹圣油的骑士。"

"而且都值得尊敬。错在于你。"

他的指控让她不禁一缩。"我从未……大人，我从未怂恿过他们。"

"你待在这里就是怂恿他们。一个女人，如果行为像个营妓，就不能责怪别人把她当营妓看待。军营不是黄花闺女待的地方，假如你还为自己的德行或者家族荣誉考虑，就该立即脱下盔甲，回家请求你父亲给你找个丈夫。"

"我是来战斗的，"她坚持，"我要当骑士。"

"诸神让男人战斗，让女人生小孩。"蓝道·塔利说，"女人的战场在产床。"

有人沿地窖楼梯走下来。布蕾妮将酒杯推到一边，看见一个衣着褴褛、瘦骨嶙峋的人踱进臭鹅酒馆，他长着尖瘦的脸，肮脏的棕色头发。他迅速扫了一眼泰洛西水手们，又盯着布蕾妮看了很久，最后走到木板跟前。"红酒，"他说，"别在里面加马尿，谢谢。"

女人看看布蕾妮，点点头。

"我请你喝酒，"她喊道，"换一个消息。"

对方警惕地望向她。"一个消息？我知道许多消息。"他坐到她对面的凳子上。"告诉我啊，小姐，你想听哪一个，机灵狄克就讲给你听。"

"我听说你哄骗了一个小丑。"

衣衫褴褛的人若有所思地呷了口酒。"或许是。或许不是。"他那件破旧褪色的紧身外套上原有的纹章已被扯掉。"谁叫你来的？"

"劳勃国王。"她将一枚银鹿放在他们之间的桶上。银币一面是劳勃的头像，另一面是宝冠雄鹿。

"是吗？"那人微笑着拿起银币一拨，银币旋转起来。"我喜欢看国王跳舞，嘿哪——嘿哪——嘿哪——嗬。是的，或许我见过你说的小丑。"

"有没有一个女孩跟他在一起？"

"两个女孩。"他立刻回答。

"两个女孩？"另一个是艾莉亚？

"嗯，"那人说，"说实话，我没亲眼见过两位小甜心，只知道他想让三个人搭船。"

"搭船去哪里？"

"海的另一边，如果我记得没错。"

"你记得他长什么样吗？"

"一个小丑。"银币旋转的速度开始减慢，他一把抓起，银币消失在他手中。"一个担惊受怕的小丑。"

"为什么担惊受怕？"

他耸耸肩，"他没讲过，但老伙计机灵狄克嗅得出恐惧的味道。他差不多每晚都来，请水手们喝酒，讲笑话，唱小曲。只有某天晚上，一些胸口有猎人图案的人闯进来，你那小丑的脸色变得像牛奶一样苍白，他赶紧住嘴，一声不吭，直到他们离开。"他将凳子挪近。"塔利派士兵沿码头巡逻，监视每一艘来往船只。要找鹿，去树林，要坐船，上码头。你那小丑不敢上码头，因此我才提议帮忙。"

"帮忙？"

"帮这个忙的价钱可不止一枚银鹿。"

"告诉我，我就再给你一枚。"

"先让我看看，"他说。于是她把另一枚银鹿放到桶上。他先让银币旋转起来，然后微笑着抓住。"一个不能去找船的人需要让船来找他。我告诉他，我知道这种情况会在哪里发生。一个隐秘的地方。"

布蕾妮起了鸡皮疙瘩。"走私者的山洞？你让小丑去找走私

者？"

"他和那两个女孩，"他嘻嘻窃笑，"嗯，只不过，我让他们去的地方已经有一阵子没船了。大概三十年吧。"他挠挠鼻子。

"你跟这小丑什么关系？"

"那两个女孩是我妹妹。"

"哦，是吗？可怜的小东西。我也有过一个妹妹，她原本骨瘦如柴，膝盖骨都突出来了，但后来她长出一对奶子，然后某位骑士之子忽然发现她两腿之间颇具吸引力。上次我见到她时，她正要去君临谋生。"

"你让他们去了哪里？"

他又耸耸肩。"这个嘛，我不记得了。"

"哪里？"布蕾妮在木板上又拍下一枚银鹿。

他用食指将银币弹回给她，"一个鹿找不到的地方……龙或许可以。"

银子买不到消息，她意识到，金龙或许行，或许不行。钢铁更可靠。布蕾妮摸摸匕首，最后还是把手伸进钱袋，找出一枚金币，放到桶上。"哪里？"

衣衫褴褛的人抓起金币咬了咬。"太棒了。这下我想起来了，蟹爪半岛，从这儿往北去是一大片荒凉的山丘和沼泽，碰巧我是在那里出生，在那里长大的。我本名狄克·克莱勃，虽然大多数人管我叫机灵狄克。"

她没把自己的名字告诉他，"蟹爪半岛上的什么地方？"

"轻语堡。你一定听说过克莱伦斯·克莱勃吧。"

"没有。"

这似乎让他很惊讶，"我说的可是克莱伦斯·克莱勃爵士！知道吗？我有他的血统。他身高八尺，强壮得能单手拔起一棵松树，并将之扔出半里地。没有一匹马承受得了他的重量，因此他骑野牛。"

"他跟走私者的山洞有什么关系？"

"他老婆是个森林女巫。克莱伦斯爵士每杀一个人，就会把那人脑袋提回家，叫他老婆亲吻人头的嘴唇，好让其复活。这些人都是领主、巫师、著名的骑士跟海盗，其中一个还是暮谷城的国王呢。他们统统作了老克莱勃的谋士，既然只有脑袋，说话声音便不可能太大，但也从不闭嘴。想想吧，假如你是颗脑袋，就只能靠说话打发时间，因此克莱勃的城堡被称为轻语堡——至今仍然如此，尽管它成为废墟已有一千年了。那是个孤独的地方，轻语堡。"机灵狄克将金币灵巧地在指关节之间翻滚。"一条孤零零的龙，如果有十条……"

"十枚金龙是一大笔钱。你当我是傻瓜？"

"不，但我可以带你去找小丑。"金币来来回回地翻滚。"带你去轻语堡，小姐。"

布蕾妮不喜欢他手指摆弄金币的方式。然而……"假如找到我妹妹，六枚金龙。找到小丑，两枚。什么也没找到，就什么也没有。"

克莱勃耸耸肩。"六枚不错。六枚可以。"

太快了。在他将金币藏起来之前，她扣住他，"别耍花招。我可不是好惹的。"

她松手之后，克莱勃揉着手腕。"妈的，该死，"他喃喃道，"你弄疼我了。"

"我很抱歉。我妹妹是个十三岁的处女。我必须找到她，以免——"

"——以免哪位骑士把那话儿插进她的洞里。好，我明白了，她一定会没事，因为机灵狄克跟你是一伙。明天天亮时分在东门边碰头，给我弄匹马。"

山姆威尔

大海让山姆威尔·塔利反胃。

他不止害怕被淹死,更厌恶船的晃动,厌恶甲板在脚下起伏不定。"我经常闹肚子的,"起航离开东海望那天,他向戴利恩承认。歌手拍了拍他的背,"像你这么大的肚子,杀手,不闹才怪。"

但山姆尽量露出勇敢的表情,不为自己,至少为了吉莉。毕竟,她从没见过海洋,他们逃离卡斯特的堡垒后,挣扎着穿越雪原,路遇的几个湖泊对她而言恍如幻境。如今,随着黑鸟号驶离岸边,女孩颤抖起来,大颗大颗的咸涩泪珠从她脸颊上滚落。"诸神保佑,"山姆听见她轻声祈祷。东海望很快看不见了,远处的长城越变越小,最后也消失了。狂风大作。船帆乃是用浆洗多次、褪为灰色的黑斗篷缝制成的,吉莉的脸色却比之更惨,那是写满恐惧的死白。"这是一艘好船,"山姆试图让她放松,"你别怕。"但她只是看了他一眼,将婴儿抱得更紧,然后逃到下面去了。

山姆也不由自主地抓紧船舷,眼睛死盯着船桨划动——至少它们整齐划一的动作有一种美,好歹比看着水面强。看着水面只能让他想到被淹死。小时候,父亲大人为教他游泳,便把他扔进角陵城边的水塘。水从鼻子和嘴巴灌进来,流到肺部,虽然最后海尔爵士将他拉了上来,但他咳嗽喘息了好几个小时,并且从此以后再也不敢踏入深过腰间的水里。

海豹湾比他的腰深好多啊,也不若父亲城堡底下的小鱼塘来得友善。灰绿色的海水跌宕起伏,覆盖着树林的海岸边布满凌乱的巨石与漩涡。即使他能连踢带爬地游泳，也有可能被海浪冲到石头上，撞碎脑袋。

"在找美人鱼吗，杀手？"戴利恩看到山姆注视着海湾，于是说道，这位从东海望加入的歌手年轻英俊，长着一头金发和浅褐色眼睛，看上去更像个神秘的王子而不是黑衣弟兄。

"不。"山姆不知道自己在找什么，甚至不明白为什么会上这条船。你要去学城铸造颈链，当上学士，好为守夜人军团效力，他告诉自己，但这个念头只能让他更烦恼。他不想当学士，不想让沉重而冰冷的颈链套在脖子上，他也不想离开弟兄们，那些是他唯一的朋友——当然，他更不愿意回去重新面对那将他送来长城等死的父亲。

这趟旅程对其他人的意义则大不一样。对他们来讲，这意味着幸福的结局。吉莉在角陵城会很安全，幅员辽阔的维斯特洛隔开了她和恐怖的鬼影森林，她会当上他父亲城堡里的女仆，吃饱穿暖，生活在一个大世界的小角落，一个她身为卡斯特的妻子时做梦也想不到的大世界。她将眼看着儿子茁壮成长，成为猎人、马夫或者铁匠。假如那男孩天赋异禀，甚至会有骑士收他作侍从。

伊蒙学士去的也是好地方。他将沐浴在旧镇温暖的轻风中，享受余生，与学士同伴们交流，并将智慧分享给助理学士和学徒。但他休息的权利是用一生的辛劳挣来的，山姆由衷地为他感到高兴。

就连戴利恩也会过得更开心。他因强奸罪被送来长城，虽然他自己坚决否认，他自认应当成为某位诸侯的随从，伴其左右献艺。现在机会来了，琼恩任命他为"浪鸦"，以取代尤伦——尤伦失踪多时，大概已死——负责游历七大王国，歌颂守夜人的英勇，时不时带着新募的人员返回长城。

的确，这趟航程漫长而又艰辛，但对其他所有人来说，至少有个盼头，幸福的结局在等待他们。山姆只能默默地为他们祝福。我

是为他们而去的,他告诉自己,为了守夜人,为了别人的幸福。然而他看大海看得越久,就越是感到寒冷深邃。

不在外头看水面更糟,挤在尾楼底下大家共享的狭促船舱里,山姆的肚子就受不了。他曾试图为正给儿子喂奶的吉莉打气。"这艘船将把我们带到布拉佛斯,"他说,"我们再在那儿找船去旧镇。我小时候看过一本关于布拉佛斯的书,据说该城建于一个潟湖周围,由上百岛屿组成,湖口还有泰坦巨人呢,那是一个数百尺高的石头人唷。他们用船只代替马匹,他们的戏子表演的是精巧的剧本,而非随处可见的愚蠢的即兴闹剧。那里的东西也很好吃,特别是鱼,还有各种各样的蛤、鳗鱼和牡蛎,都是从潟湖中捕上来的新鲜货。转船期间,我们应该有几天空隙,我带你去看戏吃牡蛎吧。"

他以为那会让她高兴,结果大错特错。吉莉迟钝无神的眼睛透过几缕脏脏的头发瞥了瞥他,"假如你愿意的话,大人。"

"那你想要什么呢?"山姆问她。

"什么也不要。"她背过身去,将儿子从一边乳头换到另一边。

船只摇晃,搅起肚内的食物,启程前,他刚吃过鸡蛋、培根和炸面包。忽然间,山姆再也无法忍受在船舱里多待一刻。于是他站起身,爬上梯子,去把早饭交给大海。山姆晕船晕得如此厉害,他甚至无暇关心风向,结果呕吐时没选对船舷,污物全溅到了自己身上。虽然如此,他仍然感觉好多了……尽管为时不长。

此船名为黑鸟号,乃是守夜人军团最大的划桨船。在东海望时,卡特·派克告诉伊蒙学士:暴鸦号和利爪号的速度更快,可惜它们是狭长的战舰,是迅捷的猛禽,桨手坐在露天甲板上划船;而斯卡格斯岛之外的狭海水域环境恶劣,黑鸟号才是更好的选择。

"狭海多风暴,"派克警告他们,"冬季的暴风雨更猛烈,但秋天的更频繁。"

最初十天相当平静，黑鸟号在海豹湾中行驶，从没让陆地离开视野。起风时很冷，但空气中有股清新的咸味。山姆几乎吃不下东西，即使强迫自己吞咽下去，食物在肚子里也留不长，但除此之外，他感觉还不算太糟。他多次鼓励吉莉，尽量让她高兴，事实证明这并不容易。无论他怎么说，她都不肯上甲板去，宁愿留在黑暗中抱着儿子，而婴儿也似乎跟母亲一样不喜欢船。行船期间，他不是哇哇哭闹，就是呕吐母亲的乳汁，还老拉肚子，弄脏了吉莉裹着他为他保暖的毛皮，弄得舱内阵阵恶臭。不管山姆点上多少根牛油蜡烛，粪便的味道始终存在。

室外要舒服多了，尤其是戴利恩唱歌的时候。歌手很受黑鸟号的船员们欢迎，因为他会在他们划桨时表演。他会唱所有他们喜欢的歌：有悲伤的歌，比如《吊死黑罗宾的日子》《人鱼挽歌》和《我的秋天》；也有雄壮的歌，比如《铁枪》和《七子七剑》；还有《贵妇的晚餐》《她的小花儿》和《快乐少女麦吉特》这样的靡靡之音。每当他唱到《狗熊与美少女》时，所有桨手都会跟着唱，而黑鸟号仿佛在水面上飞翔。早在艾里莎·索恩手下受训时，山姆就知道戴利恩的武艺不精，但他有副好嗓门，伊蒙学士形容说那像加了蜜的雷。他也会弹木竖琴，会拉小提琴，甚至会自己写歌……尽管山姆对他的歌不太感冒，无论如何，坐着听歌算是船上最好的消遣，就是箱子太硬，太多木刺，让山姆不由得感谢自己生了个肥屁股。胖子的优势就是走到哪儿都自带坐垫，他心想。

伊蒙学士也喜欢在甲板上度日，裹着一堆毛皮凝视水面。"他在看什么？"某天，戴利恩疑惑地问，"对他而言，这上面跟船舱底下不是一样黑吗？"

老人听见了他的话。伊蒙的眼睛虽然看不清，耳朵却没问题。"我并非生来就是盲人，"他提醒他们，"我记得上回经过这儿的情形，记得每一块岩石、每一棵树和每一波海浪，记得灰色的海鸥在船只的尾迹后面飞翔。我当时三十五岁，戴上颈链已经十六年了。伊戈想要留我在身边辅佐他统治国家，但我知道自己的位置是在这里，最终他拗不过我，只好派出金龙号载我北上，还让他的朋友'高个'邓肯爵士亲自护送我抵达东海望。历史上，娜梅莉亚曾把六位国王用黄金镣铐锁拿住送来长城，自那以后，新人到来时都没有过如此盛况。伊戈也清空了地牢，这样我就不用独自立誓。他说他们就是我的荣誉护卫——其中一位乃布林登·河文，后来被选为总司令。"

"您是指血鸦？"戴利恩说，"我知道一首关于他的歌，《一千零一只眼睛》。但我以为他是百年之前的人了。"

"我们终究不都一样？我也曾经像你一样年轻啊。"这似乎让他感到悲哀。他开始咳嗽，然后闭上眼睛睡去，每当海浪晃动船只，他也在毛皮之中摇摆。

他们在灰色的天空下航行，先往东，再往南，然后又往东，海豹湾渐渐开阔。船长是个头发斑白的黑衣弟兄，肚子就像啤酒桶，他穿的黑衣褪色很厉害，因此船员们称他为"老破烂"。他很少说话，大副却把他没说的都补上了，每当风势减弱或者桨手们劲头不足，他就会朝咸涩的空气一通咒骂。大家早上喝燕麦粥，下午喝豌豆粥，晚上就着麦酒吃腌牛肉、腌鳕鱼和腌羊肉。戴利恩唱歌，山姆呕吐，吉莉或哭泣或给婴儿喂奶，伊蒙学士在睡梦中颤抖，这就是日常生活，而风日益寒冷，日益强劲。

即便如此，这也比山姆的上次航程好得多。当时他还不到十岁，乘坐着雷德温大人的三桅船青亭女王号出海。她有黑鸟号的五倍那么大，华丽雄伟，三张酒红色巨帆，一排排桨叶在太阳底下闪耀着金色与白色的光芒。离开旧镇时，那些桨上下摆动的景象令山姆为之屏息……但那是雷德温海峡最后的美好记忆。跟现在一样，大海让他反胃，而这招致了父亲大人的厌恶。

抵达青亭岛后，情况变得更加糟糕。雷德温大人的双胞胎打一开始就鄙视山姆。每天早晨在较场上，他们都找出新花样羞辱他，第三天，霍拉斯·雷德温在他求饶时要他学猪叫，第五天，他弟弟霍柏让一个厨房小妹穿上自己的盔甲，用木剑把山姆打得哭出来。当她展示出真面目时，所有的侍从、侍酒和马夫哄堂大笑。

"这孩子只不过需要一点历练，为生活增添调料，"当晚，他父亲告诉雷德温大人，但雷德温家的小丑却摇晃着铃铛回应道，"对，一撮胡椒，一点上好的丁香，嘴里再塞一只苹果。"从此以后，蓝道大人禁止山姆在派克斯特·雷德温的屋檐下吃苹果。回航途中他继续晕船，但离开青亭岛好歹让他大大松了口气，甚至喉头污物的滋味也变得容易接受了。直到回家之后，母亲才悄悄告诉他，父亲原本不打算让他回来。"霍拉斯将代替你，而你将留在青亭岛当派克斯特大人的侍酒，如果你让他满意的话，就会跟他女儿订婚。"山姆仍然记得母亲轻柔的触摸，记得她用一小块沾着口水的蕾丝手帕，擦去他脸上的泪水。"我可怜的山姆，"她喃喃地说，"可怜的山姆。"

能再见到母亲真好，他一边想，一边抓住黑鸟号的栏杆，凝视着岩石岸边飞溅的浪花。假如她看到我穿上黑衣，或许还会感到骄傲。"我长大成人了，妈妈，"我可以向她宣布，"我当上了事务官，成为了守夜人的汉子。弟兄们有时候还叫我'杀手'山姆呢。"他也想跟弟弟狄肯和妹妹们重逢。"看，"他可以告诉他们，"看哪，我终于有点用了。"

但父亲也在角陵城等他。

一想到父亲，他又开始反胃。山姆俯身到船舷外呕吐，幸好这回不是逆风，这回他走对了方向。无论如何，他呕吐的水平越来越高了。

至少他自己这么觉得,直到黑鸟号远离陆地,向东直穿海湾,朝斯卡格斯岛前进。

该岛坐落在海豹湾出口处,大得惊人,布满山峰,乃是一片蛮荒之地,居民净是些未开化的野蛮人。山姆在书本上读到过,他们生活在洞穴和阴森偏远的山地碉堡里,作战时骑着毛发蓬松的大独角兽。"斯卡格斯"在古语中是"岩石"的意思,于是斯卡格斯人自称"岩种",但其他北境人管他们叫斯卡哥族,并且很不喜欢他们。仅仅一百年前,斯卡格斯岛曾起兵反叛,好多年后才得以平息,这次战争还夺去了临冬城公爵及其手下数百名武士的性命。有些歌曲中说斯卡哥族是食人族,说他们的战士杀死敌人后会吃其心肝。有个著名的故事讲述古时候的斯卡格斯人航行到附近的斯凯恩岛,抓走女人,屠杀男人,然后用他们的肉在鹅卵石海滩上开了半个月的宴会。无论真假,反正直到今天,斯凯恩岛仍无人居住。

戴里恩会唱那些歌。当斯卡格斯岛荒芜的灰色山峰从海面上升起时,他走到船首,站到山姆身边,"假如诸神够慷慨,我们或许可以瞥到独角兽。"

"假如船长够水平,我们就不会靠得那么近了。斯卡格斯岛附近的水域危险叵测,礁石可以把船壳像蛋壳一样磕破。哦,你别跟吉莉提这些,她已经够害怕的了。"

"她?她和她那哇哇哭闹的小家伙都很讨厌,我不知道谁更吵。只有当吉莉把奶头塞进他嘴里,他才会停止哭喊,然而接下来又换成吉莉抽泣。"

山姆也注意到了。"也许孩子弄疼她了,"他无力地说,"也许他开始长牙……"

戴里恩用一根手指拨了一下琵琶,弹出嘲弄的音符,"我听说野人比较勇敢。"

"她确实很勇敢,"山姆坚持,然而他也不得不承认,没见过吉莉如此萎靡不振。虽然她大多数时间都把脸庞隐藏起来，并让船舱保持黑暗，但山姆能看出她的眼睛总是红红的，颊间沾满泪水。他问她出了什么事，她只摇摇头，他只好自己去猜。"她害怕大海，仅此而已，"他告诉戴利恩，"来长城之前，她只见过卡斯特的堡垒及其周围的森林，据我所知，吉莉从没离开自己的出生之地超过半里格。她见过小溪与河流，但没见过湖泊，直到我们路过一个……至于大海……大海教人害怕……"

"别傻了，这不还能看到陆地么？"

"总有一天就看不到了。"山姆对此耿耿于怀。

"一点点水嘛，肯定吓不倒杀手。"

"对，"山姆撒谎，"吓不倒我。但吉莉……或许你该为他们演奏摇篮曲，以助婴儿入睡。"

戴里恩厌恶地撇撇嘴，"除非她给儿子屁眼里插上栓子。我受不了那味道。"

第二天开始下雨，海面更加起伏不定。"我们最好到底下干燥的地方去，"山姆告诉伊蒙师傅，老学士只是微笑，"雨滴在脸上，这感觉很好，山姆。犹如眼泪。请让我再多待一会儿吧，距离我上一次哭泣已经很久了。"

伊蒙学士年迈体弱，山姆不可能把他一个人留在甲板上，他也只好留下。他在老人边上待了将近一个钟头，裹紧斗篷。绵绵细雨渗进皮肤，伊蒙却好像根本没感觉到。他只是叹息，闭上眼睛，山姆移近去，为他遮挡住大部分风雨。*他很快就会要我扶他回船舱，山姆告诉自己，他一定会的*。但他一直没有召唤，最后，遥远的东方响起隆隆雷声。"我们必须下去了，"山姆颤抖着说。伊蒙学士没回答。山姆这才意识到老人睡着了。"师傅，"他一边说，一边轻轻摇晃他的肩膀，"伊蒙师傅，醒醒。"

伊蒙睁开白色的盲眼。"伊戈？"他回应道，雨水顺着他的脸

颊流淌下来,"伊戈,我梦到自己变老了。"

山姆不知该怎么办。他跪下来抱起老人,走到甲板下面。没人称赞过他强壮,而雨水浸透了伊蒙学士的黑衣,使他重了一倍——即便如此,他整个人也就跟孩童一般。

他抱着伊蒙挤进船舱,发现吉莉把蜡烛全烧完了。婴儿在睡觉,而她蜷缩在角落里轻轻哭泣,身披山姆给她的大黑斗篷。"帮帮我,"他急切地说,"帮我把他擦干偎暖。"

她立刻站起来,他们一起脱下老学士的湿衣服,将他埋在一堆毛皮下面。他的皮肤冰冷潮湿,摸上去黏黏的。"你也睡进去,"山姆告诉吉莉,"抱住他。用体温焐热他。我们必须让他暖和起来。"她照做了,没多说一个字,但鼻子始终在抽咽。"戴利恩在哪儿?"山姆问,"大家待在一起能暖和一些。我得把他找来。"他正要上去找歌手,脚下的地板突然一个起伏。吉莉发出尖叫,山姆重重地跌倒在地,婴儿醒了,大声哭喊。

他挣扎着想站起来,船又晃了一下,把吉莉抛入他怀中,野人女孩紧紧抓着山姆,令他透不过气。"别害怕,"他告诉她,"这不过是一次历险。将来有一天你可以讲给儿子听。"但她只是将指甲深深抠入他手臂中,浑身发抖,剧烈啜泣。**不管我说什么,只能让她更难受。**他紧紧抱住她,尴尬地发现她的胸部紧贴着他。尽管他怕得要命,但这已足够让他那话儿硬起来。**她会感觉到的**,他羞愧地想,但即便她真的感觉到了,也没有任何表示,只是把他抓得更紧。

随后的日子大同小异。他们没见到太阳。灰暗的白昼,漆黑的夜晚,偶有闪电照亮斯卡格斯岛的山峰。他们都很饿,但没人吃得下。船长开了一桶火酒以鼓舞桨手,山姆尝了一杯,只觉数条火蛇顺着喉咙蜿蜒而下,穿过胸膛,教人长出一口气。戴利恩也喜欢上了这种酒,后来鲜有清醒的时候。

船帆时收时放，某天其中一片掉下桅杆，如同一只大灰鸟般飞走了。黑鸟号绕过斯卡格斯岛南岸，礁石群中有艘划桨船的残骸，船员们被冲上海岸，成了白嘴鸦和螃蟹的餐点。"妈的，太靠近了，"老破烂咕哝，"一个大浪就能把我们打到他们边上。"

桨手们已经精疲力竭，但看到这番景象，仍然弓起背使劲划，船只缓缓向着南方的狭海驶去，斯卡格斯岛渐渐缩小，天边只剩若干黑影，仿佛是乌云，又仿佛黑色的峰峦，又或两者皆有。那之后的八天七夜，天气晴朗，海波平静。

接着，暴风雨又来了，比先前更猛烈。

这是三场风暴还是一场，其中有没有片刻平歇？山姆完全不知道，虽然他拼命想要弄清状况。"那有什么关系？"他们全挤在船舱里，戴里恩大声嘶喊。这当然没关系，山姆想告诉他，但只要我想着这个问题，就不会想到被淹死、不会想到呕吐或者伊蒙学士的颤抖。"没关系，"他尖叫着回答，雷声淹没了其余的言语，甲板突然倾侧，将他摔倒。吉莉在抽泣。婴儿尖声啼哭。老破烂正在上面对着船员们大喊大叫，这位衣衫破旧的船长原本从不说话。

我讨厌大海，山姆心想，我讨厌大海，我讨厌大海，我讨厌大海。一道明晃晃的闪电透过头顶木板间的缝隙照亮了船舱，比白天的日头更明亮。这是一艘结实的好船，一艘结实的好船，一艘好船，他告诉自己，它不会沉没。我不害怕。

在暴风雨的间歇中，山姆极想呕吐，却又吐不出来，他紧抓着栏杆，直到指节发白。他听见一些船员嘀咕说，这就是把女人带上船的后果，尤其是带上女野人。"她跟自己的老爸上床，"当狂风再度呼啸时，山姆听见一个人说，"这比卖淫还糟糕，**大逆不道**。我们都会被淹死的，除非先摆脱她，还有她生下来的小怪物。"

山姆不敢与他们起冲突。他们都比他大，结实强健，多年的划桨生活使得他们肩宽臂壮。但他天天打磨匕首，而每次吉莉离开船

舱去解手，他都跟着一起去。

连戴利恩也对野人女孩恶言相向。有一次，在山姆的多方敦促下，歌手唱摇篮曲安抚婴儿，但才唱一段，吉莉就伤心欲绝地痛哭流涕。"七层地狱啊，"戴利恩呵斥道，"你就不能先暂停，等听完一首歌再哭吗？"

"继续唱，"山姆恳求，"只管为她唱歌就行了。"

"她不需要听歌，"戴里恩说，"只需要被狠狠抽几巴掌，或者被强暴一回。滚开，杀手。"他将山姆推到一边，走出船舱，去弄火酒喝，跟粗犷的桨手兄弟们做伴，从中寻求安慰。

山姆用完了所有办法，他几乎习惯了那味道，但在暴风雨和吉莉的抽泣中，他好几天睡不着。"你能不能给她些什么？"山姆看到伊蒙学士醒来，便压低声音询问，"草药或药水，让她不要如此害怕？"

"她不害怕，"老人告诉他，"她的哭声中唯有悲伤，这是药物所无法医治的。就让她尽情流泪吧，山姆，你堵不住这滔滔浪花。"

山姆不明白，"她正前往安全的地方。*暖和的地方*。为什么要悲伤？"

"山姆，"老人轻声道，"你有一双好眼睛，却视而不见。她是一位母亲，她在为自己的孩子悲伤。"

"那孩子只是晕船而已。我们都晕船。到达布拉佛斯之后……"

"……那个婴儿也仍然是妲娜的儿子，并非吉莉的亲生骨肉。"

山姆过了好一会儿才领会伊蒙的暗示，"这不可能……她不会……那当然是她的孩子。*不带上自己的儿子，吉莉决不会离开长城。她爱他。*"

"她为两个孩子哺乳,两个孩子都爱,"伊蒙说,"但爱的程度并不相同,没有一个母亲会给所有孩子同样的爱,甚至连天上的圣母也不例外。我敢肯定,吉莉并非自愿丢下儿子的,总司令大人如何威胁,如何承诺,我猜不到……但一定有过……"

"不。不,这样做不对。琼恩决不会……"

"琼恩不会。但雪诺大人会。很多时候,没有愉快的选择,山姆,只不过其中之一比余下的略少一些悲哀罢了。"

没有愉快的选择。山姆想起了他和吉莉一起经历的所有磨难,卡斯特的堡垒,熊老之死,冰雪与寒风,一天一天接一天的雪原之旅,白树村的尸鬼,冷手和满树的乌鸦,长城,长城,长城,长城底下的黑门。这一切都是为什么?**没有愉快的选择,没有幸福的结局。**

他想要尖声嘶喊,他想要号叫哭泣,他想要颤抖着呜咽着蜷成一个球。琼恩调换了婴儿,他告诉自己,琼恩调换了婴儿,以保护小王子,好让他远离梅莉珊卓的火焰,远离她的红神。假如她烧死的是吉莉的儿子,又有谁会在乎呢?除了吉莉之外没有人。他不过是卡斯特的小崽子,出自乱伦的怪物,远远比不上塞外之王的儿子重要。他既不能做人质,也不能做祭品,一点用也没有,他甚至没有名字。

山姆默默无语地蹒跚上甲板去呕吐,但肚子里没东西可以倒出来。黑夜已经降临,这个夜晚平静得出奇,好多天都没有这样的平静。黑沉沉的海洋仿佛玻璃一般,桨手们坐在桨位上休息,其中一两个睡着了。风动船帆,山姆看到北方的点点繁星,还有被自由民称作"盗贼星"的红色流浪星。那颗星星代表我,山姆悲哀地想,我助琼恩当上总司令,我把吉莉和婴儿带给他。**没有幸福的结局。**

"杀手。"戴利恩出现在山姆身边,完全没察觉他的痛苦。"这是个甜美的夜晚,多么难得。看,星星全出来了。我们甚至有可能看到月亮。也许最糟糕的阶段已经过去。"

"不。"山姆擦了擦鼻子,用胖胖的手指指向乌云密布的南方,指向那片聚集的黑暗。"看那儿,"他说。话刚出口,突然远方来了一道沉默的闪电,光亮眩目,云层闪烁了片刻,仿佛层层叠叠的山峦,呈现紫色、红色,还有黄色,高高矗立在世界尽头。"最糟糕的还没有到来。最糟糕的才刚刚开始。永远也没有幸福的结局。"

"诸神保佑,"戴利恩笑道,"杀手,你可真是个胆小鬼。"

詹姆

泰温·兰尼斯特公爵入城时骑着高大战马，雄赳赳气昂昂，身披上过瓷釉的红钢铠甲，铠甲经过一再打磨，鲜亮如火，装饰着宝石与黄金涡旋；他出城时则是坐在高大的四轮马车中，被绯红的旗帜覆盖，六名静默姐妹骑马在旁护送遗骨。

送葬队伍自诸神门离开君临，因为它比雄狮门更为宽阔华丽，但就詹姆看来，这选择实在是个错误：没人能否认，他父亲是一头雄狮，但就连泰温公爵自己也不敢把自己当成神。

陪伴泰温公爵马车的荣誉护卫共有五十名骑士，长枪上飘扬着绯红三角旗。在这五十名骑士后面则是西境的列位诸侯，大风席卷，"噼里啪啦"地掀动着他们的旗帜，无数旌旗在空中搅成一团。詹姆依次骑下去，经过了野猪旗、獾旗、甲虫旗、绿箭红牛旗、交叉双戟旗、交叉长矛旗、树猫旗、草莓旗、荆棘花朵旗、四分日芒旗等种种纹章。

布拉克斯伯爵身穿镶银线的淡灰色外套，心口处绣了一只紫色独角兽；贾斯特伯爵全身黑甲，胸甲上嵌三个黄金狮子头——关于他战死的传言看来不无因由，伤势和长期监禁把他折磨成了一副骨架；班佛特伯爵的恢复状况比较好，似乎已做好了投入下场战斗的准备；普棱穿紫衣，普列斯特穿貂皮，摩兰德的服色则是黄褐与绿色相间，但他们个个身披绯红丝绸斗篷，以示尊崇被他们护送回乡的封君。

走在诸侯们后面的，是一百名十字弓手和三百名重装步兵，绯红披风也在他们肩头飞舞。身着白袍白甲的詹姆在这条红色的河流

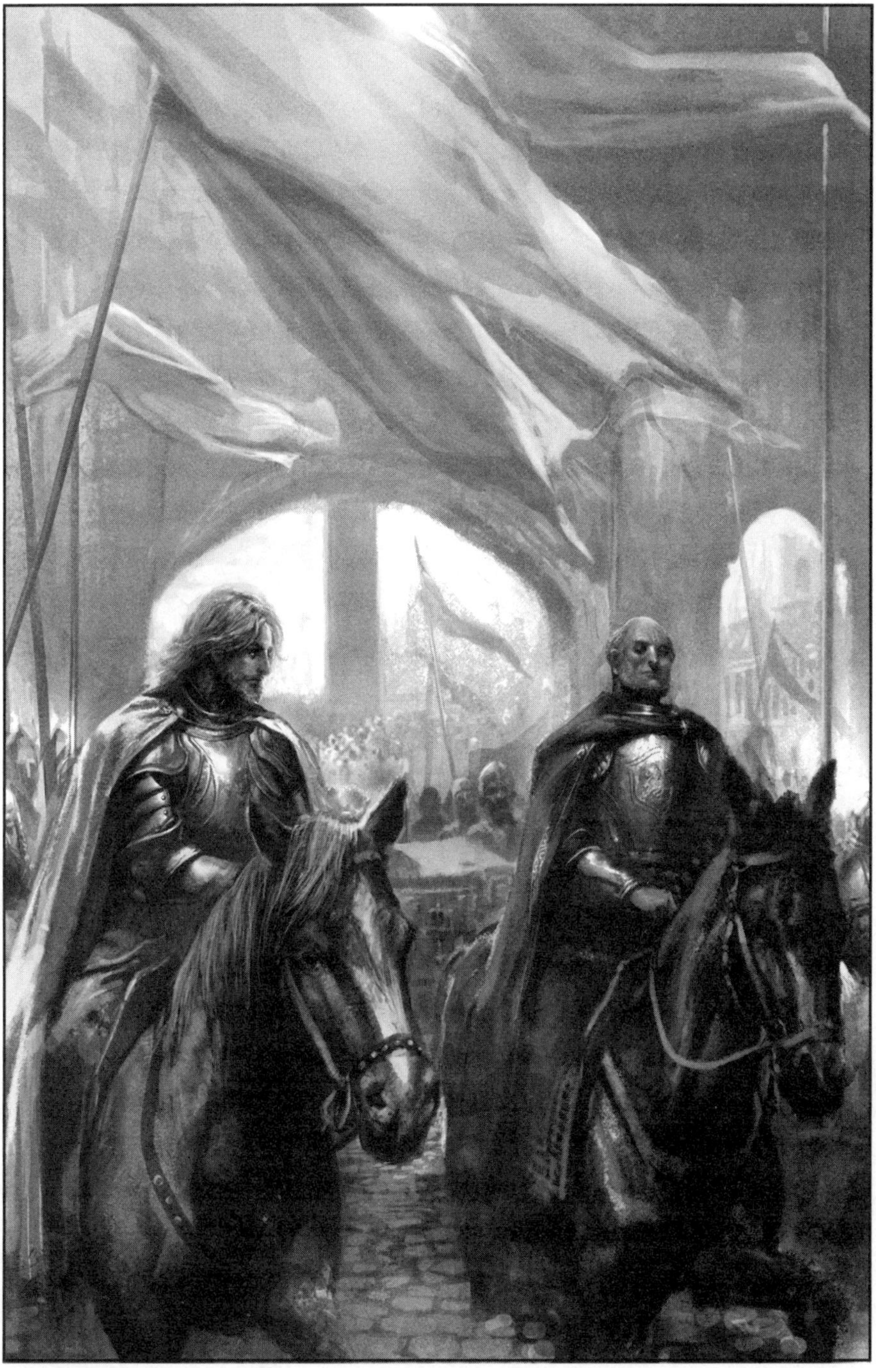

中感觉颇不自在。

　　叔叔也没给他好气受。"队长大人，"当詹姆终于来到队伍后面，骑在凯冯爵士身旁时，对方开口道，"陛下差你来传达最后的命令吗？"

　　"我不是为瑟曦而来。"在他们身后，一个鼓手敲打起来，节奏缓慢、整齐、充满悲哀。死了，它好像在低语，死了，死了。"我是来道别的。为我父亲。"

　　"这也是她的父亲。"

　　"我和瑟曦不同，我长胡子，她长乳房，如果你还是分不清楚，叔叔，你可以数数我们的手，有两只的那个是瑟曦。"

　　"他们两个都爱耍小聪明，"叔叔道，"够了，省省你的贫嘴吧，爵士，我没兴趣。"

　　"好的。"看来事情很难朝我希望的方向发展。"瑟曦很想亲自跟你道别，只是事务紧迫，脱不开身。"

　　凯冯爵士哼了一声。"彼此彼此，大家不都有事？你怎么不守着你的国王呢？"他的语气就像是责难。

　　"他平安无恙。"詹姆防卫性地道，"今天早上由巴隆·史文值班，这是位忠勇的好骑士。"

　　"从前只要提到白骑士，'忠勇'二字根本不用强调。"

　　这帮弟兄又不是我挑的，詹姆心想，如果我有选择的权力，御林铁卫必将恢复往日的荣光。可惜，这是番无力的废话，毕竟有谁会相信"弑君者"的豪言壮语呢？一个把荣誉当狗屎的人。随它去吧，詹姆认定，我不是来这里和叔叔争辩的。"阁下，"他郑重其事地说，"您得与瑟曦讲和。"

　　"我们之间开战了吗？我怎么不知道。"

　　詹姆不理会对方的嘲弄，"兰尼斯特家族内部的争端只会令我们的敌人得利。"

"就算有争端,也不是我的错。瑟曦想要统辖一切,很好,我完全赞成,我就把国家大事全交给她,唯愿解甲归田,自享安乐。我要去戴瑞城和我儿子一起生活,他的城堡急需重建,封地也得重新播种,并加以保护。"他突然发出一阵苦涩的大笑,"你姐姐也没留什么工作给我副老骨头,不是吗?与其在这里浪费时间,不如去参加蓝赛尔的婚礼,他的新娘早已经等不及了。"

他那李河城给的寡妇。表弟蓝赛尔骑在十码之后,眼眶深陷,头发花白干燥,貌似比贾斯特伯爵的年纪还大。看着他,詹姆感觉自己的幻影手指又抽搐起来……*她和蓝赛尔、奥斯蒙·凯特布莱克,甚至月童上床!*……他已经无数次试图与蓝赛尔接触,却从来找不到对方单身的时机——表弟要么和父亲在一起,要么有修士陪伴。他是凯冯的儿子不假,但打骨子里懦弱无能。提利昂在撒谎,他唯一的目的是造成伤害。

于是詹姆不再去想表弟,继续游说叔叔,"婚礼之后,你还留在戴瑞城?"

"至少盘桓一段时日吧。据说桑铎·克里冈在三河流域落草为寇,你姐姐想要他的脑袋,我猜他可能加入了唐德利恩一伙匪帮。"

詹姆已经听说了盐场镇事件,现在大半个国度都知道了。那次洗劫异常野蛮,妇女被强暴后杀戮,婴儿在母亲的怀抱中遭遇屠杀,镇子的一半被烧为灰烬。"有蓝道·塔利镇守女泉城,土匪蟊贼交给他对付应该没问题。叔叔,你还是去奔流城吧。"

"奔流城下由达冯爵士统一指挥,他是新任西境守护,不会需要我——而蓝赛尔需要我。"

"好吧,叔叔。"听着节律的鼓点,詹姆脑袋里阵阵抽痛。*死了、死了、死了。*"多加小心,让你手下的骑士们加强巡逻防护。"

叔叔冷酷地瞥了他一眼,"你威胁我,爵士?"

"威胁?他不由一愣。"只是提醒你而已。我的意思是……桑铎很危险。"

"我当年吊死无数匪徒与强盗骑士的时候你还在襁褓中流屎流尿呢。爵士,如果你担心我会亲自出马与桑铎或唐德利恩决斗,那大可不必,并非每位兰尼斯特都爱慕虚荣。"

"怎么了?叔叔,我得罪你了吗?""亚当·马尔布兰也能完成扫荡乡野的任务,要不,派布拉克斯、派班佛特、派普棱,他们都行,但能坐上首相高位、居中调度,放眼天下只有你一人啊。"

"你姐姐知道我的条件。告诉她,条件不变——在她枕边告诉她。"凯冯一夹马肚,扬长而去,不再与詹姆对话。

詹姆默然观望,幻影右手阵阵抽搐。他原来抱着一线希望,以为是瑟曦过于偏执,方才造成今天的局面,看来错的反而是自己。他知道我俩的底细,知道托曼和弥赛菈的底细,而瑟曦知道他知道。另一方面,凯冯爵士乃凯岩城嫡生的兰尼斯特,他不相信瑟曦将要对付他,可……可我看错了提利昂,也会看错瑟曦吗?儿子能杀父亲,侄女处决叔叔又有什么奇怪呢?何况这是个心怀不轨的叔叔,他了解太多内幕,留下来祸患无穷。或许瑟曦暗中把这肮脏的任务丢给猎狗,等桑铎·克里冈干掉凯冯爵士,她就不用玷污自己的双手了。桑铎有这个能耐。凯冯·兰尼斯特曾是名勇猛的剑客,但他老了,而猎狗……

后面的队伍赶了上来。表弟左右有两名修士陪伴,詹姆出声招呼。"蓝赛尔。老表。我很想来参加你的婚礼,可惜职责在身,不容许我出远门。"

"您必须保护好国王。"

"我会的。不过嘛,不能来闹你的新房,实在有些遗憾。对了,别担心,这是你的头婚,却是她的第二次,我相信你老婆会很乐意指导你怎么做的。"

这段色迷迷的话引得周围几名领主哈哈大笑，蓝赛尔的修士则投来严峻的目光。表弟本人在马鞍上不安地蠕动着，"我懂得如何尽丈夫的责任，爵士先生。"

"很好，新娘子在新婚之夜就需要这个，"詹姆说，"一个懂得如何尽责任的男人。"

蓝赛尔脸颊上升起一轮红晕。"我会为您祈祷，表哥，也会为太后陛下祈祷。愿老妪赐予她睿智，愿战士保护她周全。"

"瑟曦要战士做什么？他有我。"詹姆调转马头，白袍在风中飞扬。小恶魔撒谎，瑟曦宁肯跟劳勃的尸体做爱也不会看上蓝赛尔这种满口虔诚话的傻瓜。提利昂，狗杂种，你他妈连撒谎也不找个好对象，如此不堪一击！他最后一次与父亲的送葬马车道别后，飞奔回远方的都城。

返回伊耿高丘上的红堡途中，詹姆·兰尼斯特惊觉君临城的街道已几乎荒芜了。曾把赌场和食堂挤得水泄不通的士兵们，此刻已然纷纷离开。勇武的加兰带上提利尔一半的军队返回高庭，他母亲和祖母也随他去了；剩下的一半军队在梅斯·提利尔与马图斯·罗宛的统帅下向南方进军，提利尔公爵要再度围攻风息堡。

至于兰尼斯特方面，只在城外保留了两千精锐老兵，等待派克斯特·雷德温的舰队赶来，载他们渡过黑水湾，攻打龙石岛。情报显示，史坦尼斯大人北上时只留下一支小规模的卫戍部队，所以瑟曦认为两千人足够了。

其余的西境人被遣散回家，回到妻儿们身边，重建家园，播种耕地，争取在冬天降临前获得最后一次收成。在他们踏上西归之路的那一天，瑟曦带着托曼前来营地检阅，让士兵们为小国王欢呼。那一天她真的太美，他忘不了她唇上的笑意，忘不了秋日的艳阳照耀在她黄金的鬈发上。不管有多少人在背后议论姐姐，她只要用

心，满可以赢得众人拥戴。

经过城门时，詹姆看见二十多名骑士正在院子里练习骑马刺枪靶。这又是一件我永远不可能再做的事，他心想。枪比剑沉，更难驾驭，而他连剑都用不好。他设想自己左手持枪，用右手的断肢绑盾牌——可比武时，对手都是从左边跑来，绑在右面的盾牌不就跟胸甲上的乳头一样是纯粹的摆设吗？不，我比武的日子已经结束了，他下马时告诫自己……尽管如此，詹姆还是忍不住停步观察。

高个塔拉德爵士被沙包从后撞中脑袋，摔下马来。壮猪的力道猛烈，乃至于刺穿了当靶子的盾牌，接着凯切镇的肯洛斯替他彻底收拾了盾牌。等雨林的德莫特爵士上场时，新的盾牌已被装上，随后蓝柏特·特拔瑞的枪堪堪擦过，但还没长胡子的琼恩·本特利，还有亨佛利·史威佛和埃林·斯脱克皮都瞄得很准，红罗兰·克林顿甚至完美地折断了长枪。

最后，百花骑士让前叙诸位都黯然失色。

詹姆一直认定，骑马比武的决定性因素乃是马术。只见洛拉斯以潇洒的姿势向前冲去，与长枪似乎自娘胎起便连为一体……嗨，难怪他老妈任何时候都顶着一副苦瓜脸。玩笑归玩笑，他真的想刺哪里就刺哪里，平衡性比猫还棒。或许上次他把我打下马来并非侥幸吧。詹姆突然感到很遗憾，不能再有机会与这小子交手，于是丢下训练中的众人走开了。

瑟曦正在红堡书房内，旁边有托曼和玛瑞魏斯大人黑发的密尔老婆。三人对着派席尔国师哈哈大笑。"我错过什么笑料了吗？"詹姆推门道。

"噢，瞧啊，"玛瑞魏斯上气不接下气，"您勇敢的弟弟回来了，陛下。"

"他的大部分回来了。"詹姆发现，太后又喝酒了。最近，瑟曦随时在身边放着一壶葡萄酒，而曾经她是那么地厌恶劳勃·拜拉席恩酗酒的习惯。他不喜欢这样，这些日子以来，好像老姐做的每一件事他都不喜欢。"师傅，"瑟曦吩咐，"麻烦你，把消息再给队长大人复述一遍。"

派席尔的模样极为窘迫。"来了一只乌鸦，"他最后说，"从史铎克渥斯堡来的。坦妲伯爵夫人宣布他女儿洛丽丝产下一个强壮而健康的男婴。"

"你根本猜不到他们给这小杂种取的名字，弟弟。"

"我记得他们想叫他泰温。"

"是的，不过当然被我制止了。我告诉法丽丝，我不允许我父亲的盛名糟蹋在猪倌和母猪交配生产的野种上。"

"史铎克渥斯伯爵夫人坚称命名不是照她的意思。"派席尔大学士插话道，他布满皱纹的前额上全是汗珠。"她说是洛丽丝的丈夫给取的。那个波隆，他……看来他……"

"提利昂，"詹姆脱口而出，"他为这孩子命名提利昂。"

老人颤巍巍地点点头，同时用长袍的袖子擦汗。

詹姆乐了，"送上门啦，亲爱的老姐，你到处找不着提利昂，原来他一直躲在洛丽丝的肚子里面呢。"

"小丑。你和那波隆都是小丑。毫无疑问，此刻野种吮吸着白痴洛丽丝的乳头，而佣兵边看边为自己的无礼之举洋洋得意。"

"这孩子或许是与您弟弟有些相似，所以才取这个名。"玛瑞魏斯夫人设想，"他或许天生畸形，缺个鼻子什么的。"说到这，她"咯咯"傻笑。

"我们要送给这位好孩子一份礼物，"太后宣布，"你说呢，托曼？"

"给他一只猫咪吧。"

"一只小狮子比较好，"玛瑞魏斯夫人建议。让它撕破他的小喉咙，她的微笑中是再明白不过的暗示。

"我想送他的，是不同类型的礼物。"瑟曦说。

想必是个新继父吧，詹姆懂得姐姐眼神的含义。在托曼的新婚之夜，当她焚烧首相塔的时候，他也见过如此的神情。想当初，绿火的焰芒沐浴着旁观者们，人们犹如苍白腐烂的尸体，犹如一群贪婪的僵尸，但僵尸群中也有美丽的存在——在这恶毒的光芒照耀下，瑟曦美得可怕，她将一只手放在胸口，嘴唇微启，碧眼炯炯有神。她在哭啊，詹姆意识道，至于是由于悲伤还是狂喜他就闹不明白了。

看着姐姐，他忧心忡忡，因为她令他想起了伊里斯·坦格利安，先王也是如此地为焚烧着迷。国王在御林铁卫面前没有秘密。伊里斯统治末期，他和王后之间的关系十分紧张，他们不仅分居，而且在白天也尽可能地回避对方。但每当伊里斯烧死人的时候，当天晚上雷拉王后的卧室内总不会平静。他烧死"锤子与匕首"首相的那一天，詹姆和琼恩·戴瑞正好负责警卫王后的卧室，而国王在里面放纵。"停手！你弄痛我了！"透过橡木门，他们听见雷拉的哭叫。"你弄痛我了！"在他耳中，这声音比切斯德伯爵的尖叫更难以忍受。"我们发誓保护她不受别人伤害，"詹姆最终开口道。"是的，"戴瑞承认，"但他例外。"

这天之后，詹姆只见过雷拉一次，那是王后启程前往龙石岛的清晨。雷拉披着斗篷，拉起兜帽，迅速爬进王家轮宫里，下了伊耿高丘，前往河边上船。他没机会与王后讲话，却听见了侍女们的低语，她们说王后的模样就像是被野兽摧残过，大腿上全是爪印，乳房被牙齿咬破。野兽，戴王冠的野兽，詹姆静静地想。

疯王最终杯弓蛇影到不准任何人在他面前佩带利器——除了御林铁卫。他不修边幅，胡须纠结脏污，蓬乱的银金色长发直垂到腰部，黄指甲弯弯曲曲，长到九寸长。但利器仍旧折磨着他，铁王座上的利器，令他无法逃避。他的胳膊和腿脚上密密麻麻全是血痂和

281

半愈合的伤疤。

让我君临焦黑骨骸与烤熟血肉，詹姆看着姐姐的笑脸，心事重重，让我成为灰烬之王。"陛下，"他严肃地说，"我们可以私下谈谈吗？"

"好吧。托曼，你今天该上课了，请随大学士去教室。"

"是，母亲。我们正在学习受神祝福的贝勒国王。"

玛瑞魏斯夫人也识趣地离开，临走前亲吻了太后的双颊。"今晚您还和我共进晚餐吗，陛下？"

"如果你不来，我可要生气了。"

詹姆没法不注意密尔女人走路时摇晃屁股的姿态。每一步都是诱惑。等门关上，他赶紧清清喉咙，开口道，"先是凯特布莱克，接着是科本，现在又来了这个女人。亲爱的老姐，你打算开马戏团么？"

"我喜欢坦妮娅夫人。她会逗我开心。"

"她是玛格丽·提利尔的随从，"詹姆提醒瑟曦，"她会把你的情报泄露给咱们的小王后。"

"她当然会。"瑟曦伸手灌满酒杯。"当我提出要收留坦妮娅时，玛格丽兴奋得发抖，你瞧她说了什么：'她会成为您的姐妹，正如她是我的姐妹。我当然会把她给您！陛下，我已经有了我的表亲和众多小姐夫人们了。'哼，咱们的小王后舍不得让我孤孤单单呢。"

"你明知她是间谍，留着作甚？"

"玛格丽自作聪明，打错了算盘，她不晓得这密尔婊子是条口蜜腹剑的毒蛇。现今我让坦妮娅把我精心挑选过的情报回传给咱们的小王后，其中有些甚至是真的。"瑟曦眼中闪动着淘气的光彩。"而另一方面，坦妮娅将'处女玛格丽'的情况巨细无遗地向我汇报。"

"她会吗？你究竟了解她多少？"

"我了解她是位母亲，她有一个儿子，她想让他在这世上出人头地，为此不惜一切代价。当母亲的都这样。玛瑞魏斯夫人或许是条毒蛇，但她不笨，她知道我能做到的比玛格丽能做到的多得多，所以宁愿站在我这边。她告诉我的事情很多很多，你绝对猜想不到。"

"什么事情？"

瑟曦坐到窗边。"比如……你知道荆棘女王的轮宫里有一大箱钱币吗？那是征服战争之前铸造的'手币'。每有商人呆头呆脑地提出以金币交易，她便会欣然使用高庭的金子来支付，因为每枚金币只有当前金龙一半重。呵呵，哪个商人敢投诉梅斯·提利尔的母亲大人欺诈呢？"她呷了一口酒。"你今天骑马可算愉快？"

"叔叔很在意你的缺席。"

"叔叔的意见不关我事。"

"当然关你的事。你应该好好利用他，就算不放在奔流城或凯岩城，也应该派去讨伐史坦尼斯大人，不是吗？宁肯起用凯冯也好过——"

"卢斯·波顿是新任北境守护。他会对付史坦尼斯。"

"别忘了，波顿大人被困在颈泽之外，而铁民扼守着要道卡林湾。"

"他们守不了多久，波顿的私生子很快便会清除这小小的障碍，打开通路。波顿大人还获得了两千佛雷士兵的增援，佛雷军由霍斯丁和伊尼斯带队，他们的力量加起来，足以压倒史坦尼斯和几千游荡的残人。"

"凯冯爵士——"

"——将专心致志地治理戴瑞城，教导蓝赛尔该怎么擦屁股。你别管他，父亲的死像把他阉了似的，他成了个没用的老头。达冯和达米昂对我们更有用。"

"他俩是有能力，"詹姆素来与两位表亲交好，"但你需要首相。不用叔叔，用谁呢？"

姐姐笑了，"放心，不会用你。我打算起用坦妮娅的老公，此人的祖父曾是伊里斯的首相。"

巨号首相。詹姆想起欧文·玛瑞魏斯，为人和气，行事无能。"如果我记得没错，他祖父被伊里斯流放过，还没收了领地。"

"劳勃恢复了他的家业，至少恢复了一部分。如果我让奥顿收回他家全部的领地，坦妮娅会感激我的。"

"说了半天，你就是为满足这密尔婊子的要求？我以为我们是在讨论选谁来治理国家！"

"国家由我治理。"

愿七神保佑所有人。姐姐总以为自己是长了乳房的泰温公爵，其实她差得太远。别的不说，父亲素来像大冰川一般无情而冷静，而瑟曦情绪上来跟野火燃烧似的。当听说史坦尼斯抛弃龙石岛时，她高兴得像小姑娘一样蹦蹦跳跳，以为对方就此放弃争夺王位，自我放逐了；而当北方来报史坦尼斯占领了长城，她又顿时发作，令众人皆不敢接口。她不缺才智，缺的是判断力和耐心。"你还需要一个强有力的首相加以辅佐。"

"软弱的统治者才需要强有力的辅佐，正如伊里斯需要父亲，而强有力的统治者需要的只是忠心耿耿的传令官罢了。"她摇晃酒杯。"哈林大人怎么样？他不会是头一个当上国王之手的火术士了。"

当然不是，上一个被我宰了。"谣传你打算任命奥雷恩·维水为海政大臣。"

"你刺探过我？"见他不答，瑟曦把头发甩到脑后，"维水很适合这个职位。他半生都在船上讨生活。"

"半生？他连二十岁都不到。"

"他二十二岁了！再说，争这个有意义吗？父亲当上伊里斯的首相时还不满二十一岁呢。是时候改变了，托曼身边应该多些活力充沛的年轻人，不能净是满脸皱纹的老骨头。奥雷恩很合适，他精力旺盛。"

他精力旺盛而且英俊，詹姆心想……她和蓝赛尔、奥斯蒙·凯特布莱克，甚至月童上床！……"派克斯特·雷德温更合适，毕竟他掌管着维斯特洛最庞大的舰队。这个奥雷恩·维水可以负责小艇——假如你给他买一艘当玩具的话。"

"你真是个孩子，詹姆。雷德温是提利尔的封臣，还是高庭公爵那丑恶母亲的外甥。我决不准提利尔公爵的爪牙混进我的御前会议。"

"你的意思是托曼的御前会议吧？"

"你很清楚我的意思。"

我很清楚。"我认为奥雷恩·维水糟糕透顶，哈林更是尤有过之，至于科本……诸神在上，他追随瓦格·霍特，还被学城剥夺过颈链！"

"都是灰衣绵羊们干的。反正，科本对我很有用，也很忠诚——这点连我自己的血亲骨肉都做不到。"

亲爱的老姐，这样搞下去，我们总有一天会成为群鸦的盛宴。"瑟曦，听我一言，你现在到处都能看见侏儒的影子，还把我们的朋友一个接一个地变成敌人。至少，凯冯叔叔不是你的敌人，我更不是你的敌人。"

她的脸庞因愤怒而扭曲。"我求过你，求你帮助。我跪在你面前，而你拒绝了我！"

"我的誓言……"

"……没有阻止你谋杀伊里斯。言语只是风。你本可以拥有我，却选择了这身袍子。出去。"

"姐姐……"

"滚出去！聋了吗？我讨厌看见你丑陋的肢体！滚出去！"为赶走他，她把酒当头泼来。当然，她没泼中，但詹姆明白其中的暗示。

等他独坐在白剑塔的会议室内，握着一杯多恩红酒，用断肢翻阅白典时，暮色已临。百花骑士走进来，解下白袍和剑带，挂在墙上詹姆的东西旁边。

"我在院子里看了你的表现，"詹姆，"你骑得不错。"

"当然不止是'不错'啰。"洛拉斯爵士为自己倒了杯酒，并在半月形桌子的对面落座。

"一个谦虚的人应该回答：'大人过奖，您的好意我心领了'或者'哪里，是我的坐骑很棒'。"

"好吧，我的坐骑还将就，而大人的好意好比我的谦虚。"洛拉斯朝白典挥挥手。"蓝礼大人常说，读书是学士的活儿。"

"至少这本是留给我们的，它记录了曾穿上白袍的每个人的历史。"

"瞧过几眼，纹章画得挺漂亮。我喜欢看图，蓝礼大人收藏的几本精美典籍，保管让这帮修士无地自容。"

詹姆不由得笑了，"可惜它们都不在这儿。爵士，历史的作用是开阔视野，你应该了解前人们的生活，并以此为鉴。"

"我了解这些人。什么龙骑士伊蒙王子，莱安·雷德温爵士，'雄心'，无畏的巴利斯坦……"

"……加尔温·科布瑞，埃林·克林顿、魔鬼戴瑞，嗯，这些你也知道？你晓得'强壮的'卢卡默么？"

"'好色之徒'卢卡默爵士？"洛拉斯爵士似乎颇感有趣，"不就是有三个老婆和三十个孩子的那位？他们最后切了他的男

根，关于他还有首歌，您是要我唱给您听吗，大人？"

"特伦斯·托因爵士呢？"

"他睡了国王的情妇，死得悲惨。教训是，穿白马裤的人得把裤腰带系紧些。"

"灰袍盖尔斯？大方的奥利瓦？"

"前者是个叛徒，后者是个懦夫，都令白袍蒙羞。大人，您到底想说什么？"

"没什么。你不要总那么敏感，爵士。你知道'老不死'科托因吗？"

洛拉斯爵士摇头。

"他干了六十年的御林铁卫。"

"什么时候？我从来没听说——"

"你知道暮谷城的唐纳爵士吗？"

"名字似乎听过，但——"

"安迪森·希山？'白头鹰'迈克尔·梅泰林？'永不投降的'乔佛里·诺科斯？还有红劳勃·佛花？关于这些名人你又知道什么？"

"佛花是私生子的姓，希山也是。"

"但这两位都当上了御林铁卫的队长，他们的故事全收录在这本书里面。这本书中还有罗兰德·达克林的事迹，他是在我之前最年轻的御林铁卫，他于战场上赢得白袍，一小时之后身披白袍死去。"

"说明他武艺不精。"

"他很厉害。他牺牲自己拯救了国王。你瞧，曾有那么多勇士披上白袍，而他们的事迹几乎都被遗忘了。"

"该遗忘的自然会被遗忘。人们只记得英雄，只记得强者。"

"英雄和恶棍，"所以你我当中至少有一位会被歌谣传唱。

"还有少数兼而有之的人。比如他。"他敲敲自己正在读的那一页,

"谁?"洛拉斯扭头过来看。"鲜红底色上十个黑色的小球,我不认识。"

"它属于克里斯顿·科尔,韦赛里斯一世和伊耿二世的铁卫,"詹姆阖上白典,"人称'拥王者'。"

瑟曦

　　三个白痴扛一个皮口袋，太后看着他们跪在她面前，心里想。她瞧不起这三个白痴。不过，或许会有意料之外的收获？

　　"陛下，"科本悄声道，"御前会议……"

　　"……等我到场才会召开。想想看，我可能将把叛徒丧命的好消息带给他们呢。"城市彼端，贝勒大圣堂敲打着哀悼的钟声。丧钟不会为你而鸣，提利昂，瑟曦心满意足地想，我要把你的头浸上焦油，拿你畸形的身躯丢去喂狗。"平身，"她吩咐三位未来的领主，"把东西给我瞧瞧。"

　　他们遵令起立，噢，这三人个个丑陋不堪，衣衫褴褛，至少半年没洗澡了，其中一位脖子上还有个大疖子。让他们成为领主，她觉得很有趣，就让他们在宴会上挨着玛格丽坐。这三位白痴的头目解开细绳，将手伸进袋子，腐败的味道顿时充盈接待室，犹如烂掉的玫瑰。他取出一颗爬满蛆虫的灰绿色头颅。味道就像父亲的尸体。多卡莎几乎窒息，而乔斯琳掩嘴作呕。

　　太后打量着战利品，眼睛都没眨一下。"你杀错了侏儒。"最后，她一字一顿地说。

　　"我们没杀错，"一位白痴居然敢反对，"这肯定是他，太后陛下。瞧，他是个侏儒，只不过脸烂掉了，看不清模样而已。"

　　"不止脸烂掉了，还长出了新鼻子呢，"瑟曦评论，"又大又圆的鼻子。混蛋！提利昂的鼻子打仗时早给砍掉了。"

　　三位白痴互望了一眼。"没人告诉我们，"提头颅的那位声称，"反正这家伙大摇大摆地在路上游荡，他是个丑陋的侏儒，所以我们认为……"

"哦,他自称是麻雀,"脖子上生疖子的补充,"是你,是你说他撒谎。"第三位白痴争辩。

太后恼怒地意识到自己搁下御前会议,全为这出闹剧。"你们浪费我的时间,杀害无辜之人。我本该摘下你们的脑袋。"如果真要了他们的脑袋,其他人就会退缩,就会听任小恶魔逃之夭夭了。宁肯错杀万人,让侏儒的头颅堆高十尺,她也不能允许这种情况发生。"算了,滚吧。"

"是,陛下,"疖子说,"我们恳求您的原谅。"

"您还要这颗头吗?"提头颅的人问。

"把它交给马林爵士。不,先装进袋子,你这白痴!奥斯蒙爵士,带他们出去。"

特兰拿走头颅,凯特布莱克赶走白痴,原地只剩乔斯琳小姐的早餐。"赶紧清理,"太后命令她。这已是献上的第三颗人头了。还好,这颗好歹是侏儒的头。前次不过是个丑陋的孩子。

"别担心,总会有人找到小恶魔的,"奥斯蒙爵士安慰她,"而他一旦被发现,便难逃一死。"

是吗?昨晚,瑟曦又梦见了老巫婆,凹凸不平的下巴和嘶哑的嗓音。在兰尼斯港,大家叫她"蛤蟆"巫姬。若父亲知道她对我说了些什么,一定会拔了她的舌头。但瑟曦没对任何人讲过,甚至包括詹姆。梅拉雅说只要我们不提起预言,它将被遗忘,永远不会成真……

"我的眼线也在四处打探,陛下,"科本说。他的袍子类似于学士袍,但颜色并非灰色,而是御林铁卫的无瑕洁白,袍边、袖子和浆硬的高领上都装饰着黄金涡旋,腰部还束了一条金腰带。"旧镇、海鸥镇、多恩领,甚至自由贸易城邦,无论他逃到哪里,我的人都会把他揪出来。"

"你的前提是他离开了君临。事实上,他很可能藏身于贝勒大圣堂,此刻正拉着钟绳制造噪音呢。"瑟曦沉着脸,让多卡莎扶她起身。"来吧,大人,御前会议正等着我们。"下楼梯时,她挽起科本的手臂,"那件小任务你完成得如何?"

"办妥了,陛下。很抱歉花了太多时间,可那是好大一颗头颅,我的甲虫用了很长时间才把皮肉清干净。为表歉意,我特意用乌木和白银做了个盒子,用来装盛骷髅。"

"布口袋也行。道朗亲王只在乎里面的东西,你扔个破袋子去他也不会在意——只要脑袋装好别掉出来就行。"

走到院子里,隆隆的钟声更刺耳了。他不过是个总主教,犯得着如此兴师动众?我们到底要忍受多久?当然,丧钟比魔山的惨号悦耳得多,但……

科本似乎看穿了她的想法。"日落时,钟声便会停止,陛下。"

"那太好了。你怎么知道的?"

"我的工作就是刺探情报嘛。"

瓦里斯让所有人都以为他不可或缺。我们真傻。太后宣布科本接替太监之后,害虫们便忙不迭地巴结他,为一点点金钱而出卖各种情报。笼络人心靠的是金银财宝,不是八爪蜘蛛。这活儿科本也能干。她等着看当科本首度在御前会议中落座时派席尔是什么表情。

御前会议召开期间,总有一名御林铁卫在议事厅门口站岗。今天轮到柏洛斯·布劳恩爵士。"柏洛斯爵士,"太后和蔼地唤道,"你今天早晨气色不太好。吃出什么问题了吗?"詹姆让他当国王的品尝师,以防备毒药。这是个美味的任务,但对骑士而言意味着耻辱。布劳恩痛恨这点,开门时,他多肉的下巴微微发抖。

见她到来,重臣们停止了交谈。盖尔斯大人用咳嗽声欢迎太后——他的咳嗽声足以惊醒派席尔。其他人则满脸堆笑地纷纷起立。瑟曦容许自己露出一丝微笑。"大人们，请原谅我的迟到。"

"哪里，我们都是为陛下服务的仆人，"哈瑞斯·史威佛爵士说，"等待您驾临是大家的荣幸。"

"我相信，大家都认识科本伯爵。"

派席尔国师没让她失望。"科本伯爵？"他的脸涨成紫色，说话吞吞吐吐，"陛下，这……这位学士发下神圣的誓言，不据地，不取头衔……"

"你的学城剥夺了他的颈链。"瑟曦提醒对方，"他已经不是学士了，不用再遵循学士的誓言。若你记忆不差，应该记得我们也曾称呼太监为'伯爵大人'。"

派席尔唾沫横飞地说："可这个人……他不合适……"

"你还敢在我面前说什么'不合适'？不就是你亲手把我父亲大人的遗体弄得臭气熏天，惹人嘲笑的吗？"

"陛下您，您不会以为……"他抬起一只斑驳的手掌，好似要格挡打击，"静默姐妹们移去了泰温大人的肠胃及内脏器官，抽干血液……照料得无微不至……我们往他肚子里填满了盐巴和香草。"

"噢，恶心的细节就省省吧，我闻到了你无微不至的关怀！科本大人的医术曾拯救过我弟弟的生命，我认为他毫无疑问比那假惺惺的太监更适合侍奉国王陛下。大人，你的同事你都认识吗？"

"我连他们都不认识，还当什么情报总管呢，陛下。"科本边说边坐到奥顿·玛瑞魏斯和盖尔斯·罗斯比中间。

这才是我的御前会议。瑟曦拔掉了每一朵玫瑰，以及每一个忠实于她叔叔和两位弟弟的人，换上对她死心塌地的角色。她甚至废除了"大臣"的称呼——因为宫廷里面她最大——转而引进自由贸易城邦的头衔。例如奥顿·玛瑞魏斯呼为裁判法官，盖尔斯·罗斯

比呼为国库经理，奥雷恩·维水，潮头岛浮华的年轻私生子，则是她的海军上将。

她的御前首相是哈瑞斯·史威佛爵士。

史威佛肌肉松软，秃头，善于逢迎拍马，他没下巴，只有一撮荒谬可笑的短小白须。他豪奢的黄色外套上用琉璃珠子拼出了家族纹章——蓝色矮脚公鸡，蓝天鹅绒斗篷则镶嵌了一百只金手。哈瑞斯被他的新职位弄得头晕目眩，丝毫没意识到这与其说是荣宠，其实是拿他当人质。他女儿嫁给了瑟曦的叔叔，而凯冯很爱那个没下巴、平胸脯还生了双罗圈腿的女人。只要把哈瑞斯爵士拽在手中，凯冯·兰尼斯特想对付她便得三思而后行。自然，岳丈不算是最有效的人质，但有总比没有的好。

"国王陛下会驾临吗？"奥顿·玛瑞魏斯发问。

"我儿子正跟他的小王后办家家酒呢。就目前而言，他对做国王的概念只是盖王家印信而已，陛下还太小，不能领悟国家大事。"

"咱们英勇的铁卫队长大人呢？"

"詹姆爵士找铁匠打造新手去了，想必大家都受够了他那根丑陋的断肢。而且我敢断言，对于开会他比托曼更不耐烦。"奥雷恩·维水"扑哧"一下笑出声来。很好，瑟曦心想，你们就笑吧，笑得越大声，他便越不能构成威胁。"有酒吗？"

"来了，陛下。"奥顿·玛瑞魏斯的鼻子太大，红橙色头发蓬乱不堪，但他长相虽平庸，礼貌却周到。"这里有多恩红酒和青亭岛的金色葡萄酒，还有高庭的上等香料甜酒。"

"金色葡萄酒。依我看，多恩人的酒就跟他们的人似的，一股子酸溜溜的脾气。"玛瑞魏斯替她满上杯子，瑟曦续道，"就从多恩人开始吧。"

派席尔国师的嘴唇仍在颤抖，亏得他没把舌头吞掉。"遵命。

道朗亲王把他弟弟那帮蛮横的私生女都关押了起来，但阳戟城的骚动并未平息，据亲王信中所言，再不给他正义，他就无法掌控局面了。"

"快了，快了，"这亲王，昏庸则罢，还很啰唆，"等待很快就有结果。我已遣巴隆·史文前往阳戟城，把格雷果·克里冈的人头献上。"当然，巴隆爵士此行还另有重任，但没必要教他们知道。

"哦，哦，"哈瑞斯·史威佛爵士用食指与拇指捻捻自己可笑的短胡须，"他已经死了吗？格雷果爵士？"

"他当然死了，大人，"奥雷恩·维水干巴巴地说，"据我所知，脑袋搬家可是致命伤。"

瑟曦给了他一个赞许的微笑，她喜欢讽刺——只要对象不是自己。"正如派席尔国师预测的那样，格雷果爵士伤重不治身亡。"

派席尔哼哼了几声，不怀好意地瞅瞅科本，"长矛涂有剧毒，无药可解。"

"是　的，我记得你的话。"太后转向首相。"我进门时你在说什么，哈瑞斯爵士？"

"说'麻雀'们，陛下。据雷那德修士统计，城内'麻雀'已达两千之多，而且每天都有新人涌入。他们的领袖宣扬末日之说，抨击魔鬼邪教……"

瑟曦呷了口酒。好喝。"这不是很自然的吗，你说呢？史斯坦尼崇拜的那个红神，不叫魔鬼叫什么？教会本该对抗邪恶嘛。"话是科本提醒她的，他真聪明。"看来，咱们已故的总主教疏于职守，听任岁月消磨洞察力，削弱了力量，以至于这么显而易见的事实都看不到。"

"他早已是个行将就木的老人了，陛下，"科本边说边朝派席尔微笑，"他的逝世是意料之中的事。安详地在睡梦中故去，得享天年，世上少有人能享受这福分啊。"

"是的，"瑟曦确认，"现在我们需要一位精力旺盛的继任者。我在维桑尼亚丘陵上的朋友们告诉我，托伯特或雷那德会当选。"

派席尔大学士清清喉咙，"我在教团中也有朋友，他们倾向于奥利多修士。"

"别忘了卢琛，"科本补充，"昨晚他刚用乳猪和青亭岛的金色葡萄酒宴请三十位主教，白天又分发硬面包收买贫民。"

对于宗教话题，奥雷恩·维水看来就跟瑟曦一样不耐烦，由近观之，他的发色近于银而非金，眼睛则是灰绿，并非雷加王子的紫眼，尽管如此，他俩的相似之处还是很多……不知他是否会为她把胡子刮了……他比她年轻十岁，但他想要她，从他看她的方式里，瑟曦完全能解读出来——自从她乳房发育以后，十个男人中有九个会那样子看她。因为你太美了，他们如是说，可詹姆和我容貌相似，却从未受到如此看待。小时候，她常常穿起弟弟的衣服，当人们把她当做詹姆时，态度迥异，就连泰温大人……

派席尔与玛瑞魏斯仍在为下任总主教争执不休。"谁戴上水晶冠都行，"太后粗暴地打断他们，"只要他肯将提利昂革出教门。"前任总主教显然是提利昂的同伙。"至于那帮没长翅膀的麻雀，就让他们去和教会斗吧，又不是聚众反叛王室，与我们有何相干？"

奥顿大人和哈瑞斯爵士低声表示同意，盖尔斯·罗斯比的赞同被淹没在一阵咳嗽中，在他吐出血痰的瞬间，瑟曦厌恶地别过头去。"国师，你把谷地的信带来了吗？"

"带来了，陛下。"派席尔从面前的纸堆中拣出一封信，并将其抚平。"准确地说，这是宣言，并非信件。由符石城的青铜约恩·罗伊斯、韦伍德伯爵夫人、贝尔摩伯爵、雷德佛伯爵、杭特伯爵和九星城的骑士赛蒙·坦帕顿共同签署，他们六家都盖了印章，宣言声明——"

全是废话。"大人们识字，相信都看过了。罗伊斯他们在鹰巢城下集结了重兵，企图剥夺小指头峡谷守护者的地位，为此不惜动用武力。现在的问题是，我们允许他们这么做吗？"

"贝里席大人向我们求援？"哈瑞斯·史威佛问。

"目前还没有，他对事态发展似乎漠不关心，他的上封来信只简单地提及叛乱，主要是请求我将劳勃留下来的老旧织锦画统统装船送给他。"

哈瑞斯爵士捻捻短胡须，"这所谓的'公义者同盟'，请求国王援助了吗？"

"没有。"

"那么……我们还是按兵不动吧。"

"听任谷地爆发战争，酿成悲剧？"派席尔说。

"战争？"奥顿·玛瑞魏斯笑出声来。"贝里席大人是天底下最幽默的人物，但光凭嘴皮子是不能打仗的，我很怀疑会不会流一滴血。再说，只要谷地按时纳税，谁做小公爵劳勃的监护人重要吗？"

是的，这不重要，瑟曦下定决心，小指头回宫倒有用些，他能凭空变出钱财，而且很少咳嗽。"奥顿大人的话让我信服，派席尔国师，训示公义者同盟不得伤害培提尔，除此之外，在劳勃·艾林的监护期内，国王对谷地的政治不予干涉。"

"陛下英明。"

"可以讨论舰队了吗？"奥雷恩·维水问，"只有十多条船自黑水河的大火中幸存，我们迫切需要重建海军。"

"海军很重要，"奥顿·玛瑞魏斯当即点头，"嗯，利用铁民行吗？敌人的敌人就是我们的朋友？与海石之位结盟的代价有多大？"

"他们要北境啊,"派席尔大学士道,"而北境已被太后陛下的先父许给了波顿家族。"

"哟,多不方便,"玛瑞魏斯说,"可就我看来,北境实在太大,完全可以分割。况且无须永久性协议,我们可以私下答应波顿,一旦他消灭史坦尼斯,国王就全力支持他的要求。"

"听说巴隆·葛雷乔伊已死,"哈瑞斯·史威佛爵士道,"群岛现下由谁作主呢?巴隆大王有儿子吗?"

"莱恩?"盖尔斯大人咳嗽道,"席奥?"

"席恩·葛雷乔伊从小在临冬城长大,乃艾德·史塔克的养子,"科本表示,"看来非我之友。"

"听说他也被杀了。"玛瑞魏斯道。

"他是唯一的儿子吗?"哈瑞斯·史威佛爵士拉了拉下巴上的短胡须,"他的兄弟呢,他没有兄弟吗,有没有啊?"

若是瓦里斯在,一定全知道,瑟曦恼怒地想。"我才不跟乌贼同流合污,消灭史坦尼斯之后,接下来就轮到他们——因此,我们需要舰队。"

"我建议兴建大帆船,"奥雷恩·维水提出,"首批兴建十艘。"

"钱从哪里来?"派席尔责问。

盖尔斯大人把这当成了新一轮咳嗽的信号,他咳出更多粉红唾沫,然后用红丝方巾一点一点蘸去。"……没有……"被又一阵咳嗽淹没之前,他挤出几个字眼,"……没有……我们没有……"

至少这回,哈瑞斯爵士弄明白了咳嗽的意思。"预算异常拮据,"他提出抗议,"凯冯爵士跟我交代过。"

"……费用……金袍卫士……"盖尔斯大人咳个不停。

这些反对意见对瑟曦而言,都是老生常谈了。"我们的国库经理认为,金袍卫士太多,而国库里的金子太少。"罗斯比的咳嗽声开始让她厌烦起来。也许"粗胖的"加尔斯并不会那么讨厌。"财政收入纵然不菲,却无法抵消劳勃亏欠的巨债。有鉴于此,在战争结束之前,我决定暂停偿付教会和布拉佛斯铁金库方面的债务。"新任总主教肯定会不知所措地扭绞他那双神圣的手掌,而布拉佛斯人将一次又一次地前来诉苦聒噪,管他们呢?"省下的钱用于重建海军。"

"陛下英明,"玛瑞魏斯大人赞道,"妙笔一挥,便替国家解决了大难题,在战争期间,这是必备的、合理的措施。我完全赞成。"

"我也赞成。"哈瑞斯爵士说。

"陛下,"派席尔的声音因震惊而发抖,"恐怕这会带来您意想不到的麻烦。那铁金库……"

"……位于布拉佛斯,远隔重洋。以后还他们金子,国师,兰尼斯特有债必还。"

"布拉佛斯人也有句谚语,"派席尔镶有宝石的颈链轻声作响,"'铁金库不容拖欠'。"

"哼,拖不拖欠,由我决定,在此之前,叫布拉佛斯人恭恭敬敬地候着。维水大人,启动大帆船工程。"

"太好了,陛下。"

哈瑞斯爵士在纸堆中翻找了一番,"下一个议题……我们收到佛雷大人的信件,他在信中提出新要求……"

"这老头还想要多少土地和荣誉?"太后叫道,"他老妈一定长了三个奶子。"

"大人们有所不知,"科本说,"在都城的酒馆和食堂内,老百姓议论纷纷,许多人认为国王协助瓦德大人作恶犯罪。"

重臣们狐疑地望着他。"你是指红色婚礼?"奥雷恩·维水问。"犯罪?"哈瑞斯爵士说。派席尔剧烈地清喉咙,盖尔斯大人又开始咳嗽。

"麻雀们公然宣讲——"科本警告,"——红色婚礼触犯神圣的宾客权利,令神人共愤,参与它的人将遭到永世诅咒。"

瑟曦明白对方言下之意,"是啊,瓦德大人很快就要面对天父的裁判了,就让麻雀们去唾骂他吧。反正惨案与我们无关。"

"与我们无关,"哈瑞斯说。"与我们无关,"玛瑞魏斯大人承认。"是的,与我们毫无瓜葛,"派席尔宣布。盖尔斯大人继续咳嗽。

"往瓦德大人的坟墓上吐唾沫大概连蛆虫都淹不死,"科本同意,"不过呢,由王室公开处理红色婚礼会不会更妥当?找个廉价的替罪羊,几颗佛雷的头颅有助于收服民心,也有助于安定北方。"

"瓦德大人决不会牺牲家族成员。"派席尔表示。

"他不会,"瑟曦猜测,"可他的继承人就没那么死脑筋了。谢天谢地,瓦德大人很快就得进坟墓,新任河渡口领主必将放逐大批同父异母兄弟、讨厌的表亲和不怀好意的姐妹之流,到时候从中抓几个犯人,只怕他还求之不得呢。"

"在我们等待瓦德大人去世期间,还有另一个问题,"奥雷恩·维水提出,"黄金团主动取消了与密尔人的合约,君临港口里传说他们受史坦尼斯重金雇佣,即将漂洋过海,前来助阵。"

"他如何支付巨额佣金呢?"玛瑞魏斯怀疑地问,"莫非拿雪块当钱使?这群人自称'黄金团',史坦尼斯能有多少金子?"

"少得可怜,"瑟曦向他保证,"而且科本大人与海湾中密尔划桨船的水手沟通过了,黄金团是去瓦兰提斯的——和维斯特洛刚好是反方向。"

"或许他们不想替失利的一方打仗,所以换了东家吧,与国内形势没有联系。"玛瑞魏斯大人提出解释。

"没错，"太后同意，"瞎子才看不到我们已然大获全胜。提利尔大人即将包围风息堡，而我的表亲达冯——新任西境守护——与佛雷军合围了奔流城，雷德温大人的舰队驶过塔斯海峡，正沿海岸日夜兼程北上，龙石岛剩下的少量渔船将无力阻挡他登陆。等我们切断了龙石岛与外界的所有联系，假以时日，城堡必告陷落，如此一来，仅有的麻烦就剩下史坦尼斯本人了。"

"若杰诺斯大人所言非虚，史坦尼斯正试图拉拢野人。"派席尔大学士警告。

"人皮野兽而已，"玛瑞魏斯大人宣称，"找他们当盟友，史坦尼斯大人一定是走投无路了。"

"走投无路，而且愚蠢透顶，"太后说，"他不晓得北方佬有多仇恨野人。这样做，就是把北境往卢斯·波顿怀里推，实际上，个别诸侯已投靠那私生子，助其攻打卡林湾，以赶走铁民入侵者，为波顿大人北进扫平道路了，其中包括安柏家族，莱斯威尔家族……别的名字我忘记了。就连白港也在动摇之中，白港之主同意把两个孙女都嫁到佛雷家，同时为我们开放港口。"

"我们有船吗？"哈瑞斯爵士迷惑地说。

"威曼·曼德勒乃艾德·史塔克的心腹之一，"派席尔国师道，"能信任吗？"

谁都不能信任。"他是个担惊受怕的老胖子，他只坚持一点——放归他的继承人之前，白港不会屈膝。"

"我们握有他的继承人？"哈瑞斯爵士发问。

"是的，如果此人还活着，一定还被关押在赫伦堡。是格雷果·克里冈俘虏他的。"但魔山对俘虏从不客气，也不关心赎金多少。"即便已死，我也会把加害他的人的首级统统送给曼德勒伯爵，并致以最诚挚的歉意。"一个脑袋能满足多恩亲王，一口袋脑袋应该能对付披海象皮的北方老头子了。

"史坦尼斯大人就没想过与白港结盟?"派席尔大学士指出。

"噢,他当然尝试过,但他的建议都被曼德勒伯爵转到了君临,回复他的统统是推托借口。也难怪,史坦尼斯要白港的军队和银子,给的却是……嗯,实际上什么也没给。"她忽然很想为陌客点上一支蜡烛,感谢对方带走蓝礼,留下史坦尼斯,若非如此,兰尼斯特的日子就难过多了。"今天早上刚来一只乌鸦,说史坦尼斯派他的洋葱走私贩作为代表前往白港谈判,此人现被曼德勒关了起来,曼德勒询问我们该如何处置。"

"送来都城仔细审问比较好,"玛瑞魏斯大人建议,"此人也许了解不少内幕。"

"处死他,"科本说,"作为给北境的教训,让他们看看咱们处置叛徒的手段。"

"我很赞同,"太后声明,"我已指示曼德勒伯爵立刻将其斩首示众——如此一来,也彻底断绝了白港与史坦尼斯结合的可能性。"

"哈,史坦尼斯得找个新首相了,"奥雷恩·维水嘻嘻一笑,"这回轮到什么菜?芜菁骑士?"

"芜菁骑士?"哈瑞斯·史威佛爵士迷惑地问,"他是谁?我没听说过这位骑士。"

沃水翻翻白眼,不予作答。

"若曼德勒大人拒绝呢?"玛瑞魏斯续道。

"他胆敢拒绝!哼,洋葱骑士的头才能换回他儿子的性命。"瑟曦笑笑。"那老笨蛋或许对史塔克家够忠诚,然而现在临冬城的狼群死光了——"

"陛下您忘了珊莎夫人。"派席尔提醒。

闻听此言,太后顿时发作,"我才没忘记那只小母狼。"瑟曦甚至不愿提及对方的名字。"她是叛徒之女,我本该把她打入黑牢,结果却养狼为患。她分享我的壁炉与厅堂,与我的孩子们一同玩耍,我不仅养活了她,给她穿的住的,还亲自教导她,想让她对这个世界不再那么无知。结果呢,结果她回报我的是什么?——协助谋杀我的孩子!找到小恶魔的时候,一定也能找到珊莎,她现下还没死……但我指天发誓,到时候她会哭泣着向陌客歌唱,祈求死亡之吻!"

一阵尴尬的沉默。你们都把舌头吞掉了吗?瑟曦恼火地想。她不禁怀疑自己还设立御前会议干嘛?

"另外,"太后续道,"'艾德大人的幼女'此刻正在波顿公爵身边,只等卡林湾陷落便会嫁给他儿子拉姆斯。"只要这女孩能支持波顿家族对临冬城的要求,他们才不管她原本只是小指头送来的、某位总管的女儿呢。"就算北方佬偏爱史塔克,我们也双手奉上了一位。"她让玛瑞魏斯大人满上酒杯。"长城还有些麻烦,守夜人弟兄们失去了理智,竟然选择奈德·史塔克的私生子作总司令。"

"雪诺,那孩子是个雪诺。"除了废话,派席尔还会说什么?

"我在临冬城见过他一次,"太后道,"当时史塔克家很不想让他露面。嗯,他模样像极了他父亲。"正如劳勃的私生子也像极了劳勃,不过劳勃从不让他们在宫中出现——他只提过一次,就在猫的不幸事件之后,他咕哝了几句要把某位私生女儿带到身边。"你想怎么做就怎么做,"她当场告诫他,"不过我提醒你,到时候你得自己为那小婊子的健康负责。"这番话换来了一块在詹姆面前无法掩饰的淤伤,但有效地阻止了私生女的到来。凯特琳·徒利真是只软弱的老鼠,卧榻之侧,岂容他人酣睡?她下不了手,到头来却把这肮脏的任务丢给了我。"雪诺和艾德大人一样包藏祸心,于国不忠,"瑟曦表示,"作父亲的把王位献给史坦尼斯,当儿子的送出的则是土地与城堡。"

"守夜人军团发誓决不插手七大王国的争端，"派席尔提醒大家，"几千年来，黑衣人秉承传统。"

"现在却被打破了，"瑟曦接口，"那野种来信口口声声宣称不参与内战，但行胜于言，他的行动说明了一切。他一面为史坦尼斯提供补给与保护，一面又傲慢地向我们索要士兵和武器。"

"胆大包天！"玛瑞魏斯大人声称，"决不能听任守夜人军团倒向史坦尼斯大人。"

"我们要公开宣布这位雪诺大人是叛臣贼子，"哈瑞斯·史威佛爵士决定，"让黑衣弟兄们将其抛弃。"

派席尔国师沉重地点点头，"我建议明确知会黑城堡，在更换总司令之前，别想得到一兵一卒。"

"咱们新建的大帆船需要桨手，"奥雷恩·维水说，"把全国各地的偷猎者与盗贼都交给我好了，别送去长城。"

科本微笑着倾身向前，"守夜人替国家防御着古灵精怪呢，大人们，我建议咱们一定要帮助勇敢的黑衣弟兄。"

瑟曦锐利地瞥了他一眼，"你什么意思？"

"很简单，"科本解释，"多年以来，守夜人不断要求增援，难道现在史坦尼斯大人去帮忙了，托曼国王反而不闻不问？莫如送去一百精锐，先穿上黑衣……"

"……再除掉琼恩·雪诺，"瑟曦高兴地替他说完。我就知道把他选进御前会议很英明。"就这么办，"她抚掌大笑。若这野种真是艾德大人所生，一定会来者不拒，把送来的人手不加怀疑地统统收下。甚至在呜呼哀哉之前，还会给我写封感谢信呢！"当然，此事需要精心安排，细节就交给我吧，大人们。"动手不动口，这才是应敌之道。"今天我很满意，感谢大家的谏言，还有议题吗？"

"只剩下一件事，陛下，"奥雷恩·维水用抱歉的口气说，

"将谣言带给御前会议或许不太合适，但最近码头里传得沸沸扬扬——消息主要来源于东方的水手——龙出现在……"

"狮身蝎尾兽又在哪儿呢？哦，还有古灵精怪？"瑟曦咯咯笑道，"等他们谈论侏儒时再来找我吧，大人们。"她站起身来，而这宣告了御前会议的结束。

瑟曦离开议事厅时，迎面吹起一阵狂暴的秋风，城市彼端受神祝福的贝勒大圣堂内，仍旧传出哀悼的钟声。院子里，四十多位骑士在用剑盾比武，敲打得"叮叮咚咚"。柏洛斯·布劳恩爵士护送太后回住所，玛瑞魏斯夫人正在里面与乔斯琳和多卡莎咯咯说笑。"笑得这么开心，什么事啊？"

"雷德温那对双胞胎，"坦妮娅解释，"他俩无可救药地爱上了玛格丽夫人。从前，他们经常决斗是为了决出谁是下一任青亭岛伯爵，现在他们却又双双想成为御林铁卫，只为了接近小王后。"

"雷德温家的人的雀斑总比见识多。"但这对她而言是有用的信息，假如在玛格丽的床上抓住流口水爵士或恐怖爵士……瑟曦不知道小王后会不会喜欢雀斑。"多卡莎，把奥斯尼·凯特布莱克爵士找来。"

多卡莎脸一红，"遵命。"

等侍女离开后，坦妮娅·玛瑞魏斯给了太后一个探询的眼色，"她干嘛脸红啊？"

"因为爱情，"这回轮到瑟曦咯咯发笑了，"她被咱们的奥斯尼爵士迷住了。"这是最年轻的凯特布莱克，胡子刮得也最干净，他和哥哥奥斯蒙一样黑头发，鹰钩鼻，笑口常开，缺点则是脸上还有提利昂的妓女留下的三道长长抓痕。"我认为，她喜欢他脸上的伤疤。"

玛瑞魏斯夫人的黑眼睛里闪烁着淘气的光彩，"是吗？伤疤让男人看起来危险，危险中才有刺激。"

"哟，你怎能讲出这种话来，我的好夫人？"太后揶揄，"再说了，如果危险中才有刺激，你怎么会嫁给奥顿大人？当然，我们都很喜欢他，可是……"培提尔曾评价说玛瑞魏斯家那代表丰收的巨号纹章简直是专门为奥顿大人设立的，因为他的头发像白菜，鼻子犹如甜菜根，脑袋瓜里装的多半是豌豆麦片粥。

坦妮娅清脆地笑道："我夫君是个宽厚的好人儿，委实谈不上什么危险，不过呢……希望陛下别小瞧了我，我爬上奥顿大人的床铺的时候可不是什么温柔处女哟。"

你们自由贸易城邦人净是些婊子，不是吗？不过这也算件好事，总有一天，她会好好利用这份信息。"噢，好夫人，你一定得告诉我，你那个……你那个危险的初恋情人是谁呢？"

坦妮娅橄榄色的皮肤在她脸红时显得更黑了。"真糟糕，我不该多嘴。陛下，就让我保留自己的小秘密吧，好吗？"

"男人有伤疤，女人有闺秘。"瑟曦吻了她的脸，心想我很快就会把他挖出来。

等多卡莎把奥斯尼·凯特布莱克爵士带到，太后便遣散了女人们。"来，和我一起来窗边坐坐，奥斯尼爵士。要酒吗？"她为两人都倒上酒。"你的斗篷很旧了，我想给你换身新的。"

"换身新的？白袍子？谁死了？"

"现在还没有，"太后表示，"你这么急着想加入你哥哥奥斯蒙的行列？"

"御林铁卫？不，只要能取悦陛下，我愿做您的女王护卫。"奥斯尼咧嘴而笑，脸上的伤疤成了亮红色。

瑟曦伸手在伤痕上梳理，"你可真大胆啊，爵士先生，你差点又让我不能自已。"

"而您真好心，"奥斯尼爵士抓住她的手，粗鲁地吻她的指头，"我可爱的太后。"

"知道吗？你是个坏蛋，"太后凑在他耳边低声倾诉，"不是真正的骑士。"她让他隔着丝裙服抚奶子。"够了。"

"不，不够。我想要你。"

"你要过我。"

"只要了一次。"他再度抓住她的左乳，粗暴的挤压令她想起了劳勃。

"一夜春宵奖励一位好骑士。你为我出色地服务，并因此得到回报。"瑟曦将手划过他股间，透过马裤，感觉到对方硬了起来。"昨儿早上，你在场子里摆弄新坐骑？"

"那匹黑牡马？是啊，那是我哥哥奥斯佛利送的礼物。我为它取名'午夜'。"

真是个呆子。"战马骑着上战场，至于鱼水之欢嘛……还是要骑精神抖擞的小母马哦。"她微笑着挤了挤他那话儿，"告诉我实情，你是不是看上了我们的小王后？"

奥斯尼爵士警惕地退开，"她很漂亮，但还是个孩子，我宁愿要女人。"

"何不两者兼得呢？"太后轻声说，"替我摘下那朵小玫瑰，重重有赏。"

"小玫……玛格丽？您的意思是玛格丽？"奥斯尼那话儿萎了下去。"她可是国王的老婆，不是连御林铁卫睡了国王的老婆都会被斩首的吗？"

"那是前朝的故事了。"况且被睡的是国王的情妇，不是老婆，而情夫的首级是他全身上下唯一保留住的部分，伊耿三世当着情妇的面将他肢解。但此时此刻，瑟曦不想用这些恐怖的陈年往事吓唬奥斯尼。"托曼并非庸王伊耿，你别担心，我让他干什么他就干什么，不多也不少。我要玛格丽的首级，不要你的。"

他大吃一惊，"呃，您是指她的贞操吧？"

"贞操当然也要——如果她还有的话，"瑟曦再度抚摸他的伤疤。"玛格丽会对你的魅力……视而不见吗？"

奥斯尼给了她一个受伤的眼神。"她很喜欢我。她的表亲们老爱取笑我的鼻子，说我的鼻子太大，但上回梅歌这么说的时候，玛格丽制止了她，还夸奖我的脸挺可爱。"

"瞧，我的眼光果然没错。"

"是，陛下，"男人狐疑地说，"可，如果我和她……和她……做了……？"

"……做了丑事？"瑟曦尖声笑了两下，"与王后同床自是谋逆大罪，托曼别无选择，只能将你发配绝境长城。"

"长城？"他沮丧地喊。

想忍住笑实在很难。别笑，别笑，男人们最恨被人嘲笑。"黑斗篷与你的眼睛和头发很配。"

"没人能从长城回来。"

"我会把你弄回来，只要你替我杀一个男孩。"

"谁？"

"与史坦尼斯结盟的野种。放心，他年轻稚嫩，而我将额外拨给你一百精兵。"

凯特布莱克在害怕，她能嗅出他的感觉，但他的自尊心不容许他将其表达出来。男人啊男人，全是一个样。"我杀过的男孩数不胜数，"他夸口，"只要这孩子一命呜呼，国王就会赦免我？"

"不仅赦免你，而且提拔你当领主老爷。"只要你没给雪诺的弟兄们吊死。"你知道的，太后需要伴侣，需要一个无所畏惧的男人来保护她。"

"凯特布莱克伯爵？"笑容在他脸上缓缓扩散，伤疤成了火红色。"噢，我喜欢这点子。高贵的领主……"

"……方才配得上太后的卧床。"

他忽然皱眉道,"可长城很冷。"

"我很温暖,"瑟曦环住对方的脖子,"只消睡一个女孩、杀一个男孩,我就成了你的人。你有勇气吗?"

奥斯尼想了一会儿,点点头。"我也是您的人,一切听您吩咐。"

"很好。爵士先生,"她吻了他,并在抽身之前让他短暂地尝到了她舌头的滋味。"现在做这些足够了,其他的我们可以等。今夜,你会梦见我吗?"

"会的。"他沙哑地答应。

"和咱们的处女玛格丽做爱时也会想起我?"她逗弄他,"当你进入她的时候,会想着我?"

"会的,我会的。"奥斯尼·凯特布莱克发誓。

"很好,去吧。"

等他走后,瑟曦让乔斯琳替自己梳头,一边脱下鞋子,像猫一样舒展身体。天生我材必有用,她告诉自己,精妙的谋划让她很得意。若是宝贝女儿与下贱的奥斯尼·凯特布莱克私通的把柄被抓住,梅斯·提利尔将无话可说,史坦尼斯·拜拉席恩和琼恩·雪诺也不会奇怪奥斯尼到长城充军的原因。嗯,就安排奥斯蒙爵士去把弟弟和小王后捉奸在床吧,以确保其他两位凯特布莱克的忠诚。父亲,你看见了吗,你还会想尽快把我嫁出去吗?真遗憾哪,你和劳勃,还有琼恩·艾林、奈德·史塔克、蓝礼·拜拉席恩,你们统统都死了,只剩下我。当然,我没忘记提利昂,可他活不了几天了。

夜里,太后召玛瑞魏斯夫人来卧室作伴。"你要酒吗?"她问对方。

"小女王,"密尔女人咯咯笑道,"大骑士。"

"行了,明日,我要你去见我的媳妇。"太后一边让多卡莎替她换上睡衣,一边吩咐道。

"玛格丽女士总是乐于接见我。"

"我明白，"太后没有忽略对方对托曼的小妻子的称呼。"告诉她，我赠送给贝勒大圣堂七根蜂蜡，以纪念咱们亲爱的已故总主教大人。"

坦妮娅轻笑道："您说得这样清楚，她便会送上七十七根蜂蜡，以表示自己更深刻的悼念。"

"要尊重别人的信仰虔诚哦，"太后也笑了，"说了这个，你还要向她悄悄吐露，有人暗中仰慕她，某位优秀的骑士由于迷恋她，夜夜不得安寝。"

"陛下，我可以问问是哪位骑士吗？"坦妮娅的大黑眼珠里闪动着淘气的火花，"莫非是咱们亲爱的奥斯尼爵士？"

"或许吧，"太后说，"但你决不能在她面前直说出名字，让她慢慢打听，慢慢地求告你，懂吗？"

"只要能取悦陛下，我什么都干。"

屋外，冷风吹起，屋内，她们就着青亭岛的金色葡萄酒，一直聊到清晨。坦妮娅醉了，于是瑟曦从她口中套出了情人的名字。那是一位密尔船长，或者说是海盗，黑发披肩，一道伤疤横贯脸颊，从耳朵直到下巴。"我拒绝了他一百次，他却不以为意，"密尔女人告诉太后，"最后我莫名其妙就答应他了。我想，他这种人是无法拒绝的。"

"我了解这种人。"太后淡淡一笑。

"真的吗？陛下您也见过这种人？"

"比如劳勃。"她嘴上这么说，心里想着詹姆。

但当她阖上双眼，出现的却是另一个弟弟，还有昨天早上那三位白痴。只不过这回装在他们袋子里的，却真真正正是提利昂的头颅。

她把它涂上焦油，扔进卧房的夜壶中。